STEPHANIE SCHUSTER

MILENA

und die Briefe der Liebe

atb aufbau taschenbuch

STEPHANIE SCHUSTER

MILENA

und die Briefe der Liebe

Kafka ist ihr Leben, das Schreiben ihre Leidenschaft

ROMAN

atb aufbau taschenbuch

ISBN 978-3-7466-3593-4

Aufbau Taschenbuch ist eine Marke der
Aufbau Verlag GmbH & Co. KG

1. Auflage 2020

Gesetzt aus der Bembo durch LVD GmbH Berlin
Druck und Binden CPI books GmbH, Leck, Germany
Printed in Germany

www.aufbau-verlag.de

Für Thomas, mein geliebtes Meer

»… und ich liebe Dich also, Du Begriffsstutzige, so wie das Meer einen winzigen Kieselstein auf seinem Grunde lieb hat, genauso überschwemmt Dich mein Liebhaben.«

FRANZ KAFKA AN MILENA JESENSKÁ

PROLOG

Wien, 1920

Milenas Herz klopfte im Takt ihrer Schritte. Sie rannte, musste sich beeilen. Endlich war es so weit, das Warten hatte ein Ende. Gleich würde sie die lang ersehnte Antwort erhalten und erfahren, ob Franz Kafka, mit dem sie sich seit einiger Zeit die innigsten Briefe schrieb, sie auch in der Wirklichkeit kennenlernen wollte. Seit fünf Monaten umgarnten sie sich, liebkosten sich auf dem Papier. Anfangs schrieben sie sich rein geschäftlich, in sachlichem Ton und warteten noch die Antwort des anderen ab. Doch dann, als Milena auf einen seiner Briefe nicht gleich reagierte, drängte er sie. Entweder sollte sie Stillschweigen oder ein paar Zeilen schicken. Aus einer Laune heraus fing sie an, mehr von sich zu erzählen, so wie es ihr gerade in den Sinn kam, und das gefiel ihm offenbar. Auch er schrieb, was ihn beschäftigte. Dann begann das Gespenstern, wie er es nannte. Kaum war der eine Brief unterwegs, folgte schon der nächste hinterher, als wäre längst noch nicht alles gesagt, als könnte man nicht weiteratmen, ohne dies oder jenes zu ergänzen und es dem Gegenüber mitzuteilen. Das öffnete weitere Türen in Milenas Gedächtnis und drang bis in ihr Innerstes vor. Bald schrieben sie sich schneller, als sie mit dem Lesen hinterherkamen, vertrauten sich

Geheimnisse an, die keiner von beiden je laut aussprechen würde. Vieles davon formte sich erst bei der Niederschrift zu Gedanken. Obwohl er in seinen Antworten ihr Leben sezierte, als wäre er ein Gerichtsarzt, sprach auch Fürsorge aus seinen Zeilen, sogar echte Anteilnahme. Milena war es nicht gewohnt, dass jemand sich um sie scherte. Bisher, in den dreiundzwanzig Jahren ihres Lebens, hatte sie alles mit sich selbst ausmachen müssen. Aber auf einmal gab es jemanden, der ihr auf diese besondere Weise half, den harten Alltag zu bestehen und das, was sie Schlimmes erlebt hatte, zu verarbeiten. Und auch wenn sie sich erst einmal vor ihrer Korrespondenz flüchtig begegnet waren, so fühlte es sich jetzt so an, als wäre er bereits immer an ihrer Seite gewesen. Was war er für ein Mensch, der solch eine Unruhe in ihr stiftete? Hatte sie sich wirklich in ihn verliebt? Allein durch die Briefe würde sie das nie herausfinden. Sie wollte ihm endlich ins Gesicht sehen, ihm gegenüberstehen, seine Stimme hören und ihn berühren. Außerdem war sie neugierig, ob er das auch verkörperte, was er versprach. Vertrauen, Trost und Hoffnung auf ein besseres, vielleicht gemeinsames Leben. Darum hatte sie ihn zum wiederholten Male um ein Treffen gebeten und hoffte heute auf die Antwort.

Sie nahm eine Abkürzung durch einen Hinterhof, kletterte über eine halb abgebrochene Mauer und unter einem Teppich durch, der auf einer Stange hing. Hielt kurz inne, um zu husten, hoffte, dass es nur der Staub sei und keine Verschlimmerung ihrer Bronchitis, die, seit sie in Wien lebte, in ihr steckte. Sie wartete einen Augenblick, bis sie wieder zu Atem kam. Dabei sah sie sich fortwährend um, ob ihr jemand folgte. Dass ihr einer aus ihrem Bezirk, der sie kannte, zufällig über den Weg lief, ließ sich nicht vermeiden, schlimmer wäre es, wenn jemandem aufgefallen war, dass sie täglich diese Strecke nahm. Da vorn, das war doch ihr Nachbar? Der Schuhmacher Hirsch, der seine Werkstatt im Keller des Eckhauses hatte und durch eine schmale Kellerluke nur einen Streifen oberhalb des Straßenpflasters sehen konnte. Damit flanierte tagtäglich bei seiner Arbeit mögliche Kundschaft an ihm vorbei. Milena schuldete ihm noch das Geld für das letzte Besohlen ihres einzigen Paares, die Schnürstiefel, die sie das ganze Jahr trug. Er war so nett gewesen und hatte das Aufdoppeln sofort erledigt, sonst hätte sie solange barfuß laufen müssen wie die Gassenjungen.

Herr Hirsch trat nun aus der Bäckerei und ging direkt auf sie zu. Geschwind stellte sie sich in einen offenen Hausflur und wartete, bis er vorüber war.

»Wen suchen's denn, Fräulein?« Eine Frau mit einem ondulierten Pudel im Arm drängte sich an ihr vorbei. Milena wollte sich durch ihren tschechischen Akzent nicht verraten, nickte ihr wie zu einem Gruß zu, schlüpfte wieder hinaus und lief weiter.

Als sie in die Bennogasse einbog, blickte sie auf die große Uhr des Postgebäudes. Nur noch eine Minute hatten die Schalter geöffnet. Sie eilte über die Straße. Ein Lastwagen bremste kurz vor ihr. Der Fahrer schimpfte mit geballter Faust. Milena wandte sich zur Seite und wich dem nächsten Fahrzeug, einem Automobil, aus. Beim Anblick des weinroten Steyrs zuckte sie zusammen. Das war doch Ginas Wagen? Schnell rannte sie auf die andere Straßenseite. Hoffentlich hatte sie sie nicht bemerkt. Und wenn doch? Erst dann fiel ihr auf, wie sehr sie übertrieb. Jeder hatte gelegentlich ein Telegramm aufzugeben, Briefmarken zu kaufen oder eine Überweisung zu tätigen, und manchmal sogar noch im letzten Moment. Daraus würde ihr selbst Gina keinen Strick drehen. Trotzdem wollte sie gerade nicht mit ihr zusammentreffen und in ein Gespräch verwickelt werden, was sie bloß unnötig aufhielt und am Ende noch verriet. Ausgerechnet heute. Auch wenn sie unter den Säulen vorm Posteingang nicht zur Uhr sehen konnte, so glaubte sie den großen Zeiger über sich zu spüren. Wie eine Lanze rückte er unaufhaltsam vor und stach zu. Ein lautes Surren erklang, die Mechanik der Uhr setzte ein, gefolgt von einem Bimmeln der Kirchenglocken ringsum. Es schlug zur vollen Stunde. Ein Herr trat aus der Tür, setzte seine gelupfte Melone wieder auf und nahm den Spazierstock vom Arm. Die Tür fiel ins Schloss. Milena sprang vor und wollte sie wieder aufdrücken. Es ging nicht mehr. Sie war schon verriegelt. Hinter den Glasscheiben bewegten sich die Vorhänge. Milena klopfte erst, hämmerte dann gegen die Fenster und die Tür. Man musste sie einfach noch kurz einlassen. Das kostete nichts, höchstens Sekunden. Sie brauchte die Briefe. Doch niemand erbarmte sich. Erschöpft setzte sie sich auf eine der Stufen an der Straßenecke und schlang die Arme um den Leib. Wie sollte sie es bloß bis Montagfrüh aushalten, ohne eine neue Zeile von ihm?

»Habe die Ehre, Frau Kramer.« Sie wandte sich um. Der Postbeamte, der sie von ihren täglichen Besuchen kannte, bückte sich zu ihr. »Ich hätte da was für Sie«, sagte er und überreichte ihr den heiß ersehnten Brief.

ERSTER TEIL

Prag, 1916 - 1917

»Es fällt mir ein, daß ich mich an Ihr Gesicht eigentlich in keiner bestimmten Einzelheit erinnern kann. Nur wie Sie dann zwischen den Kaffeehaustischen weggiengen, Ihre Gestalt, Ihr Kleid, das sehe ich noch.«

FRANZ KAFKA AN MILENA JESENSKÁ

1. Kapitel
ENZIAN

Milena konnte ihre Aufregung kaum verbergen. Seit Wochen freute sie sich auf diesen Abend. Obwohl sie eine Platzkarte besaß, glaubte sie bis zuletzt, dass etwas dazwischenkäme, die Aufführung angesichts des Krieges abgesagt wurde, die Hauptdarsteller erkrankten oder dergleichen. Wie durch ein Wunder saß sie dann tatsächlich rechtzeitig, sogar ein wenig zu früh, in der zweiten Reihe des Ständetheaters. Die barocken, goldverzierten Logen, die sich bis unter die Decke zogen, füllten sich langsam mit behandschuhten Damen und ihren Begleitern, älteren zylindertragenden Herren der obersten Prager Gesellschaft, die nicht eingezogen worden waren. Milena hätte ihren Vater um einen Logenplatz bitten können, schließlich war die Karte sein Geschenk zu ihrem zwanzigsten Geburtstag gewesen. Doch sie bevorzugte das Parkett, wollte so dicht wie möglich an der Bühne sein und die Schauspieler aus nächster Nähe sehen, um das, was sie im Stück durchlebten, hautnah mitzuerleben, sich dabei in Lachen und Tränen aufzulösen. Darum war es ihr sogar lieber, allein, ohne ihre Freundinnen, hier zu sein, sie wollte jedes Wort einsaugen und nicht durch Gespräche über den neuesten Klatsch und Tratsch abgelenkt werden. Noch ein Jahr, dann war sie großjährig, konnte tun, was sie wollte. Sie grinste in sich hinein, als sie daran dachte. Als ob sie nicht schon jetzt tat, wozu sie Lust hatte, und zusammen mit Jarmila und Staša, als stadtbekannte »Minervistinnen« ständig etwas Neues ausheckte. Auch noch im Studium haftete ihnen der Ruf der rebellischen Mädchen an. Kam ihnen etwas davon zu Ohren, schürten sie es fleißig weiter, halfen mit, die Legenden auszuschmücken, die das »Minerva«, das erste Mädchengymnasium der österreichisch-ungarischen Monarchie umrankte. Geschichten von Frauenliebe, Anleitungen, um aufzubegehren, bis hin zur weiblichen Machtübernahme. Frauen in Führungspositionen, welch Absurdität! Wer von diesen »freien Weibern« wollte dann noch Kinder gebären und sich dem Haushalt widmen, ereiferten sich die Männer, die um ihre Positionen bangten. Sollten sie das am Ende selbst übernehmen, reichte es nicht, dass sie bereits ihr Leben an der Front riskierten? Wozu musste eine Frau Altgriechisch lernen? Wären nicht Sockenstricken und ein Kochkurs hilfreicher? Besonders die gleichaltrigen Jungen reagierten mit Spott und riefen ihnen »Achtung, da kommt eine nervige Minerva« in den Gassen hinterher. Auch wenn kaum etwas von den Gerüchten stimmte und Milenas Schulzeit oft von Leid, Drill und Strenge geprägt war, so war sie doch stolz, zu den Auserwählten gehört zu haben, und nun als eine der ersten Frauen zur Universität zugelassen worden zu sein. Trotzdem dauerte es noch ein Weilchen, bis sie großjährig wurde. Aber die Zeit bis zu ihrem einundzwanzigsten Geburtstag würde sie sich zusammen mit ihren Freundinnen schon versüßen und gelegentlich aufbegehren.

Zu Ehren von Emilia Galotti hatte sie sich extra neu eingekleidet und trug ein pastellfarbenes kniekurzes Samtkleid mit einer großen Schleife an der Hüfte. Ihre Locken hielt eine enzianblaue Blüte, die sie an eine Haarspange gebunden hatte, aus der Stirn. Die langen Beine betonte sie mit übers Knie geknöpften Gamaschen. Das war der neueste Schrei der Prager Modewelt, laut Verkäufer erst vor Kurzem aus London eingetroffen. Zusammen mit Staša hatte sie sich die Gamaschen beim Damenausstatter Veselý gekauft, ihre Beste-Freundinnen-Kluft nannten sie die eleganten Beinwärmer seitdem. Jarmila, die zurzeit nur noch Augen für einen gewissen Josef hatte, blieb dabei außen vor. Leider machte sich auch Staša nichts aus Theater, schon gar nichts aus Trauerspielen. Als Ausgleich zu den Vorlesungen, wo sie lange genug stillsitzen und zuhören musste, ging sie lieber tanzen. Und auch Jarmila hatte es nicht so mit der Klassik. In etwas Tragisches zu versinken, war nichts für ihre Freundinnen. Im Gegensatz zu Milena. Ihr konnte es nicht dramatisch genug sein, und die Romantik durfte dabei auch nicht zu kurz kommen. Sie wollte schwärmen und laut aufseufzen, mit um ein Leben und die große Liebe flehen. Gespannt hoffte sie, dass es bald losging.

Auch die Parkettreihen füllten sich, neben Milena setzte sich ein Herr in einem schlichten Sakko, das aufgenähte Flicken an den Ellbogen hatte. Er grüßte sie auf Deutsch, was ungewöhnlich war. Normalerweise mieden die Deutschen das tschechische Theater. Als sie nicht reagierte, sagte er »Dobrý večer«, guten Abend auf Tschechisch. Sie nickte kurz, das Licht erlosch und der Vorhang hob sich.

Auf einem Tisch türmten sich Pergamentrollen, hinter denen der Prinz kaum zu erkennen war. »Klagen, nichts als Klagen! Bittschriften, nichts als Bittschriften!«, rief er mit rauer

Stimme, die bei Milena eine Gänsehaut verursachte. »Traurige Geschäfte, und man beneidet uns noch.« Ihr Sitznachbar murmelte die deutsche Übertragung mit, er musste das Stück auswendig kennen. Ab und zu streifte seine Jacke ihren Arm. Doch bald vergaß sie alles um sich herum, tauchte voll und ganz in das Geschehen ein.

»Schlimmer als der Tod«, diese Aussage klang ihr noch in den Ohren, als sich der Vorhang endgültig senkte, der Schlussapplaus verebbte und die Bühne verwaist war. Konnte das, was Emilia Galotti widerfahren war, schrecklicher sein, als zu sterben? In der damaligen Zeit bestimmt, in der der Verlust der Jungfräulichkeit vor der Ehe einer Entwertung gleichkam. Als ob eine Frau kein Mensch war, mehr ein Gebrauchsgegenstand. Welch Ungerechtigkeit! Emilia war von ihrem Vater erdolcht worden. Sie hatte ihn sogar angefleht, es zu tun, nur um ihre Tugend zu retten. So weit konnte die eigene Verblendung gehen. Wut keimte in Milena auf, aber zugleich tropften ihr Tränen von der Nase. Sie schniefte. Wahrscheinlich hatte sie auch wieder diese roten Flecken auf der Stirn, wie immer, wenn sie sich in etwas hineinsteigerte. Besser, sie wartete, bis alle gegangen waren, Professor Jesenskýs eigensinnige Tochter sollte niemand so aufgelöst sehen. Das Publikum drängte zu den Saaltüren hinaus, bloß ihr Sitznachbar machte keine Anstalten, sich zu erheben.

Er reichte ihr sein Einstecktuch. »Ich versichere Ihnen, dass es frisch gewaschen ist«, sagte er auf Deutsch, als sie zögerte. »Meine Hauswirtin bestand darauf, wollte mich nicht ohne fortgehen lassen.« Milena nahm es, trocknete sich das Gesicht, den Hals. Dann wusste sie nicht, wohin mit dem Tuch, gab es ihm einfach zurück. Vielleicht würde er nun gehen, und sie konnte sich ungestört beruhigen. Er beugte sich vor, drehte sich zu ihr, legte seine Finger unter ihre und küsste ihre rechte Hand. »Gnädiges Fräulein, darf ich mich vorstellen? Pollak mein Name. Ernst Pollak, zu Ihren Diensten.«

Gegen ihren Willen lächelte sie.

Sie wandte sich ihm zu. »Milena Jesenská.« Sein schwarzglänzendes Haar hatte er über der hohen Stirn streng zurückgekämmt. Er wirkte deutlich älter als sie, war wahrscheinlich kein Student mehr, eher ein Lehrer, ein Professor vielleicht wie ihr Vater. Seinen schweren Augenlidern nach schien er ebenfalls von der Darbietung berührt worden zu sein. Milena musste genau hinsehen, um seinen Blick zu erraten. Schon fing er sie aus kleinen Pupillen ein und schaute sie geradewegs an.

»Und, wie hat Ihnen das Stück gefallen?«, fragte sie, bemüht, korrektes Deutsch zu sprechen.

»Ich habe lieber Ihnen zugehört.«

»Mir? Außer meinem Namen habe ich doch noch gar nichts gesagt.«

»Ich habe trotzdem viel gehört.«

»Sie scherzen, Herr Pollak.«

»Keineswegs.«

Milena schwieg, versuchte sich einen Reim auf all das zu machen. Wie konnte er wissen, was in ihr vorging? Hatte er sie im Schein der Bühne schweigend beobachtet? In der Pause war sie schnell hinausgelaufen, um dann mit der Damenwelt vor nur zwei Wasserklosetts anzustehen, und als sie endlich an ihren Platz zurückkehrte, verdunkelte sich der Saal bereits wieder. In den letzten beiden Akten war sie vor

Tränen halb zerflossen, hatte mit Emilia Galotti mitgefiebert, gehofft, dass es einen anderen Ausweg gäbe als diesen Schluss. Vermutlich war Milena auch in allen anderen Szenen körperlich mitgegangen, als stünde sie selbst im Rampenlicht und bangte um ihr Leben.

»Das ist ein Schusternagel in Ihrem Haar, stimmt's?«, durchbrach Pollak ihr stummes Beisammensitzen im leeren Theater.

Blumenkenner war er auch, jetzt erhielt er ihre volle Aufmerksamkeit. Die Verehrer, die Milena bisher getroffen hatte, waren Jünglinge im Vergleich zu ihm gewesen. Sie lobten ihre Anmut, machten ihr Komplimente, brachten sogar gelegentlich Blumen mit, die sie aber nicht benennen konnten. Und in Wirklichkeit bemerkten sie nicht einmal, was Milena für Kleidung trug, waren mehr an dem darunter interessiert. Dass ein Mann etwas in ihrem Inneren hörte und sie zugleich äußerlich wahrnahm, sogar Enziangewächse voneinander unterscheiden konnte, war ihr neu. »Ich habe Sie ebenfalls reden hören«, sagte sie. »Sie scheinen das Stück genau zu kennen. Sind Sie Theaterkritiker?«

Er lachte. »Schön wäre es! Das ist in der Tat ein Beruf nach meinem Geschmack. Einer meiner Freunde, Max Brod, übt ihn aus. Er ist heute verhindert, musste zu einem Konzert, und hat mir die Karte geschenkt. Dabei dürfte man meinen, ich bekäme in diesem Theater Hausrabatt, ich wohne auf der Rückseite des Gebäudes.« Ein Türsteher näherte sich ihnen. »Wollen wir gehen, bevor sie uns hinauswerfen?« Pollak reichte ihr erneut die Hand und führte sie galant ins Freie.

»Sie sind nicht aus Prag, oder?«, fragte Milena kurz darauf, als sie im Mondlicht am Ufer der glitzernden Moldau entlangspazierten.

»Ich bin in Jitschin geboren, ein Städtchen, neunzig Kilometer weg von hier, vielleicht kennen Sie es?«

Sie schüttelte den Kopf.

»Ist vermutlich auch besser«, sagte er. »Es hat zwar einen alten Stadtkern, noch von Wallenstein erbaut. Doch gerade habe ich erfahren, dass dort ein Lager für Kriegsgefangene errichtet wird.«

»Was ist mit Ihnen, wurden Sie nicht einberufen?«

»Tut mir leid, Fräulein Milena, ich bin untauglich für lange Märsche. Seien Sie taktvoll und sehen Sie jetzt bitte nicht nach unten, auf meine Plattfüße. Aber wenn ich es recht bedenke, so ist mein Makel auf einmal sehr nützlich. Wer weiß, ob wir uns sonst jemals kennengelernt hätten.« Sie schlenderten zurück in die Prager Neustadt und blieben an einem Eckhaus stehen. »Haben Sie Lust auf einen Viertel oder darf's noch ein Mokka sein, zu so später Stunde?«, fragte er. »Ich lade Sie ein. Vielleicht treffen wir auch noch den einen oder anderen Arconauten.«

»Argonauten? Ist das ein Seefahrerclub?«

Er grinste. »Nicht schlecht, das muss ich mir merken. Nein, wir sind die vom Arco mit einem C.« Dann zeigte er nach oben, auf die großen schwarzen Buchstaben, die die ganze Kaffeehausfassade umrundeten. Der Name Arco war Milena in der Dunkelheit nicht aufgefallen. »Sie sehen, bei unserer Tätigkeit bleiben wir im gemütlich Trockenen und segeln nur mithilfe von Worten durch die Weltgeschichte. Wir sind eine Gruppe von Literaten, die bei einem guten

Kaffee oder auch etwas Stärkerem über Selbstgeschriebenes und Gelesenes spricht.«

»Sie reden gemeinsam über Bücher, und es sind auch Schriftsteller darunter?« Das stellte sich Milena herrlich vor. Sie liebte Bücher, versuchte sich sogar selbst im Schreiben und Übersetzen. Seit dem Musikstudium kam sie zwar noch weniger dazu als vorher in der Medizin, aber wer weiß, wohin diese Bekanntschaft sie brachte. Pollak ergriff noch mal ihre Hand, streifte im selben Atemzug ihre Lippen. Zart, doch wie selbstverständlich.

Dann war es da, das Gefühl, das sie bisher nur erahnt, zwar mehrmals erprobt, aber niemals auf diese Weise erfahren hatte. Es durchflutete Milena, gepaart mit Glück und Freude. All das Wunderbare löste Ernst Pollak aus, wenn sie ihn ansah oder sogar nur an ihn dachte. Abgesehen von Fräulein Honzáková, ihrer Lehrerin, mit der sie sich auch außerhalb der Schulstunden über Musik, Literatur und Kunst unterhalten konnte, hatte Milena noch nie einen Menschen wie ihn getroffen. Ernst hörte ihr zu, hörte nicht nur, er merkte sich sogar, was sie zuletzt erzählt hatte, was sie sich ersehnte, fragte nach oder griff einen ihrer letztes Mal geäußerten Gedanken wieder auf. Noch dazu wollte er alles über sie wissen, betrachtete sie dabei mit leicht schräg gelegtem Kopf und wachen Augen, die breiten Lippen zum Küssen bereit. Er berührte sie, aber er bedrängte sie nicht. Obwohl sie ihm, gleich an diesem ersten Abend, alles gegeben hätte, sich ihm ganz hingegeben hätte, mit Haut und Haar. Schneller, als sie denken konnte, war sie bereit für ihn, wollte ihn spüren, mit ihm Zärtlichkeiten austauschen. Dabei kümmerte sie sich nicht um Konventionen und Pflichten, um Ehre und Aufbewahren. Ihre Jungfräulichkeit hatte sie bereits mit sechzehn verloren. An Jiří Wörterbuch, wie Milena den zwei Jahre älteren Jungen damals genannt hatte, der pausenlos plapperte und sie mit seinem Wissen beeindrucken wollte. Und als es dann passierte, schwieg er endlich. Ohne ihn hätte sie die Matura nicht bestanden. Aus Liebe zu ihr versteckte er sich im Lichtschacht der Schule, kritzelte die Lösungen der schwierigsten Fragen auf kleine Zettel und fädelte sie ihr über einen Zwirn zu. Dass Ernst Pollak kein Tscheche, sondern ein deutscher Jude war, war ihr gleichgültig. Er machte sich ebenfalls nichts aus seiner Religion. Er verkörperte für sie Freiheit und Selbstbestimmung, ein Leben jenseits der bürgerlichen Moral. Ihr Vater durfte allerdings nichts davon erfahren, alle Deutschen, nicht nur Juden, waren ihm ein Dorn im Auge. Wen Milena liebte, wo und wann, das wollte sie selbst bestimmen. Trotzdem behielt sie die Beziehung zu Ernst Pollak vorerst lieber für sich.

2. Kapitel
AMARYLLIS

Wie hatte Milena bisher ohne ihn leben, wie atmen, essen, schlafen können? Wie hatte sie überhaupt jemals geglaubt zu wissen, was Liebe ist? Ernst nahm sich Zeit, erwartete nichts von ihr, auch als sie sich bald regelmäßig trafen. Er ging nie weiter. Als er sie zu sich einlud, in seine Einzimmerwohnung am Nationaltheater, zeigte er ihr tatsächlich nur die Bücher wie angekündigt, ohne Hintergedanken. Darunter viele Manuskripte und Briefe, die er von bekannten und angehenden Schriftstellern aus ganz Europa erhielt.

»Ich unterstütze Autoren und bin so ein Teil des Wunders.« Er zeigte auf die Stapel aus Büchern und Papieren vor dem Regal.

»Welches Wunder?« Sie wich ihm nicht von der Seite, begann, ihm langsam das Hemd aus der Hose zu ziehen, und knöpfte es auf.

Er ließ es geschehen, als wäre sie seine Mutter, die ihn zur Nacht auskleidete. »Das Wunder, dass man aus Buchstaben Geschichten erschaffen kann. Man fühlt mit den Figuren mit, stärker oft als mit den Schicksalen der engsten Verwandten. Manchmal taucht man auch so tief in eine Geschichte ein, dass man die Wirklichkeit um sich herum vergisst. Schriftsteller sind für mich die Zauberer der Zeit.« Seine kleinen Augen weiteten sich. Manchen Autoren schickte er Geld, aber hauptsächlich war er ihr Mentor. Er hörte zu, gab Anregungen oder Anstöße, in andere Richtungen zu denken, wenn sie sich festgeschrieben hatten und nicht weiterwussten. »Dabei fällt für mich jede Menge ab«, erklärte er ihr mit großer Geste. »All die Zeichen und Hinweise sammle ich für die magische Formel. Eines Tages werde ich sie aufschreiben und ein Buch darüber verfassen. Ein Buch über das Buchschreiben. Darin werde ich erklären, wie ein Roman oder eine Erzählung entsteht. Ich werde das Geheimnis lüften, wie man Ideen findet, Einfälle sortiert und welche Sprache man für welche Art von Geschichte am besten verwenden soll. Das wird die Sensation. Zum ersten Mal wird man erfahren, wodurch sich die Gedanken eines Fremden im eigenen Kopf zu einer Geschichte fügen.«

Der Plan gefiel Milena. Bisher hatte sie sich noch nicht überlegt, warum und wozu sie etwas aufschrieb, wenn sie schrieb. Es machte ihr Spaß, und es passierte einfach, war mal gut oder schlecht und meistens las sie es nie wieder. Aber oft umkringelte sie Einfälle darin, die auch beim Wiederlesen noch Bestand hatten. So freute sie sich über die Ansammlung an Heften und Notizbüchern in ihrem Regal, die ständig weiterwuchs. Wozu sie das Schreiben eines Tages bringen würde, wusste sie noch nicht, auch wenn es schon jetzt ein Ventil für sie war, um ihre Gedanken und Erlebnisse zu sortieren. Ernst brannte für die Literatur und sie liebte ihn dafür. Sie wollte ihn umarmen, ihn mit Küssen bedecken, ihn nackt sehen, berühren und überall spüren.

»Und wodurch geschieht das?« Sie strengte sich an mit der deutschen Sprache. »Also, ich meine, dass aus fremden Gedanken eine Geschichte im Kopf entsteht?« Gleichzeitig streifte sie ihr Kleid über die Schultern, ließ es zu Boden fallen und stieg darüber. Nun stand sie im Unterkleid vor ihm.

Ernst sah sie an und sah mehr durch sie hindurch, dann zuckte er mit den Schultern. »Das muss ich noch herausfinden, insgeheim weiß ich es, aber ich kann es noch nicht greifen oder besser gesagt niederschreiben. Nur so viel weiß ich schon mit Sicherheit: Es braucht einen Auslöser, ein Ereignis, das den Charakter der Figur beeinflusst.«

»Charakter.« Milena sprach das Wort nach, nahm seine Hand, legte sie sich ins Gesicht, schob sie dann weiter den Hals hinab bis in ihren Ausschnitt.

Seine Augen zuckten kurz, aber er ließ seine Hand dort liegen, als hätte er einen Platz zum Ausruhen gefunden, und sprach weiter. »Alles, was dann an Handlung geschieht, kann durch Überarbeitung geschliffen werden, wie Kieselsteine in einem Bachbett.«

»Kieselsteine?« Sie lenkte seine Finger weiter. Endlich umkreisten sie ihre Brustwarzen. Milena drängte sich dichter an ihn, wollte, dass er weitermachte und nicht mehr aufhörte. Doch er fing wieder zu sprechen an, und wenn er sprach, unterbrach er sein Streicheln. »Manches wird dennoch, auch wenn es gedruckt ist, eine nichtssagende Buchstabensammlung sein, egal, wie viele Wortdoppelungen man austauscht oder wie viele Metaphern man einfügt. Andere Romane und Gedichte werden unvergesslich bleiben, sich im Herzen der Leser, gleich welcher Nation oder Religion sie angehören, einnisten und wie eine persönliche Erfahrung und Teil ihres Lebens werden.«

Das war schön gesagt, sie stimmte ihm zu. »Ich finde, so ähnlich ist es mit traurigen Erinnerungen. Die wälzt man auch immer und immer wieder im Gedächtnis herum, bis sie sich einpassen und einigermaßen erträglich sind. Angenehme Erlebnisse bauscht man auf, bis sie alles überstrahlen und man so zum Helden seines eigenen Lebens wird.«

»Oh, das ist gut, das muss ich mir notieren.« Er holte einen Zettel und suchte einen Stift. »Willst du etwa auch schreiben?«

»Vielleicht.« Sie lenkte ihn zum Bett, kleidete ihn und sich weiter aus. Es raschelte, als sie ihn ins Kissen drückte.

»Vorsicht, ich weiß nicht, ob es davon schon eine Kopie gibt.« Ernst rettete ein paar Blätter mit Schreibmaschinenzeilen. Er musste darauf geschlafen haben.

»Ist das von dir?«

»Nein, schön wäre es.« Er setzte sich auf, glättete die Bögen über seinem nackten Oberschenkel, als wäre er eine Kante, und legte sie in eine blau marmorierte Mappe, die mit F.K. beschriftet war. »Die Geschichte hat mir Max Brod gegeben, sie stammt von seinem Kollegen, der bei einer Versicherung arbeitet.«

»Ein Versicherungsfall?«

Ernst lachte. »Eher nicht. Es ist ganz eigenwillig geschrieben, ich kann es noch nicht einordnen. Dieser Franz Kafka schreibt in seiner Freizeit, hat sogar schon etwas in einem deutschen Verlag veröffentlicht, sagt Max. Er klang so begeistert von ihm, sprach von neuartiger Erzählkunst, dass ich äußerst skeptisch zu lesen anfing. Und dann konnte ich nicht mehr aufhören, obwohl ich eigentlich nichts mit den Figuren und dem Inhalt zu tun haben will. Es ist schaurig und auch abstoßend. Doch zugleich klebte ich an den Zeilen und konnte nicht weg. Mich würde interessieren, was Kafka zu der Geschichte inspiriert hat. Ich werde ihn fragen, wenn ich ihn kennenlerne. Max will ihn demnächst mitbringen.« Er schlug noch mal die Mappe auf und zog das erste Blatt heraus.

»Mitbringen, wohin?«

»Die Verwandlung«, Milena las die deutsche Überschrift.

»Ins Arco. Aber du hast recht, möglicherweise sollte man sich gegen solche Geschichten wirklich versichern. Oder eine Warnung an den Leser auf die Titelseite schreiben. Vorsicht, nichts für Zartbesaitete. Bist du zartbesaitet?«

»Finde es heraus.« Sie streichelte ihn wieder.

Doch er wollte lieber vorlesen. »Für mich ist das, was Kafka kann, mehr als bloßes Schreiben, das ist Einbläuen, kein vorsichtiges Herantasten durch Worte. Er brennt dem Leser die Sätze in die Seele.« Und er fing an: »Als Gregor Samsa eines Morgens aus unruhigen Träumen erwachte, fand er sich in seinem Bett zu einem ungeheuren Ungeziefer verwandelt. Er lag auf seinem panzerartig harten Rücken und sah, wenn er den Kopf ein wenig hob, seinen gewölbten, braunen, von bogenförmigen Versteifungen geteilten Bauch, auf dessen Höhe sich die Bettdecke, zum gänzlichen Niedergleiten bereit, kaum noch erhalten konnte.« Ernst hielt inne und schaute sie an. »Merkst du, welche Kraft in diesem Anfang steckt?« Wer verdammt noch mal war dieser Kafka, dass er ihr solch eine Konkurrenz machte? Milena legte die Hand in seinen Schritt und spürte es.

Außerhalb seiner Wohnung trafen sie sich im Arco, in Ernst Pollaks Stammlokal. Dort stellte er sie seinen Freunden, den Literaten, vor. In Prag gab es fast für jeden Beruf ein Kaffeehaus. Eines für Börsenmakler, eines für Spediteure und auch eines für die Theaterleute. Das hatten Milena und ihre Freundinnen bereits auf ihren Nachmittagstouren herausgefunden, wenn sie auf der Suche nach Aufregung von der tschechischen Seite zum deutschen Graben wechselten. Einmal machten sie gleich wieder kehrt, als sie am Tresen eine Gruppe schwitzender Kerle erblickten, die sie laut grölend hereinwinkten, durch die Zähne pfiffen und ein paar Stühle zwischen sich freiräumten.

»Puh, Glück gehabt, wer weiß, ob wir heil wieder herausgekommen wären«, sagte Jarmila, als sie eine Straße weiter zurückblickten, ob die Männer ihnen gefolgt waren.

Dass Milena nun ein anerkanntes Mitglied des berühmten Prager Literaturkreises zu werden schien, konnte sie noch immer kaum glauben. Im Arco, einem eleganten Etablissement mit großen Spiegeln, verkehrten hauptsächlich deutsche Juden, die der Krieg noch verschont hatte, Literaten wie Pollak. Jeder Stammgast, der durch die Tür trat, wurde mit seiner Leidenschaft angesprochen, als sei sie ein eingetragener Beruf.

»Habe die Ehre, Herr Kritiker«, begrüßte der Oberkellner Poschta Milenas Liebsten mit einer Verbeugung. Manche saßen von mittags bis spätnachts unter den großen Zuglampen, deren Fransen aus Glas bei jedem Luftzug klimperten. Bequeme Lehnstühle gruppierten sich um die Tische. Man konnte sich sogar anrufen lassen, der Kellner trug dann einen Telefonapparat heran, wovon Ernst oft Gebrauch machte. Im Arco wurde geschrieben, geredet und gestritten. Oft verglich man die Papierwelt der Bücher und Zeitungen mit der wirklichen, die den Krieg hervorgebracht hatte, und empörte sich. Die Kaffeehausbesucher weinten, flehten, schimpften auf und über das Leben. Sie saßen nicht hier, weil sie keine heizbare Wohnung besaßen oder nichts zu essen fanden, sie suchten nach einer Möglichkeit zu vergessen, ihre Sorgen und Zukunftsängste, und fanden hier einen Ruhepol inmitten der umtriebigen Stadt. Zusammen mit ihren Hüten hängten sie ihr privates Ich an die Garderobe gleich neben dem Eingang, und wurden für den Rest des Tages zu Künstlern. Aber das Kaffeehaus war auch Gemeinschaft, hier entkam man der Einsamkeit, tauchte ein Gast zwei Tage nicht auf, munkelte man schon, wo er steckte. Den Spitznamen Arconauten hatte ihnen der Wiener Satiriker Karl Kraus gegeben, der in seiner Zeitschrift »Die Fackel« über die Prager Gruppe um Ernst Pollak lästerte. Doch sie fassten es als Ehrung auf, dass man sogar in Wien und durch die weltweite Verbreitung der »Fackel« darüber hinaus von ihnen sprach. Die meisten Arconauten lebten wie er nicht vom Schreiben. Sie legten ihren Brotberuf so, dass sie nachmittags an ihren Werken arbeiten konnten, oder gingen ins Kaffeehaus, um in den ausliegenden Zeitungen und Zeitschriften zu lesen, wie auch Milena es tat. Das Arco rühmte sich, die größte Auswahl von ganz Prag anzubieten, sogar englischsprachige, italienische oder sogar französische Druckerzeugnisse lagen aus. Die Gäste kostete das kaum mehr als einen Mokka oder einen Verlängerten. Milena vertiefte sich in das breite Angebot aus Kunst und Literatur, las amerikanische Kurzgeschichten und französische Gedichte und setzte sich mit dem Expressionismus auseinander. Endlich wagten es die Künstler zu zeigen, was in ihnen vorging, und hatten offenbar eine Ausdrucksform gefunden, die es auch transportierte. Kräftige

Farben, starke Konturen. Trotzdem staunte sie, als eine Kunstzeitschrift »Das schwarze Quadrat« zeigte, das ein Russe namens Malewitsch gemalt hatte. Ein völlig schwarzes Bild, Milena hielt die Abbildung zuerst für einen Fehldruck. Aber der Zeitungskritiker schwelgte in dieser eckigen Finsternis und glaubte darin mehr zu entdecken als in der »Alexanderschlacht«, einem Monumentalgemälde aus dem Mittelalter, das in Deutschland hing. Aber auch in den Modemagazinen blätterte sie, wusste bald besser über gewagte Kleiderschnitte und Frisuren Bescheid als ihre Freundinnen. Darüber hinaus erhielt sie einen warmen Platz in weichen Plüschsesseln und Gesellschaft, sofern sie sie suchte. Felix Weltsch arbeitete vormittags als Bibliothekar in der Prager Universität und schrieb für tschechische und österreichische Zeitungen zugleich. František Langer, der wie Milena Tscheche war, aber bedeutend besser Deutsch beherrschte als sie, verfasste Theaterstücke, Jugendbücher und Romane in beiden Sprachen. Tagsüber diente er als Militärarzt und saß darum in Uniform im Arco. An Ernsts Seite respektierte man Milena, hörte ihr zu, nicht nur, um ihre Meinung zu Frauenthemen zu hören. Das verstärkte ihr Glück. So schnell wie möglich musste sie ihre Freundinnen mit herbringen. Auch dass sie Herrn Max Brod kennengelernt hatte, den berühmten Autor, mussten sie erfahren. Er war Beamter und zugleich Romancier, Dramatiker und Kritiker. Seine Werke fanden auch außerhalb des Kaiserreichs große Resonanz und sorgten für Gesprächsstoff. Seiner Großzügigkeit verdankte Milena ihre erste Begegnung mit Ernst. Sie schätzte ihn auf Anfang bis Mitte dreißig, nur wenig älter als ihren Liebsten. Konzentriert durch seinen schmalen Augenzwicker blickend, half ihr Herr Brod häufig über ihre schlechte deutsche Aussprache hinweg, oder wenn sie wieder einmal nach dem richtigen Wort suchte. Er hatte ihr sogar sein neuestes Buch geschenkt: »Die Höhe des Gefühls«, ein Drama in Szenen und Versen, mit einer persönlichen Widmung. Nur Franz Kafka, der Ernst die Geschichte von der Verwandlung überlassen hatte, war sie bisher noch nicht begegnet. Max Brod war sogar seit seinem Studium mit ihm befreundet, brachte ihn aber nie mit und schürte damit die Neugier auf diesen großen Unbekannten umso mehr. Wahrscheinlich sah dieser Kafka selbst wie eine Wanze aus, dachte Milena. Er scheute einfach das Licht, und sei es auch noch so schummrig wie das im Arco.

Staša und Jarmila wirkten anfangs nicht sonderlich begeistert, als sie ihnen von den Arconauten berichtete. Nach einigen Wochen, in denen sie die beiden nur kurz gegrüßt hatte, wenn sie sich zufällig auf den Gängen der Universität über den Weg gelaufen waren, trafen sie sich zum Essen in der Mensa.

»Schön, dass du dich plötzlich wieder an uns erinnerst. Kaffee trinken mit fremden Kerlen scheint dir offenbar wichtiger zu sein, als mit uns zusammen zu sein?« Jarmila schmollte sogar.

»Entschuldigt«, fing Milena an, »ich wollte euch schon viel eher treffen, aber …«

»Sind wir dem Fräulein Musikstudentin nicht mehr fein genug?«, fiel ihr Staša ins Wort. »Sag nicht, dass es an den Stundenplänen liegt.« Sie studierte Psychologie und Philosophie und Jarmila hielt mit Medizin weiter durch, auch nachdem Milena zur Musik gewechselt war.

»Unsinn, ich wollte es euch schon längst sagen, aber dann war so viel los und ich …«, sie holte Luft, »also, ich habe mich verliebt.« In Wahrheit hatte sie jede freie Minute mit Ernst verbracht, ohne irgendjemand anderen an ihrer Seite überhaupt zu bemerken. Er war der Mann ihrer Träume, an seiner Seite würde sie ein freies Leben führen können, glaubte sie. »Kommt, seid gnädig und seht es mir nach. Ich bin ja wieder hier oder besser gesagt, wir drei sind wieder zusammen.«

»Verliebt? Wie? Du meinst so richtig?« Staša riss die Augen auf. »Erzähl, wir sind ganz Ohr.«

»Aber alles, lass ja nichts aus.« Die Neugier stimmte auch Jarmila milder.

Und Milena erzählte, angefangen von dem Abend im Ständetheater bis zu den Besuchen im Literatenkreis und der Zweisamkeit in seinem Zimmer. Dabei vergaßen die drei den Lärm ringsum, das Tellerklappern und Geschrei und auch zu essen. Es gab sowieso nur Steckrübensuppe und Brot wie jeden Tag seit Kriegsbeginn. »Habt ihr Lust, mal mit zu den Arconauten zu gehen?«, leitete sie von den allzu intimen Fragen über, die besonders Staša, die zwei Jahre jünger als Jarmila und sie war, brennend interessierte.

»Selbstverständlich, deinen ernsten Ernst wollen wir uns doch nicht entgehen lassen. Mal sehen, ob er unserer Prüfung standhält.« Jarmila lachte.

»Wie wäre es, wenn wir uns etwas Besonderes überlegen«, schlug Milena vor. »Die eingeschworene Herrenrunde könnte ein wenig Auflockerung vertragen.« Sie beratschlagten eine Weile und entschieden sich für eine Hommage an ihr Idol, die große Barfußtänzerin Isadora Duncan. Für diesen Anlass wollte Milena für Staša, Jarmila und sich extra wallende Gewänder anfertigen lassen. Gleich am nächsten freien Nachmittag suchten sie gemeinsam eine der bekanntesten Prager Schneidereien auf. Zuerst konnte Herr Kučera, der schon lange für die Familie Jesenský nähte, mit der Beschreibung, die sie abgaben, nichts anfangen. Zudem fielen sich die drei ständig gegenseitig ins Wort. Der Schneider hörte zu, kniff mehr und mehr die Augen zusammen, als könnte er auf diese Weise eine Aussage herausfiltern. Milena breitete Fotografien von Isadora Duncan auf dem Tisch aus, die sie aus Illustrierten ausgeschnitten und gesammelt hatte.

»Aha, ich verstehe, Fräulein Jesenská«, Kučera atmete auf, »Sie wollen sich als Römerin maskieren?«

»Ich hoffe nicht, dass wir hinterher wie verkleidet aussehen«, erwiderte sie.

»Nein, nein, keinesfalls, so meinte ich das auch nicht, aber mein erster Eindruck von diesen Aufnahmen ist …«, er räusperte sich, »wenn Sie erlauben … für solch junge, wohlgestaltete Damen, wie Sie es sind, wirkt diese Kleidung ein wenig … wie soll ich sagen … antik.«

»Im Gegenteil, Herr Kučera, das ist hochmodern und wird sich auch in Prag durchsetzen, sobald wir es tragen. Das Kleid ist nicht römisch, sondern entspricht dem griechischen Schönheitsideal. Die Frage für uns ist eher, ob Sie so etwas anfertigen können?«

Staša und Jarmila kicherten.

»Nun gut.« Von Milenas Überheblichkeit wenig beeindruckt, klemmte sich der Schneider ein Monokel ins Auge, hob einen Zeitungsausschnitt auf und hielt ihn dicht vor die Nase. Anschließend vertiefte er sich wieder in die Vorlagen. »Wenn mir die Damen bitte helfen. Ich weiß gar nicht, wo ich bei der Büste einen Abnäher oder eine Nahtzugabe machen soll?«

»Das ist das Entscheidende.« Wie Miss Duncan war Milena der Meinung, dass der weibliche Körper die gleiche Freiheit genießen sollte wie der revolutionäre Geist und sich nicht mehr einschnüren musste. Nicht nur in den Schützengräben, überall auf der Welt brodelte es. In London, in Paris, in New York, aber auch auf dem Land stiegen die Frauen für ihre Rechte auf die Barrikaden, und Milena war mittendrin. Sie kämpfte für sich und ihre Mitschwestern und vielleicht auch für ihre Tochter, sollte sie eines Tages eine bekommen. Sie und keiner sollte mehr ein Mensch zweiter Klasse sein. In Finnland durften sie schon seit 1906 wählen, hatte ihnen Fräulein Honzáková, ihre geliebte Lehrerin im »Minerva«, damals freudig erklärt. Seit zehn Jahren also schon, es wurde Zeit, dass es auch in ihrer Heimat wahr wurde. Obwohl der Krieg die weltweite Solidarität wieder gespalten hatte, dauerte es bestimmt nicht mehr lange und all die Sitzstreiks und Gefängnisstrafen der Suffragetten, wie die Kämpferinnen für Gleichberechtigung hießen, würden nicht umsonst gewesen sein. »Keine Abnäher, Herr Kučera, und wir werden auch kein Korsett unter den Kleidern tragen. Wir brauchen lediglich ein paar goldene Schnüre um den Busen und die Taille, dafür aber sehr viel Stoff zum Drapieren, um nirgendwo eingeengt zu sein.«

»Das lässt sich einrichten.« Seinem Gesichtsausdruck nach wirkte der Meister nicht völlig überzeugt, doch ganz Geschäftsmann und Handwerker zugleich, fügte er sich. »Offene Schultern, ärmellos, ohne Kragen, Wasserfallausschnitt, bodenlang mit Borte im Saum. Das verlangt nach mehreren Bahnen Stoff, wenn ich das richtig sehe.«

»Ist das ein Problem?«

»Normalerweise nicht, aber in diesen Zeiten wird jedes Fitzelchen Stoff gebraucht, um Uniformen oder warme Unterwäsche daraus zu machen, doch mir fällt etwas ein. Wenn die Damen bitte einen Moment Platz nehmen.« Kučera verschwand im Nebenraum.

»Er hat recht, vielleicht ist es doch zu gewagt«, sagte Jarmila leise.

»Er hat doch nichts von gewagt gesagt, sondern dass es unvorteilhaft für uns wäre«, erklärte Milena. »Aber seht euch mal um, wie rückständig die Modelle noch sind.« Sie zeigte auf die Kleiderpuppen. »Hochgeschlossene Kragen und Wespentaille? Oder diese ausgepolsterten Hinterteile, als wären wir Gänse. So etwas trägt höchstens noch die Frau Ministerialrätin und ihre Großmutter. Das sind doch nicht wir.«

Staša gluckste. »Mein Vater lässt mich sofort in eine Zwangsjacke stecken und zu den Irren sperren, wenn er mich in dem neuen Kleid auf der Straße sieht.«

»Willst du einen Rückzieher machen? Das haben wir doch alles schon besprochen.« Milena verdrehte die Augen. »Und von welchen Irren redest du, dein Vater ist doch Kinderarzt?« Ihrer und Milenas Vater waren nicht nur Arztkollegen, sie kannten sich auch privat.

»Er arbeitet seit Neuestem in Weleslawin«, erklärte Staša.

»Im Schloss?«, fragte Milena.

»Das ist doch ein Sanatorium für Lungenkranke«, sagte Jarmila.

Staša nickte. »Aber dort gibt es auch eine geheime Abteilung für Geisteskranke, mit der droht uns Vater ständig, wenn wir ungehorsam sind.« Sie war die älteste von fünf Töchtern.

»Wenn rauskommt, dass ich als Griechin verkleidet vor fremden Männern tanze, wird Vater mir den Umgang mit euch verbieten, aber eigentlich ...«, sie sprang auf, »braucht ihr mich, denn ich bin die beste Duncan von uns, was wäre das sonst für ein jämmerlicher Auftritt.« Und sie drehte sich mit erhobenen Armen um die eigene Achse.

Jarmila lachte. »Du ähnelst eher einer Tänzerin auf einer Spieluhr, wir wollen uns frei bewegen und wenn, dann Sirenen darstellen. Die, vor denen sich Odysseus an den Mast seines Schiffes hat binden lassen, damit er ihnen nicht verfällt. Ich glaube, das müssen wir noch üben, sonst lässt sich keiner von uns bezirzen. Sagt mal, wo bleibt eigentlich der Schneidermeister? Ist er geflohen?«

Wie gerufen kehrte Kučera endlich zurück und rollte einen quietschenden Wagen mit mehreren Stoffballen herein. Behutsam legte er einen nach dem anderen auf den Tisch. »Entschuldigen Sie, dass es so lange gedauert hat.« Er tupfte sich mit einem Taschentuch den Schweiß aus dem Gesicht. In seinen Haaren hingen Spinnweben. »Aber ich musste erst das halbe Lager umräumen, bis ich das Gesuchte fand.« Mit geschickten Handgriffen wickelte er vom ersten, einem violetten Stoff, der herrlich blau und rot schillerte, einige Meter ab und breitete ihn aus. »Fühlen Sie mal«, forderte er sie auf. Milena hielt eine Hand unter die Stoffkante, ihre Haut lugte durch das feine Gewebe. Sie strich darüber.

»Was sagen Sie?« Herrn Kučeras Augen glänzten, als enthüllte er einen Goldschatz.

»Fühlt sich kühl und gleichzeitig geschmeidig an, wie das Fell einer Katze.«

Er nickte. »Und schauen Sie, wie der fällt. Darf ich?«

Milena nickte. Herr Kučera raffte den Stoff und legte ihn ihr um die Schultern. »Was ist das für ein Material?«, fragte sie. Auch Jarmila und Staša strichen über den Stoff und wirkten begeistert.

»Feinster französischer Batist«, erklärte er, »Leinen, Baumwolle und Seide zusammen verwebt und eingefärbt. Ich habe mehrere Farben eingekauft, aber bisher nie Verwendung dafür gefunden. In Prag sind immer noch gedeckte Farben und Zurückhaltung angesagt. Zu meinem Leidwesen bevorzugen die meisten Grau, Braun, Blau und Schwarz. Außerdem kann man Batist nur für Abendgarderobe verwenden, für Uniformen ist er völlig ungeeignet. Damit würde jedem Soldaten das Hemd aus der Hose rutschen.«

»Also perfekt für uns«, sagte Milena. Wieder glucksten die Freundinnen. »Eigentlich wollten wir alle ein weißes Kleid wie Miss Duncan, aber jetzt, wo wir die Auswahl haben, nehmen wir …« Sie zögerte einen Moment, zog Jarmila und Staša ans Fenster, um außer Hörweite des Schneiders mit ihnen zu verhandeln. »Was haltet ihr von den Farben der Frauenbewegung?«

»Welche sind das?«, fragte Staša.

»Na, Violett, Grün und Weiß. Die englischen Suffragetten tragen sie als Schleifen im Kampf fürs Stimmrecht. Violett steht für die Würde, Weiß für die Unschuld und Grün für die Hoffnung, dass wir Frauen wirklich eines Tages die Hälfte der Welt erhalten, die uns zusteht. Also genau das Richtige für unseren Auftritt.«

»Als gestreifte Schleifen mag es ja gehen, aber beißt sich das nicht zusammen in einem Kleid?«, warf Jarmila in die Runde.

»Ich meinte ja auch nicht in einem Kleid, jede wählt eine Farbe und zu dritt symbolisieren wir dann die Gleichberechtigung.«

»Du bist genial, Milena.« Staša umarmte sie.

»Also wer will welche Farbe?« Milena strahlte.

Staša und Jarmila überlegten. Aus dem Augenwinkel bemerkte Milena, wie der Schneider die Uhr aus seiner Westentasche zog und sie aufklappte.

»Wirklich noch unschuldig ist doch keine von uns«, flüsterte Jarmila. »Aber wenn schon Weiß, dann für dich, Staša. Falls dein Vater nachfragt, hast du dich wenigstens in Unschuld gehüllt.«

»Ich dachte schon, du betonst schon wieder, was für ein Küken ich bin.« Sie wirkte erleichtert. »Mir gefällt Weiß sowieso am besten.«

»Und ich würde gerne in meiner Lieblingsfarbe die Würde vertreten«, schlug Jarmila vor.

»Gern. Violett zu deinen dunklen Haaren, das sieht bestimmt wunderbar aus. Dann nehme ich die Hoffnung, von der kann man nie genug verbreiten.« Milena stimmte zu und sie teilte ihre Entscheidungen Herrn Kučera mit.

Nun konnte er Maß nehmen. Anschließend zog er mehrere Schubladen auf und zeigte ihnen kunstvoll bestickte Bänder, mit denen sie die Kleider in Form bringen und ihre Figur an den richtigen Stellen betonen wollten. Staša wählte ein Band mit Blattranken, Jarmila eines mit dem Muster des laufenden Hundes und Milena entschied sich für eine stilisierte Amaryllis.

3. Kapitel
MOHN

Als sie ihre ausgefallenen Tuniken nach der dritten Anprobe abholten, bezahlte Milena wie üblich mit einem Wechsel ihres Vaters. Er gewährte ihr Zugriff zu seinem Bankkonto und freie Hand, solange sie das Geld für sinnvolle Dinge ausgab. Angemessene Kleidung gehörte für ihn bestimmt dazu, dachte Milena. Jan Jesenský stammte aus ärmlichen Verhältnissen und hatte sich zum stadtbekannten Professor für Kieferchirurgie hochgearbeitet. Einst spielte er nicht nur Geige in Nachtlokalen, um sein Studium zu finanzieren, er arbeitete sogar als Kofferträger auf dem Prager Bahnhof. Heute sollte jeder sehen, was er erreicht hatte, deshalb legte er allergrößten Wert auf sein Äußeres. Ihr Vater besaß handbestickte Socken mit seinen Initialen und bald mehr Schuhe als Bücher, und das sollte etwas heißen in einem Arzthaushalt. »Wenn mein Vater nachfragt, sagen Sie ihm bitte, dass es sich um eine Abendveranstaltung meiner Universität handelt, bei dem ich als Hypatia auftrete.« Sie und ihre Freundinnen hatten sich bereits wieder umgezogen.

»Ich verstehe nicht, gnädiges Fräulein?«

»Das war eine griechische Philosophin«, erklärte sie. »Vielleicht schreiben Sie es sich besser auf?«

Hastig notierte der Schneider Hüpat …, hielt dann inne. »Mit Ypsilon und hinten mit i und a«, sagte sie. »Und bitte sagen Sie ihm auch, dass es sich dabei um nur ein Kleid handelt, ein sehr aufwendiges.« Sie gab Herrn Kučera einige Kronen Trinkgeld in bar.

»Wohin darf ich die Kleider morgen bringen lassen?«

»Alle zu mir, in die Obstgasse siebzehn, fünfter Stock, wie üblich. Vielleicht können Sie sie übereinander auf einen Bügel hängen, dass man meint, es sei nur eines mit mehreren Unterröcken? Und bitte liefern Sie vor zwölf Uhr, das ist wichtig.« Vormittags war sie sicher, dass ihr Vater nicht zu Hause war. Er hielt Vorlesungen in der Universität, erst nach dem Mittagsmahl stand er für seine Patienten in seiner Praxis im Erdgeschoss bereit.

»Selbstverständlich.« Herr Kučera notierte sich alles und schob die Extrascheine in die Weste.

Die fließenden Bewegungen der Miss Duncan hatten sie bereits dreimal im Kino studiert, aber nun wollten sie den sinfonischen Ausdruckstanz in der passenden Ausstattung einüben. An einem Abend, an dem sie sich ungestört wähnten, trafen sie sich bei Milena. Die Dienstboten hatten Ausgang und ihr Vater besuchte Agneta, seine langjährige Geliebte am anderen Ende der Stadt. Die gesamte Wohnung gehörte ihnen. Schon das Umkleiden und Frisieren in Milenas Ankleidezimmer war ein Vergnügen.

»Die moderne Frau trägt keine Hochsteckfrisuren oder enganliegende Zöpfe mehr, auch das Haar darf atmen.« Milena zeigte ihnen ein paar der internationalen Zeitschriften, die sie sich nach der Recherche im Arco gekauft hatte. Jarmilas dunkle Mähne, Milenas helle Locken und Stašas kastanienbraunes Glanzhaar flossen ihnen bald in sanften Wellen über den halbnackten Rücken. Sie begutachteten sich gegenseitig in Milenas Poudreuse. Einem Spiegeltischchen, das ihre Mutter noch mit Brandmalerei verziert hatte. Als sie endlich mit ihren Erscheinungen zufrieden waren, lotste Milena die Freundinnen in den Salon, legte eine Schellackplatte auf das Grammophon und kurbelte an dem Gerät. Als die ersten Klaviertöne erklangen, versuchten sie die geschmeidigen Bewegungen der Miss Duncan auf dem Salonteppich zu imitieren. Barfuß natürlich, aber trotzdem war es gar nicht so leicht. Zuschauen und nachmachen waren nicht das Gleiche, stellten sie fest. Ständig mussten sie sich korrigieren.

»Puh, ich glaube, das ist es noch nicht.« Erschöpft warf sich Jarmila auf die Ottomane und streckte die nackten Beine aus. »Wir müssen lockerer werden, bei der Isadora Duncan schaut das so einfach aus.« Sie wackelte mit den Zehen.

Schwitzend warf sich Staša neben sie, trank ein Glas Apfelsaft in einem Zug leer. »Du hast recht, unser Gehopse schaut noch viel zu verkrampft aus. Wir brauchen richtigen Unterricht, bei einer echten Tänzerin. Allein kriegen wir das nie hin. Milena, du hast doch Beziehungen zum Theater, warst du nicht einmal bei dieser Soubrette? Wie hieß die noch gleich?«

»Erinnere mich bloß nicht daran.« Milena nahm den Tonarm von der Platte, unterbrach das knackende Geräusch und sank ebenfalls in einen Sessel. »Den Namen von der nehme ich nie mehr in den Mund.« Im Gymnasium hatten sie alle für eine bestimmte Sängerin geschwärmt. Stellvertretend für die ganze Klasse hatte die fünfzehnjährige Milena nach einer Premiere all ihren Mut zusammengenommen und mit einem selbstgepflückten Blumenstrauß an ihrer Garderobe geklopft. Leider fasste die Diva, die aus der Nähe, ohne Perücke und Augenbrauen, wie der Tod persönlich aussah, auch Milena als Geschenk auf und versuchte, sie zu küssen.

»Fürs Erste würde schon etwas anderes zu trinken helfen.« Jarmila wedelte mit ihrem Saftglas. »Habt ihr nichts Stärkeres im Haus?«

»Schon«, sagte Milena, »aber mein Vater kontrolliert seine Vorräte.«

»Wir könnten das bisschen, das wir trinken, mit Wasser strecken, dann merkt er nichts. Aber ich will dich zu nichts verleiten«, Jarmila spitzte die Lippen, »ich wusste nicht, dass du auf einmal so brav geworden bist.«

»Von wegen.« Milena grinste. »Aber Alkohol macht uns bloß müde, und wir wollen doch diesen verflixten Tanz beherrschen. Ich weiß etwas Besseres.« Sie rappelte sich hoch und holte den Schlüsselbund zu Vaters Praxis. Dann stiegen sie die zwei Stockwerke nach unten, vorbei an den Marmorwänden und dem »Meeresrauschen«, einem Wandmosaik, das Milenas verstorbener Onkel vor dem Eingang zur Praxis gestaltet hatte. Im Sprechzimmer probierten Jarmila und Staša den Zahnarztstuhl aus, senkten sich per Hebel gegenseitig hinauf und hinunter. Sie ahnten nicht, welche Patienten bereits auf diesem Stuhl gelegen und gelitten hatten, dachte Milena und sperrte den Medikamentenschrank auf. Doktor Jesenskýs Heiligtum. Die meisten Fläschchen waren beschriftet. Aspirin, Morphin und Veronal zur Linderung je nach Schmerzgrad. Veronal hatte Vater ihr fast jeden Monat verabreicht, als sie die ersten Jahre ihrer Menstruation an starken Bauchkrämpfen litt. Zum Glück hatte sich das seither gebessert. Dahinter fand Milena das Gesuchte, ein kleines Fläschchen Laudanum. Schon Goethe wusste den Saft der Mohnblume zu schätzen, hatte sie in einer Biographie über ihn gelesen. Sie machte es so wie Vater und träufelte je zwei Tropfen Laudanum auf ein Stück Zucker, legte es ihren ohnehin schon sehr aufgedrehten Freundinnen und anschließend sich selbst auf die Zunge. »Und jetzt langsam zergehen lassen«, forderte sie die beiden auf und spürte, wie die Süße in ihrem eigenen Mund zerfloss.

»So wenig bloß? Das kann doch gar nicht wirken.« Staša zerbiss den Zucker. »Also ich merke jedenfalls noch nichts, schmeckt nicht mal richtig nach Medizin.«

»Hab doch Geduld. Mehr dürfen wir auf keinen Fall nehmen. Wir wollen doch unseren Tanz in Schwung bringen und nicht einschlafen.«

Jarmila nickte. »Milena hat recht, zu viel davon und du wachst nie mehr auf. So schnell wirkt das nicht, das Zeug muss sich erst in deiner Blutbahn verteilen«, sprach die Medizinstudentin in ihr. Die beiden blieben dicht aneinandergeschmiegt auf dem Zahnarztstuhl wie zwei Löffel liegen und warteten auf die Wirkung. Milena setzte sich auf Vaters fahrbaren Hocker, schwang sich mit den Beinen durch die Praxis.

»Gibt's hier wenigstens Musik?«, fragte Staša. Milena rollte zum großen Radioapparat, der über dem Labortisch auf einem Regal stand. Dabei verlor sie die Kontrolle über den Hocker und knallte an die Tischbeine.

Es klirrte, die Glasgefäße gerieten durcheinander.

Staša fing zu kichern an und konnte gar nicht mehr aufhören. War sie schon berauscht?

Milena begutachtete den Schaden. Ein Kolben hatte einen Sprung und zerbrach, als sie ihn wieder aufstellen wollte. Vorsichtig wickelte sie die Scherben in ein Tuch, musste aufpassen, dass sie sich nicht schnitt. »Lasst uns besser nach oben gehen und dort weiterüben, bevor hier noch mehr geschieht.« Sie würde das Malheur morgen auf dem Weg zum Konservatorium entsorgen und beten, dass Vater keine Spuren fand. Hoffentlich zählte er die Laborgeräte nicht wie seine Spirituosen. Jarmila und Milena hievten Staša, die fortwährend kicherte, aus dem Stuhl und versuchten sie aufzustellen. Sie knickte ein, als wären ihre Beine aus Gummi. Wie einer Schwerverletzten griffen sie ihr schließlich unter die Arme und schleppten sie zur Tür.

»Vergiss nicht zu-, zu-, zu-, du weißt schon.« Jarmila hatte auf einmal Schwierigkeiten, die richtigen Wörter zu finden. »Na, du weißt schon, was ich meine, damit dein …, der …, Dings nichts merkt.«

Milena spürte noch nichts von einem Rausch, abgesehen davon, dass sie sich leichter fühlte. Ihre Füße und Finger, auch ihr Hals, ja, ihr ganzer Körper schien aus Watte zu bestehen und bog sich viel graziler, ganz so, wie sie es sich vorgestellt hatte. À la Isadora Duncan schwebte sie zum Medikamentenschrank und versperrte ihn wieder, bald darauf tat sie mit der Praxistür das Gleiche. Sie rasselte mit dem Schlüsselbund, als sei er ein Tamburin und glaubte, gleich in das Meeresrauschen-Mosaik einzutauchen. Die vielen Steinchen explodierten vor ihren Augen und formten sich zu tausendfachen Tropfen. Sie luden sie zum Schwimmen ein. Schon breitete sie die Arme aus und ging in die Knie für den Absprung ins Wasser. Dann wollte sie loskraulen, weit hinaus bis über den Horizont.

»Hiergeblieben.« Jarmila packte sie, bevor sie sich den Kopf an der Wand anschlug. »Komm, Staša, hilf mir mal.« Untergehakt ließ sich Milena von ihren Freundinnen nach oben bringen. Die Treppenstufen dehnten sich, wollten ihr ausweichen. Sie erklomm sie schwankend, eine nach der anderen. Manchmal trat sie daneben und musste Schwung holen. Mit vereinten Kräften und unter großem Gelächter bezwangen sie das Treppenhaus, als handelte es sich dabei um eine feindliche Burg.

Ob ihre Bewegungen zu den Brahmswalzern dank des Rauschmittels wirklich besser wurden, oder ob sie sich nur toller fanden, war dahingestellt. Sie sangen und tanzten den ganzen Abend, hatten so viel Spaß wie selten zuvor.

Bis sich Staša übergeben musste. Knapp schaffte sie es noch ins Bad, da erbrach sie sich in die Wanne. »Viel zu viel Apfelsaft«, lallte sie und strich sich die verklebten Haare aus dem Gesicht. Sie lachte schon wieder, wenn auch nicht mehr ganz so laut. Dann verdrehte sie die Augen und sackte auf den Wannenvorleger. Als sie wieder zu sich kam, wollte sie nach Hause. Und auch Jarmila schloss sich ihr an. Milena bestellte eine Kraftdroschke für die beiden. Bevor sie gingen, verabredeten sie sich noch für ihren Auftritt bei den Arconauten am kommenden Freitag.

Am Donnerstag sagte Staša telefonisch ab, behauptete, dass sie für die Klausur am Montag lernen müsste.

»Ach, komm, nur ein bis zwei Stunden«, versuchte Milena sie zu überreden. »Das macht den Kopf frei und danach kannst du das ganze Wochenende am Schreibtisch verbringen.«

»Es geht nicht, ich bin wirklich knapp dran, bitte versteh das.« Staša hatte mit dem Lernen bisher noch nie Probleme gehabt, ihr flog alles zu. Sie sprach mehrere Sprachen und schien, kaum dass sie ihre Nase in ein Buch steckte, den Inhalt schon erfasst zu haben. Nun klang sie merkwürdig angespannt, so als stünde jemand hinter ihr und setzte sie unter Druck.

»Wir haben doch so viel geübt und dann das tolle Kleid, was ist mit dir?«

»Ein anderes Mal vielleicht, ich muss echt was für die Uni tun. Mir sitzt einiges im Nacken«, ergänzte sie leise.

Milena war sich nun sicher, dass das wortwörtlich gemeint war. »Ich verstehe«, sagte sie.

»Verzeih, aber viel Glück euch beiden. Hinterher müsst ihr mir alles haarklein berichten, sonst …« Es klickte in der Leitung, Staša hatte aufgelegt.

Mit Jarmila hatte sie sich vor dem Arco verabredet. Obwohl es schon Anfang Dezember war, entschied sie sich gegen Mantel und Hut, um die wallenden Stoffbahnen und ihre Frisur nicht zu zerdrücken. Sie würde eine Kraftdroschke bis zum Arco nehmen. Nachdem sich Milena zurechtgemacht hatte, lief sie nach unten und staunte, als Jarmila bereits vor der Haustür wartete. Aus einer taubenblauen Limousine winkte sie ihr und kurbelte die Scheibe herunter. Milena bat den Kraftdroschkenfahrer zu warten und ging zu ihrer Freundin auf die andere Straßenseite. »Was ist, steigst du nicht um und fährst mit mir?« Am Steuer saß ein Herr im Frack. Milena beugte sich zum Fenster hinunter und erkannte den deutschen Leutnant Willy Haas. Heute trug er Zivil und

Pomade im Haar und wirkte sehr elegant. Sie begrüßte ihn auf Tschechisch, redete aber dann auf Deutsch weiter. »Was machen Sie hier?«

»Ahoj, Fräulein Jesenská«, sagte er über das Knattern des laufenden Motors hinweg. »Ich habe ein paar Tage frei und dachte mir, ich besuche meine alte Heimat.« Er gehörte auch zur Runde der Arconauten, lebte aber seit Kurzem als Drehbuchautor und Filmkritiker in Berlin, wo er auch einberufen worden war. Milena hatte ihn an einem Abend voller Wein über die mondänen Berlinerinnen ausgefragt, wollte wissen, wie sie sich kleideten und welche Frisuren sie bevorzugten. Erst tat er sich mit einer Beschreibung schwer, bezeichnete die böhmischen Frauen als eleganter, sogar als die eigentlichen Europäerinnen. In Berlin würde man noch Hüte mit Schleier tragen und bodenlange Röcke, die unterm Saum den gesamten Unrat der Stadt aufkehrten. Aber er versprach ihr, bis zum nächsten Wiedersehen genau aufzupassen, falls es einen modischen Wandel gäbe, und sich alles einzuprägen, damit er berichten könne.

»Woher kennt ihr euch?«, fragte sie Jarmila.

»Von einem Kinobesuch, Willy hat seinen Geldbeutel verloren und ich habe ihn eingeladen, das habe ich dir doch erzählt«, antwortete sie.

»Du?« Daran konnte sich Milena nicht erinnern, vielleicht hatte sie es auch vor lauter »Ernst« wieder vergessen. Sie musste wirklich wieder aufmerksamer mit ihrer Freundin sein, sonst entglitt sie ihr. Doch Jarmila wurde ständig angesprochen. Egal, wo sie sich befand, mit ihren seidig schimmernden Haaren, den hellgrünen Augen und ihrer schlanken Gestalt zog sie die Männer an wie Motten das Licht.

»Und heute werde ich eingeladen«, ergänzte sie noch, bevor Milena etwas erwidern konnte.

»Ja, mein Chefredakteur hat mich gebeten, zur tschechischen Erstaufführung von »Der Elektromensch« zu gehen«, sagte Haas.

»Hui, der Elektromensch.« Milena schnalzte mit der Zunge. »Ich habe davon gelesen. Ein zukunftsweisender Film über einen ferngesteuerten Mann, der Film soll aus vier Teilen bestehen und die Filmrollen insgesamt über tausend Meter lang sein.« Sie liebte das Kino. Bevor sie Ernst kennenlernte, hatte sie kaum eine Neuaufführung verpasst. Sie verschlang auch jeden Artikel über die Darsteller, Regisseure und Hintergründe. Im Film gab es schlechte Frauen, Frauen, die rauchten, die sich gehen ließen, die taten, was ihnen gefiel, und sich nicht um die Folgen scherten. In einem Hauch aus Nichts huschten sie über die Leinwand oder fläzten auf einem Diwan. Dabei sogen sie an ihren Zigarettenspitzen, als hielten sie sich ausschließlich mit Tabak am Leben. Meistens stellten sie die Bösen dar, die Verruchten, die ehrliche Männer verführten, und am Ende wurden sie dafür bestraft. Zugleich waren aber sie diejenigen, die das Publikum in den Bann zogen und den Film belebten. »Da haben Sie sich ja ein Mammutprojekt vorgenommen, Herr Haas.«

»Darum muss ich mich auch sputen. Ich will es wenigstens bis zum Hauptteil schaffen, bevor ich zurück in meine Einheit muss. Aber mit der richtigen Begleitung schlage ich gleich mehrere Fliegen mit einer Klappe. Urlaub, Heimatbesuch und Arbeit.« Er nahm den Arm vom Lenkrad und legte ihn um Jarmila.

»Bin ich etwa eine Fliege für dich?«

»Wenn, dann eher eine süße kleine Hummel.« Willy tippte ihr auf die Nase.

»Hummel, was ist das?« Die beiden duzten sich schon, benahmen sich wie ein frisch verliebtes Paar, das war Milena zu viel. »Was hast du mit Josef gemacht?«, fragte sie ihre Freundin auf Tschechisch, ohne Rücksicht auf ihren Begleiter. Noch vor wenigen Wochen hatte Jarmila ihr ein Liebesgedicht vorgelesen, das Josef Reiner extra für sie verfasst hatte. Schon mit sechzehn hatte er sich in die ein Jahr ältere Jarmila verliebt und ebenfalls ein Medizinstudium begonnen, doch er fühlte sich mehr zum Journalismus hingezogen und vor allem zur Poesie. Sie waren von seiner zärtlichen Ausdrucksweise dahingeschmolzen, und Jarmila hatte beschlossen, endlich mit ihm zu schlafen, sobald sich die Gelegenheit dazu bot.

»Nichts. Er denkt wahrscheinlich, dass es aus ist. Aber was kann ich dafür?« Sie warf eine Haarsträhne über die Schulter zurück. »Ich habe genug gebüßt, hatte die ganze Woche Hausarrest, nachdem ich mich heimlich mit Josef verabreden wollte. Unser Dienstmädchen hat mich verpetzt, dieses Miststück. Ich wünsche ihr die Krätze an Stellen, wo es besonders juckt, wo man sich aber nicht zu kratzen traut. Warum mischst du dich jetzt auf einmal ein? Als ich dich gebraucht hätte, warst du anderweitig beschäftigt, und ich musste alles allein durchstehen.« Der Vorwurf traf. »Also bitte, verrat mich nicht«, ergänzte sie sanfter, als sie merkte, wie Milena zurückfuhr. »Wenn ich noch mal von meinen Eltern erwischt werde, mauern sie mich in meinem Zimmer ein.« Nicht nur Milenas Vater, auch Jarmilas mochte die deutschen Juden nicht. Außerdem lehnten sie deren Lebensstil ab. Einen Brotberuf auszuüben, nur damit man den halben Tag lang im Kaffeehaus sitzen konnte, um leidenschaftlich über die schönen Künste zu debattieren, lag jenseits ihrer Akzeptanz. Aber genau dies faszinierte Milena. Sie wollte mit allen Sinnen leben, nicht nur einen Alltag abarbeiten, in einem Beruf, der keinen Spaß machte. Jeden Abend müde ins Bett fallen, bis am Morgen alles von vorne begann. Sie wünschte sich etwas, das ihren Geist erfüllte, das sie forderte und weiterbrachte. Das konnte nur in der Auseinandersetzung mit neuen Strömungen gelingen. Der Aufbruch in Kunst und Literatur. Abgesehen davon gefiel Milena die Extravaganz im Arco. Die Männer in diesem Kreis waren ungefähr im Alter ihres Vaters, behandelten sie jedoch wie eine Dame und nicht mehr wie ein Mädchen, ja sahen in ihr eine moderne Europäerin, was sie mit Stolz erfüllte. Mit tschechischen Bäcker- oder Metzgersöhnen konnte oder wollte sie nun mal nichts anfangen, und ihre gleichaltrigen Kommilitonen bestanden meist auch nur aus Pickeln und Prahlerei.

»Ich schweige wie Tut-anch-amun«, versprach Milena. »Auf Krätze kann ich verzichten.« Sie zwang sich zu einem Lächeln. Gleich von allen beiden Freundinnen im Stich gelassen zu werden, tat weh. Noch dazu begann sie zu frieren. Die Abendluft war zwar noch trocken, aber eisig, es roch nach Schnee.

»Übrigens sehr elegant, eure Kleider. Derselbe Schnitt oder wie man da sagt, aber andere Farben und Borten«, warf Herr Haas ein, offenbar hatte er nur die Hälfte ihres tschechischen Gesprächs verstanden. Jarmila trug die violette Duncan-Tunika mit der Laufenden-Hund-Bordüre an den Saumkanten. Und Milena das grüne Amaryllis-Kleid. Auch wenn sie in der Schule nie das Gleiche, höchstens etwas Ähnliches, angezogen hatten, hielt man sie im Minverva oft für Zwillinge, später, als Staša dazukam, bezeichnete man sie als das Prager Triptychon. »Nach Ihren drängenden Fragen neulich habe ich Ihnen etwas mitgebracht.« Er griff auf die Rückbank und reichte ihr über Jarmila hinweg ein Heft aus dem Autofenster. »Der Kleiderkasten« stand auf Deutsch auf dem Titelblatt, darunter war die kolorierte Zeichnung einer geöffneten Schachtel, aus der ein blauer Stoff quoll. 1915, erster Jahrgang, Januar Nummer 1.

»Danke«, sagte Milena. »Wie nett.« Sie freute sich, auch wenn das Magazin schon fast zwei Jahre alt war, die Mode hatte sich seither, selbst in Deutschland, stark gewandelt.

»Mir hat er auch eine Zeitschrift mitgebracht.« Jarmila strahlte sie an und zeigte ihr die neueste Ausgabe von »Die Dame«. Die Frau auf diesem Umschlag trug kinnlanges Haar und auch ein kniekurzes Kleid, das an der Hüfte gegürtet war. Schon besser, dachte Milena. Die alte Kamelle schenkte Herr Haas lieber ihr.

»Wir können später tauschen, einverstanden?«, schlug Jarmila wieder auf Tschechisch vor, die ihr anmerkte, was in ihr vorging.

»Die Zeitschrift oder den Kavalier?«, rutschte es ihr heraus. Sie lachten, und Milena war froh, dass hoffentlich jetzt endlich wieder alles zwischen ihnen bereinigt war. »Bitte, kommt doch einfach noch kurz mit ins Arco«, versuchte sie es trotzdem. Sie wandte sich auf Deutsch an Willy Haas: »Das gehört doch auch zu Ihrem Heimatbesuch.«

»Vielleicht später, Frau Jesenská, wir müssen weiter und sehen, wer alles eingeladen ist und was noch gesagt wird, bevor das Orchester spielt und der Vorhang sich hebt«, erklärte er, und Jarmila drückte ihr kurz die Hand. Sie verabschiedeten sich und fuhren los.

So blieb Milena nichts übrig, als noch mal zurückzulaufen und das Flatterkleid gegen etwas weniger Gewagtes zu tauschen. Ins Arco wollte sie auf jeden Fall. Hoffentlich klappte es an einem anderen Tag, obwohl ihre Freundinnen nicht danach klangen. Ehrgeizig, wie Staša war, würde sie bis zum Sankt-Nimmerleins-Tag lernen, und Jarmila hatte momentan nur Augen für einen gewissen Leutnant. Noch dazu war bald Weihnachten und in der Adventszeit mit jeder Menge Familienfeiern würden sie weitere Ausreden vorbringen. Wahrscheinlich waren sie Großmütter und die Arconauten längst verstorben, bis das Trio in dieser Aufmachung tatsächlich zusammenfand. Schweren Herzens wollte sie den Kraftdroschkenfahrer bitten, weiter zu warten, und entschied sich dann kurzerhand um. Sie wäre nicht die Jesenská, wenn sie die Darbietung nicht auch allein bei den Arconauten wagen konnte.

Während der Fahrt überzog Gänsehaut ihre nackten Arme und Beine, sie schob es aber auch der Aufregung zu. Man sollte eine Heizung in die Automobile einbauen, dachte sie, sonst erfroren die Fahrgäste noch im Winter. Zitternd stieg sie neben den Tramwayschienen an der Ecke zur Hybernská Straße aus, hängte sich die Handtasche schräg über die Schulter und überlegte einen Moment, ob sie barfuß, ganz wie ihr Vorbild, das Kaffeehaus betreten sollte. Zwar hatte sie sich die Sandalen, die eine große Silberdistel zierten, extra dazu gekauft, aber stilechter wäre es ohne Schuhe. Aber wenn sie an die Asche und Spuckeklumpen dachte, die den Boden des Arco bedeckten wie ein Teppich, war sie froh um die dünnen Sohlen, die sie davon trennten. Außerdem war es dann nicht ganz so kalt. Auch wenn die Distelsandalen mit ihren schmalen Riemen eher wie ein Schmuckstück und kein Schuhwerk wirkten. Gleich hinter dem Eingang löste sie ihr Schultertuch und benutzte es als Requisite. Wie üblich mussten sich ihre Augen erst an den Dunst, an das Schummerlicht gewöhnen und zwischen den Rauchschwaden den Tisch finden, an dem der Pollaksche Kreis hofierte. Wenigstens war es warm im Kaffeehaus und das Zittern ließ sofort nach. Der Stehgeiger und der Flötist spielten keinen Walzer, wie erhofft, sondern gerade den Kanon von Pachelbel in D-Dur, doch diese Klänge trugen Milena fast noch besser an den Leuten vorbei, als wäre es mit den Musikern so abgesprochen. Auch wenn das Arco durch die neuen Stellungsbefehle ausgedünnt wirkte, waren an diesem Abend die Plätze erstaunlich gut besetzt. Viele Uniformierte führten ihre Liebchen aus. Doch egal, wo Milena vorbeitänzelte, sich im Takt drehte, die Arme reckte und jeden ihrer Finger auf besondere Weise abspreizte, die Gespräche verstummten oder wurden auf ein Flüstern gedämpft. Staunend bemerkte sie, dass ein Herr sogar »La vie parissienne« zur Seite legte. Diese erotische Zeitschrift gab es nur im Arco und meist war sie vom vielen Herumreichen so zerfleddert, dass die pikanten Stellen im Heft wie ausradiert wirkten. Milena wirbelte vor der Spiegelwand einmal um ihre Achse, verstärkte nach einem prüfenden Blick ihre Bewegungen zu theatralischen Gesten à la Isadora Duncan. Endlich sah sich auch Ernst zu ihr um, erhob sich, als er sie erkannte, schritt auf sie zu und zog sie an sich. Das Musikstück endete, einige klatschten und die Musiker verbeugten sich, als gehörten sie zu ihrer Einlage. Plötzlich wusste Milena nicht mehr, was sie eigentlich mit ihrem Auftritt bezwecken wollte, und kam sich komisch vor. Irritiert löste sie sich aus der Umarmung, ließ sich auf den freien Stuhl neben Ernst am Arconauten-Tisch nieder und richtete die verrutschten Schnüre an ihrem Ausschnitt. Verunsichert winkte sie dem Ober und bestellte sich rasch einen *Türkischen*. Erst danach blickte sie in die Herrenrunde. Neben den Literaten, die ihr Ernst bereits vorgestellt hatte, saßen auch zwei Neue. Ein schmächtiger Mann mit dunklen Augen, überkorrekt gekleidet, in Stehkragenhemd und gestreifter Krawatte, als befände er sich bei einem Staatsempfang. So geschmackvoll war nicht einmal Willy Haas für die Filmpremiere gekleidet gewesen. Sein Nebenmann dagegen legte weniger Wert auf sein Äußeres, ein beleibter Herr, mit struppigem Backenbart und fleckiger Weste, dessen Bauch gegen den Tisch drückte, als wollte er ihn anheben.

»Milena, darf ich dir zuerst Herrn Umprecht vorstellen? Er stammt aus Düsseldorf und schreibt an einer Neufassung der Nibelungen. Herr Umprecht, das ist meine Mi- …« Das Serviermädchen jonglierte ein vollbeladenes Tablett voller Geschirr an dem Deutschen vorbei und stolperte. Milena hatte nicht gesehen, ob er ihr ein Bein gestellt hatte oder ob es aus Versehen geschehen war. Einen Teil der gestapelten Tassen und Teller versuchte das Mädchen noch abzufangen, aber das meiste fiel zu Boden und zerbrach.

»Sehen Sie, das ist das, was ich vorhin meinte«, sagte der rheinische Nibelungenbart, ungerührt, dass das Mädchen vor ihm auf die Knie ging und die Scherben aufsammelte. »Dem weiblichen Geschlecht fehlt der Verstand.« Er zündete sich eine Zigarre an, rieb sich über die breite Brust und paffte genüsslich. »Darum begreifen sie die Zusammenhänge nicht, schon gar nicht, was die Weltpolitik betrifft.« Er begutachtete Milena, als würde er abwägen, wie sie wohl schmeckte. »So einer kann man doch nicht in der Öffentlichkeit das Rauchen erlauben oder womöglich sogar eines Tages das Stimmrecht erteilen, was meinen die Herren dazu?« Um Zustimmung heischend, wandte er sich in die Runde. Manche grinsten oder nickten zaghaft mit Blick auf Milena. Umprechts Nebenmann verzog keine Miene, sah einzig auf Milena, als spürte er, dass sie sich so eine Frechheit nicht gefallen lassen würde.

»Umprecht hat unrecht, meine Herren«, erwiderte sie und erntete einige Lacher für ihren gelungenen Reim. »Angesichts des Krieges sieht man, wohin es führt, wenn wir Frauen den Männern die Politik überlassen.«

»Nicht doch, meine Liebe.« Ernst berührte sie am Arm. »Auch im Arco weiß man nie, wer so etwas aufschnappt.« Das Serviermädchen hatte alle Scherben aufgesammelt, entschuldigte sich und lief fort. »Und Sie, mein Herr …«, Ernst wandte sich an Umprecht, »bitte mäßigen Sie sich im Ton, an diesem Tisch reden wir nicht nur über Kultur, wir pflegen sie auch. Besonders den Damen gegenüber.«

»Solche Damen kenne ich.« Der Düsseldorfer erhob sich schwerfällig, griff sich an die Hose, als müsste er etwas zuhalten, und ging hinaus.

Milena wollte sich nicht beruhigen. In ihr pulsierte die Wut. Sie fixierte den zweiten Neuen, der sie die ganze Zeit schon betrachtete, als wäre sie ein Ausstellungsstück, das sogar sprechen konnte. Aus dunkelgrauen Augen, die an einen Raben erinnerten, musterte er sie verstohlen, sah weg, als sie ihn anschaute, und sah zu ihr, sobald sie den Blick senkte. »Und einer, der nichts dazu sagt, ist auch nicht besser«, fuhr sie den Unbekannten an.

»Ich bitte dich, Milena«, griff Ernst noch mal ein. »Wirf nicht alle Arconauten in einen Topf. Umprecht ist fort und sucht seine Kriemhilde woanders. Das ist Doktor Kafka.«

»Ist es nun schon so weit, dass wir einen Arzt in der Runde brauchen, falls sich einer bei einem Wortgefecht verletzt?«, fragte Milena.

»Franz Kafka ist Jurist«, erklärte Ernst. »Er ist ein Freund von Max Brod und deutscher, ausgemusterter Jude wie die meisten hier. Ich habe dir doch die Erzählung von ihm zu lesen gegeben, weißt du nicht mehr? Doktor Kafka ist heute zum ersten Mal unser Gast, und wir wollen ihn nicht vergrämen.«

Allmählich verebbte Milenas Zorn. Natürlich, Franz Kafka und die »Verwandlung«! Niemals hätte sie in ihm denjenigen vermutet, der das geschrieben hatte. Es lag etwas Klares und zugleich kindlich Frisches in seinem Blick, selbst für einen Doktor, eine Art Neugier, die ihr gefiel. Womöglich hatte er sich an der Seite dieses unrechten Umprecht ebenso unwohl gefühlt wie sie und war genauso froh, ihn los zu sein.

»Und wo ist Ihr Freund, Herr Brod, heute?« Milena versuchte Kafka anzulächeln, um ihre Anschuldigung abzumildern. Sie merkte, wie sie errötete, ihre Wangen glühten wie schon lange nicht mehr. Das auch noch. Halbnackt als englischer Tänzerinnenverschnitt aufzutreten und sich dann einschüchtern zu lassen. Sie schnaubte und dieser Franz Kafka schien jegliches Mienenspiel von ihr zu registrieren, als dauerte ihr Auftritt noch an.

»Ach, der Max«, warf Ernst ein, bevor Kafka antworten konnte, »der ist in seinem Zionistenverein. Er hält neuerdings nicht mehr viel von der Vermischung zwischen Juden und Christen. Darum wird er vermutlich nichts mehr mit uns zu tun haben wollen.« Er hielt inne, als er das stumme Augenspiel zwischen Kafka und ihr bemerkte. »Sag mal, Milka, Liebes, was trägst du da überhaupt?« Erst jetzt schien ihm ihr besonderes Kleid aufzufallen.

Dass er sie bei ihrem Spitznamen nannte, war neu. Auch wenn sie ihn ihm an ihrem ersten Abend verraten hat, fühlte es sich komisch an. Doch sie ging darüber hinweg. »Gefällt es dir?«

»Auf jeden Fall. Es ist so, so gewagt«, war das Einzige, was ihm dazu einfiel. Schnell nahm er ihre Hand und küsste sie mehrmals.

»Was habe ich verpasst?« Umprecht kehrte zurück, die Finger an seinen Hosenknöpfen. Er pflanzte sich wieder neben Kafka, der zusammenzuckte. Bisher hatte der Herr Doktor Rabenauge noch kein Wort gesagt.

»Komm, lass uns gehen.« Ernst zog Milena vom Stuhl, als sähe er erneut Gewitterwolken herannahen. »Hier ist es so laut, und mir ist heute so nach dir.«

4. Kapitel
KLEE

Zum ersten Mal führte Milena Ernst zu sich nach Hause. Es war noch kälter geworden, ein eisiger Wind zog durch die Gassen. Ihre Atemwolken schienen in der Luft zu stehen, als sie nach draußen traten. Trotzdem verzichteten sie auf eine Kraftdroschke, Ernst wollte nicht zurück und telefonieren. Sie schlenderten lieber Arm in Arm durch die wie ausgestorben wirkende Stadt. Nur selten drang Licht aus den Fenstern. Die meisten Prager Bürger folgten dem Aufruf zur Verdunkelung, der an jeder Litfaßsäule und jedem Bauzaun plakatiert worden war. Sie dichteten ihre Fenster ab oder zogen die Vorhänge zu, um feindlichen Fliegern die Orientierung zu erschweren. Die Gaslaternen auf den Straßen wurden erst gar nicht entzündet. Solange kein Feind über dem Himmel kreiste, empfand Milena den Spaziergang als sehr romantisch. Der Mond sah wie ein saftiges Apfelstück aus, er beleuchtete ihre Wege zwischen den Schatten der Häuser hindurch. Sie hatte sich das Schultertuch um die Hüfte gewickelt und trug Pollaks Sakko und sogar seinen Hut, schmiegte sich an ihn, in Vorfreude, was gleich geschah. Das dünne Sakko mit dem abgewetzten Futter wärmte kaum. Sie konnte es nicht zuknöpfen und die Ärmel waren etwas zu kurz, aber es roch nach ihm, so intensiv, als hätte das Gewebe seine gesamten Lebensjahre gespeichert. Außerdem war eine weitere

Schicht besser, als nur im Batist zu sein, der sich bei jedem Luftzug aufblies. Bald hatten sich ihre nackten Zehen in den Sandalen in Eiszapfen verwandelt und sie versuchte, nicht auf dem gefrorenen Pflaster auszurutschen, biss die Zähne zusammen und ließ sich nichts anmerken.

Sie überquerten den Wenzelsplatz und blieben ein paar Hausecken weiter vor dem vergitterten Portal stehen. »Hier sind wir bei meinem Zuhause.«

Ernst, in Hemd und Weste, riss ein Streichholz an und leuchtete die Fassade hinauf. Steinköpfe stützten die vielfach verzierten Brüstungen zum Obergeschoss und spähten wie Wachen auf sie hinunter. Widder, Faune und andere Gestalten aus antiken Sagen, die Milenas Träume seit ihrer Kindheit bevölkerten. »Sieht aus wie der Eingang zu einem Gruselkabinett, bist du sicher, dass wir hier richtig sind?«

Sie nickte. Er warf das Streichholz fort, rieb sich die Hände und hauchte hinein. »Dann lass uns schnell reingehen.«

»Freu dich nicht zu früh, wer weiß, was dich drin erwartet«, scherzte sie.

»Muss ich mich etwa vor Ihnen fürchten, Fräulein Jesenská?«

»Ein wenig Respekt reicht mir schon«, sagte sie und sah wieder diesen Umprecht vor sich. Hastig wischte sie ihn fort. An seiner Stelle tauchte der rabenäugige Franz Kafka auf. Sein Antlitz freute sie, hoffentlich begegnete sie ihm bald wieder. Milena suchte in ihrer Handtasche nach dem Schlüssel. Vergeblich. In der Aufregung hatte sie ihn vergessen, und sobald der letzte Patient die Praxis verließ, verriegelte ihre Haushälterin alles. Sie drückte die Klingel.

»In welchem Stockwerk wohnst du?« Ernst trippelte mit den Füßen.

»Im fünften, ganz oben, fast unterm Dach.«

»Nicht schlecht.« Er pfiff durch die Zähne. »Oben hast du bestimmt eine herrliche Aussicht, mein Täubchen.« Er küsste sie, ihre kalten Nasen berührten sich. Sie mussten dringend ins Warme. »Und wie sind die anderen Parteien im Haus zu euch? Ich nehme an, es handelt sich dabei um einen Baron und seine Gattin, oder wer hat die Ehre, unter euch zu residieren?«

»Unter uns wohnt keiner. Das ganze Haus gehört meinem Vater. Nur er und ich leben hier und Renata natürlich. Unsere Haushälterin.«

»Natürlich«, sagte Ernst mit gespitzten Lippen. »Seine Dienstboten vergisst man zu gerne. Aber einer muss den Palast bewachen, wenn kein Hund zur Verfügung steht.«

Sie lachte, zitterte dabei vor Kälte. »Als ich klein war, hatten wir tatsächlich Hunde. Tip und Top hießen sie. Wenn ich zwischen ihnen spazieren ging, flankierten sie mich wie eine Mauer, rechts und links. Ich hätte auf ihnen reiten können, so groß waren die.« Sie zeigte auf die Höhe ihrer Hüfte. »Mein Vater hing sehr an ihnen, aber dann wurde Tip überfahren und musste eingeschläfert werden und bald danach starb auch Top. Später wollte Vater keine Tiere mehr im Haus. Ich hätte zu gern eine Katze.«

»Dein Vater scheint Angst vor Einbrechern zu haben, oder ist das auch zur Feindesabwehr?« Ernst rüttelte an dem schmiedeeisernen Gitter. Nicht mehr lange und sie frören vor der Haustür fest.

Wo blieb Renata nur? Milena klingelte noch mal. »Wie man es nimmt. In seine Praxis im Parterre ist tatsächlich schon mehrmals eingebrochen worden.« Sie zeigte auf das Messingschild der Kieferchirurgie, das im Mondlicht kaum zu erkennen war. »Deshalb hat er die Gitter anbringen lassen.« Dass sich jemand auch von innen an den Medikamenten bediente, wie Milena und ihre Freundinnen es neulich getan hatten, verschwieg sie.

»Was gibt's bei einem Kieferchirurgen zu holen? Gebisse und Zahnpasta?«

»Schmerzmittel, Betäubungsmittel, Spritzen, Verbandszeug, alles, was sich heraustragen lässt«, zählte sie auf. Sie spürte ihre Füße fast nicht mehr. »Mensch, ich glaube, Renata schläft schon oder die Klingel ist eingefroren.« Sie läutete noch ein drittes Mal, diesmal so lange, bis ihr der Finger schmerzte, lauschte, hörte ein Surren. Der Strom funktionierte. Dann trat sie auf die Straße und sah an den ebenfalls verdunkelten Fenstern nach oben, ob irgendwo ein Lichtschein auszumachen war. »Mein Vater ist heute bei einem Geschäftsessen. Das bedeutet, dass er die ganze Nacht fortbleibt.«

»Debattiert er bis zum Morgengrauen über Zähne?«

»Das Essen dauert meistens nur ein bis zwei Stunden, danach inspiziert er das Mundwerk diverser Patientinnen, soviel ich weiß. Aber wir müssen trotzdem auf der Hut sein. Renata himmelt meinen Vater an wie einen Heiligen. Sie würde mich sofort verpetzen, wenn sie merkt, dass ich Herrenbesuch habe.«

»Wie hast du es sonst gehalten?«, fragte Ernst. »Ich bin doch nicht der erste Kavalier, den du mit nach Hause bringst, oder?«

»Ob du ein Kavalier bleibst, muss sich erst noch herausstellen.« Endlich hörten sie Schritte. Schnell gab sie ihm das

Sakko und den Hut zurück, löste ihr Tuch von der Hüfte und legte es sich wieder um die Schultern. »Am besten du schleichst dich erst rein, wenn die Tür zufällt«, flüsterte sie, kurz bevor Renata öffnete.

Die kleine, mollige Frau stutzte einen Moment und blinzelte in die Nacht. »Ach, Sie sind es. Ich hätte Sie fast nicht erkannt. Guten Abend, Fräulein Jesenská«, sagte sie auf Tschechisch, zupfte ihre Haube zurecht und knickste nach Dienstmädchenart, als sie Milena vom hellen Treppenlicht nach draußen endlich erkannte. »Ich wusste gar nicht, dass Sie noch außer Haus sind.« Sie rieb sich über die fleischig breite Nase und spähte an Milena vorbei auf die Straße. Rasch drückte sich Ernst flach an die Wand. »Ich habe mich gewundert, wer da noch so spät klingelt, und dachte schon, es hätte wieder einen Tumult gegeben.« Vor zwei Tagen hatte direkt vor ihrer Haustür ein Kampf zwischen Deutschen und Tschechen stattgefunden, Mitglieder zweier Burschenschaften zettelten einen Streit an. Die Schlägerei löste sich erst auf, als die berittene Polizei eingriff. Milenas Vater war auf die Straße gelaufen und kümmerte sich, ausnahmsweise ungeachtet der Nationalität, um die Verwundeten, die auf der Straße lagen. Sonst stand er eher auf der tschechischen Seite und duldete es nicht, dass Milena in seiner Gegenwart Deutsch sprach. »Sind Sie so spät noch studieren gewesen?«, bohrte die Haushälterin weiter, ohne, dass sie ihren abschätzigen Blick angesichts Milenas ungewöhnlicher Kleidung verbergen konnte.

»Oh ja, ich habe so einiges st-st-studiert.« Auch Milena wechselte vom Deutschen, das sie mit Ernst mehr oder weniger gut sprach, ins Tschechische. Sie schlotterte nun richtig.

»Etwa ohne Mantel?«

»Ich bin mit einer Kraftdroschke gefahren, vorhin war es auch noch nicht so kalt. Lassen Sie uns nach oben gehen.« Sie drängte Renata in den Flur, ließ sie aber vorausgehen. Dabei verwickelte sie sie in ein Gespräch, damit ihr Liebster ihr unbemerkt folgen konnte. Ihr halbes Leben war Renata schon bei ihnen angestellt. Mit Ende vierzig war sie noch immer ledig. Nach dem Tod von Milenas Mutter hatte sie das Regiment im Haushalt übernommen. Seither bestimmte sie, was gegessen wurde, stellte ab und zu eine Köchin ein und entließ sie wieder, wenn ihr die Speisen oder die Art der Zubereitung missfielen. Ihrem Herrn Professor und seinem halbwaisen Töchterchen wollte sie nur das Beste vorsetzen. Darüber hinaus verband sie auch manch Geheimnis mit der Familie. Renata hatte miterlebt, wie Milenas Bruder gestorben war. Ihre Mutter war bereits zu geschwächt gewesen, um sich um ihn zu kümmern, doch Vater weigerte sich, eine Amme ins Haus zu holen. Der Kleine schrie Tag und Nacht, bis er immer schwächer und leiser wurde und schließlich für immer verstummte. Seither gab Milena ihrem Vater die Schuld an seinem Tod. Wer nicht robust genug fürs Leben war, der sollte gehen, lautete seine Lebensmaxime, die auch sie oft genug zu spüren bekam. So verpflichtete er sie schon mit elf Jahren zur Pflege der kranken Mutter. Heimlich unterstützte Renata sie in den nächsten zwei Jahren. Als Vater es bemerkte, verlangte er, dass Milena und Renata sich fortan siezten, so wie Milena auch ihn schon immer siezen musste, ihm wirkte ihre Beziehung zueinander allzu vertraut.

Andere Dienstboten kamen und gingen, Renata blieb. Sie schien kein eigenes Leben zu haben, löste sich völlig in den

Sorgen der Familie Jesenský auf. Nur mit Milenas Studium konnte sie nichts anfangen. Musik, ohne selbst ein Instrument zu spielen, das wollte ihr nicht einleuchten. Sie könnte doch Dirigentin werden, hatte Milena daraufhin gescherzt. Den ganzen Tag zu lesen oder zuzuhören, dabei einen Beruf zu erlernen, noch dazu als Frau, war für Renata, die lieber mit den Händen arbeitete, schwer vorstellbar. Sie stiegen die nächste Treppe hoch, an den großen Marmorvasen und dem »Meeresrauschen« vorbei. Kurz dachte Milena noch mal an ihre Mohnsaftvision. Jetzt war das Wandmosaik nur ein Gebilde aus Steinen, wenn auch raffiniert gemacht. »Wovon habe ich Sie denn weggeholt?«, fragte sie sehr laut, um die doppelt knarrenden Stufen unter sich zu übertönen.

»Nichts Besonderem, ich poliere gerade das Tafelbesteck, und dabei …«, Renata zögerte, blieb stehen und wandte sich ihr zu, »dabei höre ich Radio, wenn Sie erlauben.«

»Natürlich, hören Sie ruhig, so viel Sie wollen.« Milena drängte sie weiterzugehen, schob sie, die Hand am Geländer, vorwärts. »Was wird denn gespielt?«

»Eine Aufzeichnung der Oper ›Jenufa‹, nachdem Sie mir so viel davon erzählt haben, war ich sehr gespannt.« Ihre Augen glänzten, soweit Milena das im trüben Gaslicht des Treppenhauses erkennen konnte. Vor einem Monat hatte sie die Oper im Prager Nationaltheater erleben dürfen. Noch mal ein Geschenk von Max Brod, der als Musikkritiker der »Schaubühne« Freikarten erhielt und sie an Milena und Ernst weitergegeben hatte. »Jenufa« war eine tragische Liebesgeschichte, mit großartig dramatischer Musik inszeniert, die nichts von der Geschichte verschluckte. Im Gegenteil, die Melodien verliehen den Szenen eine zusätzliche Sprache, fand

Milena und war sich mit Ernst, der von alter Musik nicht viel hielt, ausnahmsweise einig. Jenufa liebt Števa, aber er ist ein Weiberheld und steht nicht zu ihr, als sie schwanger wird. Und ihre Ziehmutter bringt das Kind kurz nach der Geburt um, um die Familienehre zu retten. Am Schluss findet Jenufa unter lautem Wehklagen des Chors ihr Kind tot unterm Eis.

Sie erreichten den vierten Stock, wo die Küche, die Vorratskammern und die Dienstbotenzimmer lagen. »Ich hoffe, dass es mit dem Fräulein Jenufa noch gut ausgeht.« Renata keuchte leicht. Sie kannte offenbar den Schluss der Oper noch nicht.

»Dann beeilen Sie sich. Ich finde allein hinauf«, sagte Milena. »Ich werde gleich zu Bett gehen. Gute Nacht.«

»Soll ich Ihnen noch ein heißes Bad bereiten, gnädiges Fräulein? Oder möchten Sie noch etwas zu sich nehmen? Ich habe Schinken ergattern können.« Die Fleischzuteilung wurde seit Kriegsbeginn streng überwacht, mittlerweile gab es mehr und mehr fleischlose Tage.

»Für mich nicht, aber mein Vater wird sich morgen früh sicher sehr darüber freuen.«

»Aber eine Wärmflasche bringe ich Ihnen noch, ja?« Renata gab nicht auf.

»Danke. Ich glaube, ich schlafe sofort.« Milena gähnte übertrieben laut. »Gehen Sie nur hinein, sonst verpassen Sie noch das Ende.« Das schien sie zu überzeugen. Sie wünschte eine gute Nacht, machte auf dem Absatz kehrt. Als die Tür ins Schloss fiel, holte Ernst zwei Stufen auf einmal nehmend Milena ein. Hand in Hand hechteten sie nach oben und drückten die Tür auf. Endlich allein. Im Gegensatz zu seinem niedrigen Zimmer, wo Milena schon jedes Büchereck und jede Spinnwebe kannte, musste ihm das Haus tatsächlich wie ein Palast vorkommen. In den Räumen war es herrlich warm. Das Kaminfeuer glimmte noch. Milena legte ein paar Scheite nach und brachte es wieder zum Knistern. Schon im Flur blieb Ernst stehen und sah sich um. Die vielen unterschiedlich tickenden Uhren an der Wand, die rasselnde, surrende oder summende Geräusche erzeugten. Die Antiquitäten, die ihr Vater hortete, darunter der uralte Sekretär auf krummen Beinen, in dem er den Praxisschlüssel verwahrte. Hinter der ausklappbaren Schreibplatte verbargen sich siebzehn Schubladen, die alle unterschiedlich groß waren. In die kleinste passte kaum eine Briefmarke, in die größte eine Flasche Karlsbader Becherbitter. Eine Weile betrachtete Ernst das riesige Gemälde vom Prager Fenstersturz, das über der Sitzgarnitur im Salon hing. »Da ist ein Verwandter von mir dabei«, sagte Milena.

»Der, der da aus dem Fenster fällt?«

»Nein, einer der Schützen, welcher genau, weiß ich nicht, der Maler hat sie ziemlich einheitlich dargestellt. Mein Vater meint, der da ganz vorne wäre ein Jesenský.« Sie zeigte auf das schmale Fenster im Rathausturm, in dem sich ein paar Herren mit hohen Hüten drängten. Auch eine glänzende Schusswaffe ragte über das Sims. Sie war auf den fallenden Mann gerichtet und das verdreht liegende Opfer, das bereits auf der Erde lag. »Als ich klein war, habe ich nicht verstanden, warum mein Vater so stolz auf seinen Vorfahren ist.«

»Ich bin nicht gut in Geschichte, aber waren das nicht protestantische Aufständische, die gegen die Habsburger aufbegehrten? Dann ist er ein Held.«

»Ich weiß, der Prager Fenstersturz löste den Dreißigjährigen Krieg aus. Aber als Kind begreift man das nicht.«

Ernst nickte. »Und als Erwachsener versteht man es auch kaum.«

»Ich fand das Gemälde schon immer sehr gruselig und hatte Albträume, dass mich mein Vater ebenfalls aus dem Fenster schubst.«

»Also das meintest du vorhin mit Gruselkabinett?«

Das Thema war nicht gerade der Auftakt für ein Liebesspiel, fiel Milena auf. »Darum wollte ich unbedingt fliegen lernen, um mich in die Lüfte zu retten. Im Traum übte ich und schaffte es tatsächlich irgendwann. Ich kann es bis heute.« Sie wollte Ernst in ihr Schlafzimmer leiten und nahm ihn an der Hand.

»Du kannst fliegen?«, fragte er und fing an, ihre Schnüre zu lösen, Hypatias Tunika glitt von ihren Schultern wie Wasser. »Zeig mal, wo deine Flügel sitzen.« Er strich ihr über die nackten Schulterblätter. Dann zog er sich rasch aus und bedeckte jede Stelle ihres Körpers mit Küssen. Bald fanden sie sich auf dem Teppich wieder. Während Ernst auf ihr lag und keuchte, dachte Milena an Top. Der Hund war genau an der Stelle, wo das gewebte Muster ein Oval bildete, gestorben.

5. Kapitel
RITTERSPORN

Als Milena an der Seite von Ernst im Morgengrauen aufwachte, glaubte sie, vor Glück müsste ihre Brust zerspringen. Sie mussten den Tag mit etwas Außergewöhnlichem beginnen. Mit sanften Küssen versuchte sie Ernst zu wecken. Er knurrte nur leise und drehte sich auf die andere Seite. Auch ein zweiter Versuch schlug fehl. »Zieh dich an und dann raus hier«, rief Milena, »beeil dich, schnell!«

Das tat seine Wirkung, er setzte sich auf. Die Augen noch halb geschlossen, fiel er aus dem Bett und raffte seine Kleidung zusammen. »Was ist passiert? Ist dein Vater zurück?«

Milena lachte schallend. »Verzeih, aber ich wusste nicht, wie ich dich sonst wachkriegen sollte. Ich will dir nämlich etwas Wunderbares zeigen.« Zusätzlich zu seinen Sachen holte sie ihm einen dicken Wollpullover ihres Vaters, ein zweites Paar Socken und einen Schal. Außerdem lieh sie ihm Wanderstiefel, doch in die schlüpften sie erst ganz unten im Flur, damit sie Renata mit ihrem Getrappel nicht aufschreckten, schließlich war es laut der Uhren im Flur, die geringfügig in der Zeitansage voneinander abwichen, erst vier. Draußen hakte Milena ihren Liebsten unter und schleppte ihn im Morgengrauen durch das klirrend kalte und nun in dichten Nebel gehüllte Prag. Eingemummelt wie zwei Nordpolforscher stiegen sie auf den Laurenziberg, den die Tschechen Petřín nennen, wie sie Ernst erklärte. Sie war allerbester Laune, summte eine Melodie aus der »Jenufa«, die ihr seit dem Gespräch mit Renata wieder eingefallen war. Es klang wie ein Loblied auf den Dezemberfrost, unterstrichen im Takt ihrer Atemwolken.

Anders als Ernst genoss sie die Wanderung mit allen Sinnen. Er dagegen zitterte trotz der warmen Kleidung und stapfte mit eingezogenem Kopf neben ihr her. »Was gibt's da oben so Besonderes? So wunderbar wie das, was ich heute Nacht erleben und berühren durfte, kann es nicht sein. Lass uns umkehren, ich will mich an dir sattsehen. Aber bitte im Warmen.« Die Drahtseilbahn vor der Hasenburg fuhr um diese Uhrzeit noch nicht, sie mussten zu Fuß die vierhundert Höhenmeter überwinden. Das gefrorene Gras krachte unter ihren Stiefeln, als sie die Serpentinen hinaufstiegen. Sie hielten sich aneinander, um nicht auszurutschen, hangelten sich Schritt für Schritt nach oben. Ernst stieß gegen einen Stein und zischte: »Was soll das hier sein? Der Weg zu meiner Kreuzigung? Gleich breche ich mir was und du musst mich heimtragen. Man sieht ja kaum eine Spur. Wir sind doch gestern Abend schon so viel gelaufen.«

»Komm, du Griesgram. Weiter oben hat sich der Nebel aufgelöst und es wird wärmer«, versprach Milena. »Du wirst sehen, es gibt nichts auf der Welt, was man nicht mit einem Spaziergang beheben kann.«

»Was willst du beheben, geht's dir so schlecht?«

»Mir nicht, aber dir, so wie du jammerst. Komm, eins, zwei, eins, zwei, merkst du, wie das Leben zu schwingen anfängt?«

»Ich bin untauglich für das Militär, das hatte ich dir doch gesagt.«

Beharrlich zog sie ihn weiter. »Nichts da, eins, zwei, eins, zwei, noch kämpfst du mit deinen Füßen, noch zagt dein Herz, doch gleich beginnt es zu rasen, fließt über und beruhigt sich, sobald es auf diese Weise geschaukelt wird, du wirst sehen, bald kannst auch du lachen.«

»Woher stammt dieser Versdrill denn? Von Hölderlin?«

»Das habe ich mir ausgedacht. Mit meinem Vater und seinen Freunden bin ich jeden Sonntag wandern gegangen. Und mit der Zeit wurde aus diesem Zwang eine Leidenschaft.«

»Mit der Zeit, da siehst du es, aber ich soll ohne Vorwarnung, aus heiterem Himmel, oder besser gesagt, neblig eiskaltem Grund hier heraus.«

»Du bist ja auch schon ein alter Mann, verzeih, ich wollte sagen, erfahrener, reifer Herr, ich war ein kleines Kind damals, das für einen Erwachsenenschritt drei große brauchte. Für mich war es dreifach anstrengend, in der Herrenrunde mitzuhalten. Ich bin der Meinung, dass man sich jeden Kummer vom Leib laufen kann. Egal, ob Mathematikexamen oder Liebesleid.«

»Funktioniert das auch, wenn man ein Buch schon komplett im Kopf hat, aber nicht weiß, wie man es vom Gehirn aufs Papier kriegen soll?«

»Ganz besonders dann«, behauptete sie, froh endlich seinem Gezeter eine Richtung zu geben. »Und wer weiß, eines Tages muss man selbst gar nicht mehr schreiben, das erledigt dann der Elektromensch, und du musst ihm nur noch diktieren.«

»Ein Elektromensch?«

»Ja, um den geht es doch in dem Stummfilm, der im Kino läuft, hast du noch nichts davon gehört?« Ernst schüttelte den Kopf, und Milena erzählte ihm die Handlung, so viel sie davon in der Zeitung gelesen und noch in Erinnerung hatte, den Rest schmückte sie aus, damit sie ihn ablenkte.

Je höher sie stiegen, desto heller wurde es und die Nebelschwaden lösten sich auf. »Nur noch ein kleines Stück, du wirst es nicht bereuen.«

Doch Ernst quengelte weiter wie ein Kleinkind. Sie ließ ihn schimpfen, murren und alle Welt verfluchen. Vergeblich, was Milena sich einmal in den Kopf gesetzt hatte, das zog sie durch. Beide schwitzten sie, als sie oben anlangten. Ernst japste bedenklich.

Beim Gärtnerhaus stand eine Bank. »Setz dich.« Milena wischte die Eiskristalle vom Holz.

»Zu Befehl, Generalin Jesenská.« Er schlug die Hacken zusammen. Wenigstens hatte er den Humor nicht verloren. Völlig erschöpft ließ er sich neben ihr nieder, streckte Arme und Beine von sich. Als Bankangestellter und Kaffeehausliterat war er längere Wege scheinbar nicht gewohnt.

»Ist es nicht wunderschön hier?« Milena sog die klare Morgenluft tief in die Lungen und blickte über die Stadt und den Fluss. Die Moldau glitzerte wie eine Schlange zwischen den Häusern. »Schau, dort ist das Nationaltheater und der Franzensquai.«

»Damit ich sehe, wo ich wohne, hast du mich bis hierher geschleift?« Er konnte seinen Groll nicht ablegen. »Und was machen wir jetzt?«

»Warten.« Sie drückte sich an ihn und legte ihren Kopf auf seine Brust, hörte, wie sein Herz unter den Wollschichten raste. Sie setzte sich wieder auf. »Sag bloß, du bist noch nie hier oben gewesen?«

»Wozu sollte ich? Mir genügt die Stadt von unten, ich bin kein Vogel und will auch keiner werden wie du.«

»Schau.« Sie zeigte auf einen roten Punkt am Horizont, der sich durch die Nebelwand schob. Langsam wurde er größer und tauchte den Himmel in ein sanftes Rosa. Die Sonne ging auf und brachte ganz Prag mit seinen Türmen und Dächern, Mauern und Winkeln zum Leuchten.

Milena war ganz ergriffen und den Tränen nahe. Sie liebte, wurde geliebt und blickte dabei im Sonnenaufgang über ihre Heimatstadt.

»Du hast eindeutig zu viel von den Romantikern gelesen.« Ernst gähnte laut.

»Davon kann man nicht genug lesen.« In der Tat, sie schwärmte für diese Literatur. Hölderlin, Bettina von Arnim und der Tscheche Karel Hynek Mácha besonders, an dessen Denkmal sie vorhin vorbeigegangen waren. Mit nur sechsundzwanzig war er an der Cholera gestorben, hatte aber der Welt ein Werk aus wunderschönen Verserzählungen hinterlassen. »Was spricht dagegen, immer wieder zu versuchen, das Denken und Fühlen zusammenzubringen und nach der blauen Blume zu suchen?«

»Das kann man doch auch im Sommer auf einer Wiese tun oder wenigstens an einem Nachmittag, wenn es wärmer ist. Und nicht mitten im Winter.«

»Mein Vater sagt immer, was jeder kann, müssen die Jesenskýs nicht tun. Also, Herr Pollak von Meckerhausen, wie stellen Sie sich die blaue Blume der Romantiker vor?«

»Gar nicht, die Natur kommt auch ganz gut ohne mich zurecht und ich ohne sie.«

»Das glaubst du wohl selbst nicht. Und bevor du mich

fragst, sage ich es dir gleich. Ich stelle sie mir als Rittersporn vor.« Milena wollte sich ihre Stimmung von seinem Gestichel nicht zerstören lassen. »Der Kämpfer unter den Blumen. Giftig, aber wunderschön.«

»Genug von heldenhaften Blumen und Wintersonne, ich will zurück. Lass uns noch ein bisschen das Bett aufwärmen, bevor der Tag richtig beginnt.«

Zurück in der Obstgasse, brauchten sie nicht zu klingeln. Dieses Mal hatte Milena an den Schlüssel gedacht. Kaum legte sie sich nieder, hörten sie erst die Tür, dann Schritte im Flur. War das Renata? Wollte sie Milena das Frühstück bereiten? Sie sprangen aus dem Bett. Ernst stieß sich den Kopf am Schreibtisch, als er seine Schuhe aufsammelte. Er fluchte. Kurz darauf stand Milenas Vater im Zimmer.

Hastig schob sie den geliehenen Pullover und seine anderen Sachen unters Bett. »Darf ich Ihnen Herrn Pollak vorstellen?«, fragte sie, als kämen sie und nicht er gerade zur Tür herein. »Er ist …, wir sind …« Sie verstummte. Eine passende Ausrede fiel ihr nicht ein. Noch dazu trug sie bloß ihr Unterkleid. Ein Hauch aus Nichts, fehlte nur noch die Zigarettenspitze und sie wäre filmreif. Vater schwieg, eine Zornesfalte bildete sich zwischen seinen Augenbrauen, die bedrohlich pulsierte. Dann packte er Ernst am Hemdsärmel und zog ihn zu sich.

»Was fällt Ihnen ein, lassen Sie mich.« Ernst versuchte sich aus der Umklammerung zu winden. Doch unter Jan Jesenskýs kräftiger Statur verschwand er fast.

»Ich will es mir nicht ausmalen, was ihr hier getrieben habt«, donnerte Vater auf Tschechisch, Milena wusste nicht, ob Ernst alles verstand. »Aber damit ist ein für alle Mal Schluss.

Verschwinden Sie und zwar für immer, ich will Sie nie mehr in der Nähe von meiner Tochter sehen.«

»Sie können … Milena … mir nicht verbieten«, rief Ernst in stockendem Tschechisch. »Ich …, ich fordere Sie auf zum …, zum …« Er suchte offenbar nach der passenden Formulierung. »Soboj.«

Milena presste die Hand auf den Mund und unterdrückte einen Schrei. Bestimmt hatte er sich versprochen, wollte stattdessen Vater bloß um Verzeihung bitten.

Jan Jesenský wirkte ebenso verblüfft. Er lockerte seinen Griff. Ernst plumpste auf die Bettkante zurück. Dort strich er sich die Haarfransen aus der Stirn, zog den Kragen aus der Weste und knöpfte sie zu.

»Riskieren Sie nicht noch mehr, junger Mann«, sagte Vater. »Sonst nehme ich Sie am Ende beim Wort.« Seine Stimme klang plötzlich milder, als wäre er erstaunt, einen ebenbürtigen Gegner gefunden zu haben.

»Das müssen Sie aber, Herr Professor«, antwortete Ernst, nun wieder auf Deutsch. »Ich bin jederzeit bereit, mich mit Ihnen zu duellieren.« Er gab nicht nach. Und auch wenn es Milena imponierte, konnte sie kaum glauben, was sie hörte: »Ich werde mich mit meinen Freunden beraten und dann fordere ich Sie auf Pistolen.« Von wegen, nur sie wäre romantisch. Ernst hatte offenbar zu viele Musketier-Romane gelesen, doch leider ahnte er nicht, mit wem er es aufnehmen wollte. Ihr Vater hatte sich als Student schon einmal duelliert. Und dass er, und nicht der andere, daraus unverletzt hervorgegangen war, sprach Bände.

»Keine Pistolen, Herr Pollak, wenn schon …«, Vaters Deutsch hörte sich ein wenig eingerostet an, »dann muss ich auf Säbel bestehen.« Er war offenbar auf den Geschmack gekommen.

»Schluss jetzt, hört auf, alle beide.« Milena ging dazwischen. »Ernst, ich glaube, du gehst jetzt besser«, bat sie ihn, bevor es noch weiter eskalierte. Er tat den Mund auf, um ihr zu widersprechen, schwieg aber dann, als er ihren flehenden Blick bemerkte, klaubte Hut und Sakko auf und trat zur Tür.

»Halt«, donnerte Vater. »Hiergeblieben.« Wie früher Tip und Top pfiff er ihn zurück. Milena kannte sich mit den Duellgepflogenheiten nicht aus, womöglich gab es, einmal ausgesprochen, kein Zurück mehr. Sie rechnete mit dem Schlimmsten. »Herr Pollak, Sie haben Socken mit meinem Monogramm an den Füßen.« Ernst, schon halb draußen, sah an sich hinunter und hob ein Hosenbein. JJ prangte auf dem Knöchel des Strumpfes.

Kaum war er fort, fing ihr Vater erneut zu toben an. »Was fällt dir ein? Du führst dich wie eine Straßendirne auf. Ausgerechnet mit diesem …, diesem Juden.« Er spie das Wort fast aus.

»Woher wissen Sie, Vater, dass er Jude ist?« Milena schnappte sich ihren Morgenmantel und zog ihn über. Hatte er etwa vorhin den jiddischen Fluch von Ernst gehört?

»Man hat euch gesehen, eng umschlungen, an der Moldau, im Theater und überall. Die ganze Stadt weiß es.« Ein Spuckeschwall ging auf sie nieder. Er fuchtelte mit den Fäusten vor ihrem Gesicht. Früher hätte er sie verprügelt und eingesperrt. Einmal musste sie die ganze Nacht zusammengekauert in einer Truhe verbringen, bis ihr fast die Luft ausgegangen war. Doch seit Mutters Tod rührte er sie nicht mehr an. Außerdem waren sie inzwischen fast gleich groß.

»Das hat Konsequenzen, das sag ich dir. Dieses ›Minerva‹ hat dich verdorben, ich hätte es niemals zulassen sollen, dass du dort hingehst.«

Sie wollte sich nicht kleinkriegen lassen. »So ist das mit den Frauen, Papa. Auch Sie liegen Ihnen gelegentlich zu Füßen, damit Sie ihnen nicht in die Augen sehen müssen.« Dank Agneta, seiner Geliebten, hatte sie auf dieses besondere Gymnasium gehen dürfen. Mit ihrer Hilfe hatte sie ihn damals dazu überredet.

»In diesem Ton sprichst du nicht mit mir.« Er hob die Hand. Sofort duckte sie sich, doch der Schlag blieb aus. Müde senkte er den Arm und rieb seine Handfläche am Hosenbein, als wollte er sie abkühlen. Milena war zu weit gegangen, wie so oft. Was konnte sie dafür, dass sie seinen Dickschädel geerbt hatte? Sturkopf auf Sturkopf, bis es krachte, das hatte Mutter schon vor Jahren festgestellt. Damals konnte *maminka* schon nicht mehr aufstehen. Ihre Rückenbeschwerden banden sie an die Wohnung, tapfer schleppte sie sich von Möbel zu Möbel, bis sie einen Rollstuhl bekam. Doch bald lag sie nur noch im Bett, wurde schwächer und schwächer, verschwand fast zwischen den Kissen. Dann hatte sich Milena manchmal davongeschlichen, Stunden allein im Park verbracht und Leuten beim Federballspiel zugesehen. Sie wollte weg von der Kranken, für deren Pflege sie verantwortlich war, um ein bisschen für sich zu sein, ihre Gedanken willkürlich schweifen zu lassen und einmal nichts machen zu müssen. Als sie mit schlechtem Gewissen zurückkehrte, sagte ihre Mutter, sie würde das Gleiche tun, wenn sie könnte, und versuchte ein Lächeln. In der Schule wusste niemand, dass Milena ihre Mutter pflegte. Sie behauptete, sie müsste nachmittags lernen, um Einladungen und Besuche zu vermeiden. Dabei schrieb, las oder rechnete sie höchstens noch ein bisschen vor dem Einschlafen, wenn Vater sie endlich zur Nachtwache ablöste. Mutter ging es schlechter und schlechter, bald war sie kaum noch ansprechbar. Doch dann, eines Tages, als Milena aus der Schule kam, glaubte sie, ein Wunder sei geschehen.

Maminka war wie ausgewechselt, bat Milena sogar, ihr beim Aufstehen und Anzukleiden zu helfen. Sie fingen mit der Frisur an, Milena kämmte ihr das dünn gewordene Haar. »Hol mir doch bitte das cremefarbene Kleid aus dem Schrank, das mit der Brüsseler Spitze, und auch die goldene Brosche aus dem Salon«, sagte Mutter und stellte ihre zerbrechlich gewordenen Beine aus dem Bett.

Als sie zur Schmuckschatulle ging, fiel ihr der große Blumenstrauß auf, der auf dem Tisch im Salon stand. »Wer hat dir den gebracht?«, fragte sie.

Mutter erhielt kaum Besuch. Ihre Freundinnen ertrugen den Anblick nicht mehr und außerdem hatten sie Angst vor Ansteckung. Der einzige Umgang war der Doktor, aber der kam selten, da Vater seiner Frau die Medikamente selbst verabreichte. »Na, von meinem lieben Mann habe ich den Strauß bekommen. Ist er nicht herrlich? Bitte trag ihn doch noch mal her und dreh ihn ein wenig, Milka. Ich habe die Blumen hinten noch gar nicht gesehen, sind das Freesien?« Erschöpft musste sie sich wieder zurücklehnen, trotzdem strahlte sie durch ihre Blässe hindurch wie schon lange nicht mehr. Milena tat ihr den Gefallen und brachte die Vase, damit sie den üppigen Strauß von allen Seiten bestaunen konnte. War es das schlechte Gewissen, das Vater dazu gebracht hatte, seiner Gattin solch ein Geschenk zu machen? Seine Freizeit verbrachte er lieber mit Glücksspielen oder mit anderen Frauen anstatt am Krankenlager seiner Gattin.

Als sie gegen Abend den Schlüssel im Türschloss hörten, hatte Milena sie unter größter Kraftanstrengung in den Rollstuhl gehievt. In Erwartung saß Mutter, hergerichtet wie eine Braut, im Salon neben dem Strauß. Das Kleid war ihr viel zu weit geworden, die knochigen Hände hatte sie im Schoß gefaltet und sogar Lippenrot aufgelegt. Vater eilte in großen Schritten durch die Zimmer, an ihnen vorbei, als suchte er etwas. Dann war es eine Weile still. Sie verharrten angespannt.

»Janosch, wir sind hier«, rief Mutter mit brüchiger Stimme, fröhlich wie nie, und rührte Milena zu Tränen. Es war ewig her, dass sie Vater bei seinem Kosenamen gerufen hatte. Sie wollte hinausgehen, damit ihre Eltern ungestört waren. Doch Mutter bat sie hierzubleiben. Fürchtete sie sich etwa?

Es dauerte, bis er hereinkam. Er wirkte gehetzt, nahm seine Frau kaum wahr, begrüßte sie nicht einmal. »Los, Milena, hilf mir mit dem Kragenknopf, bevor ich ihn noch abreiße.« Auch er hatte sich schick gemacht, trug das plissierte Hemd mit den Goldmanschetten. Milena sprang vom Sessel auf und nestelte an seinem Kragen.

»Welch wunderschöner Strauß, Janosch, Liebster, damit hast du mir solch eine Freude gemacht.« Mutter lechzte nach Vaters Aufmerksamkeit.

»Ach, der Strauß, richtig«, sagte er, hob ihn aus der Vase, schüttelte ihn kurz aus, damit das Wasser abtropfte. »Den habe ich für eine Patientin gekauft. Sie wartet.« Und Vater ging, ohne ein weiteres Wort. Als die Haustür zufiel, sank Mutter zusammen, als hätte man auch sie ausgeschwenkt. Alles Lebendige schien aus ihr gewichen. Milena half ihr ins Bett zurück, wo sie mit glasigen Augen liegen blieb, egal, wie sehr sie versuchte, sie aufzumuntern. Und das änderte sich auch nicht mehr. Sie wurde von Tag zu Tag durchsichtiger und starb bald danach.

Seither wussten beide, Milena und ihr Vater, wo ihre Schwachstellen lagen. »Wie geht es eigentlich Agneta?«, fragte sie, in Gedanken noch bei dieser bitteren Erinnerung. »Waren Sie heute Nacht bei ihr oder einer anderen?« Nachgeben würde Milena erst, wenn sie ganz am Boden lag, und vielleicht nicht einmal dann.

6. Kapitel
STIEFMÜTTERCHEN

Ein paar Tage später rief Tante Mařena, die Schwester ihres Vaters, an und lud Milena zum Adventstee ein. Für ein Gespräch von Frau zu Frau, an ihrer Mutter Stelle, wie sie betonte. Das hatte bestimmt Vater angeordnet. Milena mochte die Tante, sie war mit dem Künstler verheiratet gewesen, der das herrliche Mosaik am Eingang zu Vaters Praxis gemacht hatte. Als Tante Mařena nach dem Tod ihres Mannes das Atelier ausräumen wollte und die Steinchen aufsammelte, fing sie an, sie aufzukleben, und vollendete so nach und nach seine angefangenen Werke. Es sei schade um das übriggebliebene Material, sagte sie der Familie gegenüber. Auf diese Weise verarbeitete sie auch ihre Trauer. Heute setzte die Tante eigene Ideen um und erhielt Aufträge von Kirchen und betuchten Privathäusern, was ihr als Witwe ein einigermaßen behagliches Leben ermöglichte. Milena ahnte, dass Mařena im Auftrag ihres Vaters die Wogen glätten und sie zur Besinnung bringen sollte. Doch sie würde sich nicht einschüchtern lassen.

Prompt passte sie Vater im Treppenhaus ab. Im Arztkittel, mit Stirnlampe und Stethoskop um den Hals kam er aus der Praxis. »Steck das ein und lass es draußen niemanden sehen. Sonst überfällt dich noch jemand.« Er drückte ihr etwas, das in graues Papier gehüllt war, in die Hand.

»Was ist das?«, fragte Milena und schob das Päckchen in die Manteltasche.

»Das braucht dich nicht zu interessieren. Gib es einfach meiner Schwester und nur ihr, kann ich mich darauf verlassen?«

»Warum denken Sie, dass ich es ihr nicht geben will?«

»Weil ich dir nicht mehr vertrauen kann.« Er sah sie durchdringend an. In seinen Augen spiegelte sie sich. »Ich weiß, dass du dich aus meinem Medikamentenschrank bedient hast«, sagte er. »Du brauchst dich nicht verteidigen und alles noch schlimmer machen. Deine ständige Lügerei zermürbt mich noch völlig. Warum machst du mir das Leben so schwer, Kind? Hast du nicht alles, was eine junge Frau begehrt?« Sie schwieg, wollte ihm am liebsten alles Mögliche entgegenschleudern, aber wegen Ernst beherrschte sie sich. Sie hatte ihn ohnehin schon in Gefahr gebracht. Außerdem wollte sie keine Ohrfeige kassieren und schaute lieber auf ihre Stiefel, versuchte mit den Zehen zu wackeln, im Takt des Brahmswalzers. Irgendwann ging jede Moralpredigt zu Ende, auch Vaters und selbst wenn sie so lange dauerte, als würde er ihr das Alte Testament vorlesen. Ganz vorne auf ihrem rechten Schuh war ein Fleck, bemerkte sie. Es sah aus wie Farbe. Vielleicht war auch das Leder schon durchgewetzt und ihr Strumpf lugte hindurch?

Vater redete weiter. »Du meinst, alles ist selbstverständlich. Andere hungern und kämpfen um ihre Existenz. Aber du bedienst dich einfach an meinen Sachen, an meinem Geld, an allem. Allein in den Schützengräben sterben täglich wer weiß wie viele. Und du, was machst du? Nicht mal das Privileg, studieren zu dürfen, genügt dir. Nein, du berauschst dich, du vergnügst dich aufs Schamloseste und setzt meine Ehre aufs Spiel.«

Nichts war ihm wichtiger als seine Ehre. Milena zwang sich zur Beherrschung und starrte ihn an, dabei versuchte sie nicht zu blinzeln. Das Duell fiel ihr wieder ein. Möglicherweise forderte er Ernst tatsächlich noch heraus, wenn sie sich nicht zusammenriss. Sie spähte an ihm vorbei zur Praxistür, glaubte von drinnen ein Husten zu hören. »Wartet nicht eine Patientin auf Sie?«

»Lenk nicht ab. Ich weiß Bescheid. Staša hat euren Laudanum-Konsum gebeichtet.« Milena hätte dran denken müssen, dass Stašas Vater alles aus ihr herausquetschen würde wie aus einer Zitrone. »Steckt hinter diesen Eskapaden auch dieser Pollak, habt ihr etwa ihn und seine jüdischen Kumpanen mit Drogen versorgt?«

»Ganz sicher nicht.« Wenigstens das konnte sie aufrichtig sagen.

»Dann gibst du zu, dass ihr Mädchen etwas genommen habt?« Er wartete ihre Antwort nicht ab, sondern sprach weiter: »Sag mal, hast du völlig den Verstand verloren? Was stimmt nicht mit dir? Lag es am Mohnsaft, wie viel hast du davon genommen? Oder nimmst du es sogar weiter? Ich habe auch Scherben gefunden. Hast du deswegen diesen Juden in dein Bett gelassen?« Nun sprach er endlich aus, was er dachte. Er glaubte, Ernst hätte sie gezwungen. »Ich könnte ihn verhaften lassen. Wie alt ist Pollak eigentlich, vierzig?«

»Übertreiben Sie nicht, Papa. Ernst ist erst einunddreißig.«

»Und du bist noch minderjährig. Was der Kerl mit dir gemacht hat, ist ein Verbrechen, abgesehen von allem anderen. Aber jetzt ist Schluss. Ich habe das Schloss zu meiner Praxis austauschen lassen. Du kommst nur noch hinein, wenn ich es ausdrücklich erlaube, ich verlasse mich auf Renata. Dir rate ich, zu tun, was ich sage, sonst zwingst du mich dazu, zum Äußersten zu greifen.« Er fuchtelte mit der Schlaghand vor ihrem Gesicht.

»Was meinen Sie damit? Wollen Sie mich verhungern lassen wie meinen Bruder?« Milena schaffte mit nur einem Satz, was er bei ihr mit seinem gesamten Vortrag erreichen wollte: Sie traf.

Die Farbe wich aus seinem Gesicht. »Wer behauptet das? Denkst du wirklich, ich wäre zu so etwas fähig? Unser Sohn war von Geburt an krank.« Er blinzelte irritiert. »Zu gern hätte ich ihn aufwachsen sehen.« Er wandte sich von ihr ab, rieb sich übers Gesicht. »Also gib Mařena das Päckchen, pass auf, dass es dir nicht unterwegs herunterfällt. Zurzeit ist Morphium kostbarer als Gold. Sie soll es für den Notfall zum Tauschen benutzen.« Ohne ein weiteres Wort ging er in die Praxis zurück und warf die Tür hinter sich zu.

Tante Mařena empfing sie im Atelier, wo sich leuchtende Murano-Glasscheiben vor einer Wand stapelten. Nach Gutdünken zerschlug sie die Platten in kleine Stücke und sortierte sie in die vielen Fächer des Regals, was den Eindruck erweckte, als beträte man einen Regenbogensaal. Auf dem großen Tisch lag ihr neuestes Werk. Milena betrachtete das feuerspeiende Tier mit den mächtigen Klauen. Vorsichtig strich sie über das Mosaik, es fühlte sich wirklich wie Schuppen an. Die schillernde Haut war aus unzähligen Steinchen zusammengesetzt. Sie unterschieden sich farblich nur geringfügig voneinander. Auf diese Weise erzeugten sie aus der Entfernung einen plastischen Eindruck, so als würde sich der Drache gleich aus dem Tisch erheben und die Welt in Brand setzen wollen. »Wie viele Stunden arbeitest du schon daran?« Wenigstens durfte sie die Tante duzen.

»Ich weiß nicht genau. Wenn ich nicht schlafen kann, komme ich sogar nachts her. Aber dann muss ich wieder Pause machen und viel spazieren gehen, um die Augen zu entlasten und den Kopf freizukriegen. Gefällt es dir?«

»Ja, sehr. Es ist großartig. Vor was duckt sich der Drache denn?« Das Tier hielt den Kopf gesenkt, der Hinterleib wirkte sprungbereit.

»Das soll eigentlich der Teufel sein, der vom heiligen Georg besiegt wird. Aber mit diesem Heiligen tu ich mich noch schwer.« Mařena zeigte ihr die Skizzen. Auf den Kohleentwürfen wirkte der Mann mit dem Speer tatsächlich noch ein wenig schwach und sah zu unscheinbar aus. So, als ob er sich trotz seiner Waffe nicht recht in die Nähe des Ungeheuers traute. »Siehst du, Georg braucht eindeutig noch mehr Kraft und Selbstvertrauen. Ich sollte mehr nach der Wirklichkeit arbeiten und nicht nur aus meiner Phantasie.« Sie lächelte. »Vielleicht werde ich mir ein Modell suchen.« Das klang, als wüsste sie schon jemanden. »So, nun aber genug von mir.« Sie stapelte die Skizzen wieder und legte sie zurück in die breite Schublade unterm Tisch. »Stell bitte die Stühle und den kleinen Tisch ans Fenster. Das Teewasser hat schon gekocht.« Sie holte den Wasserkessel vom Kanonenofen, dessen Rohr quer durch den Raum lief und eine angenehme Wärme verbreitete. Gehorsam tat Milena, was die Tante von ihr verlangte. Sie legte ein sauberes Zeichenblatt anstelle eines Stofftuchs auf den Tisch, deckte Tassen, Teller, Zuckerdose und Besteck darauf. Dann holte sie die Stiefmütterchen aus der Tasche, füllte ein leeres Glas mit Wasser und stellte sie dazu.

»Schön sind die, wie lauter kleine Farbkleckse. Weißt du, wie die auf Portugiesisch heißen?«

»Nein, wie?«

»Amor perfeito. Perfekte Liebe.« Mařena brühte einen Kräutertee auf, dessen Duft nach Brombeerblättern und Melisse den Raum erfüllte.

»Ich wusste gar nicht, dass du auch Portugiesisch kannst?«

Die Tante schüttelte den Kopf. »Kann ich nicht, aber ein Freund …« Sie winkte ab, lächelte wieder in sich hinein. »Wo gab es Stiefmütterchen um diese Jahreszeit?«

»Am Altstädter Ring. Wo genau, verrate ich nicht, Geschenk ist Geschenk.« Die Tante musste nicht erfahren, dass die Stiefmütterchen mit ihren bunten Gesichtern vom neuen Jan-Hus-Denkmal stammten. Nur fünf aus einer Reihe von dreißig oder fünfzig Rabatten hatte Milena abgeschnitten. Sie waren gerade gepflanzt worden und wären sowieso in der nächsten Nacht erfroren. »Erzähl du mir lieber von diesem geheimnisvollen Portugiesen.«

»Da gibt's nichts zu erzählen. Richte bitte Jan meinen Dank für das Päckchen aus.« Mařena hatte es vorhin, ohne es zu öffnen, im Bücherregal versteckt. Scheinbar wusste sie, was drin war. Sie schenkte Tee ein und setzte sich zu ihr. »Lass es mich gleich vorweg sagen. Ich weiß, dass du deinen eigenen Kopf hast. Ich verstehe auch, dass du deinen Weg gehen musst, auch wenn das meinem Bruder widerstrebt. Ich, für mich, habe das viel zu spät erkannt, und deine Mutter kam nicht mehr richtig dazu.« Milenas Mutter musste die Brandmalerei aufgeben, mit der sie viele Möbel, Holzteller und Besteck mit schönen Ornamenten verziert hatte, als durch die Krankheit auch ihre Hände die Kraft verloren. »Aber vielleicht gelingt euch jungen Frauen das, was wir nicht erreicht haben, wenn endlich wieder Frieden ist. Bertha von Suttner fordert es schon seit 1889.« Sie gab Milena ein zerfleddertes Büchlein, das auf dem Fensterbrett zwischen einigen Kunstbüchern lag und den tschechischen Titel *Odzbrojte!* trug.

»Das kenne ich, das haben wir im Deutschunterricht gelesen«, sagte Milena. »Die Waffen nieder« hieß es im deutschen Original.

»Sehr gut. Das ›Minerva‹ imponiert mir immer noch mehr und macht seinem Ruf alle Ehre.«

Die Ehre, da war sie wieder. Immer ging es um die Ehre in der Familie Jesenský. »Ich wusste gar nicht, dass du auch Übersetzungen aus dem Deutschen liest?« Milena strich die Eselsohren des Büchleins glatt, sie bogen sich sofort wieder zurück.

Mařena nickte. »Doch, doch, wenn sie gut sind. Ich mache keinen Unterschied, aus welchem Land jemand kommt oder welcher Nationalität er angehört. Und auch die Religion ist mir nicht so wichtig, solange jemand aufrichtig ist. Der Mensch und das, was er tut, zählt. Außerdem leben wir in einer geteilten Stadt, ich will meine Nachbarn verstehen und nicht nur über sie schimpfen.« Darin war ihre Tante ganz anders als Vater. Er weigerte sich, Deutsch zu sprechen, war Nationalist durch und durch. Dabei gehörten nicht nur Tschechen zu seinen Patienten und bei seiner Geliebten nahm er es mit der Herkunft auch nicht so genau. Agnetas Vater war Österreicher und arbeitete bei der Militärzensur, soviel Milena wusste.

Mařena holte eine Dose mit Anisplätzchen, die merkwürdig grau waren, und bestreute sie noch mal mit Zucker. »Die sind aus Ersatzmehl, das Einzige, was man noch auf Bezugschein kriegt. Wo Mehl drauf steht, muss keines drin sein. Zum Glück habe ich genug Anis und Zucker auf Vorrat. Ich hoffe, sie schmecken dennoch.« Nicht nur von Renata wusste Milena, dass es in der Stadt zu Engpässen bei der Versorgung kam. Um Brot, Eier oder Fleisch über die streng reglementierten Bezugskarten zu erhalten, musste man in den Geschäften stundenlang anstehen und ging am Ende trotzdem manchmal leer aus. Seither bezahlten die Patienten ihres Vaters mit Lebensmitteln, sodass im Hause Jesenský noch keine Not herrschte. Mařenas Plätzchen sahen nicht nur wie Zement aus, sie schmeckten auch so und knirschten beim Reinbeißen. Milena brauchte jede Menge Tee, um sie hinunterzuschlucken.

»Was ist denn nur mit dir los, meine Liebe?«, lenkte die Tante auf den eigentlichen Grund, warum sie sie herbestellt hatte. »Willst du deinem Vater noch den Rest Würde nehmen? Du bist alles, was er noch hat. Auch wenn er es dir nicht zeigt, Jan liebt dich mehr als sein Leben.«

»Dann soll er mich lassen«, erwiderte Milena und warf das angebissene Plätzchen zurück auf den Teller, wo es das zierliche Porzellan zu sprengen drohte. Zorn glühte in ihr auf. Mit diesem Umschwung hatte sie nicht gerechnet. Nach der milden Einleitung hatte sie geglaubt, die Tante wäre auf ihrer Seite. Von wegen Frauenrecht und Emanzipation. Sie funkelte sie an.

Doch das schien Mařena nicht zu erreichen, sie rührte Zucker in ihren Tee und klopfte den Löffel am Tassenrand ab. »Was findest du an diesem Mann? Erzähl, ich will alles wissen. Wie alt ist er überhaupt?«

»Spielt das eine Rolle? Wenn ich sage, er ist jünger als ich, dann gilt er in deinen Augen wahrscheinlich als unreif, ist er älter, dann …«

»So war das nicht gemeint«, unterbrach Mařena. »Ich habe dich ganz ohne Hintergedanken gefragt. Ich möchte ehrlich erfahren, wie es dir mit ihm geht.«

Milena atmete auf und suchte sich ein weniger graues Plätzchen in der Dose. Ihr Magen knurrte, sie hatte Hunger und ihre Aufgebrachtheit würde ihr auch nicht weiterhelfen, das sah sie selbst ein. »Er ist zehn Jahre älter als ich, zufrieden?« Einen Rest Wut konnte sie nicht unterdrücken. »Und bevor du weiterfragst, ich bleibe mit Ernst Pollak zusammen, auch ohne Papas Einwilligung.«

»Verliebt zu sein legt sich, und wenn danach keine Liebe bleibt, dann kommt die nüchterne Wirklichkeit.«

»Aber ich liebe ihn so sehr.«

»Und er, liebt er dich auch?« Die Tante nahm ihre Hand und streichelte sie, das konnte sie noch weniger ertragen.

Sie versuchte sich ihr zu entziehen, doch Mařena hatte einen ähnlich festen Griff wie ihr Vater. »Natürlich.« Gesagt hatte Ernst das zwar noch nie, aber sie spürte es und war den Tränen nahe.

»Ach, meine liebe Milka«, sagte die Tante, »von Luft und Liebe kannst nicht einmal du leben. Und mit seinem kleinen Gehalt wird Herr Pollak kaum für eine Familie sorgen können.«

»Du täuschst dich. Ernst hat eine gut bezahlte Stellung bei der Österreichischen Länderbank.« Sie war froh, etwas Handfestes vorweisen zu können. Dann hielt sie inne, als ihr bewusst wurde, dass die Tante sich verplappert hatte. »Woher weißt du, wo er arbeitet?« Plötzlich ging ihr ein Licht auf. »Aha, ich verstehe, so ist das. Ihr habt bereits Nachforschungen über ihn angestellt.«

Mařena schenkte Tee nach und überging die Frage. »Und wenn Herr Pollak in den Krieg muss, was machst du dann?«

»Das wird nicht geschehen. Ernst wurde zurückgestellt.«

»Sei dir da nicht so sicher. Wir wollen das Beste hoffen, aber wer weiß, wie lange das Gemetzel noch dauert und wie viele Opfer wir alle bringen müssen.« Sie nippte an ihrer Tasse. »Doch nun beruhige dich. Ich bitte dich bloß, nichts zu überstürzen. Am besten, du konzentrierst dich weiter auf dein Studium. Ich bin auf deiner Seite, ehrlich. Auch dein Vater wird sich wieder beruhigen, du musst ihm nur etwas Zeit geben. Ich rede mit ihm, und dann hoffe ich, dass sich Herr Pollak bald der ganzen Familie vorstellt, wenn er um deine Hand angehalten hat. Spätestens dann sind alle zufrieden. In diesen Zeiten müssen wenigstens wir als Familie zusammenstehen, meinst du nicht?«

7. Kapitel
KAMILLE

Aufgewühlt kehrte Milena nach Hause zurück. Vorerst erzählte sie Ernst nichts von dem Gespräch mit der Tante. Und auf keinen Fall würde sie ihn bitten, sich ihrer Familie zuliebe mit ihr zu verloben. Seit ihr Vater ihn hinausgeworfen hatte, trafen sie sich nur noch im Arco, gleich nach den Vorlesungen. So hatte es den Anschein, als beherzige Milena den Rat der Tante. Dass sie sich weiterhin oft verspätete, erklärte sie mit der Stundenplanverschiebung, die gab es im Krieg andauernd. Es war sowieso ein Wunder, dass überhaupt noch Unterricht stattfand. Immer mehr Professoren wurden eingezogen oder zu kriegswichtigeren Aufgaben, als über Musik zu dozieren, abberufen. So übernahmen nur wenige Lehrer die Fächer der anderen. Dazu kam das Wetter, seit Tagen schneite es unaufhörlich. Bald würde ganz Prag unter einer weißen Decke begraben sein. Der Automobilverkehr wurde lahmgelegt und die Kutscher stiegen auf Schlitten um. Im Kaffeehaus ging alles wie gewohnt weiter, als gäbe es keinen Winter, keine Lebensmittelengpässe und keinen Krieg. Dadurch waren Ernst und Milena nie unter sich. Die Oberkellner begrüßten die Herren nicht mit Namen, sondern mit ihren schriftstellerischen Etiketten, als hingen diese ihnen um den Hals. Da war der Herr Lyriker, der Herr Mystiker und der Herr Dramaturg. Ernst redeten sie mit Herr Kenner an, seiner Gelehrtheit wegen. Nur Milena blieb das Fräulein Jesenská.

Hauptsächlich debattierten sie über die Monarchie, die zusammenzubrechen drohte, und mit welchen Mitteln man einer immer noch drohenden Einberufung entkommen könnte. Man munkelte, dass es einen tschechischen Widerstand gegen die Habsburger gäbe. Im Falle einer deutsch-österreichischen Niederlage wollte man eine böhmische Unabhängigkeit vorantreiben. Doch das waren alles nur Gerüchte. Dass ihre Heimat ein eigener, nicht mehr von Österreich regierter Staat werden sollte, konnte sich Milena nicht vorstellen. Dafür lebte sie schon viel zu lange in der geteilten Stadt. Mittlerweile langweilte sie das endlose Gerede, was man nicht alles tun könnte, wie sich die Welt veränderte, wenn man dabei mehr Einfluss hätte und nicht familiär an Frau und Kind gebunden wäre. Manchmal polterte sie mit ihrer Meinung dazwischen. »Nur weil eure Ehefrauen zu Hause die Heimchen am Herd geben, sich um eure Kinder und den Haushalt kümmern, könnt ihr hier rauchen und lesen und den Tag lang im Kaffeehaus philosophieren.« Die vielen deutschen Worte aneinanderzureihen und so eindrücklich wie möglich auszusprechen, verlangten all ihre Kraft. Antworten erhielt sie keine, nur amüsierte Blicke. Bald kam sie sich im Arconautenkreis wie ein Harlekin vor. Nur Ernst schien von ihrer Meuterei angetan. Kurz vor der Ausgangssperre begleitete er sie nach Hause und zog sie unterwegs in eine halb zugeschneite Seitengasse. Dort drängte er sie hinter eine Tür einer leerstehenden Kaschemme, drückte sich an sie und schob ihr den Mantel und das Kleid hoch.

»Warte«, versuchte sie ihn zu bremsen. »Wollen wir nicht

besser zu dir gehen?« Liebe im Stehen, an eine Holzwand gepresst, noch dazu bei dieser Eiseskälte, war nicht ihr Fall. Außerdem stank es hier, Scherben lagen herum, und die Schutzpolizei patrouillierte durch die Stadt. Sie konnten jeden Moment erwischt werden und dann würde man Milena als Prostituierte verhaften.

»Stell dich nicht so an. Im Grunde gefällt es dir doch.« Ernst machte weiter. Ihr ging das zu schnell, und grob war er auch. Sie versuchte, ihn von sich wegzudrücken.

Er keuchte. »Was ist?«

»Ich habe es doch schon erklärt, mir ist es zu kalt hier und was, wenn uns jemand sieht?«

Schließlich ließ er von ihr ab. »Wir können nicht zu mir.«

»Und warum nicht?« Milena richtete ihre Kleidung.

»Es geht eben nicht.« Er druckste herum. »Ich will nachher noch lesen.«

»Lesen?« Sie musste lachen.

»Ja, lesen.« Ernst meinte es ernst. »Ich bin gerade dabei, die Franzosen zu entdecken, du glaubst nicht, wie die schreiben können. Auch wenn ich fast jeden zweiten Satz nachschlagen muss, mein Schulfranzösisch ist mau, aber ich will alle Wörter richtig verstehen. Paul Claudel, André Gide begeistern mich. Ich glaube, in Frankreich entsteht eine ganz neue Art von Roman.«

»Etwas Ähnliches hast du doch erst von Franz Kafka gesagt, und er ist Prager.« Erst da fiel Milena auf, dass sie mit dem Dichter, den sie nun endlich getroffen hatte, bei der kurzen Begegnung kein einziges Wort gesprochen hatte, und trotzdem glaubte sie, sie hatten sich einiges gesagt, nur was, konnte sie noch nicht greifen.

»Du hast recht, aber Kafka ist anders, ein Phänomen, ein Einzelgänger. Ich sagte dir schon, dass ich ihn nirgends einordnen kann. Die Franzosen dagegen bilden gemeinsam eine neue Stilrichtung.«

Die Literatur schien Ernst noch mehr zu erregen als Milena. Da konnte sie nicht mithalten. Ein Anflug von Eifersucht keimte in ihr auf. Und wenn er log, wenn einfach eine andere Frau dahintersteckte, jetzt, wo sie mit ihm bereits länger zusammen war, als all seine Liebschaften bisher angedauert hatten? Andererseits sprach er so inbrünstig von diesen Autoren, vielleicht sagte er doch die Wahrheit. Und wenn ja, wollte sie daran teilhaben, so wie an allem, was er tat oder dachte. »Dann lies mir etwas Französisches vor. Im Bett hinterher oder vorher, wie du magst«, schlug sie vor.

Er schüttelte den Kopf. »Später vielleicht. Erst muss ich mich allein durchplagen. Momentan käme nur ein Gestotter heraus. Komm, ich bring dich heim.« An der Ecke zu ihrer Straße küsste er sie noch einmal auf die Wange, fast väterlich.

Sie kam sich wie weggestellt vor. Für einen Gidé oder Claudel oder wie sie hießen. Zu gern hätte sie gewusst, was sie falsch gemacht hatte, wo sie für ihn nicht das erfüllte, was er sich erwartete. Oder konnten Mann und Frau einfach nicht gleichgesinnt sein? Sie träumte von einem Geliebten, der ihr wirklich zur Seite stand, der sie bestärkte und sie an seinem Leben Anteil nehmen ließ. Darum beschloss sie, gleich morgen in eine Buchhandlung zu gehen, nach diesen Autoren zu fragen und sich in ihre Werke zu vertiefen. Vielleicht verstand sie dann, was Ernst suchte, oder fand zumindest in den Franzosen eine Antwort auf die

Beziehung zwischen Mann und Frau. »Au revoir«, rief sie ihm hinterher.

Mit einem Grummeln im Bauch erwachte Milena am nächsten Tag. Ihr war schlecht. Sie rannte auf die Toilette und übergab sich. Danach ging es wieder. Sie hoffte, dass es nur eine Magenverstimmung war, und machte sich ohne Frühstück auf den Weg in die Universität. In der ersten Vorlesung bekam sie auf einmal solchen Hunger, dass sie einer ihrer Mitstudentinnen, die durch Verwandte auf dem Land immer etwas Essbares bei sich hatte, ein Leberwurstbrot abbettelte. Kaum hatte sie abgebissen, musste sie sich erneut übergeben. Leberwurst, allein der Geruch, nie würde sie wieder welche essen können! Sie ging nicht mehr zurück in den Hörsaal, sondern ließ sich mit einer Schlittendroschke nach Hause bringen, um sich auszuruhen. Renata versorgte sie mit einer Wärmflasche und zwang sie, ein Glas mit verdünntem Essig zu trinken. Dazu verabreichte sie ihr jede Menge Kamillentee. Die Haushälterin glaubte schon, dass Milena sich die überall kursierende Spanische Grippe zugezogen hatte. »Man weiß ja nie, bei diesen studierten Leuten, was die alles anschleppen, gnädiges Fräulein.« Das klang, als ob Wissenschaft Seuchen übertrug. Milena dagegen hoffte, sich gestern in der verlassenen Kaschemme nicht irgendetwas eingefangen zu haben.

Noch bevor sie es selbst begriff, erfasste ihr Vater, was ihr fehlte, nachdem ihm Renata aufgeregt von ihrem Zustand berichtet hatte. »Wie lange bist du mit Pollak schon zusammen?«, fragte er.

»Mir geht es bereits besser, Papa. Ich habe bestimmt nur etwas Falsches gegessen. Vielleicht in der Mensa. Kein Wunder, heutzutage sind die Lebensmittel nicht das, was sie sein sollten.«

Sie wollte aufstehen, doch er hielt sie am Arm zurück. »Ich habe dich etwas gefragt. Also?«

»Zwei Monate etwa«, antwortete sie und wand sich aus seinem Griff. Dabei waren es genau zwölf Wochen, vier Tage und siebzehn Stunden. Milena führte innerlich Buch. Sie wusste, was Vater mit der Frage bezweckte. Er meinte nicht etwa die erste Begegnung, sondern wann sie mit Ernst zum ersten Mal geschlafen hatte. Doch auch wenn er ihren Körper als Arzt in- und auswendig kannte, ihr Intimleben ging ihn nichts an. In Ernsts Wohnung war es zum ersten Mal passiert. Am nächsten Tag hatte sie ihm seine Zimmer bis vor die Haustür mit einem Meer aus Blumen geschmückt.

»Ich nehme an, deine Menstruation ist ausgeblieben?«, bohrte Vater weiter.

»Sie war schon immer unregelmäßig, aber …« Ihr ging ein Licht auf. Wie konnte sie nur so naiv sein? Sie stieg aus dem Bett. »Ich muss es ihm sagen.«

»Nichts da. Du bleibst hier. Ich rufe Dr. Šimek an, er soll dich gleich morgen untersuchen.« Vater war schneller, er zog den Schlüssel aus der Tür und steckte ihn von außen in das Schloss. Sie hechtete ihm nach. Zu spät. Schon hatte er sie eingesperrt.

8. Kapitel
HAHNENFUSS

Was, wenn sie wirklich Eltern wurden? Wenn in ihrem Bauch bereits ein Kind heranwuchs, das zur Hälfte aus ihr und Ernst bestand? Eigentlich war sie noch gar nicht bereit, Mutter zu werden, und sich Tag und Nacht um ein Kleinkind zu kümmern. Wie ihre eigene Mutter würde sie dann nur noch ans Haus gebunden sein und all die mühsam erkämpften Freiheiten aufgeben müssen. Zugleich versuchte sie, sich Ernst mit einem Kind im Arm vorzustellen oder wie er an ihrer Seite mit dem Kinderwagen durch den Park schlenderte. Doch irgendetwas in ihr wollte das Bild noch nicht zulassen. Sie hatte das Ausbleiben der Monatsblutung kaum bewusst wahrgenommen, im Trubel der Ereignisse sogar als angenehm empfunden. Aber wie würde Ernst reagieren, wenn sie tatsächlich schwanger wäre? War er, anders als sie, bereit Vater zu werden? Gab es überhaupt Platz für eine Familie bei ihm, nicht nur räumlich, sondern auch in seinem Herzen? Und was wäre mit ihr selbst, würde Milena dann zu diesem Heimchen werden, das sich ausschließlich um die Belange des Kindes und ihres Mannes kümmerte? Sicher nicht, sie würde ein Teufel am Herd sein, weiter alles hinterfragen und sich nicht fügen. Doch wozu sich jetzt schon Gedanken darum machen, zuerst musste sie sich untersuchen lassen. Wie sie ihren Vater kannte, kam sie nicht daran vorbei. Sie lief zur Tür und klopfte.

»Was wollen Sie, gnädiges Fräulein?« Renata kam nach einigem Zögern, sperrte aber nicht auf. »Sie sollen in Ihrem Zimmer bleiben, bis der Herr Professor zurück ist.«

»Das verstehe ich«, lenkte Milena ein. »Aber bitte, tun Sie mir einen Gefallen. Ich muss kurz mit Ernst Pollak sprechen, danach bin ich auch gehorsam und still. Damit verstoßen Sie gewiss nicht gegen die Vorschriften meines Vaters. Ich verlasse das Zimmer keinen Schritt, versprochen.« Die Haushälterin reagierte nicht, Milena glaubte schon, sie wäre fortgegangen. Sie presste ein Ohr an die Tür. »Sind Sie noch da, Renata?« Sie lugte durch das Schlüsselloch, am Schlüssel vorbei, der außen steckte, glaubte Stoff zu erkennen. Renatas Schürze bewegte sich leicht und war mit kleinen gelben Hahnenfuß-Blumen bestickt. »Renata?«, rief sie noch mal.

Endlich antwortete sie. »Sie bleiben die ganze Zeit in Ihrem Zimmer und sprechen dennoch mit diesem Herrn?«

»Ja«, sagte Milena schlicht.

»Wie soll das vonstattengehen, ohne zu zaubern? Sie veräppeln mich.« Also darüber hatte sich Renata den Kopf zerbrochen.

»Geben Sie mir einfach den Telefonapparat aus dem Flur herein«, sagte Milena. »Die Schnur reicht bis in mein Zimmer.« Sie hatte das schon oft ausprobiert, wenn sie mit ihren Freundinnen ungestört reden wollte. »Ich beeile mich auch.« Doch Renata tat noch immer keinen Schritt. Milena lief zu ihrer Schmuckschatulle, in der sie ein paar Kronen aufbewahrte, und versuchte, die Scheine unter der Tür durchzuschieben. Die Tür lag dicht im Falz, allerbeste Schreinerarbeit war das, dafür hatte Vater gesorgt. Besser sie packte Renata bei ihrer Neugier. »Bitte machen Sie auf, ich habe etwas für

Sie, das Sie vielleicht umstimmen wird.« Langsam drehte sich der Schlüssel und Renata drückte den Türgriff. Schnell gab sie ihr das Geld. »Hier, damit können Sie sich nach der ganzen Aufregung einen schönen Abend machen. Vielleicht in ein Konzert oder ins Kino gehen.«

Das half. »In ein echtes Konzert? Das würde ich wirklich zu gerne tun.« Renata nahm die Scheine und schob sie in ihre Hahnenfuß-Schürze. »Aber machen Sie schnell, Fräulein Milena.« Mit spitzen Fingern reichte sie ihr das Telefon, als wäre es tatsächlich ein übersinnliches Gerät. Gemeinsam klemmten sie die Schnur in die Tür und schlossen sie halbwegs. Milena kurbelte und wartete. Dann bat sie das Fräulein vom Amt um eine Verbindung mit Herrn Ernst Pollak. Erst glaubte sie, er sei nicht zu Hause, es war kurz nach fünf. Sie wollte schon im Arco anrufen lassen oder in der Bank, aber dann ging er doch an den Apparat. »Ich bin's, Milena«, fing sie an. »Ich glaube, ich bin schwanger.«

Er sagte nichts, atmete nur.

»Hast du verstanden, was ich gerade gesagt habe?«

»Ja, habe ich. Und was heißt das jetzt?«

»Das heißt, dass du und ich vielleicht Eltern werden.«

»Vielleicht?« Er benahm sich ähnlich begriffsstutzig wie Renata.

»Ich werde erst untersucht«, erklärte sie. »Aber wenn … Ich wollte, dass du es weißt.«

»In Ordnung.« Seiner Stimme merkte sie nicht an, ob er das jetzt auf die Untersuchung bezog oder dass er Bescheid wusste. Es klang, als habe er nicht richtig zugehört. Las er nebenbei?

»Wie, in Ordnung? Hast du überhaupt verstanden, was ich

gesagt habe?« Sie verlor die Geduld. »Was soll ich tun, wenn … Ich meine, wollen wir nicht über die Auswirkungen reden, falls ich …, falls wir …« Ihr gingen die Worte aus.

»Das ist Frauensache«, sagte er. »Gib mir Bescheid, wenn du Geld brauchst.«

»Wie bitte? Willst du mir Geld im Voraus für die nächsten einundzwanzig Jahre geben, die so ein Kind kostet?«

»Jetzt stell dich nicht dumm, Milena. Ich will kein Kind, also regle das, und für die Ausgaben komme ich, von mir aus, auf. Ich muss auflegen, ich habe Besuch.« Aller Lebensfreude beraubt ließ Milena den Hörer auf die Gabel sinken.

9. Kapitel

WÜSTENROSE

»Entspannen Sie sich, Fräulein Jesenská, dann tut es kaum weh.« Mit gespreizten Beinen lag Milena auf dem Untersuchungsstuhl von Dr. Šimek. Er führte einen kalten Gegenstand in sie ein. Vater saß bei ihr, hielt ihre Hand. Etwas wie eine glühende Nadel durchfuhr sie. Sie bäumte sich auf, doch jemand presste sie zurück auf die Liege. Das Schaben fühlte sich an, als würde man ihr Inneres mit einer Schneeschaufel ausräumen. Milena schrie und weinte.

»Erhöhen Sie die Dosis«, sagte der Arzt. Die Schwester spritzte ihr noch einmal Morphium. Dann floss es aus ihr heraus, sie hörte ein Klatschen, als würden winzige Körperteile in eine Schüssel geworfen. Der Arzt sprach mit ihrem Vater. Scheinbar glaubten sie, sie hörte nichts mehr.

»Was?«, brüllte Milena wie durch einen Sandsturm, der sie zu verschlingen drohte. »Was haben Sie da gesagt?«

»Es war einmal ein Schäferhund, Milka.« Vater strich über ihren Arm. »Der Hund ging über eine Brücke. Ein wackliger Holzsteg war das, schmal und lang.« Das Märchen hatte er ihr zuletzt als Kind erzählt, als sie Fieber hatte. »Er stapfte voraus, ihm folgte ein Schaf, ein braunes mit weißen Ohren. Ihm kam ein weißes mit schwarzen Beinen hinterher und ein weiteres, das hatte einen schwarzen Kopf und einen weißen Schwanz. Immer weiter, eines nach dem anderen, stakste über die Brücke. Auch das dunkelbraune mit dem weißen Hals und den schwarzen Beinen, und dann das schwarze, das nur einen winzigen weißen Fleck auf der Stirn hatte, und als Nächstes das mit der stark gekräuselten Wolle und der rosa Nase, und dahinter das graue …« Seine Stimme entfernte sich, wurde leiser und von dem Rauschen verschluckt. Ein Sturm rollte auf sie zu. Ein Junge, sie hätte einen Jungen bekommen, hatte der Arzt gesagt. Wozu noch weiterleben? Lieber ihrem Kind hinterhereilen ins Tausendstückeland.

ZWEITER TEIL

Wien, 1919 - 1920

»Auch ist es vielleicht nicht eigentlich Liebe, wenn ich sage, daß Du mir das Liebste bist; Liebe ist, daß Du mir das Messer bist, mit dem ich in mir wühle.«

FRANZ KAFKA AN MILENA JESENSKÁ

1. Kapitel
SONNENBLUME

Wie in so vielen Nächten, seit sie geheiratet hatten, war Milena nachts allein. Ernst saß noch in einem Wiener Kaffeehaus, bis sie ihn zur Sperrstunde hinauswarfen, oder er übernachtete bei einer seiner Geliebten. Und das kurz vor Weihnachten! Auch wenn diese Art der Freiheit Teil ihrer Ehevereinbarung gewesen war, so konnte sich Milena nicht daran gewöhnen. Bei ihrer Trauung hatte sie noch eingewilligt, dass zukünftig jeder das tun sollte, wozu er Lust hatte. Sie hatte es mehr als Scherz aufgefasst. Nach allem, was sie durchlebt hatte, war sie einfach nur froh, aus Prag fortzukommen und einen Neuanfang in einer anderen Stadt, in einem anderen Land zu wagen. Fern von ihrem Vater, aber auch weit weg von ihren Freundinnen. Was die Forderung von Ernst konkret bedeutete, begriff Milena erst in Wien. Gleich nach dem Umzug aus dem engen möblierten Zimmer, in dem sie in den ersten Wochen gelebt hatten, bestand er auf eine geteilte Wohnung, damit er mit seinen ständig wechselnden Besucherinnen ungestört war. Oder er verschanzte sich hinter Papierstapeln, noch immer auf der Suche nach den Worten, wie man ein Buch über das Buchschreiben verfasst. Dann nahm er Milena kaum wahr, egal, auf welche Art sie sich um ihn bemühte. Konnte sich ein Mensch wirklich innerhalb so kurzer Zeit verändern oder war sie vor lauter Liebe blind gewesen? Wo war der Mann geblieben, der vor nicht allzu langer Zeit noch sein Leben für sie aufs Spiel setzen wollte, als er ihren Vater zum Duell aufgefordert hatte? Sie hatte gehofft, dass Ernst ihr als ihr Ehemann zur Seite stand und sie unterstützte. Dass er ihr in der Fremde unter die Arme griff, die Einsamkeit mit ihr teilte und ihr half, den Verlust ihres Kindes zu verarbeiten. Wegen ihm hatte sie alles aufgegeben, nur weil sie glaubte, Ernst würde sie befreien. Doch an manchen Tagen kam sie sich in Wien genauso gefangen vor wie in der Sonderabteilung von Weleslawin, in die sie ihr Vater mithilfe von Stašas Vater nach der Abtreibung gesperrt hatte, um sie endgültig zur Besinnung zu bringen. Dort musste sie an der Pforte zusammen mit ihrer Kleidung auch ihre Würde abgeben. Anfangs war ihr das gleichgültig gewesen. Sie begrüßte es sogar, nicht mehr zu sein als ein Körper ohne Geist. Sie wollte nichts mehr fühlen, nichts mehr sein, aber nach und nach glaubte sie in dem ganzen Stumpfsinn, in dem immergleichen Tagesablauf der Anstalt wirklich verrückt zu werden. Zusammen mit den anderen Kranken behandelte man sie wie ein Kleinkind, wollte sie mit Kalt- und Heißwasserkuren beruhigen, wenn sie sich weigerte, zu essen, zu turnen oder im Garten mit den anderen im Kreis zu trotten, als seien sie Karussellpferdchen. Dann fesselte man sie mit Lederriemen ans Bett, um sie ruhigzustellen. Doch am schlimmsten war, dass man ihr in den ersten Wochen jegliche Lektüre verbot, selbst den Umgang mit Stift und Papier. Sie könnte sich damit verletzen, hieß es. Etwa am Papier schneiden oder sich einen Bleistift ins Auge rammen? Jemanden mit einem Buch erschlagen? Oder ging es um den Inhalt, die

Geschichten, die sie ablenken oder zurückwerfen konnten, würden die ihren Schmerz verstärken? Oder fände sie womöglich eine Anleitung, um zu fliehen wie der Graf von Monte Christo? Auf der Suche nach Zerstreuung und um ihren ewig kreiselnden Gedanken zu entkommen, lechzte sie bald nach Nachrichten von der Außenwelt. In Sehnsucht nach etwas Lesbarem durchforstete sie wie eine Verdurstende die gesamte Klinik. Aber der Zugang zur Patientenbücherei blieb ihr auf ärztliche Anordnung verwehrt. Darum ließ sie sich in der Küche zum Dienst einteilen, als sie erspähte, dass die Fische in Zeitungspapier geliefert wurden. So las sie beim Rübenputzen und Geschirrspülen heimlich das »Prager Abendblatt« und andere halb eingerissene Gazetten. »Die Antwort auf die Antwort«, lautete eine Schlagzeile über die politische Lage. Es gab noch ein Draußen, und die Welt war noch immer im Krieg. Alle Länder kämpften gegeneinander, wer sollte da noch durchsteigen und Frieden schaffen? Im Mittelmeer hatte eine U-Boot-Schlacht stattgefunden, bei der viele Tonnen lebensnotwendige Güter versenkt worden waren. Schiffe, die unter Wasser fuhren, um andere abzuschießen, unvorstellbar, dass es so etwas gab?

Darunter bot jemand tausend Suppenwürfel zum Preis von zwanzig Kronen an und daneben stand: »Mr. Wu, der Mandarin, lädt im Hotel Adria zu einem Maskenball ein.« Das Hotel lag am Wenzelsplatz, ganz in der Nähe ihres Elternhauses. Milena stellte sich vor, wie sie sich verkleiden würde, und spürte, dass ihr Lebenswille zurückkehrte. Auf der Rückseite des fettgetränkten Zeitungsblattes entdeckte sie eine Kinoanzeige, die ein neues Meisterwerk von Charlie Chaplin ankündigte. Zu gern würde sie diesen Film sehen. Der Mensch denkt zu viel und fühlt zu wenig, hatte Chaplin in einem Gespräch mit einem Reporter gesagt. Es musste herrlich sein, beruflich mit Kino zu tun zu haben, so wie Willy Haas das tat. Über das zu schreiben, was man erlebte, und damit Geld zu verdienen. Zum ersten Mal dachte sie daran, eines Tages auch beruflich zu schreiben. Das, was sie liebte, zu ihrem Lebensinhalt zu machen. Milena fielen die vielen schönen Stunden ein, die sie in einem Lichtspielhaus verbracht hatte. Dass sie sich noch auf dem Nachhauseweg wie die Leinwandheldin gefühlt hatte, die Welt durch ihre Augen betrachtete und beschwingt durch die Stadt getanzt war. Dadurch hatte sie auch vom Grübeln ausgeruht, wie sie all die Schwierigkeiten überwinden sollte, die sich Tag für Tag auftaten, und neue Kraft geschöpft. Was wäre, wenn das eigene Leben auch solche Wendungen nähme? Dass Filme solch ein Anstoß waren und Wunder bewirkten, musste sie sich merken und bald darüber schreiben, sagte sie sich in Weleslawin immer wieder vor. Doch im Kliniktrott, wo man Milena mit allen Mitteln von ihren Gedanken befreien wollte, vergaß sie es leicht. Am besten wäre es, es sofort aufzuschreiben, doch worauf? Vergeblich suchte sie in den Küchenschubladen nach einem Stift.

Während des Freigangs stahl sie sich in den muffigen halbdunklen Schlosskeller, wo sich ein Sammelsurium an ausrangierten Möbeln, abgebrochenen Stühlen und verrosteten Bettgestellen stapelte. Und endlich fand sie in einem Schrank eine Schachtel Bleistifte. Manche angenagt und zu Stummeln gespitzt, andere noch wie neu. Hier lagerten noch weitere kleine Dinge. Zuerst glaubte sie, dass es sich dabei um Spenden handelte, die im Keller gesammelt wurden, um sie an Weihnachten oder einem anderen besonderen Anlass zu verteilen. Dutzende Brillengestelle mit und ohne Gläser, benutzte Tabakspfeifen, deren Mundstücke abgenutzt wirkten, Bilderrahmen, Schreibblöcke, Ansichtskarten, eine mit einem gemalten Strauß Sonnenblumen, manche mit Grüßen beschrieben. Doch dann entdeckte sie auch Brieftaschen, in denen noch Fotos von Angehörigen stecken. Aus einer zog sie eine zusammengebundene Haarsträhne. Und schließlich, anhand der Ausweise, die viele noch enthielten, begriff sie. Das alles waren Gegenstände verstorbener Patienten, die keiner der Angehörigen abgeholt hatte. Vielleicht bestand auch kein Interesse an den Hinterlassenschaften oder es gab schlicht keine Verwandten mehr. Was würde von Milena bleiben, wenn sie nicht mehr lebte? Hastig nahm sie sich einen der Bleistifte und einen Schreibblock und dachte auf dem Papier darüber nach, notierte auch ihre Kino-Gedanken. Und je mehr sie schrieb, desto stärker kehrte die alte Rebellion zurück. Milena spürte sich wieder. Ihr Kind war tot, aber sie lebte noch, und sie würde nicht aufgeben, nicht bis zum letzten Atemzug. In den folgenden Wochen schrieb sie nicht nur über sich, sondern hielt auch die Geschichten der Mitpatienten fest, die sie beobachtet und miterlebt hatte. Wider Erwarten duldete die Oberschwester es, als sie sie eines Tages mit dem Block erwischte. Milena schenkte ihr einfach eine Miniatur, die sie über das Schloss und ihre Insassen verfasst hatte, und erwarb sich auf diese Weise ihre Gunst. Die Oberschwester leitete für sie sogar einen Brief an Staša weiter. So erfuhr auch Ernst von Milenas Aufenthaltsort, und nach langen neun Monaten besuchte er sie endlich. Sie trafen sich am vergitterten Tor in der Schlossmauer. Noch bevor sie ihn um irgendetwas bitten konnte, sagte er, dass er bei ihrem Vater vorgesprochen und um ihre Hand angehalten habe.

»Du willst mich?« Milena konnte ihr Glück kaum fassen.

Ernst nickte. »Aber dein Vater hat eine Bedingung gestellt.«

»Sollst du katholisch werden?«

»Das nicht.« Seine Mundwinkel zuckten bloß. »Ich glaube, da sieht er keine Hoffnung. Einmal Jud', immer Jud', sagt er.« Er zögerte. »Es geht um deine Mitgift.« Wieder hielt er inne, tastete nach ihrer Hand. »Er verweigert dir Geld zu geben, wenn …«

Sie küsste seine Finger, wie sehr hatte sie ihn vermisst. »Wir brauchen das Geld nicht. Ich kann arbeiten gehen und du auch, gemeinsam …«

»Was willst du mit einem abgebrochenen Medizin- und Musikstudium anfangen?«

»Mir fällt schon etwas ein, bring mich nur hier heraus. Dann …«

»Dein Vater will dich entmündigen«, unterbrach Ernst sie und ihre Küsse, »wenn wir nicht die Stadt verlassen.«

»Da muss er sich beeilen. In zwei Monaten bin ich großjährig.« Obwohl es wie ein Scherz klingen sollte, blieb ihr das Lachen im Hals stecken. Es konnte kaum noch schlimmer kommen, dachte sie. Wäre sie erst einmal entmündigt, würde ihr Vater sie für immer wegsperren. Sie glaubte sich jetzt schon lebendig eingemauert, wie Jarmila das von ihren Eltern angedroht worden war.

»Was hältst du von Wien? Ich könnte zur dortigen Länderbank wechseln«, schlug Ernst vor. »Ich habe bereits telefoniert, man hilft mir auch bei der Wohnungssuche. Wir könnten frei leben, Milena. Jeder tut, was er will, unabhängig voneinander.« Er schmiedete Pläne, schwärmte von der ehemaligen Kaiserstadt, als wäre sie aus Tausendundeiner Nacht. Seit die Monarchie aufgelöst worden war und die erste Republik ausgerufen wurde, blühten dort die Künste.

»Ich habe gelesen, dass es in Wien Streiks und Unruhen gibt«, erwiderte sie. »Das Volk hungert.«

»Tun wird das hier nicht auch?« In der Tat, Ernst wirkte schlanker. In der gut bezahlten Anstalt gab es genug zu essen für Milena, wenigstens das. »Ich sehne mich aber nach mehr als nur Brot, du nicht auch? Was meinst du, was Wien zu bieten hat, im Gegensatz zu hier. Dort pulsiert das Leben, es gibt Literatenzirkel, Cabarets, ein großartiges Volkstheater und jede Menge Lichtspielhäuser. Die Menschen leben viel freier, und wir würden mitten unter ihnen sein.« Literatur, Theater und Kino, das gab es doch auch in Prag, dachte sie, aber Ernst redete sich in Rage, ließ sie kaum dazwischenfragen. Dabei war die äußere Welt für sie noch wie die Strophen eines vergessenen Liedes, das sie erst wieder in sich zum Klingen bringen musste.

Ein Hochzeitskleid konnte sich Milena nicht leisten, jetzt, da sie komplett auf sich gestellt war. Den einzigen Luxus, den sie sich in aller Eile gönnte, war eine neue Frisur. Sie ließ sich die Haare kinnlang schneiden, trug nun den Bubikopf, der bereits in Paris und Berlin als Inbegriff der modernen Frau galt. Endlich die langen Flechten losgeworden zu sein, fühlte sich wie der erste große Schritt in ein neues Leben an. Ein Leben als Ehefrau, aber vor allem auch als unabhängige Frau, die das tat, was ihr vorschwebte.

Das Ja-Wort gaben sie sich auf dem Prager Standesamt, mit Willy Haas und Jarmila als Trauzeugen. Staša konnte leider nicht dabei sein, von ihr erhielt Milena einen Brief. Auf Anordnung ihres Vaters musste sie das Bett hüten, schrieb sie. Allerdings diesmal aus einem erfreulichen Grund. Sie war schwanger von einem tschechischen Sänger. Es war viel passiert, während Milena im Niemandsland namens Weleslawin gewesen war. Die Welt hatte sich weitergedreht. So wurde die Pollaksche Hochzeit zugleich ein Abschied von ihren Freundinnen, aber auch von ihrer gesamten Existenz, doch das begriff Milena im Trubel der Ereignisse noch nicht. Und auch unter Freiheit verstand Ernst etwas anderes als sie. Erst im Zug nach Wien, in dem sie ihre Hochzeitsnacht verbrachten, dämmerte es ihr.

2. Kapitel
HYAZINTHE

Für Ernst änderte sich kaum etwas. Er fand sich schnell zurecht, viele seiner alten Freunde lebten bereits hier. Nach der Arbeit tauschte er lediglich das Prager gegen ein Wiener Kaffeehaus, und dort saß er dann bis zur Sperrstunde. Im Herrenhof erhielt er, weiter als »Herr Kenner«, wieder einen eigenen Stammtisch, der seinen Namen trug. Anders als Milena. Seit sie hier lebte, hatte sie die Theater oder Kinos nur von außen gesehen und zehrte von ihrer Sehnsucht danach. Den Eintritt konnte sie sich nicht leisten. Sie plagte sich in einer Stadt, deren Bewohner ihr fremd blieben. Anstatt Hoffnung und Neuanfang war alles ein Abstieg für sie. Angefangen bei der Sprache. Im Deutschen immer noch nicht sicher, musste sie sich nun auch noch mit dem schwer verständlichen Wienerischen auseinandersetzen, das die Einheimischen oft vor sich hin nuschelten. Vom vielen Nachfragen kam sie sich wie eine Idiotin vor. Erst als sie Milenas Akzent heraushörten, bemühten sich manche, einen gedehnten Satz lang für die »Ziegelböhmin« deutlicher zu sprechen, doch bevor Milena das Gemeinte begriff, verfielen die Leute wieder ins gewohnte Gebrabbel. Als »Ziegelböhmen« bezeichneten sie neuerdings die Tschechen. Viele von ihren Landsleuten reisten als Maurer ein, um beim Bau der Siedlungen mitzuhelfen, mit dem das »rote« Wien, das Sozialdemokraten regierten, die

Wohnungsnot abschaffen wollte. Aber Milena machten nicht nur einfache Wörter Schwierigkeiten. Abgesehen davon, dass Dinge wie Brille oder Hut »Schiaglprothes« und »Deckl« hießen, dauerte es eine Weile, bis sie begriff, wer Erna war. In der gesamten Stadt, in allen Gesprächen, erkundigte man sich ständig nach ihr, als sei Erna die Frau, die alle vermissten. Auch Milena fragte man. Darum mied sie es schon, die Gemüsehändlerin oder den Schuster zu fragen, wie es ihnen ging, denn prompt hieß es: »Und wia geht's Erna?« Bis sie Frau Koller davon erzählte. Die verwitwete Hausverwalterin im Parterre, die sich um Milena vom Tag ihres Einzugs gekümmert hatte, stammte aus Ungarn und sprach selbst noch mit Akzent, obwohl sie seit Jahrzehnten hier lebte. Sie wusste, dass Erna Wienerisch für »Ihnen« war, und erklärte es ihr mit einem Lachen.

Was war nur mit ihr los? Früher hatte sie es darauf angelegt, aufzufallen, sich gefreut, wenn andere die Nase rümpften und hinter ihrem Rücken tuschelten. Die Arzttochter Jesenská, schaut mal, was die wieder treibt oder mit wem. Früher, das war Prag gewesen, ihr Prag, wo sie sich trotz allem geborgen gefühlt hatte. Auch noch mitten im Krieg, als die Donaumonarchie zerbrach und die Tschechoslowakei ein von Österreich-Ungarn unabhängiger Staat wurde. Mitten in dieser Wandlung hatte sie ihr Land und ihr Volk verlassen. Aus Liebe. Bestimmt hatte ihr Vater in Prag mitgejubelt, als sich am 28. Oktober 1918 sein lang gehegter Wunsch erfüllte und sein Land endlich vom verhassten Österreich unabhängig wurde. Seit jeher hatte das Kaiserreich die stolzen Tschechen wie Untertanen behandelt, die dem edleren Volk zulieferten, aber nicht eigenständig handeln konnten. Und auch Milena spürte auf einmal diesen Nationalstolz fern von ihrer Heimat in sich. Sie feierte das Kriegsende und die Befreiung ihres Landes zur gleichen Zeit mitten auf der Straße von Wien. Als die Meldung wie ein Lauffeuer in jedes Kaffeehaus gerufen wurde, war sie zusammen mit Gina Kaus, einer drei Jahre älteren österreichischen Schriftstellerin, und vielen anderen auf die Gasse getreten, um zu jubeln. Dabei erlebten sie, wie Burschen aus der Menge ein paar Offizieren auflauerten, sie schikanierten und ihnen die Schulterstücke herunterrissen.

»Hört auf«, rief Gina, aber ihre Stimme ging im allgemeinen Geschrei unter. Sie empörte sich weiter, schließlich hatten diese Soldaten gekämpft und das Land verteidigt. »Das ist doch kein Grund, sie nun zu demütigen und zu bestrafen. Bestimmt sind viele von ihnen nicht freiwillig eingerückt, und jetzt, wo der ganze Spuk vorbei ist, müssen sie sich beschimpfen lassen.«

Milena war anderer Meinung. »Du verstehst das nicht. Du bist nie unterdrückt worden.«

»Aber du, du kennst dich aus, oder wie?«, verblüfft sah sie Gina an.

»Ja, ich stamme aus einem unterdrückten Volk, ich bin Tschechin.«

»Von wegen.« Gina konnte ihren Spott nicht verbergen. »Soviel ich weiß, bist du eine reiche, verzogene Zahnarztgöre, der alles auf dem Silbertablett serviert wurde, bis sie der Herr Pollak entführt hat.«

»Entführt? Wer sagt das?« Dieses Gerücht war an Milena vorbeigegangen.

Doch Gina äußerte sich nicht weiter dazu. »Weißt du

was …« Sie holte Luft und spuckte ihr vor die Füße. »Du großkopferte Böhmin, du kannst mich mal.« Schnell schlängelte sie sich durch die Leute davon.

Die Freude über die Befreiung ihres Landes währte nur kurz. Ihre Heimat war nun Ausland. Auf einmal gab es eine Grenze, die jeglichen Kontakt, besonders zu Staša, erschwerte. Paketsendungen brauchten ewig bis zur Zustellung und blieben schließlich ganz aus. Aber auch von Jarmila, die als Frau Haasová in Berlin lebte, hatte Milena schon lange nichts mehr gehört. Vielleicht lag das weniger an der schlechten Postverbindung, sondern daran, dass sie sich nichts mehr zu erzählen hatten. Milena dachte oft an sie und fragte sich, wie es ihr in der deutschen Hauptstadt erging, fasste aber zugleich nicht den Mut, ihr zu schreiben und ihr von ihrem Niedergang zu berichten. Niemals hätte sie gedacht, dass ihre Freundschaft auseinandergehen könnte.

Kurz nachdem es zum weltweiten Waffenstillstand gekommen war, lebte Milena schon zwei Jahre in Wien, abgeschnitten von ihrem alten Leben. Der Sumpf einer Stadt, die keine Kraft besaß und sich selbst von innen aufweichte, schrieb sie am dritten Advent in ihr Notizbuch. Am besten man kroch unters Federbett, deckte sich bis zu den Ohren zu und kam erst nach den Feiertagen wieder hervor. Es gab kein Brennmaterial, kaum Kohle, kein Holz. Die Züge fuhren unregelmäßig, die Fabriken standen still. Milena schrieb weiter, hielt alles fest, was ihr im vergangenen Jahr in der Stadt aufgefallen war. Dass die Wiener das Elend mit Humor nahmen, es an ihnen abperlte wie Wassertropfen an einer Schwarte. Sie sprachen über Schicksalsschläge, aber sie trauerten nicht. Jedenfalls merkte man es ihnen nicht an. Das meiste verflüchtigte sich wie Schatten. Manchmal würde Milena die Leute am liebsten schütteln oder anschreien. Man konnte, ja, man durfte doch nicht alles einfach hinnehmen! Man musste widerstehen, sich den Mächten entgegenstellen! Diese ewig gute Laune und das Duckmäusertum waren schwer auszuhalten. Doch es gab auch das andere Wien, das vergnügte Wien, das in ständiger Feierlaune war. Trotz Armut in den meisten Familien öffneten die Theater, Cabarets und die Oper jeden Tag vor vollen Häusern und zu hohen Preisen. Die Modegeschäfte quollen über, Pelze, Kleider, Stoffe, Hüte und Schuhe in allen Formen und Farben stapelten sich hier. Wien prasste, Wien tanzte, Wien amüsierte sich, sang, spielte mehr Walzer und Operetten als je zuvor. Und zugleich hatte Milena den Eindruck, dass dasselbe Wien dahinsiechte. Es gab kein Brot, kein Mehl, keine Kartoffeln, die Post, das Telefon und das Telegraphenamt funktionierten nur mit Müh und Not. In den überfüllten Krankenhäusern lagen die Patienten in zerrissener Wäsche auf den Gängen. Auf einmal spürte Milena den starken Drang, all das aufzuschreiben, über diese Zustände zu berichten und ihre Eindrücke festzuhalten, sich in die Bilder hinein zu vertiefen, die in ihr arbeiteten, als würde ein Film abgespult. Sie musste es tun, sonst würde sie platzen. Also setzte sie sich nieder und schrieb und schrieb, stand nur kurz auf, um nachzuheizen, denn noch immer fror sie. Sie holte sich einen alten löchrigen Pullover, den sie im Auftrag von Ernst eigentlich dem Lumpensammler geben sollte, und zog ihn als weitere Schicht über. Dann stellte sie das Glas mit der Hyazinthenzwiebel zur Seite, von der sie hoffte, dass sie bis Weihnachten blühte, und öffnete das Fenster, um Fjodor herbeizulocken. Und tatsächlich kam er angesprungen. Laut maunzend und mit eiskaltem Fell. Den rotgestreiften Kater hatte Ernst kurz nach dem Umzug als Mäusefänger mitgebracht, doch mittlerweile lebte er mehr bei ihr als bei ihm. Ein flauschiges Wollknäuel war Katerchen gewesen, eine Handvoll Katze nur, doch jetzt erstreckte er sich über Milenas Bettbreite, wenn er bei ihr schlief. Sie hatte ihm Dostojewskis Vornamen gegeben. Zum Glück mied Fjodor die gefährlichen Wiener Straßen, wo die Automobilisten den Fiakern den Rang streitig machten und man nicht wählerisch war, was im Kochtopf landete. »Kaninchen« mit langem Schwanz wurde sogar auf dem Naschmarkt angeboten. Manchmal durchstreifte er das Treppenhaus und den Keller auf der Suche nach Beute, aber meistens kletterte er durch die Fenster ein und aus, strich über die Dächer und um die Kamine und fing sich vermutlich ein paar Fledermäuse. Eichhörnchen oder Vögel gab es kaum noch in der Stadt.

Als Fjodor mit verdünnter Kondensmilch und Brotstückchen versorgt war und zufrieden auf ihrem Schoß schnurrte, las sie ihren Eintrag durch. Gar nicht so schlecht, stellte sie fest. Es waren nicht nur aneinandergereihte Notizen, es las sich fast wie eine Geschichte, die Beschreibung einer Panoramaaufnahme der Stadt, doch ohne Postkartenidylle. Sie staunte über sich selbst. Was hatte sie da bloß so lange mit sich herumgetragen? Ein waghalsiger Gedanke befiel sie. Vielleicht würde diese Sicht auf Wien auch andere Leute interessieren? Keine Einheimischen natürlich, wer las schon gern Kritik über sich, aber was war mit den Menschen in ihrer Heimat, für die Wien bis vor Kurzem noch das Zentrum des Reichs und damit all ihres Strebens gewesen war? Der Blick einer Tschechin im Exil, ja, das hatte etwas. Aber sie und schreiben? Obwohl tschechische Literatur ihr Lieblingsfach gewesen war, hatte sie seit der Schulzeit kaum mehr etwas verfasst. Gelegentlich hielt sie ein paar Beobachtungen fest. Sie glitten ihr leicht aufs Papier, als drängte sie eine innere Stimme und sagte ihr bei der Niederschrift alles vor. Sie dachte ans »Minerva«. Damals und auch später noch hatte sie geglaubt, all das, was sie sich in den Kopf setzte, auch erreichen zu können. Ein selbstbestimmtes Leben hatte sie führen wollen, ohne Zwänge und bürgerlichen Moralvorstellungen. Seither war viel geschehen und manches zerstört worden.

Ihr Vater hatte sie zu brechen versucht, eine harmlose Untersuchung vorgetäuscht und ihr dabei das ungeborene Kind entrissen. Sie hatte es nicht verhindern können, fühlte sich aber trotzdem für den Tod ihres Sohnes verantwortlich. Ernst verlor nie ein Wort darüber, und sie wusste nicht, wie sie ihren Schmerz an ihn herantragen sollte. Doch wenn sie sich weiter ihrem Kummer hingab, sich darin auflöste und nichts Eigenes versuchte, würde sie wirklich eine Ziegelböhmin werden, mit beiden Beinen in Österreich einzementiert.

Sie könnte sich bei einer Prager Zeitung bewerben, verlieren würde sie ja nichts dabei. Aber dann brauchte sie noch einen Bezug zu Prag in dem Artikel. Also überarbeitete sie ihn noch einmal, setzte die Vergangenheitsform in die Gegenwart, als geschehe alles jetzt, in diesem Moment. Ja, nun hatte es mehr Kraft! Dann überspitzte sie ein paar Stellen, so wie es Karikaturisten tun, und rundete die Geschichte zuletzt mit ihrer Besinnung auf ihre Wurzeln ab.

Aber am schlechtesten geht es uns hier, uns Tschechen. Böhmen ist unsere Heimat, und hier sind wir gezwungen, die Last anderer mitzutragen, ohne dass uns die Unsrigen ein bisschen beistehen könnten! Wäre es nicht möglich, für Angehörige der Tschechischen Republik, die Grenzen ein wenig zu öffnen oder Post und Verkehr zu erlauben? Sie holte sich Ernsts Schreibmaschine und tippte das Ganze ins Reine, verbesserte dabei noch mal das ein oder andere. In den Zeitungsstapeln ihres Mannes suchte sie nach der Adresse von der »Tribuna«, einem engagierten jüdisch-tschechischem Blatt. Dort würde sie es als Erstes versuchen. Sie spürte ein Kribbeln in sich, vielleicht war das Schreiben ihre Bestimmung, etwas, das sie zusätzlich tun konnte, und eines Tages vielleicht, um Geld zu verdienen? Es erfüllte sie, damit hätte sie endlich eine sinnvolle Aufgabe. Sie würde sich selbst aus dem Sumpf erheben, alles, was sie zukünftig erlebte, mit dem geschärften Blick einer Journalistin wahrnehmen. Das fühlte sich nach einer Zukunft an, einem echten Hoffnungsschimmer.

3. Kapitel
NARZISSE

Erschöpft vom Koffertragen am Bahnhof, konnte sich Milena einige Monate später zu überhaupt nichts mehr aufraffen. Die Jesenský-Mitgift war durch das Einrichten der Wohnung und die Miete längst aufgebraucht. Ernst bezahlte seinen Anteil, verweigerte ihr aber sonst, kaum dass sie sich in Wien eingerichtet hatte, die finanzielle Hilfe, jeder sollte in allen Bereichen frei sein und für sich selbst sorgen, erinnerte er sie, als sie ihn um Unterstützung bat. Ihr Freibrief war die Ehe gewesen, nur so war sie der Strenge ihres Vaters entkommen, doch nun musste sie sich selbst durchschlagen. Also verdiente sie sich ihren Lebensunterhalt als Gepäckträgerin am Westbahnhof wie einst ihr Vater. Wenn sie müde und hungrig nach Hause kam, war die Plagerei noch nicht zu Ende. Dann musste sie noch Kohlen aus dem Keller in den zweiten Stock schleppen, um die tagsüber ausgekühlte Wohnung zu heizen. Wenigstens gab es neuerdings wieder Heizmaterial, und es war schon März, hoffentlich fror man bald nicht mehr. Unterwegs nach oben wechselte sie mit Frau Koller ein paar Worte, erfuhr, ob sie wollte oder nicht, den neuesten Klatsch aus der Nachbarschaft, und erhielt einen Rest »Letscho«, ein Schmorgericht aus Paprika, Tomaten und Zwiebeln, für das sie sehr dankbar war. Endlich in ihrer Wohnung angekommen, schaffte sie es gerade noch, die Pflanzen zu gießen und nach dem Kater zu sehen. Sie liebte Blumen über alles. In unzähligen Töpfen, kaputten Emailkannen, Krügen mit abgebrochenem Henkel hegte und pflegte sie Gewächse aller Art. Zog sie aus gefundenen oder abgezweigten Samen, Kernen und Zwiebeln und hoffte jedes Mal, dass etwas Grünes aus der Erde spitzte. Zwar dauerte es eine Weile, bis sie alles weggeräumt hatte, um ein Fenster zu öffnen, doch dafür blühte es bei ihr auch zur kalten Jahreszeit.

Ernst beschwerte sich über den Treibhausdunst, der seine Bücher und Dokumente wellte. »Du musst mehr lüften«, verlangte er.

»Das brauchst du mir mit deinem Pfeifenqualm nicht zu erzählen«, entgegnete sie. In seinem Teil der Wohnung, in dem ausschließlich schwarz gestrichene Möbel standen, wirkte es nicht nur düster, es roch auch stickiger. Auf dem Fensterbrett dümpelten ein paar Kakteen vor sich hin. Um die kümmerte sich Milena ebenfalls, damit sie nicht völlig vertrockneten oder unter den Papierbergen erstickten. Sie würde sich ihren Heimgarten nicht verbieten lassen. Er schenkte ihr jeden Tag Duft und Schönheit, wie sonst sollte sie es in dieser lieblosen Stadt aushalten? Immerhin hatte das Jahr gut angefangen, als sie im Januar endlich wieder Post aus Prag erhielt. Steinhartes Weihnachtsgebäck von Staša und eine nette Fotografie ihrer einjährigen Zwillingsmädchen Olga und Klein-Staša. Wer hätte geglaubt, dass die Jüngste aus ihrem Dreiergespann als Erste Mutter sein würde. Milena erhielt noch ein weiteres Päckchen, ein großes, dickes Kuvert. Neugierig öffnete sie es, als sie den Absender las. Dem Anschreiben lagen drei gleiche Zeitungen bei. Und dann begriff sie, dass das ihre Belegexemplare waren. Ihr

Artikel über Wien war wie selbstverständlich in der »Tribuna« gedruckt worden und bereits am 27. Dezember 1919 erschienen. Milena konnte es kaum glauben. Aufgeregt faltete sie die Seiten auf. Dort war er und füllte eine halbe Seite. Diese vielen kleinen Buchstaben in den Spalten stammten tatsächlich von ihr. Im Begleitbrief bedankte sich der Redakteur für ihre erfrischend neue Stimme aus Wien und legte einen Wechsel bei, mit dem sie sich das Honorar bei einer Bank abholen konnte. Sie könne weitere Texte einschicken, man würde alles prüfen, versprach er. Milena hätte ihr Glück am liebsten zum Fenster hinausgeschrien. Vielleicht änderte sich doch bald etwas, dachte sie, jetzt, wo der Frühling nahte und die ganze Welt im Umbruch war.

Zu ihrer großen Freude erhoben sich aus den Zwiebeln, die sie im Herbst vor dem Küchenfenster eingepflanzt hatte, die ersten Narzissen und fingen wie kleine Sonnen zu leuchten an. Sie öffnete das Fenster und rief nach Fjodor, aber der Kater war nirgends zu sehen. Er genoss wohl auch die ersten Sonnenstrahlen und war vielleicht einer Katzendame auf der Spur. Auf der Suche nach etwas zu lesen und vielleicht in eine fremde Welt einzutauchen, ging Milena in Ernsts Arbeitszimmer. Wie immer war sein Schreibtisch mit Papieren übersät. Zeitungsartikel, Manuskripte von Autoren, die ihr Mann weiter betreute. Auch die blaumarmorierte Mappe lag dabei. Neugierig zog Milena sie aus dem Stapel. Sie hatte Lust, »Die Verwandlung«, diese merkwürdig beklemmende Geschichte, noch einmal zu lesen. Was war eigentlich aus Franz Kafka geworden, lebte er noch in Prag, in der neuen Tschechoslowakei? Hatte er noch weitere Erzählungen geschrieben, und stand Ernst mit ihm noch immer in Verbindung? Sie nahm die Mappe mit in die Küche, wo der Ofen inzwischen bollerte und eine angenehme Wärme verbreitete, kochte sich Tee aus ihren getrockneten Kräutern, die ihr Zimmer schmückten wie Lampions, schmierte sich Brote mit Ersatzbutter und tauchte sie in Frau Kollers Eintopf. Ihr Magen gluckste, als ihn die erste Nahrung erreichte. Milena atmete auf. Das Tagwerk lag hinter ihr, nun begann die Zeit der Entspannung. Sie wischte sich die Finger am Geschirrtuch ab und blätterte durch die Mappe, las sich durch eine Reihe von Texten, die offenbar alle von Kafka stammten. Kurze, mit der Maschine getippte Geschichten, ausgeschnittene Zeitungsabdrucke und auch ein paar handschriftliche Entwürfe. Der restliche Tee in der Kanne wurde kalt, sie las weiter, bis sie das Miauen nicht als Teil der Geschichten, sondern wirklich von draußen wahrnahm. Fjodor hockte auf dem Fenstersims und klagte. Mit einem Blatt in der Hand ließ sie ihn herein, ihre Augen auf den Zeilen. Der Kater sprang auf den Tisch, schnurrte auf den Blättern und stupste Milena so lange an, bis sie sich fügte. Rasch gab sie ihm ein Stück geräucherten Fisch, den Ernst bei sich verwahrt hatte, und las weiter, schnappte sich den endlich zufrieden schnurrenden Fjodor und legte sich mit ihm aufs Bett. Anders als der Kater, der sich nach ausgiebigem Putzen bald einrollte und schnarchte, konnte Milena nicht stillliegen. Eine Unruhe ergriff sie, je mehr sie sich in Kafkas Zeilen vertiefte. Sie musste etwas tun, um sich mit diesen Geschichten und vielleicht auch mit dem Autor zu verbinden. Sie wollte herausfinden, wer sich hinter diesen Rabenaugen verbarg, die sie durch all diese Zeilen hindurch ansahen, als wäre sie wieder in ihrer Heimat. Um eine Veröffentlichung für ihn musste sie sich nicht mehr bemühen. Abgesehen davon, dass ihr die Kontakte fehlten, hatte Kafka schon einen deutschen Verlag, wie er Ernst in einem Brief mitteilte. Seine Erzählungen erschienen in Büchern. Aber was war mit tschechischen Zeitungen? Schließlich lebte er in Prag. Wurde er bereits übersetzt? Milena stand auf und überbrühte die Teeblätter ein zweites Mal. Mit der dampfenden Tasse in der Hand ging sie in ihrem Zimmer auf und ab und überlegte. Sie könnte Staša anrufen. Trotz ihrer Kinder hatte sie angefangen, als Journalistin und Übersetzerin aus dem Englischen und Französischen zu arbeiten. Außerdem stand sie mit vielen Kulturschaffenden in Prag in Verbindung. Vielleicht hatte sie eine Idee, wie auch Milena den Einstieg finden könnte. Sie würde ihr schreiben und ihr von ihrem Einfall erzählen. Sie könnte sich auch ohne Umweg direkt an die Prager Zeitungen selbst wenden, doch dazu müsste sie eine Probeübersetzung beilegen, um einen Eindruck von ihrer Ausdrucksweise zu vermitteln. Aber zuerst brauchte sie die Zustimmung des Autors, ob er überhaupt mit einer Übersetzung einverstanden war und ob es nicht schon eine gab. Am besten, sie schlug Kafka eine geeignete Geschichte vor. Aber welche? Er versetzte seine Figuren immer in ausweglose Lagen. Je mehr sie sich wehrten, desto mehr zog es sie in den Abgrund. Das Schicksal des jungen Karl Roßmann berührte sie besonders. Er versuchte, vor seiner Schuld zu fliehen, geriet aber mehr und mehr in sie hinein. Milena las den Anfang von »Der Heizer« erneut:

Als der sechzehnjährige Karl Roßmann, der von seinen armen Eltern nach Amerika geschickt worden war, weil ihn ein Dienst-

mädchen verführt und ein Kind von ihm bekommen hatte, in dem schon langsam gewordenen Schiff in den Hafen von New York einfuhr, erblickte er die schon längst beobachtete Statue der Freiheitsgöttin wie in einem plötzlich stärker gewordenen Sonnenlicht.

Die Sehnsucht nach Freiheit und zugleich der Kampf mit Anspannung und Entsagung steckte in diesen Zeilen. Und wieder war es, als würde Franz Kafka sie kennen, wissen, was Milena empfand. Nicht zuletzt, weil er auch die Gepäckträger in seiner Geschichte erwähnte, als hätte er sie bei ihrer Arbeit beobachtet. Schließlich setzte sie einen Brief auf Deutsch auf: *Lieber,* nein, *werter Herr Kafka* oder einfach nur, *Sehr geehrter Herr Kafka?* Milena hielt inne, sah vom Küchentisch aus auf ihr Bett, auf dem Katerchen gähnte, sich streckte und sich leicht schwankend aufsetzte. »Ach, Fjodor.« Sie seufzte. »Allein mit der Anrede stelle ich mich schon an, wie soll ich da überhaupt einen ganzen Brief zusammenkriegen?« Der Kater blinzelte, als wollte er sagen, das schaffst du, ich weiß es, mach einfach weiter, meine Liebe. Sie holte Luft und schrieb: *Mit Begeisterung,* nein, *mit sehr großer Begeisterung habe auch ich Ihre Erzählungen gelesen, die Sie meinem Mann freundlicherweise überließen.*

Das klang viel zu förmlich, eher wie ein Geschäftsbrief, und drückte nicht aus, was sie wirklich empfand. Sie strich den ganzen Absatz durch und begann von Neuem. Kafka wirkte so einsam wie sie oder, wenn er glücklich liiert war, dann wusste er noch von dem Davor, wie es war, verloren zu sein.

Sie scheinen die vielen unsichtbaren Dämonen wahrzunehmen, schrieb sie, die den Einsamen bedrohen und ihn zu vernichten suchen. Wieder machte sie eine Pause. Das war zu persönlich. Sie kannte den Mann gar nicht und doch sah sie ihn unentwegt vor sich, stumm und mit sprechenden Augen zugleich. Durch seine Art zu schreiben glaubte sie zu wissen, was er dachte. Vielmehr, sie verstand durch das Lesen seiner Texte, warum er damals im Kaffeehaus nichts zu ihr gesagt hatte.

Vielleicht ist in Ihnen auch diese unbezwingbare Sehnsucht nach einem ganz anderen Leben, nach einem Leben mit einem Kind und Familie, das der Erde sehr nah ist und trotzdem beflügelt? Und dann schrieb sie ihm einfach alles, was ihr durch den Kopf ging, von dieser fremden Stadt, in die sie voller Erwartung gezogen war, von ihrer Liebe zu den Blumen und dass sie manchmal vor lauter Beklemmung glaubte, nicht atmen zu können. Auf Tschechisch, nicht auf Deutsch, einfach so, wie es ihr gerade durch den Kopf ging. Zuletzt schlug sie ihm vor, die Geschichte »Der Heizer« zu übersetzen und, sein Einverständnis vorausgesetzt, es einer Tageszeitung zum Abdruck anzubieten. Sie schloss mit deutschen Worten: *Es grüßt Sie herzlich, Ihre Milena.* Dann zögerte sie, ob sie ihren Ehenamen und ihre richtige Adresse angeben sollte. Was, wenn Ernst Kafkas Antwort abfing und als Erstes las? Wie würde er reagieren? Auslachen würde er sie und alles verderben. Also ergänzte Milena den Brief mit einem PS auf Deutsch: *Bitte senden Sie Ihre Antwort postlagernd, an das Postamt 65, Bennogasse 1, an Frau Kramer.*

Als sie eine Woche später am Postschalter nachfragte, ob etwas für Kramer eingetroffen war, erhielt sie gleich zwei Briefe. Erstaunlicherweise waren sie nicht in Prag abgestempelt worden, sondern in Meran, wo Herr Kafka sich zur Kur aufhielt. Er erwartete Stillschweigen von ihr oder ein paar Zeilen, und er grüßte sie ebenfalls sehr herzlich. Dabei war sie schon nahe daran gewesen, einen Rückzieher zu machen. Jetzt, da er der Übersetzung zustimmte, sich sogar darüber freute, traute sie es sich nicht mehr so recht zu. Kafkas literarische Wucht war zu groß für ihren kleinen Wortschatz. Sie fragte sich, ob sie ihm in ihrer Muttersprache gerecht werden konnte. Doch versuchen musste sie es. Langsam, mit Kafkas Briefen in der Hand, spürte sie wieder die alte Kraft in sich.

4. Kapitel
KAMELIE

Milenas Schritte klackerten über das Pflaster. Sie drängte sich auf dem Bahnhofsplatz an einer Menschenmenge vorbei, die einen umgestürzten Handkarren umringte. Mehl aus aufgeplatzten Säcken bleichte die Straße. Die Leute bückten sich, stopften den Mehlstaub in die Taschen, kratzten ihn sogar aus den Schienen der Tramway, ungeachtet, was sie sonst noch mit aufklaubten. Das würde ein knuspriges Brot geben, dachte sie, als Polizisten auf Fahrrädern die Leute auseinanderscheuchten. Sie rannte weiter, musste sich beeilen. Sonst zahlten ihr die Herrschaften weniger für die Stunde, auch wenn sie überzog und die Zeit hinten anhängte. Schuld war diese Berlinerin gewesen, die sie mit ihren Massen an Koffern in Beschlag genommen hatte. Einen ganzen Hausstand hatte Milena für sie bis zum Kraftdroschkenstand geschleppt. Sperrige Hutschatullen, mehrere schlecht schließende Coupé-Koffer, die kaum zu umgreifen waren.

»In Berlin leiden wir große Not«, erzählte die beleibte, noch in ein Korsett gezwängte Dame, als sich Milena ihr als Trägerin anbot. »Auf dem Land ist es noch schlimmer, dort verteidigen die Bauern ihre Felder mit Gewehren, wenn unsereins anrückt. Wie ist es hier?«

»Wie meinen, gnädige Frau?«

»Na, gibt's hier Kartoffeln?«

»In Wien sagt man Erdäpfel, und ja, die Stadt ist wieder versorgt.« Wenn man es sich leisten kann, kriegt man alles, ergänzte sie für sich im Stillen. Um sich ein paar Lebensmittel zu erkämpfen, stand sie oft stundenlang an und feilschte. Erdäpfel zum Beispiel in Form von Zwetschgenknödeln mit Vanillesoße, wie sie die Hausverwalterin zubereitete, hatten schon lange nicht mehr auf ihrem Speisezettel gestanden. Schnell verdrängte Milena die Gedanken an solche Köstlichkeiten, konzentrierte sich auf die Bodenplatten, zählte sie, als durchquerte sie ein Himmel-und-Hölle-Spiel. Die Kundin wartete beim Droschkenfahrer, bis sie mit den Koffern eintraf, und hakte ihre Gepäckstücke mit ihren behandschuhten Händen auf einer Liste ab. Nummer siebzehn war ein großer zugedeckter Käfig, den Milena mit den Armen umfasste und vor sich hertrug. Dabei drückte sie ihren Kopf an das Tuch, das über dem Gitter lag, lauschte und hoffte, dass der Vogel noch lebte. Der Lärm in der Bahnhofshalle war ohrenbetäubend. Ein Einbeiniger rief die neuesten Schlagzeilen aus, ein Trafikant pries seine Rauchwaren an. Züge fuhren mit einem Quietschen und Zischen ein und wieder ab. Dennoch glaubte Milena ein leises Glucksen zu vernehmen und unterdrückte die Versuchung, den Käfig zu öffnen und den Vogel freizulassen. Wie die Tauben, die sie schon lang nicht mehr im Westbahnhof gesehen hatte, würde man ihn sonst noch erwischen und verspeisen. In Gefangenschaft überlebte er wenigstens. Bei der Übergabe erhaschte sie einen Blick unter das Tuch und staunte. Eine grün schillernde Echse mit eingerolltem Schwanz sah sie aus halbgeschlossenen Augen an. »Sbohem«, leb wohl, flüsterte sie auf Tschechisch, stellte den Käfig vorsichtig auf die Rückbank der Kraftdroschke und eilte zum Gepäckwagen zurück. Bloß noch ein Koffer, Nummer achtzehn, wartete auf sie. Doch das zweiflügelige Monstrum ließ sich partout nicht alleine stemmen. Milena bat einen Dienstmann um Hilfe und musste sich das knapp bemessene Trinkgeld mit ihm teilen, das die Berlinerin am Ende bereithielt. Als es endlich geschafft war, stand sie immer noch keuchend vor dem Eckpalais der Familie Pichler und zog an der Klingel. Der Himmel war bewölkt und von der Sonne noch nichts zu sehen, trotzdem stand die Luft in den Gassen. Sie wischte sich mit dem Ärmel über das verschwitzte Gesicht und strich sich eine Locke hinter das Ohr, die sich sofort wieder löste und ihr in die Stirn zurückfiel. Erneut versuchte sie ihre kinnlange Frisur zu glätten, griff in den Wirbel am Haaransatz, wo *maminka* sie geküsst hatte, wenn sie als Kind das Haus verließ. Nun war ihre Mutter schon zehn Jahre tot, trotzdem vermisste Milena sie noch immer.

Mit einem Knarzen öffnete sich die schwere Haustür. Der Diener namens Paul, ein bleicher Bursche mit narbigen Wangen, musterte sie von Kopf bis Fuß, verweilte an ihren staubigen Schuhen.

»Das ist bloß Mehl«, erklärte Milena. »Es gab einen Unfall am Bahnhof.« Sie biss sich auf die Lippen. Eigentlich konnte es ihr egal sein, was er von ihr dachte, was überhaupt irgendein Wiener von ihr dachte. Sie hatte sich doch vorgenommen, mehr auf sich zu achten und nicht jedem alles recht machen zu wollen. Auch wenn sie in Wien ein Niemand war, eine Ausländerin. Sie musste immer auf der Hut sein und jedes Wort abwägen. Sobald sie den Mund aufmachte, entlarvte man sie mit ihrem Akzent, betrachtete sie mitleidig, als ob sie dankbar sein sollte, hier zu sein. Dabei merkten die Wiener nicht, dass sie ihr als Anschauungsmaterial dienten, dass sie die Eigentlichen waren, die Milena in sich abspeicherte und später in ihren Reportagen verarbeitete. Über das Unsagbare schreiben, darin hatte sie Franz Kafka bestärkt, mit dem sie sich seit einigen Wochen schrieb.

Aber sie fasste sich, wollte beim Ehepaar Pichler, das sie seit zwei Monaten unterrichtete, keinen schlechten Eindruck hinterlassen und Schmutz ins Palais tragen. Ein Taschentuch, um sich die Schuhe zu polieren, hatte sie vergessen, darum schlug sie ihre Schuhspitzen an die Fassade, wie ein Bergsteiger angetrockneten Lehm aus der Sohle klopfte.

Paul sah ihr mit hochgezogenen Brauen zu, als brächte Milena mit ihrer Aktion das Haus zum Einsturz. Endlich schob er die Tür weiter auf und ging die mit grünem Teppich gesäumte Treppe voraus nach oben. »Die Herrschaft ist noch beschäftigt«, sagte er hochnäsig und führte sie mit dem Handschuh weisend in den Salon. Der Geruch von Tafelspitz mit Semmelkren erfüllte die Etage. Klirren von Besteck, das auf Porzellan traf, ertönte von nebenan durch die Schiebetür. Bei der Vorstellung, selbst vor einem gefüllten Teller zu sitzen, knurrte Milena der Magen. Zartes Rindfleisch, dazu in Fleischbrühe gekochte Semmelwürfel, die scharfer »Kren« würzte. Außer einem Apfel auf dem Weg zum Bahnhof hatte sie heute noch nichts gegessen. Sie seufzte, streckte das Kreuz durch und rieb sich die schmerzenden Schultern. Eigentlich hatte sie geglaubt, abgehärtet zu sein. Doch sie wusste nie, was sie beim Koffertragen erwartete. Federleichte Kolosse, bleischwere Damentäschchen oder sperrige Instrumentenkästen, die eine Piccoloflöte, aber auch einen Kontrabass beherbergten. Noch dazu musste sie mit den Dienstmännern um die Reisenden buhlen. Ob sie nichts gelernt habe, so hässlich sei sie doch nicht, als dass man keine andere Beschäftigung für sie fände? Wie hatte ihr Vater das damals nur durchgestanden? Was würde er sagen, wenn er wüsste, dass sie ganz und gar in seinen Fußstapfen getreten war? Das wiederum brachte sie zum Schmunzeln. Vermutlich erhoffte er sich, dass sie diesen Teil seines Werdegangs übersprang. Sie sollte eigentlich als Ärztin promovieren, seine Praxis übernehmen und Kieferchirurgin werden. Ihm zuliebe hatte sie es versucht und nach der Matura Medizin studiert. Voller Erwartung stürzte sie sich in die ersten Vorlesungen. Doch schon beim Leichenzerteilen im Sektionssaal kämpfte sie gegen die Ohnmacht und sank beim Abziehen der Gesichtshaut in die Knie. Noch den ganzen Tag und bis in die Nacht hinein verfolgte sie das Geräusch der Knochensäge, die den Kopf zerteilte. Es kostete sie einiges an Überwindung, in die nächste Vorlesung zu gehen. Um sich abzulenken, dachte sie sich das Gekröse, das aus dem aufgeschnittenen Leib quoll, als eine Kamelienblüte. Blatt für Blatt, anstelle der Rippen, die sie zerteilen sollte, beschwor sie sich den betörenden Duft dieser Blume herauf, versuchte den Gestank des Todes mit Schönheit zu überdecken. Es misslang. Sobald die Eingeweide auf den Sektionstisch klatschten, war Milena verloren. Blut rauschte in ihren Ohren, Stimmen redeten auf sie ein. Sie versank im Nichts.

Damals fand sie kaum in den Schlaf, und wenn doch, watete sie durch Schlangenleiber aus Gedärmen. Zusätzlich musste sie ihrem Vater bei Operationen assistieren. Dabei fragte er sie über das Gelernte ab. Molare, Prämolare, Canini, Incisivi, das waren noch die einfachen lateinischen Bezeichnungen der Zähne und ihr von klein auf geläufig. Schwieriger wurde es bei den Fehlstellungen oder Missbildungen am Kiefer. Anders als ihr Vater schaffte Milena es einfach nicht, die Begeisterung für die chirurgische Kunst von ihrem Mitgefühl zu trennen. Für sie blieben die mit Lachgas betäubten Patienten Menschen, deren Krankheiten und Sorgen sie persönlich beschäftigten. Professor Jesenskýs Spezialität waren Kriegsverletzungen. Er behandelte Entstellte, versuchte ihre zerfetzten Gesichter zu rekonstruieren, und wenn das misslang, ihnen wenigstens das Essen, Schlucken oder einwandfreies Atmen zu ermöglichen.

Bis Jahresende hielt sie durch, dann fand sie endlich die Kraft, sich den Irrtum einzugestehen. »Ich höre auf«, sagte sie zu ihrem Vater, noch vor dem *vánočka* – dem Weihnachtsbrot –, und sprach damit aus, was sie innerlich schon längst beschlossen hatte.

»Was soll das heißen?«

»Ich breche das Medizinstudium ab. Ich kann das nicht, so wie du, und ich will es auch nicht können.« Schnell versuchte sie ihm zuvorzukommen, bevor er ihr einen Vortrag hielt, dass noch kein Meister vom Himmel gefallen wäre, er sich auch alles hart erarbeitet habe und vieles mehr. »Ich will etwas anderes machen, lieber Musik.« So, nun war es gesagt.

»Musik?« Vater stellte sein Weinglas ab. »Du spielst nicht einmal ein Instrument? Als du Klavierunterricht nehmen solltest, hast du dich geweigert.«

»Vater, da war ich vier. Der große Flügel mit den vielen Tasten, den ich mit zwei kleinen Händen bedienen sollte, hat mir Angst gemacht. Mir gefällt die Musikwissenschaft, Stilkunde, Harmonielehre, aber auch Gesang oder Tanz, Bewegung, vielleicht fange ich damit an.«

»Und ich dachte, du willst eines Tages unabhängig sein und selbst auf beiden Beinen stehen.« Vater klang enttäuscht. »Wie es aussieht, strebst du eher nach einem Höhenflug. Doch erwarte nicht, dass ich dich auffange, wenn du stürzt.«

5. Kapitel
GLOCKENBLUME

Wenn das Ehepaar Pichler diesmal den Sprachunterricht bezahlte, konnte sie einkaufen gehen und zu Hause ein richtiges Mahl zubereiten. Ihr fehlte zwar das Talent zum Kochen, aber sie würde Frau Koller um Hilfe bitten oder sich streng an ein Rezept halten und Ernst überraschen. Vielleicht würde er dann wieder zu ihr zurückkehren oder sie wenigstens wieder bemerken. Sie wollte nichts unversucht lassen. Milena knöpfte ihren Mantel auf, wusste aber dann nicht, wohin damit, und behielt ihn an. Sie überprüfte, ob die Seitennaht des Futters gehalten hatte, fand einen neuen Riss, den sie nachher sofort ausbessern musste, und beschloss, den Mantel besser anzubehalten. Rasch klopfte sie ihn nochmal aus, richtete ihr Kleid darunter und setzte sich ein wenig verkrampft auf die grüne Chaiselongue. Als sie das Lehrbuch aus ihrer Tasche holte, um die neue Lektion aufzuschlagen, fiel der Zeitungsausschnitt heraus. Ein Inserat in der »Neuen Freien Presse«, das ihr Kafka spendiert hatte:

Tschechisch unterrichtet akademisch gebildete Lehrerin. Frau Milena Pollak, Adresse: Lerchenfelder Straße Nr. 113, Tür 5.

Er unterstützte sie, wo er nur konnte. Endlich hatte sie jemanden, der an ihrem Leben Anteil nahm, sich in sie einzufühlen versuchte und sie ermunterte, weiterzumachen.

Kafka hatte auch den Einfall gehabt, dass sie Unterricht

geben könnte. Allerdings hatte sich bisher niemand auf die Anzeige gemeldet. Die Pichlers waren durch Hofrätin Zuckerkandl auf sie aufmerksam geworden. Milena sollte den literarischen Salon im ersten Bezirk, im Palais Lieben-Auspitz, auch einmal aufsuchen und sich bei der Grande Dame bedanken. Es würde sie reizen, sich an einem Sonntag mit der besseren Gesellschaft über Bücher und Kunst auszutauschen. Laut Frau Pichler war Berta Zuckerkandl Schriftstellerin und eine erfahrene Journalistin, die sogar als Diplomatin in Frankreich gewesen war und sich für den Frieden eingesetzt hatte, vergleichbar mit Bertha von Suttner, von der Tante Mařena so geschwärmt hatte. Doch Milena bezweifelte, dass sie überhaupt Zutritt zu diesem erlauchten Kreis erhielt. Überdies musste sie auch am Wochenende arbeiten. Sonntags verkehrten die meisten Reisenden am Westbahnhof. In Freizeitstimmung erwiesen sie sich häufig als großzügiger und gaben mehr Trinkgeld, das sie sich nicht entgehen lassen konnte. Wenn Milena mit langen Armen und schmerzendem Rücken ihre Arbeit beendete, war sie zu müde, um sich aufzuraffen und auszugehen.

Noch dazu fehlte ihr die passende Garderobe für einen Besuch bei Hofrätin Zuckerkandl. Aber das machte nichts. Früher hätte sie sich deswegen gegrämt, sich in ihrem Leid gewälzt, aber nun gehörten ihre Abende Kafka. Sie las seine Briefe und antwortete ihm, schrieb sich alles von der Seele weg, was sie bewegte. Sie schickte ihm auch ihre erste Veröffentlichung, und Kafka teilte die Freude mit ihr. Er behauptete, dass er fortan fast jede Zeitung sorgsam durchging, auf dass er nur ja keinen Artikel von ihr mehr verpasse. Dazu verglich er ihre Sprachmusik, wie er es nannte, mit der von

Božena Němcová, der großen tschechischen Schriftstellerin. Auch ihrem Vater hatte Milena einen Abdruck geschickt. Antwort erhielt sie keine. Durch Staša erfuhr sie, dass er ihrem Vater, seinem Arztkollegen, den Artikel gezeigt hatte. Er nahm also sehr wohl auch aus der Ferne weiterhin alles zur Kenntnis, was seine Tochter tat.

Wann wird man endlich die verkehrte Welt ein wenig gerade richten? Manche von Kafkas Zeilen erklangen auswendig in ihrem Kopf, so oft hatte sie sie gelesen.

Er dachte und fühlte wie sie, spürte die Ecken und Kanten der Welt überall. Zugleich schenkte er ihr Geborgenheit, all das, was sie nicht nur in der Ehe mit Ernst, sondern viel länger, schon seit dem Tod ihrer Mutter vermisste. Dennoch überraschten sie seine Sätze immer noch, selten ging er direkt auf das ein, was Milena ihm mitteilte oder fragte. Noch dazu überschnitten sich ihre Briefe ständig. Während sie wartete, zog sie einen seiner Briefe aus der Tasche und las ihn erneut. Er genoss ihre Post portionsweise wie gesunde Mahlzeiten und benannte sie nach den Wochentagen. Sie sollte ihm ruhig auf Tschechisch schreiben, er verstünde es hervorragend. Das sei keine Kritik an ihrem Deutsch. Er fand sogar, dass sie es erstaunlich gut beherrsche. Manchmal würde sich das Deutsche vor ihr verbeugen und zwar freiwillig, das wäre dann besonders schön. Aber eigentlich würde er lieber Tschechisch von ihr lesen, weil sie dieser Sprachwelt doch angehöre. Nur so käme er in den Genuss der ganzen Milena.

Also schrieb sie ihm fortan in ihrer Muttersprache, und er antwortete ihr auf Deutsch, erzählte ihr von seinen drei Verlobungen mit zwei Frauen, denn mit der ersten hatte er sich zweimal verlobt. Und erneut getrennt. Dann war er ein weiteres Eheversprechen mit einer anderen eingegangen, das nun wieder zu scheitern drohte. Die Verbindung bestehe zwar noch, sei aber eigentlich tot. Vielleicht war Milena der Grund, vielleicht lag es aber auch an etwas anderem. Das wollte sie herausfinden. Sie zog einen weiteren Brief aus dem Stapel. *Kaum, dass ein Weilchen Zeit bleibt an die wirkliche Milena zu schreiben, da die noch wirklichere den ganzen Tag hier war, im Zimmer, auf dem Balkon, in den Wolken.* Er sah sie schon überall vor sich.

Zwei Wochen, aber dreizehn Briefe später ging er endlich ins »Du« über. Was war er jenseits der Schreiberei für ein Mensch? Der Papier-Franz gefiel ihr über alle Maßen, ob sie den echten Franz ebenso sehr mochte, wusste sie noch nicht.

Die Pichlers stellten Süßwaren her, wollten in die neugegründete Tschechoslowakei expandieren, und verlangten, die zukünftige Kundschaft und ihre Angestellten zu verstehen. Trotz ihres Drängens ging der Unterricht mühsam voran, meist hatte nur einer von beiden Eheleuten Zeit, und Milena musste die Lehrstücke ständig wiederholen. Außerdem teilte man sie zu anderen Arbeiten ein, wenn sie schon einmal hier war. So sollte sie oft mit dem Hund Gassi gehen, einem gefleckten Basset namens Burli, mit kurzen Beinen und stets entzündeten Augen, dessen überlange Ohren auf dem Boden schleiften. Danach musste sie ihn selbstverständlich noch bürsten, Augen und Ohren reinigen, ihn von allem Wiener Unrat befreien, damit er die Pichlerischen Orientteppiche wieder betreten durfte. Manchmal sollte sie auch in der Küche aushelfen oder die Wäsche abholen und erhielt am Ende nur ein paar Münzen.

»Schauen's her, für Ihr Bemühen«, betonte Frau Pichler und drückte ihr ein paar Kreuzer in die Hand. Fand tatsächlich Tschechischunterricht statt, musste sie fast jedes Mal von vorne anfangen, nie schien etwas von dem Geübten hängenzubleiben. Das Fabrikantenpaar weigerte sich außerdem, Wörter in den Mund zu nehmen, die nichts mit dem Geschäft zu tun hatten. Fast bei jeder neuen Vokabel wägten sie ab, ob es sich lohne, dass sie in ihren Sprachschatz einziehen durfte. In der heutigen Lektion würde es um die Bezeichnungen des menschlichen Körpers gehen. War der für die Pichlers bedeutsam? Vermutlich scherten sie sich wenig um schlechte Zähne und zu viel Speck auf den Rippen, solange der Umsatz von Schokolade stimmte, und das tat er, unverkennbar. Milenas Blick schweifte über die Intarsien-Möbel zu den Samtvorhängen und die mit Goldfäden durchwirkten Wände. Über einer bauchigen Kommode, in einem auf Hochglanz polierten Rahmen hing das Porträt des Hausherrn. August Pichler als Kadett in voller Montur, säbelbewaffnet und strammstehend. Seine Himbeernase war auf dem Gemälde noch nicht so durchfurcht wie jetzt, fand Milena, das Bild musste uralt sein. Vielleicht hatte der Maler die Nase auch dezent geschönt. Die oberste Kommodenschublade stand eine Handbreit auf. Schmuck lag darin, achtlos hineingeworfen. Ineinander verknäulte Goldketten, Ohrringe und Armbänder. Was das wohl wert war? Wie lange würde sie davon leben können, wenn sie etwas davon verkaufte? Eine Woche, einen Monat oder länger vielleicht? Dann bräuchte sie keine Koffer mehr schleppen, konnte nur noch schreiben und essen, was sie wollte.

Sie begriff nicht, wie man so leichtsinnig mit seinen Wertsachen umgehen konnte. Wenn sie solchen Schmuck besäße, würde sie ihn unzugänglicher aufbewahren. Sie drehte sich um und knickste, als Frau Pichler hereinkam.

Wie immer sah ihr die Hausherrin nicht in die Augen, sondern ließ ihren Blick durch den Raum schweifen, als würde sie innerlich abzählen, ob von ihrem Besitz noch alles vorhanden war. Dabei nestelte sie an ihren vielen Halsketten. »Ach, Frau Pollak, was tun Sie hier?«

»Wir haben für heute eine Tschechischstunde vereinbart«, erklärte Milena und fragte sich, warum sie sich überhaupt abgehetzt hatte.

»Ist das so? Na, wenn Sie das sagen. Aber wir speisen erst noch. Doch wenn Sie schon einmal hier sind, so helfen Sie mir doch bitte aus diesem vermaledeiten Schmuck, bevor ich ihn noch abreiße.«

»Möchten Sie alles ablegen?« Milena trat hinter sie.

»Nein, nur die oberste Kette mit den harten Klunkern, sie erwürgt mich sonst noch.« Sie fuhr mit dem Daumen unter die Steine.

Milena zog sie vorsichtig aus dem hochgeschlossenen Spitzenkragen und suchte den Verschluss, was gar nicht so leicht war, da sich auch etliche Haare in den Kettengliedern verfangen hatten.

»Machen Sie schon. Au, das ziept.« Ungeduldig fuchtelte Frau Pichler mit den Armen, streifte dabei eine große Blumenvase, die auf der Kommode stand, und warf sie hinunter. Sie zerschellte auf dem Parkett. »Auch das noch!«, rief sie aus. Wenigstens hatte Milena endlich die Kette gelöst. »Räumen Sie das auf, schnell, wir erwarten Gäste.« Schon rauschte Frau

Pichler hinaus. Milena bückte sich, hob eine Scherbe nach der anderen auf. Vielleicht waren die Glockenblumen, die zwischen den Splittern lagen, noch zu retten. Dann stutzte sie, hob eine Blume an und befühlte die Blätter. Seide, täuschend echt genäht. Sie dufteten sogar. Wie konnte das sein? Sie roch an einer Blüte. 4711. Man hatte die Kunstblumen parfümiert. Und richtig, jetzt entdeckte sie es, auf der Kommode stand ein kleines Sprühfläschchen mit Eau de Cologne. Unschlüssig, ob sie die Kunstblumen zusammen mit den Scherben wegwerfen sollte oder ob man die Vase noch kitten konnte, legte sie Scherben und Blumen in einen Kübel und stellte ihn hinter den Vorhang. So war das Malheur wenigstens nicht mehr zu sehen. Dann lauschte sie ins Nebenzimmer. Man redete, speiste. Es klang auch, als würde ein Grammophon spielen. Eine Sinfonie von Dvořák, wenn sie sich nicht täuschte. Ja, der Dramatik nach die neunte, die er über die neue Welt komponiert hatte, als er Amerika besuchte. Offenbar hörten die Pichlers einen tschechischen Komponisten, um sich auch musikalisch auf ihre neue Heimat einzustimmen. Wie Dvořák, der aus einem Dorf stammte und mit seiner Musik für die Herrschaftshäuser der Welt komponiert hatte, träumte Milena ebenfalls davon, in die Ferne zu reisen und die Welt zu erkunden, die sie bisher nur aus Romanen kannte. Das Russland von Dostojewski und Tolstoi, das England von Jane Austen. Immerhin war sie bis Wien gelangt, ein Anfang, wenn auch eher eine Reise vom Regen in die Traufe.

Wie lange dauerte das Essen denn noch? Milena schaute auf die Tischuhr, die unter einem Glassturz tickte. Viertel nach eins. Sie war dem Stephansdom nachgebildet und würde ihrem Vater gefallen, weil sie zu seiner Sammlung passte, dachte sie. Er besaß eine ähnliche Uhr, fast ein Pendant zu dieser hier. Seine war vermutlich noch kostbarer: Die Miniatur der astronomischen Uhr des Prager Rathausturms. Sie zeigte nicht nur die Tageszeit, die Monate und den Lauf der Planeten mit ihren Tierkreis- und Mondphasenscheiben, zu jeder vollen Stunde zogen zusätzlich die zwölf Apostel vorbei. Zuletzt läutete der Tod als Gerippe ein Glöckchen und drehte eine Sanduhr um.

Zeitmessung hin oder her, in fünfzehn Minuten wäre die Stunde zu Ende. Sollte Milena einfach in den Speisesaal platzen? Sie stand auf, wandte sich einem Regal zu, strich über eine Ausgabe von Goethes »Wahlverwandtschaften« und wollte das Buch herausziehen, aber es war nur eine Attrappe, ein hohler Pappkarton mit Beschriftung. Auch der Schiller daneben und Grillparzers Dramen bestanden aus nichts als leeren Schubern. Der Telefonapparat schrillte im Flur. Sie hörte einen Aufschrei, dann Stühlerücken. Entweder waren die Pichlers an diese Form der Nachrichtenübermittlung noch nicht gewöhnt oder sie rechneten mit einer schlimmen Botschaft.

Nach einer Weile öffnete sich die Schiebetür. »Die gnä' Frau hat ein wichtiges Ferngespräch aus Übersee ereilt, darum lässt sie ausrichten, dass der Unterricht beendet ist«, sagte Paul. »Man wird sich gegebenenfalls bei Ihnen melden, wenn wieder Bedarf wäre.«

Wahrscheinlich verlegten sie die Schokoladenproduktion nach England oder Amerika, mutmaßte Milena, klappte das Lehrbuch zu und zog ihren Mantel an. »Ich bekomme aber noch meinen Lohn«, rief sie in das Speisezimmer, als der Diener die Schiebetür wieder schließen wollte.

»Für was? Es hat doch kein Unterricht stattgefunden.« Frau Pichler hob ein Rotweinglas an, eines jener Kristallgläser, die allein mehr wogen als der Inhalt.

»Den ganzen Kurs haben Sie noch nicht bezahlt und auch diese Stunde, in der Sie mich warten ließen. Ich muss darauf bestehen.« Milena trat in die Tür, lehnte sich dagegen. Paul wusste nicht, was tun, war nahe dran, sie zurückzustoßen, doch dann hätte er womöglich seine weißen Handschuhe an ihrem Mantel beschmutzt. Also ließ er die Schließe los und faltete die Hände wie zum Gebet.

»So eine Unverschämtheit.« Frau Pichler warf die Serviette fort. Sie blies sich auf, ihre Ohrgehänge baumelten wie Christbaumkugeln. »Drohen Sie uns? Und dann diese Stunde, wir bezahlen doch nicht fürs Nichtstun. August, sag was.« Sie wandte sich an ihren Mann, der eine Tagesreise entfernt von ihr an der Stirnseite des Tisches logierte und Milena den Rücken kehrte. Neben ihm auf einem roten Samtsessel lag Burli und glotzte aus traurigen Augen zu ihr herüber. Herr Pichler schob sich einen weiteren Bissen in den Mund, legte dann das Besteck zur Seite, drehte sich kauend um und musterte sie, als sähe er sie zum ersten Mal. Schwerfällig kratzte er sich an der Nase. Dann erhob er sich, sie glaubte schon, er würde sie hinauskomplimentieren, doch Oberst Pichler wählte die Tür gegenüber und trat hinaus.

Seine Gattin wirkte irritiert. »Was führst du im Schilde, August?« Und an Milena gewandt sagte sie: »Was wollen Sie noch hier? Gehen Sie endlich, los, Paul, begleiten Sie diese Person hinaus.« Zurück im Salon klappte Milena das Lehrbuch zu und knöpfte ihren Mantel zu. Sie zuckte zusammen, als Herr Pichler plötzlich hinter ihr stand, ein paar Scheine in der Hand.

»Děkuji!«, sagte er überdeutlich und mit sichtlichem Stolz. Wenigstens einer bedankte sich.

6. Kapitel
EDELWEISS

Kaum stand sie mit dem Geld in der Hand auf der Straße, überlegte sie, ob sie zurückgehen und auf mehr bestehen sollte. Herr Pichler hatte ihr etwas, aber doch noch zu wenig gegeben, auf jeden Fall nicht die vereinbarte Summe für den ganzen Kurs. Milena sah am Palais nach oben. Eigentlich hatte sie keine Lust, sich erneut dem ganzen Hickhack auszusetzen, aber sie brauchte das Geld. Sie schob die Scheine ein und stutzte. Wie kam Frau Pichlers Halsschmuck in ihre Manteltasche? Vor lauter Aufregung hatte sie ihn eingesteckt. Jetzt musste sie zurückgehen und alles erklären. Sie zögerte. Würde man ihr glauben? Würde man sie nicht des Diebstahls bezichtigen und die Polizei verständigen? Was würde dann mit ihr geschehen? Musste sie das Land verlassen oder sperrte man sie in Wien ins Gefängnis zusammen mit richtigen Straftätern? Frau Pichler war ohnehin froh, den Schmuck los zu sein, so wie die behängt war, würde sie den Verlust wahrscheinlich nicht einmal bemerken. So betrachtet, war die Kette der fehlende Teil ihrer Bezahlung. Was sie wohl wert war? Milena könnte sie schätzen lassen und danach immer noch entscheiden, was damit geschehen sollte.

Auf dem Weg zum Pfandhaus bereute sie, was sie getan hatte und was sie tun wollte, aber gab es ein Zurück? Wenn herauskam, dass sie fremdes Eigentum behalten und sogar versetzt hatte, war es auch mit jedem anderen Sprachunterricht vorbei, empfehlen würde sie keiner mehr. Was, wenn der Geldverleiher sie fragte, woher der Schmuck stammte? Bestimmt würde sie auf der Stelle verhaftet werden. Am besten sie kehrte um, tat so, als habe sie ihr Lehrbuch im Salon vergessen, und legte die Kette an ihren Platz zurück. Zugleich begann sich Milena auszumalen, was sie sich gleich leisten konnte, vorausgesetzt, der Schmuck mit den blasslila Steinen brachte ein paar Kronen ein und war keine optische Täuschung wie die Kunstblumen. Erst würde sie auf den Markt gehen und all die Delikatessen kaufen, die sie sich seit Monaten verwehrt hatte. Kartoffeln, Gurken, etwas Fleisch oder auch Fisch. Bei dem Gedanken daran zog sich ihr Magen zusammen. Sie malte sich aus, wie sie zu Hause auf ihrem einfachen Küchentisch ein Essgelage à la Pichler zaubern würde, samt Servietten, Kerzen und Wein. Und Blumen natürlich, Schwertlilien vielleicht, in eine hohe Vase gestellt, oder langstielige Rosen. Pfeifentabak durfte sie nicht vergessen, damit sich ihr Mann rundum wohlfühlte. Vielleicht würde er dann wieder zu ihr zurückkommen und sie wären glücklich wie zu Beginn.

Anders als vermutet, waren die Dinge im Pfandhaus versteckt. Keine Auslagen, Pulte oder Vitrinen verrieten, welche Werte hier versetzt worden waren. Der kahle Empfangsraum könnte auch ebenso eine Leichenhalle ohne Sitzgelegenheit sein. Was zu Geld gemacht worden war, verbarg sich vor jedermann. Nur der Linoleumboden wirkte abgewetzt, als hätten hier schon Unzählige in Notgeratene ihr Hab und

Gut verhökert. Hinter einer Art Fahrkartenschalter hockte eine gedrungene Frau, deren Busen auf der Theke ruhte wie eine schläfrige Katze.

»Geschlossen«, sagte sie, als Milena nähertrat und durch die Löcher in der Scheibe ihr Anliegen vortragen wollte. Sie vertilgte ein Wurstbrot, Krümel fielen ihr in den Ausschnitt, was sie nicht zu stören schien.

»Draußen steht durchgehend geöffnet«, erwiderte Milena auf Deutsch und entzifferte den Namen der Frau von einer Stecktafel: Cäcilie Oberlehner.

»Unsereins muss auch mal Mittag machen. Sie haben Glück, dass ich überhaupt da bin.« Sie schmatzte ungerührt.

»Dann komme ich ein anderes Mal.« Wenn das kein Wink des Schicksals war. Am besten sie ging, gab den Schmuck zurück und versuchte das Ganze zu bereinigen. Vielleicht sogar unbemerkt. Sie machte kehrt.

»Jetzt sind's schon da, Fräulein, also, was wollen's?« Frau Oberlehner schob das restliche Brot auf einmal in den Mund, klopfte die Hände aus, wischte die Krümel vom Pult und schluckte schwer.

»Ich habe das hier«, sagte Milena auf Deutsch und legte die Kette in die Vertiefung der Theke. Erst jetzt sah sie, dass im Verschluss noch dunkle Haare von Frau Pichler hingen. Allein das besagte, dass sie nicht ihr gehörte. Zu spät. Als Milena den Schmuck zurücknehmen wollte, hatte die Pfandhausdame bereits einen Hebel gedrückt und die Schublade zu sich herangezogen. Ihre Augen weiteten sich. Ein Krümel war auf ihrer breiten Unterlippe zurückgeblieben, drohte herabzufallen. »Die kommt mir bekannt vor.«

Milenas Herz raste. Was meinte sie damit? Kannte sie

Frau Pichler oder die Kette? War der Schmuck vielleicht schon einmal versetzt worden?

»Du Ferdl, schau mal, was wir reingekriegt haben«, rief sie mit einer leichten Rückwärtsbewegung, ohne den Blick vom Prüfstück zu nehmen. Niemand erschien. »Ferdl? Wo steckst du?« Frau Oberlehner rutschte aus dem Sichtfeld und sprach mit jemandem, Milena verstand nicht, was sie sagten. Bestimmt holte dieser Ferdl oder wer auch immer die Polizei, eine andere Erklärung gab es nicht. Sie könnte davonlaufen, auf der Stelle, aber wohin? Wenn das Fehlen der Kette bemerkt wurde, war sie so oder so entlarvt. Am besten sie blieb hier und erklärte, wie es sich wirklich zugetragen hatte. Nach einer Weile kletterte Frau Oberlehner umständlich auf ihren Stuhl zurück, wischte sich über die Lippen und schob sich den Krümel in den Mund, kaute. Dann klemmte sie sich ein Vergrößerungsglas in ein Auge und prüfte jeden Goldzentimeter und jeden Stein. »Sind Sie sicher, dass Sie das Collier hergeben wollen?«

Heiliger Strohsack, ein Collier? Das klang, als hätte sie Kaiserin Zitas letzte Brillanten geraubt.

»Ja oder nein?« Die Dame blieb hartnäckig.

Milena hämmernder Puls schnürte ihr fast die Kehle zu.

»Wirklich schön, eingelegte Saphire, genau in den Edelweiß-Anhänger eingeschliffen, das ist feinste Goldschmiedearbeit.« Dass das ein stilisiertes Edelweiß sein sollte, war Milena gar nicht aufgefallen.

Frau Oberlehner wog die Steine in der Hand, als würde sie ihr Gewicht schätzen, legte sie dann auf eine Briefwaage und zog die Augenbrauen hoch, ohne das Gewicht zu nennen. Aber offenbar musste es viel sein. »Also, nun, was ist? Ich verstehe ja, dass solch eine Entscheidung nicht leicht ist. Ein Familienerbstück nehme ich an?« Doch sie erwartete zum Glück keine Antwort von ihr und redete weiter. »Sie geben und wir helfen, das wollen Sie doch? Wir haben vier Wochen Leihfrist mit Zins. Auf Tag und Stunde genau, wenn Sie das Collier bis dahin nicht abholen, ist es weg.« Sie hielt Milena fest im Blick, zupfte an ihrem Ausschnitt wie an einem kaputten Instrument und brachte bloß ein Rascheln zustande. Dann seufzte sie. »Wenn Sie mich fragen, Fräulein …«, sie beugte sich dicht vor die Sprechlöcher, die Scheibe beschlug unter ihrem Atem, »auch wenn es gegen das ganze Geschäft ist, ich würde es nicht hergeben. Ein Butterbrot ist schnell gegessen und ein solches Schmuckstück hat man für die Ewigkeit.«

Milena räusperte sich, inzwischen badete sie in ihren Sachen vor Hitze. Ihre Beine zuckten, als wollten sie ohne sie fortlaufen. Fieberhaft suchte sie nach einem Ausweg, sie brauchte Abstand zu sich selbst und ihrer Lage. Das war's! Neugier für andere, auf der Suche nach einer Geschichte, half am ehesten gegen das Herzflattern. »Alle Achtung. Sie sind Expertin für Schmuck, wo haben Sie das gelernt, wenn ich fragen darf?«

»Nun ja, Expertin …« Die Pfandleiherin lächelte. »Doch es stimmt, jeder hat ein Talent für etwas. Dabei bin ich erst seit acht Jahren im Geschäft, habe als Mundwäscherin beim Kronprinzen angefangen und musste mir dann leider im Krieg, als es nicht nur mit unserem Prinzen aus war, sondern insgesamt mit unserer Monarchie die Donau hinunterging, eine neue Beschäftigung suchen. Sie sind aus Böhmen, gell?«

Milena nickte. Sie beherrschte sich, nicht wie sonst darauf

hinzuweisen, dass es Böhmen nicht mehr gab und sie Tschechin war. Stattdessen fragte sie: »Was ist eine Mundwäscherin?« Diese Berufsbezeichnung hatte sie tatsächlich noch nie gehört. War die Frau eine Art Wiener Zahnärztin wie ihr Vater? Langsam beruhigte sich ihr Puls, obwohl sie sich immer noch mitten in der Höhle des Löwen befand.

»Zusammen mit dem Kämmerer war ich für die Kleidung des ganzen Hofstaates zuständig. Ich musste dafür sorgen, dass ihre Ornate angemessen gesäubert wurden und für jeden Anlass das Passende bereitstand. Gott sei Dank hat sich die Mode vereinfacht. Ich sag's Ihnen, was eine Hofdame an Ausstattung bei einer einzigen Zeremonie trug, reicht unsereinem heute für ein ganzes Leben an Stoff und Schichten. Eine anstrengende Arbeit war das, allerdings gut bezahlt. Trotzdem bin ich froh, dass ich das hinter mir habe, das Schlimmste waren die Dämpfe in der Wäscherei und die giftigen Methoden der Fleckentfernung. Und wie oft habe ich mir die Hände verbrüht.« Sie hob ihre Handflächen an und drehte sie wie zum Beweis. Narben oder Blessuren konnte Milena durch die zerkratzte Scheibe nicht erkennen. Die Haut spannte sich und ihre Handlinien kreuzten sich wie die Wiener Straßenbahnschienen.

»Gott sei Dank hat mich der Ferdl gerettet«, fuhr sie fort. »Er hat gleich gespürt, dass ich ein Feingefühl für Wertsachen habe, als wir uns im Prater begegnet sind. Mir entgeht nichts. Also, was ist jetzt, sagen wir siebenhundertachtzig Kronen für das Stück?«

7. Kapitel
FLIEDER

Auch wenn ihr das schlechte Gewissen wegen des Schmucks auf der Seele lag, konnte sie nun kaufen, was sie begehrte. Auf dem Weg zum Naschmarkt blieb Milena vorm Schaufenster von Ludwig Zwieback & Bruder stehen, einem achtstöckigen Kaufhaus in der Kärntner Straße. Kopflose Puppen trugen prunkvolle Kleider, mit Perlen bestickt und aus feinsten Stoffen gearbeitet. Es wirkte wie für sie gemacht. Spontan entschied sie sich, kurz hineinzugehen, Zeit, Lebensmittel einzukaufen, war immer noch, auch wenn der Hunger weiter an ihr nagte, aber das war sie gewohnt. Meist reichten ihre Einnahmen für kaum mehr als einen Eintopf pro Woche. Am Sonntag war das ein Festmahl mit allen Zutaten, danach verdünnte sie das Essen täglich, bis eine Wassersuppe mit ein paar Fettaugen übrigblieb. Sogar Kater Fjodor schnaufte nur in seinen Napf, wenn sie mit ihm den Rest teilte. Wie gut, dass sich Frau Koller, ihre Hausverwalterin, die sich auch um die Wäsche kümmerte, ihrer oft erbarmte.

Sie betrat die Eingangshalle, in der überall Spiegel und Kristalllüster hingen. Nur schauen, sagte sie sich, sich wenigstens vorstellen, ihre alten abgetragenen Sachen gegen echte Mode tauschen zu können. Gläserne Schubladenschränke lockten mit Kostbarkeiten und präsentierten erlesene Ware aus aller

Welt. Anders als es in Prag selbstverständlich gewesen wäre, wo die ganze Stadt sie kannte, trat kein Verkäufer auf sie zu und fragte nach ihrem Begehr. Die Leute beäugten Milena abschätzig, wie der Diener der Pichlers es getan hatte, fragten sich vermutlich, was sie hier wollte, ob sie sich verirrt hatte oder zum Putzpersonal gehörte und den falschen Eingang benutzt hatte. Derart ärmlich gekleidet und Schmutz hereintragend war sie hier fehl am Platz. Genau das forderte sie heraus. Sie trat auf einen älteren Herrn zu, der an der geschwungenen Treppe stand. Er hatte nur einen strichbreiten Schnurrbart auf der Oberlippe, der wie mit Kohle aufgemalt wirkte. »Ich bin gerade von einer Weltreise zurück, Persien, Ostindien, Himalaya. Waren Sie schon einmal in der Wüste?« Milena machte eine Pause, sah den Verkäufer eindringlich an, als würde sie ihn in Erdkunde abfragen. »Der Mensch allein mit sich, nichts als unendliche Weite ringsum.« Sie breitete die Arme aus, merkte, wie eine Schweißwolke aus ihrem Ärmel stieg, und senkte sie wieder.

Er rang mit sich, seine Mundwinkel zuckten, offenbar hatte er sämtliche Geschäftsfloskeln vergessen und schielte zu seinen Kollegen, die aber auch keine Hilfe boten. Der Betrieb, der einen Augenblick stillgestanden hatte, als Milena hereinkam, wurde wieder aufgenommen, als sei sie unsichtbar.

»Meine Koffer lagern noch am Bosporus«, fuhr sie fort. »Ein Versehen, was die Schiffsgesellschaft teuer zu stehen kommen wird. Darum brauche ich dringend neue Garderobe. Doch nun bin ich mir gar nicht mehr sicher, ob ich hier richtig bin. Man hat mir Ihr Geschäft empfohlen, aber …« Sie fasste in die Manteltasche und zog einen von Franz' Briefen heraus, tat so, als lese sie ein paar Zeilen nach, und ließ dabei wie aus Versehen eine Krone fallen.

Im Nu taute der Verkäufer auf, bückte sich, gab ihr das Geld zurück und hatte auch seine Sprache wiedergefunden. »Selbstverständlich, Gnädigste, ich bediene Sie sofort und versichere Ihnen, dass wir das beste Haus für Konfektionskleidung in ganz Wien sind. Wie ist Ihr Name?«

Milena überlegte kurz und entschied sich dann für ihren Künstlernamen, den sie für die Artikel in den Prager Zeitungen benutzte.

»Nessey.«

Ein Runzeln glitt über seine Stirn, dann straffte er sich wieder. »Herzlich willkommen, Fräulein Nessey. Haben Sie an etwas Bestimmtes gedacht?«

»Frau Nessey, bitte.« Wenn schon, denn schon, dachte sie. »Mein Mann erwartet mich bereits, aber in diesem Aufzug kann ich ihm unmöglich gegenübertreten.« Sie musste aufpassen, dass sie sich nicht in Rage phantasierte, ein zweites Mal würde sie das Kaufhaus nicht mehr betreten können. Aber es machte Spaß, die alte Lebenslust keimte in ihr auf. Sie dachte an Staša und Jarmila, zu gern hätte sie jetzt ihre Freundinnen an ihrer Seite.

»Wenn Sie mir bitte folgen, Frau Nessey.« Der Verkäufer führte sie hinter die Treppe, wo sich ein Laufsteg verbarg, und schnippte mit den Fingern. Ein Angestellter trug einen Sessel herbei. »Möchten Sie ein Trotteurkleid, ein Mantelkleid oder ein Jumperkleid, geht es um ein Nachmittagskleid oder etwas zum Tanz oder die ganz große Abendgarderobe?«

»Äh, wie gesagt, ich will mich erst umsehen.«

»Umso besser. Nehmen Sie Platz, gnädige Frau, ich lasse Ihnen von unseren Vorführdamen unsere Frühjahrskollektion zeigen, ich bitte nur um einen Moment Geduld. Ist Ihnen einstweilen nach einer Erfrischung? Etwas Gespritztes oder darf es ein Gläschen Champagner sein?«

»Ich hatte heute noch keine Gelegenheit zu frühstücken und auf nüchternen Magen vertrage ich keinen Alkohol. Haben Sie vielleicht etwas Brot?«

»Leider nein, wie wäre es stattdessen mit ein paar Pralinés oder einem Stück erlesener Torte? Wir haben auch Sacher. Hans, lauf und bring der Dame ein paar Kostproben aus unserer hauseigenen Konditorei«, wies er den Sesselträger an. Sie streckte sich in den Polstern, legte die Beine übereinander und wippte mit den staubigen Schnürstiefeln. Aus dem Augenwinkel nahm sie wahr, dass die Berater und Kundinnen aus den anderen Abteilungen neugierig herüberlugten. Wahrscheinlich rätselten sie, wer sich in Gottes Namen hinter diesem schäbigen Aufzug verbarg. Bald tauchten von allen Seiten Mitarbeiter auf und bedienten Milena, das ganze Kaufhaus geriet in Bewegung. Nun kam sie sich selbst wie eine Königin vor. Sie probierte sämtliche Delikatessen, die man ihr auf einem Tablett reichte, und musste sich beherrschen, nicht zu schlingen. Dazu trank sie gekühlte Limonade, was ihren Durst löschte, und später Tee aus feinstem Porzellan. Sie blätterte in Katalogen, begutachtete die Modelle der beiden Vorführdamen. Der Verkäufer kommentierte das Gezeigte, ließ sie die Stoffe befühlen. Crêpe de Chine, Crêpe Georgette, Lamé, Panne, Chiffon. Röcke, die wie Blütenkelche aussahen, gezackt am Saum oder glockig weit, mit betonter Hüfte. Lange, schmale Ärmel, aber auch Trichter-

oder Fledermausärmel, manche am Bündchen zusammengenommen, andere ausgestellt wie Flügel. Dazu die herrlichen Muster, wie Gemälde, auf Seide, Leinen oder Krepp gestickt oder gedruckt. Vor lauter Auswahl schwirrten Milena die Sinne, sie machte sich Notizen für einen Modebeitrag. Doch wie schaffte sie es dann wieder aus dem Kaufhaus hinaus, ohne dass man die Polizei verständigte und sie als Hochstaplerin entlarvte? Sie könnte sich ein Kleid kaufen, ein einfaches, aus feinem Material, aber nicht zu schlicht vom Schnitt her. Es durfte schon ein wenig auffällig sein, damit Ernst sie wieder bemerkte. Aber welches? Die Entscheidung, ob überhaupt und wenn ja, welches, fiel ihr schwer. Ihr war gar nicht bewusst gewesen, dass sich die Mode seit Kriegsende verändert hatte. Allerdings hatte sie auch kaum noch einen Gedanken auf ihr Äußeres verschwendet, nur versucht, ihre wenigen Habseligkeiten einigermaßen in Ordnung zu halten. In Prag noch hatten sich ihre Freundinnen und sie für Expertinnen in Haute Couture gehalten. Hier in Wien trug Milena nur die einfachsten Sachen, verhüllte ihren Körper mehr, als dass sie ihn betonte. Die Ehe mit Ernst forderte sie so stark, dass sie sich fast selbst vergaß. Wenn sie für sich selbst schon fast unsichtbar war, wie sollte ihr Mann dann noch Gefallen an ihr finden? Sie liebte ihn doch, würde ihn auch weiterhin lieben, egal, was geschah. Aber die Arbeit am Bahnhof verlangte praktische Kleidung, die schmutzig werden durfte, und auch als Lehrerin trug sie besser etwas Einfaches. Doch jetzt war es so weit, sie würde sich selbst beweisen, was von der Jesenská, die gern etwas riskierte und nicht zurückstand, noch in ihr steckte. »Wie viel kostet das fliederfarbene Kleid?«, fragte sie den Verkäufer.

»Welches meinen Sie?«

»Das aus dem Schaufenster, es ist mir aufgefallen, als ich hereinkam.« Milena ging zurück und zeigte es ihm.

»Das ist aber keine Maßarbeit, Gnädigste, sondern Konfektion.« Der Verkäufer wirkte verschnupft, als er sich nach dem Preisschild bückte. »Es ist reduziert.«

»Fein, kann ich es anprobieren?«

»Selbstverständlich.« Er zog es von der Puppe und trug es mit ausgestrecktem Arm hinter einen Paravent. Das Kleid passte wie für Milena geschneidert. Ein doppellagiger Rock, der vom ärmellosen Oberteil über ihre Taille floss. Eine lange Schleife betonte ihre linke Schulter. Sie trat aus der Umkleide und drehte sich vor dem Spiegel.

»Wollen Sie noch farblich passende Unterwäsche? Dann möchte ich Sie an Frau Hofweiler verweisen, sie berät Sie gerne«, sagte der Verkäufer, als sie die Träger ihres vergilbten Unterkleides unter den feinen Stoff schob.

»Nicht nötig, danke. Aber Handschuhe würden mir gefallen, lange, bis über die Ellbogen.«

»Wir hätten welche in Handajour, mit Plissees und Perlmuttknopf verziert?« Er zeigte ihr das Sortiment.

»Gibt es auch welche mit Ermäßigung?«

»Da muss ich im Lager nachsehen.«

»Sind Sie so nett, bitte.« Milenas Laune besserte sich von Minute zu Minute. Auch wenn sie Geld ausgab, das ihr eigentlich nicht gehörte, war es das wert. Der Verkäufer brachte ihr elfenbeinfarbene Handschuhe, bei denen einer einen Webfehler auf der Innenseite hatte. Sie kosteten die Hälfte des ausgeschriebenen Preises. Den Spangenschuhen aus Samt widerstand sie, obwohl sie den gleichen Fliederton des Kleides besaßen und ihre abgetragenen Schnürstiefel wie ein Fauxpas dazu aussahen. Auch gegen Abendstrümpfe entschied sie sich. In Prag hatte sie auch keine Strümpfe getragen und war sich moderner denn je vorgekommen. Doch einen Hut brauchte sie noch und die Schminke gab es umsonst, aus den Näpfen und mit Pinseln zum Ausprobieren. Sie trug sie gleich selbst auf, umrandete ihre Augen mit dunkler Kreide, legte Rouge auf die Wangen und bemalte ihre Lippen. Unter dem fliederfarbenen Cloche-Hut zupfte sie ihre kurzen Haare zurecht, zog die widerspenstige Locke unter der Krempe hervor. Nach einem letzten Blick in den Spiegel bezahlte sie und war bereit, ihren Mann zurückzuerobern.

8. Kapitel
MARGERITE

Die Wände im Herrenhof wirkten moderner gestaltet, als Milena es in Erinnerung hatte. Sie war schon länger nicht mehr hier gewesen. Großblättrige Ranken, stilisiertes Obst und Schattenrisse von Figuren waren den Stofftapeten und ihren schweren Ölgemälden gewichen. Sie betrat das Kaffeehaus durch die Drehtür und ging an den Fensterlogen vorbei, die Aussicht auf die Hofburg boten und von Reisenden aus aller Welt frequentiert wurden. Die Stammgäste zog es weiter nach hinten, an der Sitzkassiererin vorbei, einer spitznasigen Brünetten, mit einem Schirmband im Haar. Milena hängte ihren alten Mantel an die Garderobe, nahm aber das Bündel mit den Briefen heraus. Nichts war ihr wertvoller als das, noch dazu bestärkten sie Kafkas Zeilen, als wären sie ein Elixier, das ihr Mut verlieh. Obwohl das Glasdach den Saal mit den Plüschbänken erhellte, leuchtete der Qualm, der aus Zigaretten, Zigarren und sonstigen Rauchwaren aufstieg. Milena sah zur Pollak-Loge, die mit mehreren Stühlen erweitert worden war. Wie üblich tummelten sich jetzt, am späten Nachmittag, die bekannten Selbstdarsteller zur großen Weltdiskussion.

Als sie sich an den anderen Tischen vorbeischlängelte, spürte sie Blicke auf sich und hörte Getuschel. »Das ist doch die Böhmische, oder nicht?«

»Du meinst die, die der Pollak aus einem Harem befreit hat?« Die Gerüchte wurden dreister von Mal zu Mal. In der Adler-Loge, die zu Ehren des Arztes und Psychologen Alfred Adler eingerichtet worden war – nur dass der Meister selbst bevorzugt im Central residierte –, glaubte Milena zuerst zwei Männer in einer Umarmung innig umschlungen. Doch als sich das Paar drehte, erkannte sie Franz Blei mit Gina Kaus. Sie war wie immer betont lässig im Garçonne-Stil gekleidet. Eine weite Hose mit Umschlag und Bügelfalte, dazu zweifarbige Schuhe. Mit ihrer Liaison hielten die beiden den Ruf des Herrenhofes, dass angeblich jeder mit jedem mindestens einmal zusammenkam, aufrecht. Eigentlich hatte Gina erst kürzlich Otto Soyka geheiratet, der wie fast alle hier mehr oder weniger von der Schreiberei lebte. Als Milena neu in der Stadt war und Ernst begleitete, hatte sie versucht, sich mit Gina anzufreunden, doch gelungen war es ihr bisher nicht. Und seit der Auseinandersetzung am Tag des Waffenstillstands gingen sie sich aus dem Weg. Vorher war sie zwar freundlich zu ihr gewesen, ließ aber oft schnippische Bemerkungen fallen, wenn sie Milenas Unsicherheit bemerkte. Lange grübelte sie, woran das liegen konnte. Und dann kam sie darauf. Als einzige Frauen in diesem literarischen Zirkel sah Gina sie offensichtlich als Konkurrentin. Nur weil Milena ihr erzählt hatte, dass sie ab und zu fürs tschechische Feuilleton schrieb. Dabei war Gina bereits eine bekannte Schriftstellerin. Ihre Stücke wurden im Burgtheater aufgeführt. Überdies durfte sie aktiv die Politik mitbestimmen. In Österreich gab es seit 1918 das Frauenwahlrecht, wovon Milena als Tschechin immer noch träumte.

Sie hielt Ausschau nach ihrem Mann, entdeckte ihn aber nicht. In seiner Loge saß nur Ministerialrat Inngraf, der sein Hörrohr auf den Dichter Franz Werfel gerichtet hielt.

»… ich liege als Kern im Gehäuse. So windstill im zarten Gesäuse, wohlwollend murmelnder Welt.« Werfel trug etwas aus seinen Manuskripten vor.

»Ja, Frau Pollak, welche Ehre«, unterbrach Inngraf den Dichter, als er sie erkannte. Beide Herren erhoben sich und ein paar eng beschriebene Papiere flatterten zu Boden. »Werfel hat gerade von Ihnen gesprochen.«

»Tatsächlich?«, fragte sie.

»Na ja, indirekt«, gab Inngraf zu. »Mehr von der Schönheit des Weibes allgemein, stimmt's?« Werfel sammelte seine verstreuten Blätter ein und lächelte gequält.

»Setzn' s Erna zu uns.« Inngraf rückte einen Stuhl bereit. Fast fühlte sich Milena mit »Erna« wieder nicht angesprochen. »Fesch sehn's aus, wirklich sehr fesch.«

»Wissen Sie, wo mein Mann ist?« Sie blieb stehen.

»Ach, der wird schon wo sein. Er musste nur kurz etwas erledigen. Jetzt trinken's doch erst mal einen Schluck und leisten's uns Gesellschaft. Der Herr Werfel liest uns, mit Verlaub, einstweilen noch etwas aus seinen Ergüssen vor, das wird spaßig, ich versprech's Erna.« Bevor sie weiterging, nickte Milena Werfel zu. Sie mochte ihn, kannte ihn noch aus Prag. Ein Franz wie ihr Franz Kafka. Zu Kaiserzeiten war Franz der beliebteste Vorname überhaupt gewesen. Kein Elternpaar huldigte seiner Majestät besser, als wenn es den eigenen Sohn nach dem Kaiser benannte. Daher wurde ständig ein deutscher Franz, ein österreichischer Franzl oder ein böhmischer Franzen getauft. Werfel und Ernst kannten sich seit Schulzeiten. Seither suchte Milenas Mann nach der schriftstellerischen Formel und entzündete bis dahin weiterhin in seinen Freunden das Feuer, bestärkte sie in ihrer Kunst und lockte neue Werke aus ihnen hervor. Auch wenn Milena all seine Anregungen, die er seinen Schützlingen gab, sofern sie sie mitbekamen, aufsaugte, als wären sie für sie bestimmt, hatte sie bisher nicht in seiner Gunst gestanden. Also war es an der Zeit, dass auch Ernst von ihrem neuen Beruf erfahren sollte. Als ihr Mann ausnahmsweise zu Hause übernachtet hatte und auf das Frühstück wartete, wollte sie ihn überraschen. Sie stellte sich den Wecker früher als gewöhnlich und lief leise aus der Wohnung, das Treppenhaus hinunter, um das »Wiener Tagblatt« aus dem Briefkasten zu holen. Beim Hinaufgehen tauschte sie die Kulturseite gegen das Prager Feuilleton, faltete die Bögen wieder fein säuberlich und brachte ihm die Zeitung zusammen mit dem Kaffee an den Tisch. Angespannt fixierte sie Ernst.

Er ließ sich Zeit, las die Zeitung von vorne weg, trank und aß, blätterte weiter. Im Schneckentempo näherte er sich dem Kulturteil, den er sonst als Erstes aufschlug, stutzte, blätterte zurück und wieder vor. »Drucken die neuerdings auch auf Tschechisch?«, fragte er.

»Wieso, was meinst du?« Milena biss in eine krümelige Brotscheibe, die Frau Kollers Marillenmarmelade halbwegs zusammenhielt, und gab sich möglichst unbeteiligt.

»Hier steht ein Artikel von einem gewissen A.X. Nessey in deiner Sprache.«

»Und um was geht's?«

»So viel ich verstehe, um Freundschaft. Der Schreiber behauptet, dass nur ein junger Mensch die Fähigkeit zur Freundschaft besitzt. Je älter man ist, desto schwerer wird es, Freundschaften zu schließen. Aber es gibt Ausnahmen. Haha«, er lachte und Milena hüpfte das Herz, »Beethovens Freundin war angeblich ein alter geschnitzter Schrank. Das ist amüsant.« Er lehnte sich zurück, formte die tschechischen Wörter mit den Lippen.

»Und wie geht's weiter?«, fragte Milena.

»Nessey erzählt von seiner Freundin, die er sogar nach Amerika mitnähme, falls er auswandern würde, als sein umfangreichstes Gepäckstück. Sehr prägnant, diese Charakterzeichnung.« Er senkte die Zeitung und sah auf die Uhr. »Aber lies es doch einfach selbst, wenn ich weg bin. Ich muss los.«

»Und wie heißt die Freundin?«, versuchte ihn Milena noch kurz festzuhalten.

»Frau Kohler.«

»Wirklich?« Sie konnte sich nicht mehr beherrschen und strahlte ihn an. »Was du nicht sagst. Ist das nicht ein Zufall? Unsere Frau Koller, die uns die Marillenmarmelade geschenkt hat, steht in der Zeitung?«, half sie ihm auf die Sprünge.

»Kohler mit H, nicht Koller mit zwei L«, erwiderte Ernst, trank aus und sprang auf.

»Warte, bitte.« Sie legte ihre Hand auf seine. »Was würdest du sagen, wenn ich die Verfasserin wäre?«

Er blickte sie an, dann noch mal auf die Zeitung. »Du?«

Milena nickte. »Nessey war mein Spitzname als ›Minervistin‹, weil ich mich mit Vorliebe in englischer Literatur vergraben habe wie das Ungeheuer von Loch Ness. Das da ist von mir …«, sie strich über die Zeitungsseite, als wäre es

Fjodors Fell, »und die Redaktion hat mich gefragt, ob ich noch weitere Artikel habe.«

Ernst zog die Augenbrauen hoch. »Du machst Witze.«

»Nein, die Witzeseite macht jemand anderes, ich schreibe Stimmungsberichte über Wien.«

Milena schritt weiter die Nischen im Herrenhof ab. In der hinteren Sitzgruppe des Kaffeehauses, neben dem Billardtisch, saß eine Frau alleine. Sie drehte eine Margerite in der Hand, roch an der Blume und rümpfte die Nase. Bevor sie sie ansprechen konnte, trat Ernst aus der Toilettentür, strich an ihr vorbei und schob sich zu der Dame auf die Bank. Er umschlang die Neue, küsste sie auf den Mund, winkte dem Kellner, um zu bestellen.

Erst dann bemerkte er Milena. »Servus, ich hätte Sie fast nicht erkannt, irgendetwas ist anders mit Ihnen, waren Sie beim Friseur?«

Dass er sie siezte, traf Milena mehr als alles andere. Sie drückte das Briefbündel an sich, als wollte sie sich tröstende Worte herausquetschen. Obwohl sie Kafka schon vieles über die Beziehung zu ihrem Mann geschrieben hatte, hielt er noch immer große Stücke auf ihn. Er habe ihn wohl anders beurteilt, antwortete er nach ihrer letzten Klage. Pollak war ihm im Kreis der Arconauten *wie der verlässlichste, verständigste, ruhigste, fast übertrieben väterliche Mensch* erschienen.

Ja, das war er auch für mich, dachte sie jetzt. Obwohl sie nicht nur blind, sondern auch taub und vor allem sehr einfältig gewesen war. Von wegen »die Jesenská«, die junge Grande Dame. Sie hatte sich von ihm einlullen lassen. Er sah in ihr nur eine Spielfigur, die er auswechselte, wie es ihm beliebte.

Allerdings wirkte Pollak auch undurchsichtig, räumte Franz schließlich ein. Und dann diese Eigenheit, sich im Kaffeehaus anrufen zu lassen. Auch noch spätabends. Mehrmals hintereinander, als sei Pollak die wichtigste Person. *Da saß wohl jemand, statt zu schlafen beim Apparat,* schrieb er, *dämmerte hin, den Kopf auf der Rückenlehne und schreckte von Zeit zu Zeit auf, um zu telephonieren.*

Ein Schausteller bist du, Ernst, dachte Milena jetzt.

Ein Kulissenschieber vom Varieté, der von der Begabung anderer lebt. Sie holte Luft, wusste aber noch nichts zu erwidern, beobachtete die beiden, die sich von ihrem Geturtel nicht abbringen ließen.

»Bei der Gelegenheit kann ich Ihnen Fräulein Mitzi Beer vorstellen«, sagte Ernst zwischen zwei Schmatzern. »Sie wird bei uns einziehen.«

»Was soll das heißen?« Dass gelegentlich seine Geliebten bei ihm übernachteten, kam vor, aber einziehen?

»Ja, sie wohnt ab sofort bei uns. Fräulein Beer kann sogar kochen, Sie werden sehen. Der Kater gewöhnt sich schon an sie und wenn nicht …«

»Fjodor geht euch nichts an«, unterbrach sie ihn, bevor er noch weitere Grausamkeiten aussprechen konnte. »Und noch etwas«, sie wandte sich an die Frau. »Margeriten duften nicht, das haben Sie bestimmt schon bemerkt. Sie stinken nach Käse, werte Dame, genau wie Herrn Pollaks Füße. Also seien Sie gewarnt.« Ihr reichte es. Ihrem Mann zuliebe hatte sie sich bisher noch nicht mit Kafka verabredet. Dabei würde Ernst es nicht einmal bemerken, wenn sie sich mit ihm traf. Sie lebte in dieser fremden Stadt und musste sich mit Hilfsarbeiten herumschlagen, während Pollak sein Gehalt mit seinen Liebschaften durchbrachte. Wo blieb die Gerechtigkeit? Und nun hatte sie auch noch Geld für etwas herausgeschlagen, das ihr nicht gehörte, in der Hoffnung, Ernst mit ihrem Auftritt zurückzugewinnen. Wo war die Milena in ihr, die sich von nichts und niemandem etwas gefallen ließ? Dass jetzt auch noch eine von seinen Liebchen bei ihnen einzog, war das Letzte. Wie lange wollte sie sich weiter von Ernst demütigen lassen und vor lauter Rücksicht ihre Selbstachtung verlieren? Schluss damit, entschied sie. Sollte Ernst doch all seine Fräuleins gleichzeitig um sich scharen. Von nun an würde sie ihren eigenen Weg gehen und sich nicht mehr nach ihm richten. Das Fünkchen Aufmerksamkeit, das er ihr gelegentlich schenkte, durfte er gerne behalten. Milena würde Franz zu sich einladen. Es war Zeit herauszufinden, ob Herr Kafka nicht nur schreiben, sondern auch sprechen konnte. Aber zuerst musste sie das, was sie angestellt hatte, wieder in Ordnung bringen, oder es zumindest versuchen.

9. Kapitel

JASMIN

Entschlossen betrat sie die nächstbeste Wache. »Guten Abend, ich möchte ein Missverständnis melden«, sagte sie zu einem Polizeibeamten, der säbelbewaffnet vor einer Schreibmaschine saß und die Tastatur anstarrte, als erobere er einen neuen Kontinent. Laut des Schildes, das auf dem Tresen stand, handelte es sich um Revierinspektor Wurz.

Es dauerte eine Weile, bis er sich erhob und zu ihr trat. »Soso, Fräulein, ein Missverständnis?« Hinter vorgehaltener Hand gähnte er, schielte dabei auf die Wanduhr, die Viertel vor zehn zeigte.

»Frau, bitte, nicht Fräulein«, verbesserte sie ihn. »Wie soll ich es erklären, es gab da ein Vorkommnis, das zu einem Missverständnis geführt hat.«

»Und wie kann die Polizei bei dieser Angelegenheit behilflich sein?«

»Es geht um einen Diebstahl, also einen vermeintlichen Diebstahl. Jedenfalls könnte man es dafür halten und ich möchte Ihnen als Erstes die Wahrheit sagen, damit es nicht noch zu weiteren Missverständnissen kommt.«

Der Inspektor seufzte. »Also gut, gnä' Frau, was ist Ihnen denn gestohlen worden?«

»Nichts.« Sie räusperte sich, wie sollte sie anfangen zu erklären, dass es ihr um Gerechtigkeit ging, für sich und für andere? Milena wollte nicht weiter gebeugt durchs Leben schreiten, sondern aufrecht, mit reinem Herzen. »Ich wollte sagen, nicht *mir* ist etwas gestohlen worden, sondern *ich* habe gestohlen, also nicht direkt, man könnte meinen, dass ich es getan hätte.« Langsam und deutlich wendete sie die korrekte grammatische Vergangenheit an, als befände sie sich im Deutschunterricht.

»Aha.« Wurz holte Luft und griff sich unter die kakaobraune Dienstkappe, als müsste er seine wenigen verbliebenen Haare ordnen. »Und was haben wir gestohlen?« Er wirkte nicht sonderlich beeindruckt. Diebe oder welche, die man dafür hielt, schienen hier tagtäglich hereinzuspazieren wie Kaffeehausbesucher.

»Eine Kette oder genauer gesagt, ein Collier«, gab sie zu. »Es ist sehr wertvoll, ich habe es versetzt und eine Menge Geld dafür erhalten. Doch das wollte ich eigentlich alles nicht. Es ist ganz aus Versehen in meiner Tasche gelandet.« Sie merkte, wie unglaubwürdig das klang, sie konnte sich selbst kaum glauben, wenn sie sich so reden hörte. Darum schüttete sie die restlichen Scheine samt Münzen aus der Geldbörse und breitete sie vor ihm aus. Trotz ihres üppigen Einkaufs ergab das noch eine beachtliche Menge.

»Verstehe ich richtig? Sie haben Schmuck gestohlen und nun bereuen Sie es und wollen sich selbst anzeigen?«

»Ich habe nicht gestohlen, aber die Herrschaft meint, dass ich es getan hätte.« Dabei sah sie ihn so aufrichtig wie möglich an.

»Haben Sie getrunken?«

Sie nickte. »Etwas Limonade und danach Jasmin.«

»Ist das ein Likör?«

»Nein, Tee, Jasmin-Tee.«

Wurz stützte sich auf die Ablage, was ein knarrendes Geräusch erzeugte, und näherte sich ihrem Gesicht. »Hauchen Sie mich mal an«, forderte er sie auf. Sie hauchte, er roch. »Jasmin, soso, ich dachte, das ist eine Blume.«

»Ist es auch, aber die Chinesen machen einen sehr feinen Tee daraus, wurde mir erklärt. Ich habe ihn auch zum ersten Mal probiert.«

»Also, chinesischer Tee, von mir aus.« Der Inspektor blies die Luft aus den Wangen und brachte seine Bartschnecken zum Zittern. »Und was sagt Ihr Ehemann dazu? Ich meine nicht zu der Teetrinkerei, sondern, dass Sie hierherkommen und sich selbst des Diebstahls bezichtigen?«

Milena schwieg kurz. »Er weiß nichts davon, das soll bitte auch so bleiben.«

»Wir werden sehen, stecken's das vorerst wieder ein.« Wurz wedelte mit der Hand, als hätte sie Exkremente vor ihm ausgebreitet. »Dann nehmen's dort drüben auf der Bank Platz, bis sich wer um Sie kümmert.« Nachdem Milena das Geld wieder verstaut hatte, setzte sie sich an die Wand. Er nickte ihr kurz zu, so als wäre sie nun abgehandelt und aufgeräumt, und schlurfte zu seinem Pult zurück. Sie legte die schwere Tasche mit ihren alten Kleidungsstücken neben sich ab und sah sich um. Die Säulen spiegelten sich auf den blankgescheuerten Dielen. Über sich glaubte sie Schritte und gedämpfte Stimmen zu vernehmen. Ein Telefon klingelte, minutenlang, ohne dass jemand abhob. Sie blätterte in der Polizei-Rundschau namens »Öffentliche Sicherheit«, die auf einem Tischchen neben einem Aschenbecher auslag. Eine Tuschezeichnung zeigte einen Verkehrspolizisten, der mit einer Hand einen Fiaker, ein

Automobil ohne Verdeck, einen Radfahrer und eine Tramway gleichzeitig am Justizpalast vorbeidirigierte. Es gab auch eine Kinderseite in der Mitte des Heftes. »Das Kind zeichnet Wiener Wachleute, Folge vierzehn.« Die Seite zeigte einen Polizeibeamten, erst als Strichzeichnung ohne Kleidung und dann in Uniform, von vorne und im Profil, wie sonst nur Straftäter abgelichtet wurden. Mit seinem eingedrehten Schnurrbart und dem angedeuteten Doppelkinn entsprach die Vorlage ziemlich genau dem Inspektor, der sie allerdings vergessen zu haben schien. Sie stellte sich Kinder vor, die an einem Regentag zu Hause am Tisch saßen und sich konzentriert abmühten, ihre Version von Wurz zu Papier zu bringen.

Sie dachte nach. In ihrer eleganten Kleidung wirkte sie auch nicht wie eine Dienstbotin oder Sprachlehrerin, eher wie eine entlaufene Ehefrau. Das fehlte noch, dass Ernst hier aufkreuzte und sie herausboxte. Wen könnte sie stattdessen um Unterstützung bitten? Ihren Vater nicht, er hatte ihr jegliche Hilfe untersagt. Es sei denn …, ihr fiel etwas ein. Sie hustete mehrmals, suchte umständlich nach einem Taschentuch, versuchte so, auf sich aufmerksam zu machen. Womöglich war diese Missachtung bereits Teil der Bestrafung. Aber, wenn dem so war, dann sollte man ihr das mitteilen. Gerade als sie sich erhob und noch mal mit dem Inspektor reden wollte, wurde die Tür aufgerissen, zwei Schutzleute zerrten zwei Männer herein. Die Verhafteten trugen ebenfalls Uniform, allerdings keine neuen braunen, sondern graue abgewetzte Offiziersmäntel, dazu Trachtenhüte mit wippenden Federn. Milena erkannte sie als Hahnenschwänzler der Heimwehr. Erst neulich war ein Trupp von diesen Kerlen auf der Straße vorbeigezogen, als sie um Brot anstand. Man sah immer mehr von ihnen in der Wiener Innenstadt. Mit ihrer nationalpatriotischen Gesinnung setzten sie alles daran, die rote Regierung zu stürzen, um die alte Ordnung, wie sie sie nannten, wiederherzustellen. Am liebsten hätten sie den Kaiser zurück. Kaum waren sie an der Bäckerei vorbeimarschiert, ging ein leiser Spottvers durch die Reihe: »Hahnenschwänzler, Hahnenschwänzler, bist ein armer Tropf. Was der Hahn am Hintern hat, trägst du stolz am Kopf.«

Im Gegensatz zu Milena waren die Männer angetrunken. Sie randalierten, spuckten und traten um sich. Die Polizisten hatten Mühe, die beiden trotz der Handeisen zu halten. Der eine blutete aus einer Wunde unter der Hutkrempe, die Uniformärmel des anderen hingen in Fetzen herab. Sie wehrten sich mit aller Kraft, grölten und randalierten. Ein Tumult entbrannte. Der Stirnverletzte fegte mit einem Schlenker seiner breiten Schulter das gerahmte Porträt des Polizeipräsidenten von der Wand und zerbrach zusätzlich eine Wandleuchte. Inspektor Wurz gab die Schreibmaschine auf, sprang überraschend wendig für seine Statur über den Tresen und wollte eingreifen. Kaum kam er auf die Stiefel, bereit, den Säbel zu ziehen, streckte man ihn mit einem Tritt nieder. Die Aufrührer traten auf ihn ein, als wäre er Ungeziefer, bis die Pfeife eines Beamten schrillte, um Verstärkung zu rufen.

»Was will das Weibsbild hier, ist das auch eine Rote?« Ein Hahnenschwänzler hatte Milena entdeckt. »Schickt ihr nun schon die Weiber vor?« Vier weitere Polizisten rannten mit Waffen die Treppe herunter. Milena kauerte sich hinter eine Säule, wagte kaum zuzusehen. Gleich würde Blut spritzen, glaubte sie schon, doch dann, wider Erwarten, gelang es den sieben, die zwei Kerle doch noch ruhig zu stellen. Auch Inspektor Wurz rappelte sich hoch.

»Alles in Ordnung?«, fragte einer der Beamten in Milenas Richtung. Davon fühlte sich Wurz angesprochen, er nickte tapfer, schwankte leicht und straffte seine Uniform. Die Aufrührer wurden den Gang hinuntergezerrt, wo vermutlich die Zellen lagen. Kaum waren alle fort, rieb sich der Inspektor die Seite, seufzte und humpelte zu seinem Schreibtisch zurück. Als sei nichts gewesen, kehrte erneut Stille ein. Wurz schlug in unregelmäßigen Abständen in die Maschine, als komponiere er gerade eine etwas zähe Buchstabenmelodie. Bald war es Mitternacht.

Milena hielt es nicht mehr aus, sie stand auf, ging zur Toilette, kam zurück, ohne beachtet zu werden. »Was geschieht mit mir?«, fragte sie und trat an den Tresen, der mit Glassplittern übersät war.

»Ach, die gnä' Frau.« Wachmann Wurz schreckte hoch, als wäre er überrascht, dass sie noch immer da war.

»Können Sie mir bei der Klärung der Angelegenheit behilflich sein?«, fragte Milena.

»Wir sind nur für Straftaten zuständig. Am besten, Sie gehen nach Hause und reden mit Ihrem Ehemann. Oder Sie klären das mit den Geschädigten selbst. Sie haben doch gesehen, was hier los ist. Ich kann mich nicht zerreißen, mich noch in Ehestreitigkeiten einmischen.«

»Es geht nicht um meine Ehe, es geht um Gerechtigkeit. Haben Sie sich das nicht auf die Fahnen geschrieben?« Sie bückte sich und hob die Fotografie des Polizeipräsidenten auf, die noch immer am Boden gelegen hatte.

»Von mir aus, dann schildern Sie mir den Sachverhalt noch mal, und ich überlege, was man tun kann.« Umständlich suchte er unter den Akten, bis er ein Formular fand, wischte mit dem Ärmel die Glasscherben zur Seite. »Sie heißen?« Er griff nach einem stumpfen Bleistift und leckte daran.

»Milena.«

Der Bleistift schrieb ein vages M aus Spucke, mehr nicht. Offenbar Wiener Geheimschrift, dachte sie. Rasch holte sie ihren Bleistift aus der Tasche und reichte ihn Wurz. Murrend nahm er ihn. »Und weiter?«

Sie zögerte, rollte die langen Handschuhe über den Ellbogen und zog sie Finger für Finger aus.

»Ihr Nachname, Frau äh?« Wurz wirkte verunsichert. »Wie heißt Ihr Ehemann? Können Sie sich ausweisen?«

Einen gültigen Reisepass besaß sie nicht mehr und für einen Neuantrag musste sie ihren Mann um eine Vollmacht bitten. Also zeigte sie anstelle ihres Ausweises den Pfandschein vor. »Ich werde die Kette wieder auslösen und zurückgeben. Ich werde alles wieder zurückgeben, sobald ich das Geld zusammenhabe.« Sorgfältig faltete sie die Handschuhe und legte sie zu der Fotografie. »Ein Teil ist leider schon verbraucht, aber vielleicht kann mein Vater für mich bürgen. Professor Doktor Jan Jesenský. Er wohnt in Prag.«

»Ach, Sie sind aus Böhmen, dachte ich es mir doch.«

»Ich bin Tschechin«, sagte sie mit Stolz in der Stimme. Er griff zum Telefon. Es dauerte, bis die Vermittlung die Verbindung herstellte. Milena flehte innerlich, dass ihr Vater zu Hause sein möge – und wurde erhört.

»Jesenský.« Seine markante Stimme bellte aus der Sprechmuschel.

»Polizeiinspektion Innere Stadt Wien. Wurz am Apparat.« Er sprach langsam und deutlich, als habe er am anderen Ende einen Schwerhörigen. »Es geht um Ihre Tochter, Herr Professor ...« Sofort fiel ihr Vater in einen halb tschechisch, halb deutschen Redeschwall, Milena nahm nur Bruchstücke wahr. Seit zwei Jahren hatte sie seine Stimme nicht mehr gehört. Sie drang ihr durch Mark und Bein, aber zugleich berührte sie auch ihr Herz.

»Nein, Herr Professor, ihr ist nichts passiert, so hören Sie doch ...«, lenkte Wurz ein und strafte Milena mit einem Seitenblick. Dabei rieb er sich selbst über den Brustkorb, als habe er beim Atmen Beschwerden, doch niemand trüge Sorge um ihn. »Vielmehr, Ihre Tochter behauptet, gestohlen zu haben.« Milena schüttelte den Kopf. »Nein, oder besser gesagt, sie wird des Diebstahls beschuldigt, hat es aber nicht getan. Darum meine Frage an Sie, trauen Sie ihr so etwas zu?« Es knackte in der Leitung. Milena glaubte schon, Vater hätte eingehängt. »Herr Professor, sind Sie noch dran?«, fragte Wurz ebenfalls verunsichert.

»Ja, das tue ich«, sagte ihr Vater in überspitzt betontem Deutsch.

»Meine Frage war, ob Sie Ihrer Tochter ...«, wiederholte Wurz, hielt das Telefon nun so, dass Milena mithören konnte. »Eigentlich ist das eine Angelegenheit für den Ehemann, doch Ihre Tochter sagte, ich sollte Sie zuerst verständigen.«

»Herr Inspektor, ich habe Sie sehr gut verstanden, und ja, natürlich, alles was Sie sagen, ist Milena. Ich bitte Sie nur um eines, halten Sie sie fest. Ich beeile mich auch und fahre sofort los. Wo, sagten Sie, ist Ihre Inspektion in Wien?«

10. Kapitel
LAVENDEL

Die restliche Nacht verbrachte Milena in Gewahrsam, wie Wurz das finstere Loch nannte, in das er sie einschloss, als wäre sie wirklich eine Diebin. Zuvor hatte er doch noch die Einzelheiten des Vorgangs und ihre Personalien aufgenommen, und auch den Pfandschein und das Geld beschlagnahmte er. Nur mit der Entscheidung, ob Milena wieder in ihre alte Kleidung schlüpfen sollte, war er überfordert. Er durchsuchte die Tasche, zog Kafkas Briefe heraus und hielt die Umschläge mit der Empfängeradresse unter die Lampe. »Frau Kramer, wer soll das sein? Ich dachte, Sie heißen Pollak, geborene Jesenský?«

»Jesenská, bitte«, erklärte Milena, obwohl sie es ihm richtig aufgeschrieben hatte. »Kramer ist so etwas wie …« Sie überlegte kurz. »Ein Künstlername. Ich bin Journalistin und schreibe für Prager Zeitungen.« Das war nicht nur eine Behauptung, sondern Tatsache, gestand sie sich selbst ein.

»Und warum leben Sie dann in Wien?«

Das frage ich mich auch, jeden Tag, jede Stunde und Minute, dachte sie. »Weil ich über die Stadt und die Stimmung seit dem Zusammenbruch des Kaiserreichs berichte«, antwortete sie aber stattdessen. »Verzeihung, ich meine, seit dank der sozialdemokratischen Regierung Frieden herrscht.«

»Dann sind Sie von der politischen Presse? Warum sagen Sie das nicht gleich? Spielen mir hier etwas von einem Diebstahl und Pfandschein vor. Dabei wollen Sie sich hier einschleusen und mich über die Verhältnisse in unserem Strafvollzug aushorchen. Gleich vorweg, da gibt's nichts zu beanstanden. Und solche wie die Hahnenschwänzler vorhin, das gehört leider schon fast zum täglichen Ablauf.« Er holte Luft, wirkte, als wäre das die längste Rede seines Lebens gewesen.

»Ich finde, dass Sie sich vorbildlich benommen haben«, sagte sie. »Aber ich schreibe nicht über Tagespolitik und auch keine Polizeireportagen, ich arbeite fürs Feuilleton.« Und als er bei dem französischen Wort die Augenbrauen hob, ergänzte sie schnell: »Die Kulturseite.«

»Ach so. Kultur.« Er winkte ab. »Und da haben Sie als kulturell gebildete Frau mal eben etwas mitgehen lassen, oder wie?«

»Sie verstehen es nicht. Wie kann ich es nur erklären?«

»Das klären wir später.« Wurz sah auf die Uhr, als fragte er sich innerlich, warum ausgerechnet er jetzt und heute Dienst hatte. »Ich muss Sie in Gewahrsam nehmen, sagen wir zu Ihrem Schutz, wie es Ihr Vater verlangt hat. Das Ehepaar Pichler werde ich so spät nicht mehr herausklingeln. Ihre Tasche lassen Sie hier, folgen Sie mir.« Milena schob den gepressten Lavendel zurück ins Kuvert, den ihr Kafka in einem der letzten Briefe mitgeschickt hatte, wollte den Inspektor schon bitten, ja auf ihre Sachen achtzugeben, schwieg aber dann besser. Sie schritten den Gang entlang und hinab in den Keller bis zu einer Zelle neben den Heimwehrlern, die sofort zu grölen anfingen, als sie sie erblickten, und durch die Gitterstäbe nach ihr grabschten. Gott sei Dank trennte sie bald eine dicke Ziegelwand voneinander. Eine Weile vernahm sie noch anzügliche Bemerkungen und Lockversuche, dann gaben die Kerle auf. Milena kauerte sich auf die Pritsche. Ihre Gedanken kreisten. Wie so oft in ihrer Jugend war sie vorgeprescht, hatte sich in etwas hineingeritten, ohne an die Folgen zu denken, und sich womöglich das letzte Stück Hoffnung auf Freiheit genommen. Sie dachte an Kafka. Er träumte von ihr, mal war es ein Albtraum, dass sie ihn ablehnte, als sie sich in der Wirklichkeit gegenüberstanden. Sie habe sich ihn anders vorgestellt und war enttäuscht, in einem anderen Traum nahm er sie wie selbstverständlich mit auf einen Spaziergang, als lebte sie schon an seiner Seite. Milena fragte sich, wie das Leben mit ihm wohl wirklich war, jenseits von Traum und Schreiberei? Würden sie sich im Alltag genauso vorsichtig umkreisen wie in ihren Briefen? Oder schlich sich auch da dann bald ein abfälliger Ton à la Ernst Pollak ein?

Sie überlegte, ob sie den Inspektor um Papier und Stift bitten sollte, um Kafka zu schreiben. Womöglich saß sie tagelang ein, bis sich ihr Vater herbequemte. Wenn er es überhaupt tat. Vielleicht hatte er den Inspektor nur abwimmeln wollen. Ein Schrecken durchfuhr sie. Wer kümmerte sich in der Zeit um Fjodor und ihre Blumen? Würde Ernst vor lauter »Mitzi« den Kater füttern und ihre Pflanzen gießen? Sie musste Frau Koller Bescheid geben, auf sie war Verlass. Doch wie erklärte sie ihr, dass sie im Gefängnis saß? Würde sie sich nicht sofort bei Ernst beschweren und sie aus der Wohnung werfen? Wurz drehte von draußen das Licht ab. Das Mondlicht, das durch den vergitterten Kellerschacht fiel, teilte den Steinboden in Streifen. Im Finstern drehte sich Milena auf die Seite, legte den Kopf auf ihre Handflächen und zog die Beine an. Ganz leicht nahm sie den Duft von Lavendel wahr, der noch an ihren Fingern klebte. Sie sog ihn tief ein, stellte sich dabei Kafkas Gesicht vor, tauchte langsam in seinen Blick, als springe sie von einem Sprungbrett aus in einen See.

»Frau Pollak, aufstehen.« Wurz weckte sie. Sie blinzelte gegen das grelle Licht, das er wieder aufgedreht hatte. »Es ist fast Mittag, Sie können gehen. Es ist alles geklärt.«

Milena setzte sich auf und bewegte die taubgewordenen Schultern. »Heißt das, mein Vater ist hier?« Sie zupfte ihr verschwitztes Kleid zurecht und versuchte, den zerknitterten Rock glatt zu streichen, fragte sich zugleich, wie sie bloß in dieser unbequemen Haltung auf der harten Bank so lange hatte schlafen können. Gleich würde sie Vater nach so langer Zeit wiedersehen und sich bestimmt einiges anhören müssen. Ihr Gedankenspiel hatte funktioniert. Hätte sie ihn direkt gebeten, ihr beizustehen, hätte er vermutlich nicht einmal reagiert. Aber die Jesenský-Ehre verteidigte er, egal, was seine Tochter anstellte. Dann ließ er alles liegen und stehen und fuhr die Nacht im Automobil bis nach Wien durch.

»Der Herr Professor hat mit den Pichlers gesprochen und die Angelegenheit selbst bereinigt. Seinem Leumund und guten Ruf ist es zu verdanken, dass keiner, auch nicht wir, der Sache nachgehen werden. Alles Weitere bereden Sie am besten mit ihm, das geht die Polizei nichts mehr an. Nun kommen Sie, ich habe in fünf Minuten Dienstschluss.« Er gab ihr die Tasche zurück und scheuchte sie fast hinaus. »Ich belasse es bei einer Verwarnung. Aber wenn Sie das nächste Mal bei der Polizei auftauchen und noch mal Lügenmärchen auftischen, von wegen Presse und Schmuck gestohlen, wird es nicht mehr so glimpflich für Sie ausgehen, Frau Pollak, Jesenský oder wie Sie sonst noch heißen.«

11. Kapitel

KATZENMINZE

Gleich in der Straßenbahn überprüfte sie, ob ihre Sachen noch vollzählig waren. Die Schleife des Briefbündels wirkte ungeöffnet. In ihrer Börse fehlte der Pfandschein, aber das Geld war noch darin. Ein Zettel lag dabei, darauf stand auf Tschechisch:

Milena, der Schmuck war wertlos, behauptet Oberst Pichler, wie hast du nur so viel dafür herausschlagen können? Offenbar hast du doch aufgepasst, als ich dich einmal in die Spielhalle mitgenommen habe. Ich habe das Geld dem Pfandhaus zurückgezahlt, behalte du den Rest. Ich muss zurück, wollte dich nicht wecken, aber melde dich, Vater.

Das war mehr, als sie erwartet hatte. Hin- und hergerissen, ob sie ihn gleich anrufen oder ihm wenigstens schreiben sollte, strich sie über seine eckige Handschrift. Sie wagte sich kaum auszumalen, was mit ihr geschehen wäre, wenn er sich nicht eingesetzt und ihre Schulden im Pfandhaus beglichen und mit den Pichlers geredet hätte. Zugleich zögerte sie. Einerseits sehnte sie sich nach ihrem Vater, andererseits wollte sie überhaupt nie mehr etwas mit ihm zu tun haben. Warum dachte man bei seinen Eltern immer zuerst an die schönen Momente und blendete die traurigen und verletzenden Erinnerungen aus? Wie war wohl Kafkas Verhältnis zu seinem Vater? Sie beschloss, ihn das gleich im nächsten Brief zu fragen. Da Vater ihr das restliche Geld gelassen hatte, konnte sie jetzt auf den Markt gehen und einkaufen. Auch ihre Schulden beim Schuhmacher beglich sie endlich. Zu Hause empfing sie Fjodor, hungrig miauend strich ihr der Kater um die Beine. »Heute gibt's keine Reste, mein Lieber.« Sie überraschte ihn mit ihrem kleinen Festmahl, wenigstens ihn. Dem fehlenden Mantel und Hut nach war Ernst schon im Bureau. Die Zimmertür war versperrt, das tat er öfter in letzter Zeit, anscheinend wollte er nicht mehr, dass sie in seinen Unterlagen stöberte. Auch zum Saubermachen ließ er sie nicht mehr in seinen Teil der Wohnung. Die Kakteen hatte er in die Küche gestellt, damit sie nicht in Versuchung kam. Milena hatte den Verdacht, dass es mit ihren Veröffentlichungen zusammenhing. Womöglich glaubte er, sie holte sich Inspiration aus seiner Lose-Blatt-Sammlung. Die Mappe mit Kafkas Mitteilungen hatte sie zurückgelegt. Dass ihre erste Übersetzung von Kafkas Erzählung in der Prager Zeitschrift »Kmen« erschienen war, hatte sie ihrem Mann gar nicht gesagt. Auch wenn sie vor Freude und Stolz fast zersprungen war, als sie das Belegexemplar im Briefkasten vorfand, beherrschte sie sich diesmal und behielt es für sich. Vielleicht wollte Ernst vermeiden, dass sie beim Aufräumen Unterwäsche von seinen Liebchen fand. Hoffentlich zog dieses Fräulein Beer nicht wirklich in nächster Zeit hier ein.

Nachdem Milena für sich und Fjodor ein köstliches Frühstück bereitet hatte – Speck und Sahne für ihn, Rühreier, frisches Brot und echte Butter für sich –, setzte sie Wasser auf. Sie mahlte sich in der Wandmühle eine Handvoll echte Arabica Kaffeebohnen, die sie sich ebenfalls gegönnt hatte, keine Zichorie oder anderen unbestimmbaren Ersatz, und brühte sie auf. Bald zog ein selten herrlicher Duft durch die Wohnung. Im Grünen, umgeben von ihren Pflanzen, fühlte sie sich wie an einem exotischen Ort. Sie goss sich Sahne in den Kaffee und setzte die Buchteln auf einen Teller, die der Bäcker vom Vortag im Angebot gehabt hatte. Sie musste geduldig sein, auch wenn sie sich am liebsten gleich auf das Gebäck stürzen wollte. Nicht, dass ihr schlecht wurde. Satt zu werden, war sie nicht mehr gewohnt. Sie schrieb einen neuen langen Brief an Franz, erzählte ihm, was geschehen war, und hoffte, dass wenigstens er ihr glaubte. Wieder breitete sich dieses warme Gefühl in ihr aus, als sie an ihn dachte und sich vorstellte, wie er als Mensch in der Wirklichkeit war. Aus einer Eingebung heraus bat sie ihn, sie endlich zu besuchen. Sie schreckte hoch, als sie Geräusche von nebenan hörte.

Plötzlich stand Fräulein Beer in der Küche, in einem geblümten, viel zu kurzen Nachthemd, das ihr kaum bis zu den Knien reichte. »Habe ich mich doch nicht getäuscht, Kaffee, ich dachte schon, das Aroma zöge durch die Fußbodenritzen vom Nachbarn herauf«, sie leckte sich die Lippen, »und was Süßes gibt's auch noch.« Ihre Schminke war verschmiert und ihr Haar am Hinterkopf plattgedrückt. Sie setzte sich auf den zweiten Küchenstuhl und schlug die nackten Beine übereinander. »Ich hoffe, wir verstehen uns. Wollen wir du sagen? Ich bin die Maria, aber alle nennen mich Mitzi.« Ohne zu fragen, nahm sie sich eine Buchtel und biss hinein. »Mmh, köstlich. Was schreibst du denn da?« Sie schielte auf den Brief.

Rasch hielt Milena die Hand darüber, faltete ihn und

schob ihn in ein Kuvert. Kafkas Meraner Adresse würde sie später draufschreiben.

»Ernstl hat erzählt, dass du Reporterin bist. Finde ich großartig, ich meine, so als Frau über die Weltg'schicht schreiben, Respekt.«

Ernstl, so nannte sie ihn also, dachte Milena.

»Ich lese zwar keine Zeitungen, das macht nur schlechte Laune und schlechte Laune gibt Pickel«, plapperte Mitzi weiter, »aber Romane les ich viel. Ich verschling sie im Grunde, warte!« Sie schob sich die halbe Buchtel in den Mund, sprang auf, lief ins Schlafzimmer. Prompt kehrte sie mit einem Stapel zerfledderter Groschenhefte zurück und breitete sie auf dem Küchentisch aus, als wäre sie eine Kioskverkäuferin. Milena warf einen Blick auf die Titel: »Tapfere Elisabeth«, »Im Wirbel des Schicksals«, »Anitas Ehen«. Ehen in der Mehrzahl! Na, bravo, dachte sie, das war die richtige Lektüre für eine, die sich in die Beziehung anderer Leute drängte.

»Schreib doch mal so etwas, dann lese ich es auch.« Mitzi nahm Milenas Tasse und schenkte sich Kaffee nach.

»Über uns drei, meinst du?« Eigentlich hatte sie sich beherrschen und überhaupt nichts sagen wollen. »Ernst Pollak und seine Weiber, oder wie denkst du, könnten wir den Roman dann nennen? Wobei, bei drei wird es vermutlich nicht bleiben, vielleicht zieht bald noch eine hier ein, du hast doch hoffentlich nichts dagegen, das Bett mit einer ganzen Revuemädchengruppe zu teilen!« Sie kochte innerlich, zugleich war ihr bewusst, wie eifersüchtig das klang, was sie von sich gab. Trotzdem spie sie die Worte hinaus.

Fjodor war in die Küche getrottet, hatte vermutlich noch

Appetit auf einen Nachschlag. Als Milena losschrie, duckte er sich und sprang Mitzi auf die nackten Beine.

Das Fräulein kreischte auf, ließ die Tasse fallen. Kaffee ergoss sich über Anita und Konsorten. »Was ist das denn für ein Mistvieh, die hat mich gekratzt, ich blute!« Sie stieß Fjodor fort und trat noch nach ihm. Er jaulte auf, stob in Milenas Zimmer und verkroch sich unterm Bett.

Das ging ihr zu weit. »Rühr den Kater ja nicht noch einmal an, sonst …«

»Was sonst?« Mitzi zog ein Geschirrtuch vom Ofengriff und wischte erst über die bekleckerten Romanhefte, dann über ihre Haut.

»Sonst werfe ich dich hinaus.«

»Ach ja? Glaubst du, das schaffst du?«

»Willst du es ausprobieren?« Milena sah sich schon mit ihr schlagen und ballte kampfbereit die Fäuste. Dann fing sie zu husten an, so sehr hatte sich ihre Stimme überschlagen.

Doch Mitzi beachtete sie nicht, beschäftigte sich weiter mit ihren Blessuren und betupfte sich vorsichtig die Oberschenkel. »Das brennt vielleicht. Wenn sich das entzündet oder Narben gibt, bist du dran. Und für das Drecksvieh werden wir uns auch etwas überlegen.«

Wenigstens Fjodor stand Milena bei. Mit vollstem Einsatz hatte er sie verteidigt. Zehn Krallenspuren aus zwei geballten Katzenpfoten zogen sich quer über Mitzis Schenkel. Rache pur.

»Dachte ich es mir, dass du so ein bockiges Böhmerweib bist, das meinem Ernstl das Leben schwermacht, aber ich habe es freundlich mit dir versucht.« Nun sah sie doch zu ihr hoch. »Kein Wunder, dass er dich nicht mehr beachtet. Allein wie du ausschaust. Sag mal, hast du in dem Fetzen geschlafen?« Milena trug noch das zerknautschte und verschwitzte neue Kleid, aber vor dieser Mitzi würde sie sich nicht umziehen. »Wenn Ernstl nach Hause kommt, erzähle ich ihm alles und dann werden wir sehen, wer als Erstes fliegt.«

»Von mir aus. Ich tu, was ich will«, erwiderte sie ruhig, um ihre Kehle zu schonen, die auf einmal höllisch schmerzte. Hoffentlich hatte sie sich im Gefängnis nicht erkältet. »Aber rühr mein Essen nicht weiter an, wenn du Hunger hast, kauf selbst ein.« Eigentlich wollte sie sich nicht vertreiben lassen, doch sie brauchte dringend frische Luft, sonst ging sie ihr tatsächlich noch an die Gurgel. Sie musste ohnehin auf die Post. Zuvor schaute sie unters Bett und sprach beruhigend auf Fjodor ein. Dann stellte sie den Topf mit Katzenminze, aus der schon die ersten Halme sprossen, ins geöffnete Fenster, so blieb es einen Spaltbreit offen, und der Kater konnte übers Dach hinaus- und wieder hereinklettern. Die besonders geformten Blüten dieser Pflanze erinnerten an Gesichter und sahen in ihrer Vielzahl wie ein kleines Blumenvolk aus, die Minze half auch gegen Bronchitis und schmeckte nicht nur Katzen. Später würde sie sich einen Tee aus Minze und Thymian bereiten. Geschwind zog sie sich doch noch schnell um, damit das neue Kleid länger hielt, und außerdem war es für besondere Anlässe gedacht. Bevor sie ging, sperrte sie ihre Zimmertür ab, steckte den Schlüssel ein und verließ die Wohnung, ohne sich noch einmal umzudrehen.

Draußen nahm sie erst einmal mehrere Atemzüge, um ihre Nerven zu beruhigen. Ihre schlimmsten Befürchtungen waren wahr geworden. Wie sollte sie bloß damit zurechtkommen? Und arrangierte sie sich eines Tages damit, was erwartete sie dann als Nächstes? Lange würde sie es in Wien sowieso nicht mehr aushalten. Hingegen war die Stadt, so unbarmherzig sie auch erschien, für sie inzwischen ein Teil ihres Lebensunterhaltes geworden. Anderswo musste Milena wieder ganz von vorne anfangen. Doch bevor sie hier weiter zugrunde ging und Fjodor dazu, musste sie sich etwas Neues suchen. Für die Prager Zeitungen konnte sie vielleicht auch neue Inhalte finden, über die sie schrieb. Vielleicht hatte Franz eine Idee? Mit jeder Faser ihres Daseins sehnte sie sich nach ihm.

Doch kaum hatte sie den Brief mit den neuesten Ereignissen aufgegeben und der Postler seinen Stempel auf die Briefmarke über der Meraner Adresse gedrückt, bereute sie es. Wie würde Kafka reagieren? Belastete sie ihn nicht auf seiner Erholungskur, wenn sie ihm all ihre Sorgen anvertraute, ihn jetzt sogar bedrängte, sie zu besuchen?

»Wollen Sie auch Ihre Post mitnehmen, Frau Kramer?«, fragte der Beamte, der sie bereits kannte.

»Gern«, erwiderte sie und erhielt zwei neue Briefe aus Meran. Sie setzte sich auf eine Bank im Postgebäude und las, vergaß dabei alles um sich herum. Als hätte Kafka ihre Gedanken erraten, erzählte er von sich als Kind und welche Macht die Köchin über ihn ausübte, weil sie ihn beim Lehrer wegen seiner Unartigkeit verpetzen wollte. *Milena, was für Narrheiten und wie gehöre ich Dir mit allen Köchinnen und Drohungen und diesem ganzen ungeheueren Staub, den 38 Jahre aufgewirbelt haben und der sich in die Lungen setzt.* Er übertrieb, auch wenn er die Zeit im Mutterleib dazuzählte, wurde er am dritten Juli erst siebenunddreißig. Und selbst wenn er dreiundsiebzig wäre, ihr war sein Alter egal. Danach schilderte er das Viertel von Prag, das zu seinem Schulweg gehört hatte. Der Altstädter Ring und die Jakobskirche. Sofort befiel Milena die Sehnsucht nach ihrer Heimat. Auch das Grab ihres kleinen, viel zu früh verstorbenen Bruders hatte sie noch nie besucht. Damals durfte sie bei der Beerdigung nicht dabei sein, und Jahre danach hatte sie sich nicht aufraffen können, dort hinzugehen. Wider Erwarten hatte auch Kafka ein ähnlich schwieriges Verhältnis zu seinem Vater, fühlte sich ständig missverstanden und nicht gut genug. Da er bei ihm nicht zu Wort kam oder missverstanden wurde, hatte er einen Brief an seinen Vater verfasst, ihn bisher aber noch nicht überreicht. Nun bot er Milena an, ihr diesen *Riesenbrief* zu schicken, darin würde sie erfahren, wie es ihm früher ergangen war.

Doch den wollte sie nicht lesen, jedenfalls jetzt noch nicht. Sie würde lieber von Angesicht zu Angesicht mit Franz über seine Eltern und alles andere sprechen.

Ich werde nicht schlafen können, weil ich dir zu schreiben aufgehört habe, endete er und gab damit preis, dass er in einem ähnlichen Teufelskreis wie sie steckte. Langsam verhakten sich ihre Gedanken. Es war an der Zeit, dass sie sich in der Wirklichkeit trafen, um ihr Inneres zu entwirren. Trotzdem fühlte sie sich von Kafkas Zuneigung bestärkt. Ihr war heiß und dann wieder kalt, obwohl es ein warmer Junitag war. Sie beschloss, nach vorne zu blicken, es konnte nur besser werden, nun, da das Schreiben sogar zu ihrem Lebensunterhalt beitrug. Sie würde zurück nach Hause gehen, ihr Essen genießen, oder das, was davon noch übrig war. Oder sich auch einfach ausruhen. Sie hatte genauso das Recht, in der Lerchenfelder Straße zu wohnen, schließlich trug sie zur Hälfte der Miete bei. Noch ließ sie sich nicht vertreiben.

12. Kapitel
SCHNEEKÖNIGIN

Es ist schwer, die Wahrheit zu sagen, denn es gibt zwar nur eine, aber die ist lebendig und hat daher ein lebendig wechselndes Gesicht. So lautete Kafkas Antwort auf ihr Geständnis mit der Kette. Jetzt wusste er um ihre Not, sie hatte mit Ausrufezeichen angefangen und endete mit Schrecken, schrieb er schon am nächsten Abend. Auch er zitterte beim Lesen wie unter einer Sturmglocke, litt mit ihr, wollte es nicht lesen, aber tat es doch. So wie ein verdurstetes Tier trank, voller Angst und auf der Suche nach einem Möbel, unter dem es sich verkriechen könnte. Aber da war auch die andere Milena herauszulesen. Nicht die, die einmal mit Bleistift und einmal mit der Feder schrieb. Er meinte die, die ihn glücklich machte durch ihre Jugend, ihre Frische, ihren Mut. Ihre Stärke milderte auch seine Angst, die immer größer wurde und ihn vor der Welt zurückweichen ließ. Diesen Sätzen von ihr könnte er zu Füßen sitzen, sie wären wie Regen auf seinen brennenden Kopf. Und zu ihrer traurigen Ehe sagte er: *Weißt Du Milena, als Du zu ihm gingst, bist Du einen großen Schritt hinabgegangen, kommst Du aber zu mir, so springst Du in die Tiefe.*

Doch eine unbekannte Tiefe, in der sie womöglich ein Franz Kafka auffing, war ihr lieber als die Unsicherheit und Willkür bei Ernst Pollak. Ob Fräulein Beer mit ihrem Mann gesprochen hatte oder nicht, erfuhr sie nicht. Alle drei gingen sich möglichst aus dem Weg, sofern das in der beengten Wohnung mit einer gemeinsamen Küche möglich war. Das Pärchen kehrte heim, als Milena schon im Bett war. Sie hatte sich tatsächlich erkältet, schwitzte und fror. Nur Fjodor blieb an ihrer Seite, schnurrte an ihrem Ohr, wenn sie sich die Seele aus dem Leib hustete. Am nächsten Morgen stand sie dennoch zeitig auf, um am Vormittag am Westbahnhof zu arbeiten. Sie brauchte einfach jeden Heller. Sollte doch seine Geliebte fortan das Frühstück für Ernst herrichten, dachte sie, und offensichtlich tat sie das auch. Nachmittags zog sich Milena in ihr Zimmer zurück, inhalierte dampfende Kräuter unter einem Tuch, um sich auszukurieren, und schlief viel. Gelegentlich hörte sie Mitzi in der Wohnung rumoren. Dann war sie wieder für Stunden fort. Was arbeitete sie, fragte sie sich. Oder sorgte ihr Mann, anders als bei ihr, für die Neue? Abends klopfte das Fräulein an ihre Tür und lud sie zum Mitessen ein, Ernstl käme gleich, es gebe Krautfleckerl. Milena antwortete nicht, auch wenn sich ihr Magen verkrampfte, es roch schon eine ganze Weile nach dieser köstlichen Speise, bei der Weißkohl mit Zucker und Kümmel in einem Topf karamellisierten. Aber in Gegenwart des turtelnden Pärchens würde sie nichts zu sich nehmen können, noch dazu war es von dieser Person gekocht worden. Schnell zupfte sie sich ein paar Kräuter aus ihren Pflanztöpfen und kaute sie, um sich von dem süß-sauren Krautfleckerl-Duft abzulenken, der bis in jede Ecke ihres Zimmers gedrungen war, und vertiefte sich wieder in Kafkas Briefe. Franz drängte sie, ihren Mann zu verlassen, er sprach sogar schon davon, dass sein kleiner Verdienst für sie beide reichen würde. War das eine Liebeserklärung? Aber ihrem Vorschlag, sie zu treffen, wich er aus.

Er könne heute noch nicht sagen, ob er nach Wien komme, er glaube, eher nicht. Aber ein rechter Grund fiel ihm nicht ein, außer, dass es über seine Kraft ginge.

Das konnte sie nicht hinnehmen, sofort setzte sie einen neuen Brief auf, tastete sich weiter vorwärts, formulierte es erst durch die Blume und dann ganz direkt. Trotzdem wusste sie bald nicht mehr, wie sie es ihm noch näher herantragen sollte, damit er begriff, wie wichtig sein Besuch für sie war.

»Jemand zugestiegen?«, fragte die Kondukteurin am nächsten Tag in der Tramway auf dem Rückweg durch die Stadt. Milena reichte ihr die Fahrkarte und staunte, als sie die Frau in Uniform erkannte. Es war Mitzi Beer. Wortlos knipste sie ihre Fahrkarte ab, offenbar wollte sie sich außer im Herrenhof noch nicht in der Öffentlichkeit als Liebchen ihres Mannes zu erkennen geben. Damit wusste Milena nun auch, wo sich die beiden über den Weg gelaufen waren. So simpel, in der Straßenbahn! Wieder nagte die Eifersucht in ihr, rasch dachte sie an Kafka und die Aussicht, dass sie ihn bald in Wirklichkeit traf. Doch erst musste sie ein quälend langes Wochenende ohne Briefe hinter sich bringen, um seine Entscheidung zu erfahren.

Normalerweise zehrte die Arbeit als Kofferträgerin an ihren Kräften, sodass keine Gelegenheit fürs Sinnieren blieb. Doch wegen einiger Streckensperrungen gab es am Montag kaum Reisende. Das wenige Gepäck übernahmen Dienstmänner mit ihren blauen Kappen, auf denen eine emaillierte Nummer prangte. Diese Zahlen konnten sich die Fahrgäste merken, falls sie etwas zu beanstanden hatten. Das verlieh der

Gepäckträgerei etwas Amtliches. Milena, als groß gewachsene Frau, in ihrem abgetragenen Mantel, den sie wegen ihrer Erkältung trotz der sommerlichen Temperaturen trug, erhielt nur Aufträge, wenn die Züge überfüllt und die Uniformierten ausgelastet waren. Einen Moment überlegte sie, ob sie mit der Linie dreiundvierzig in den Wienerwald fahren sollte, um nach halbwegs trockenem Brennholz zu suchen, das sie dann verkaufen konnte. Aber als sie an den weiten Weg und die Lasten dachte, die sie sich schon oft genug aufgeladen hatte, zögerte sie. Im Wald war die Konkurrenz noch größer. Frauen, Greise und Kinder sammelten jedes Stöckchen ein und zwängten sich danach mit ihren schweren Bündeln in die Tramway, die bald aussah, als sei sie mit Holz verstopft. In den engen Waggons verletzten sich die Träger gegenseitig und beschimpften sich. Das alles nur, um die Last in das oberste Stockwerk eines abgelegenen Bezirks zu schleppen, wo man dann gnädigerweise, wenn alles glatt ging, zwei Kronen pro Kilo von einer Herrschaft erhielt. Für diese Schinderei fühlte sich Milena gesundheitlich noch zu geschwächt. Nicht zuletzt wollte sie auch vermeiden, dass die Schaffnerin Mitzi Beer sie mit einem Holzbündel auf dem Rücken erblickte und über sie spotten würde: Von wegen Reporterin für Kultur, dafür reicht es wohl doch noch nicht ganz!

Also blieb Milena nichts weiter übrig, als den Tag in ihrem Zimmer zu verbringen. Körperlich tat es ihr gut, ihr Kreislauf schwankte noch. Zwischendurch hatte sie schon geglaubt, an der Spanischen Grippe zu leiden, angeblich hatte diese Epidemie sämtliche Länder erreicht. Dann dachte sie wiederum auch an die Lungenschwäche, unter der Kafka litt, als sie sich letzte Woche wund gehustet hatte. Sie schrieb ihm von ihren Beschwerden und sofort überschüttete er sie mit Ratschlägen. Im Gegensatz zu ihrem Ehemann, der ihre Krankheit nicht einmal zur Kenntnis nahm, sorgte er sich wirklich um sie und empfahl ihr ebenfalls eine Kur. Doch wie sollte sie die bezahlen?

Dank jeder Menge Hausmittel und warmer Brustwickel in der Nacht, wie sie es noch von Renata, der Prager Bediensteten, kannte, aber vor allem vieler lieber sorgender Worte von Kafka aus Meran, die am heilsamsten waren, hatte sich Milena auch ohne Kur einigermaßen erholt. Nun spazierte sie, in Schal und Mantel durch die sommerlich warme Stadt. Beim Volksgarten stellte eine Marktfrau einen Tisch und einen Schirm auf. Milena sah ihr zu, wie sie ihre Waren ausbreitete. Aus einem Korb lachten ihr dunkelrote Kirschen entgegen. Sie beschloss, sich ein paar davon zu gönnen. Der Glanz und die Vorstellung, wie sich gleich die Süße der Früchte auf der Zunge ausbreiten würde, erheiterte sie. »Hundert Gramm Schattenmorellen bitte«, sagte sie zu der Verkäuferin, deren faltiges Gesicht im Kopftuch an eine in Stoff gehüllte Wurzel erinnerte.

»Das ist ja fast nichts, Gnädigste, aber meinetwegen.« Mit verformten Händen griff die Frau in den Korb und wog eine Handvoll ab. Als sie die Kirschen einwickelte und ihr geben wollte, kullerten sie aus dem losen Papier und fielen aufs Pflaster. »Herrje, meine Gicht hat wieder zugeschlagen. Kein Doktor weiß etwas Gescheites dagegen, auch wenn ich bald gar nicht mehr zupacken kann. Meinen seligen

Mann hat es schon dahingerafft und ich muss hier stehen, bis ich umfalle.«

Milena hörte sich ihre Klagen an, bückte sich und sammelte die Kirschen auf. Nur wenige waren zerdrückt. »Was macht das?« Sie leckte sich die Finger, schloss kurz die Augen, als der Geschmack in ihrem Mund explodierte. Am liebsten würde sie mehr kaufen, aber das konnte sie sich nicht leisten. Sie kramte in ihrer Manteltasche nach der Börse.

»Nichts natürlich. Die nehmen Sie so und hier, die dazu.« Die Frau legte ihr noch ein paar unversehrte in die Hand.

Milena bedankte sich, wünschte gute Besserung und betrat den Volksgarten. Dabei schob sie eine Kirsche nach der anderen in den Mund. Sie schmeckten köstlich, waren voll ausgereift und zuckersüß. Die Kerne wollte sie einfach auf den Weg spucken, besann sich aber dann und schob sie in die Manteltasche. Vielleicht würde sie sich selbst einen Kirschbaum auf der Fensterbank ziehen. Warum nicht? Bei dem Gedanken, dass nächstes oder übernächstes Frühjahr weißblühende, von Bienen umsummte Zweige aus dem zweiten Stock der Lerchenfelder Straße ragten, sogar ein ganzer Kirschbaum die graue Fassade auflockerte, musste sie grinsen. Sie schlenderte an den kunstvoll angelegten Blumenrabatten vorbei und sog den herrlichen Duft ein. Unzählige Rosenarten breiteten sich hier aus, viele davon hatten sogar den Krieg überstanden. Eine Augenweide. Milena steckte die Nase in die Blüten und sog den Duft ein. Bald glaubte sie sich mit dem teuersten Parfüm besprüht.

Als sie ihre klebrigen Hände in einem Brunnen wusch, sprach sie ein Mann in aufpolierter Livree an. »Na, schönes

Fräulein, eine Rundfahrt gefällig?« Er lupfte den Stößer und zeigte auf den Fiaker, der hinter der Hecke am Straßenrand wartete.

Milena wollte ablehnen, räusperte sich, weil es plötzlich im Hals kitzelte, und musste husten.

»Jesses, ein Katarrh«, sagte der Kutscher. »Dann bleiben Sie besser hier in der Sonne, und erholen sich. Nicht, dass er sich verschlimmert. Es ist noch gar nicht so lange her, da habe ich niemanden ansprechen müssen, damit ich eine Fahrt kriege. Da sind die Leute von selbst auf mich zugekommen, oft sogar angestanden wie am Riesenrad. Doch wer will heutzutage noch chauffiert werden, wenn jeder allein mit einem Automobil durch die Weltgeschichte rasen kann?« Er zupfte sich am Ohr. »Der vermaledeite Krieg hat alles verändert. Früher hat man sich wenigstens noch aufs Heiraten verlassen können. Mindestens ein Brautpaar in der Woche, samt ganzer Verwandtschaft, habe ich durch die Stadt kutschiert und mir auf diese Weise mein Einkommen gesichert. Aber welche Jungfer findet heutzutage noch einen Ehemann, wo die meisten Kavaliere im Feld geblieben sind? Meine drei Schwestern sind alle noch ledig, die jüngste ist bereits dreiundfünfzig.« Er trat einen Schritt näher, nahm den Stößer ein weiteres Mal ab. »Hat denn so ein fesches Mäderl wie Sie einen Verehrer in Aussicht?« Milena blickte ihn an. Den Falten nach, die seine Augen umkränzten wie Sonnenstrahlen, könnte er ihr Vater oder sogar Großvater sein.

»Ich bin verheiratet.« Das zumindest konnte sie noch behaupten. Sie drückte den Schal an den Hals und hustete noch mal. Er wich zurück.

»So jung und schon unter der Haube? Der Glückliche ist

zu beneiden«, sagte er fast mechanisch und eilte mit großen Schritten davon. Milena sah, wie er als Nächstes ein Paar ansprach, das Arm in Arm den Volksgarten betrat. Die Frau hielt ein rüschenbesetztes Schirmchen und faltete es zusammen, als sie dem Kutscher nach einigem Zögern folgten.

Dass sie zu schwitzen anfing, hielt sie für ein Zeichen der Genesung, sie knöpfte den Mantel auf. Ein wenig zittrig steuerte sie auf das Grillparzer-Denkmal zu, um sich auszuruhen. Die Büste des österreichischen Dichters hatte letztes Jahr für Schlagzeilen gesorgt. Jemand hatte sie mit Eisenlack verunstaltet, man vermutete, dass es eine Gruppe Halbstarker gewesen war. Darum war die Statue bis nach der Reinigung lange mit einem Sack verhüllt gewesen, als wäre Grillparzer der Übeltäter. Völlig hatte man die Farbe nicht entfernen können, stellte Milena nun fest. Die Weste schimmerte immer noch rosa unter dem Jackett und bei genauem Hinsehen erkannte sie auch noch die dunklen Schnecken des aufgemalten Zwirbelbarts in Grillparzers Gesicht. Ihr fielen die leeren Buchschuber beim Ehepaar Pichler ein, in den besseren Kreisen schmückte man sich mit dem Dichter, aber man las ihn nicht. Wie es ihr Vater wohl angestellt hatte, die Sache mit der billigen Kette, bei der sich die Mundwäscherin so verschätzt hatte, zu bereinigen, fragte sie sich oft. Bestimmt war er als Herr Professor aufgetreten und hatte ein Machtwort gesprochen.

Unter der Sappho, einer Reliefdarstellung aus Grillparzers Dramen, setzte sie sich auf die Marmorbank und entdeckte an der Seite des Denkmals eine Schneekönigin. So hieß die prächtige weiße Rosenart. Milena rutschte zu ihr und roch an einer der gefüllten Blüten. Der Duft war schwach, kaum merklich, aber einmal erfasst, himmlisch gut. Sie notierte sich ihre Erlebnisse auf dem Briefblock, den sie eingerollt, zusammen mit einem Bleistift und einem kleinen Anspitzer, stets bei sich trug, falls ihr eine Geschichte oder interessante Figuren, wie jetzt eben, über den Weg liefen. Die gichtkranke Obstkrämerin und der Kutscher, der von seinen drei Schwestern erzählt hatte. Dann zog sie willkürlich einen von Kafkas Briefen aus der Manteltasche.

Gewiss, auch der Dienstagsbrief hat seinen Stachel und er schneidet sich seinen Weg durch den Leib, aber Du führst ihn und was wäre – dies ist natürlich nur die Wahrheit eines Augenblicks, eines Glück- und Schmerz-zitternden Augenblicks – was wäre von Dir zu ertragen schwer?

Unterzeichnet war der Brief nur mit »F«. Milena suchte nach dem Folgebrief, fand gleich zwei Briefe, die er am nächsten Morgen hintereinanderweg geschrieben hatte. Wieder ein *F* darunter, im nächsten nur ein *Dein*. Und erneut beschrieb er seine Zweifel, ob er sie überhaupt treffen wollte.

Nichts war besser, fand sie, solange sie sich nicht in der Wirklichkeit begegneten, nicht nur auf dem Papier. Er schrieb es doch selbst, was sie einander sonst weiterhin zumuteten: *Diese Kreuz- und Querbriefe müssen aufhören, Milena, die machen uns toll, man weiß nicht, was man geschrieben hat, nicht, worauf geantwortet wird und zittert immer, wie es auch sei.* Einerseits verstand sie ihn, auch sie hatte als Backfisch ihrer geliebten Lehrerin innigliche Briefe geschrieben, ihr all ihren Seelenkummer aufgedrängt, doch sie und Kafka waren erwachsen.

Es war Zeit, nicht nur zu träumen, sich gegenseitig mit Worten zu liebkosen, es war Zeit, zu leben, sich zu fühlen und wirklich zu lieben. Er bemerkte ihre Klagen, wenn sie genau das auszudrücken versuchte, schrieb sich mit Erklärungen und schönen Bildern in ihr Herz, aber entschloss sich nicht.

Trotzdem widerstand sie der Versuchung, Kafka ein weiteres Mal mit Nachdruck anzuflehen, sie endlich zu besuchen, und beschloss, ihm auch nichts von ihren Notizen zu schicken. Hauptsache, ihre Wiener Eindrücke waren festgehalten, allein das genügte, damit sie sich von der Stadt und ihren quälenden Gedanken befreit fühlte. Sie würde das Geschriebene zusammen mit ihren sonstigen Einfällen verwahren und beim Abtippen noch einmal überarbeiten, um es Franz später zu zeigen, oder besser noch, vielleicht würde sie ihn bitten, ihr vorzulesen, damit sie endlich seine Stimme hörte. Den Klang, mit dem er ihre auf Tschechisch geschriebenen Briefe las und sie, umgekehrt, die seinen auf Deutsch. Bisher hatte sie seine Zeilen nur in ihrem Tonfall verinnerlicht und auf diese besondere Weise besser Deutsch gelernt. Auf einmal wusste sie auch, dass es nicht die Stadt war, über die sie schreiben würde, sondern die Menschen und ihre Eigenheiten, und die waren überall auf der Welt zu finden. Vor lauter Lesen und Sinnieren kam sie zu spät zum Postamt. Es hatte bereits geschlossen. Sie glaubte schon, noch einen weiteren Tag warten zu müssen, um Kafkas Antwort auf ihre Bitte um ein Treffen zu erfahren. Da erbarmte sich der freundliche Schalterbeamte, der sie als Frau Kramer kannte, und gab ihr den heißersehnten Brief. Auf den Stufen vor dem Postamt sitzend, zögerte sie, das Kuvert zu öffnen. Wellen purer Freude wechselten mit Zittern, als sie sich ein Ja oder Nein ausmalte. Welche Ausrede würde Franz dieses Mal vorbringen? Dass er gesundheitlich zu geschwächt sei oder einfach keinen Abstecher von Meran über Wien nach Prag machen konnte?

Wahrscheinlich war es leichter, erfundene Figuren in Abgründe zu lotsen, als sich selbst in eine Geschichte hineinzuwagen. Sie seufzte. Warum musste alles in ihrem Leben so kompliziert sein? Abgesehen von der Liebe selbst, die flog ihr zu wie ein Blumenduft, schlängelte sich durch die Widrigkeiten und half ihr, den Alltag zu bestehen. Jeden Morgen aufs Neue. Sie hatte sich in Kafka verliebt, ob er wollte oder nicht. Schnell riss sie das Kuvert auf und zog den Brief heraus, las ihn, einmal, zweimal, und atmete auf.

13. Kapitel
MIMOSE

Da war sie, die langersehnte Antwort: *Dienstag bin ich, wenn nichts unerwartetes innen oder außen geschieht, in Wien*. Kafka erklärte, dass er dann auch ihre Fragen aus den zwei *übervollen lieben Briefen* beantworten würde, die sie ihm geschickt hatte. Endlich ging ihr Wunsch in Erfüllung. Milena schwebte fast, als sie die Nachricht erhielt, las diese wenigen Zeilen wieder und wieder und konnte es nicht fassen, dass es endlich so weit sein sollte. Dienstag, das war schon morgen. So lang ersehnt, hatte sie insgeheim nicht mehr daran geglaubt, dass er ihre Bitte ernst nahm. Würden sie sich wiedererkennen? Wenn Milena die Augen schloss und sich stark konzentrierte, sah sie noch immer Kafkas markante Ohren, die leicht schräge Nase und besonders den Blick seiner Augen unter den buschigen Brauen vor sich. Er dagegen behauptete, sich nur noch vage an ihre Gestalt zu erinnern, als er sie in Prag zum ersten Mal gesehen hatte. Typisch Franz, er scherzte, wie so oft. Auffälliger als sie damals in ihrem Hypatia-Kleid hätte man sich kaum benehmen können. Garantiert wusste noch jeder, der dabei gewesen war, wie sie ausgesehen hatte. Wenn sie heute, mit dem Abstand der Jahre, daran dachte, konnte sie nicht mehr glauben, dass sie das gewesen war. Mutig und selbstbewusst, waren bei ihr erst Zweifel aufgetaucht, als sie bei ihrem Mann nicht die erhoffte Wirkung erzielte. Trotzdem hatte sie erneut versucht, Ernst mit ihrem Äußeren zu verzaubern. Anscheinend war sie unbelehrbar oder Ernst resistent gegen ihre Avancen. Kein Wunder vor lauter Mitzis, Sissis oder wie diese Wienerinnen alle hießen. Doch genug zu Pollak, nun war Herr Kafka an der Reihe. Wenigstens bei ihm hatte sie mit ihrem Auftritt eine bleibende Wirkung erzielt. Sie hatte noch immer vorm Postamt gesessen, nun stand sie auf, klopfte sich ab und wollte nach Hause gehen und stutzte. In der Aufregung hatte sie überlesen, wo genau sie sich eigentlich treffen würden. Sie las den Brief erneut, dieses Mal langsam, Wort für Wort. Davon stand aber nichts drin. Franz zögerte, einen Ort zu nennen, sonst würde er nach dem Abschicken dieses Briefes bei der Vorstellung ersticken, drei Tage und drei Nächte diesen leeren Platz vor sich zu sehen, auf dem er sie erwartete. Er wies sie noch darauf hin, dass am Dienstag in Wien ein Feiertag war, Peter und Paul, an dem vermutlich das Postamt geschlossen habe. Trotzdem würde er versuchen, ihr nach seiner Ankunft zu telegraphieren. *Gibt es überhaupt Milena, auf der Welt so viel Geduld wie für mich nötig ist?*

Kann sein, dachte sie, dass nach dem vielen Hin und Her der Dienstag noch zu einem Kafka-Milena-Feiertag umbenannt wird.

Obwohl sie hundemüde war, konnte sie nicht einschlafen, wälzte sich im Bett hin und her und malte sich die Begegnung mit Kafka aus. Wie würden sie sich gegenübertreten? Hatten sie sich überhaupt etwas zu sagen oder bedeuteten sie sich nur aus der Distanz etwas? So gesehen war es ein Glück, dass die Pichlers den Unterricht beendet und Milena keinerlei Verpflichtung mehr hatte. Beim Koffertragen würde sie wohl kaum jemand vermissen, im Gegenteil, die Berufsgepäckträger waren froh, die leidige Konkurrenz los zu sein. Milena wusste noch nicht einmal, wie lange Franz vorhatte, in Wien zu bleiben. Stunden, Tage, eine Woche vielleicht sogar? Am besten sie lief morgen früh gleich zum Bahnhof und überraschte ihn. Sie hatte extra noch im Kursbuch nachgesehen, wann der erste Zug aus Meran eintraf. Neun Uhr dreiundzwanzig. Dann konnte sie noch in Ruhe frühstücken und nach Ernst und hoffentlich auch Mitzi aus dem Haus gehen, ohne dass ihr Mann etwas bemerkte. Sie hörte Geräusche im Flur und lauschte in die Dunkelheit. Offenbar war Ernst allein oder das Fräulein Beer verhielt sich ausnahmsweise leise, kicherte und plapperte nicht wie sonst pausenlos. Jemand öffnete ihre Zimmertür. Das war ungewöhnlich. Normalerweise sah ihr Mann nicht mehr nach ihr, wenn er heimkehrte. Zu Beginn ihrer Ehe hatte er ihr gelegentlich noch einen Gute-Nacht-Kuss aufs Haar gedrückt, aber auch das war lange vorbei. Was hatte er vor? Angespannt lag sie auf dem Kissen und rührte sich nicht. Da sprang ihr etwas auf die Brust. »Fjodor, du hast mich vielleicht erschreckt«, zischte sie. Die Tür wurde wieder zugezogen. »Hat Ernst dich hereingelassen? Du warst doch nicht auf der Straße, oder?« Als Antwort leckte ihr der Kater die Nase, fing an zu schnurren und knetete sich die Decke zurecht. Milena seufzte auf, drückte ihre Nase in sein Fell, drehte sich um Fjodor herum auf die Seite und zog die Beine an. Sie hatte schon befürchtet, ihr Mann wollte wieder etwas von ihr, oder schlimmer noch, er würde sogar diese Mitzi mit in ihr Bett bringen. Dies und mehr wurde in den Kaffeehauskreisen erörtert, den körperlichen Freuden des Mannes sollte man keine Grenzen setzen und wenn eine Frau nicht genügte, dann eben zwei. Dabei war es Ernst gleichgültig, wie es Milena ging, wo sie war, ob sie lebte oder starb. Sofort ärgerte sie sich, dass sie immer noch Gedanken an ihn verschwendete, ihre Ehe war nicht mehr zu retten, ein für alle Mal. Räumlicher Abstand würde ihr helfen, um auch seelisch wieder gesund zu werden. Am besten Heimatluft, doch so einfach war das mit einer Reise nach Prag nicht. Sofort sah sie die neblige Stadt wieder vor sich, die in der Wintersonne langsam zu leuchten angefangen hatte. Sie stellte sich vor, wie sie eines Tages zusammen mit Kafka durch die Gassen spazierte, die altbekannten Gerüche einatmete, das heimatliche Pflaster unter den Füßen spürte, seine und ihre Lieblingsorte zusammen entdeckte. Mit ihm die Ewige Stiege auf den Laurenziberg hinaufwanderte und überhaupt alles in ihrer geliebten Stadt erkundete. Sie wollte erfahren, welches seine Lieblingsplätze waren, was welche Erinnerung in ihm weckte. Außerdem könnten sie besondere Geschäfte aufsuchen und alte Bekannte wiedertreffen, seine und ihre, erforschen, was sich seit Kriegsende verändert und vielleicht auch verbessert hatte. Dann dachte sie auch zum wiederholten Male an Staša und Jarmila, stellte sich vor, mit den beiden eingehakt, lachend und in einem fort redend durch Prag zu schlendern, wie sie es früher getan hatten, ohne jemals an ihrer großartigen Zukunft zu zweifeln. Die Erinnerung daran beruhigte Milena. Mit einem Lächeln und ihren Händen in Fjodors Fell schwebte sie auf einmal über einem Gewirr aus Dächern voller Kamine und Spitztürme, tauchte in die Pawlatschen ein, die Innenhöfe mit ihren umlaufenden Laubengängen, schritt den Königsweg entlang, wie einst die Majestäten, flog am Pulverturm vorbei, über die Karlsbrücke mit ihren sechzehn Bögen bis zur Hradschin, der Burg, hinauf.

Morgens erwachte sie aus einem Tiefschlaf und wusste nicht gleich, welcher Tag heute war. Als es ihr einfiel, war sie sofort hellwach. Es war Kafka-Tag! Sie sprang aus dem Bett und lief ins Bad. Endlich, endlich würden sie sich sehen, würden sich begreifen, feststellen, ob sie nicht doch nur Gespenster waren, wie Franz ihr rastloses Schreiben bezeichnet hatte. Nach seiner Unentschlossenheit hatte sich auch bei ihr ein Zögern eingestellt. Ein Zusammensein hatte sich ferner und ferner angefühlt und die Hoffnung war geschwunden. Am Ende dachte Milena sogar, dass es vielleicht besser war, wenn sie nur Brieffreunde blieben. Doch nun war alles anders, die Hoffnung wurde neu geschürt. Als sie vor der Entscheidung stand, ob sie ihr neues, feines Kleid anziehen sollte, ergriff sie wieder diese Unruhe. Würden sie sich gefallen, würden sie sich riechen können? Sie öffnete das schmale Badfenster mit der Milchglasscheibe und sah hinaus. Warme Luft strömte herein und der Himmel färbte sich blau. Es versprach, ein richtig schöner Sommertag zu werden. Sie beschloss, heute auf den Mantel zu verzichten, aber das neue fliederfarbene Kleid war für einen Spaziergang durch die Stadt zu elegant. Außerdem musste sie Frau Koller bitten, es für sie zu plätten, gewaschen hatte sie es schon. Sie wollte doch noch etwas für den Abend haben, falls sie eine Veranstaltung besuchten. Sonst hätte sie ja nichts mehr, um sich zu verwandeln. Also wählte sie das pastellfarbene Samtkleid, das sie aus Prag mitgebracht und seither nie mehr getragen hatte. Erstaunlicherweise passte es noch, stellte sie fest, als sie die Schleife auf der Hüfte locker band. Ernst war noch da, kleidete sich auch gerade bei offener Zimmertür an. Das brachte sie aus dem Konzept. Hoffentlich merkte er nicht, was sie vorhatte. Wie jeden Morgen heizte sie ein und spülte das Geschirr vom Vortag, bis das Wasser kochte. Als sie den Tisch deckte, zögerte sie kurz, überlegte, ob sie nur für sich oder für drei decken sollte. An diesem Glückstag entschied sie sich, über ihren Schatten zu springen. »Guten Morgen«, rief sie ihm zu. »Möchtet ihr mit mir frühstücken?«

»Mitzi ist nicht mehr …« Er stockte. »Sie hat Dienst. Aber ich will gerne. Gibt's Kaffee? Bitte stark, wenn möglich, mir dröhnt der Schädel.« Also hatte sie richtig gehört, gestern Nacht, er war ohne seine Geliebte heimgekommen. Sein Zögern musste nichts bedeuten. Vielleicht hatte sie wirklich nur schon Frühschicht. Die Tramway ratterte seit halb fünf auf den Schienen. Und wenn schon, was kümmerte es sie? Heute war ihr Tag, den sie sich von nichts und niemandem verderben lassen würde. Dennoch, als Milena die Emailkanne mit dem kochenden Wasser über den Porzellanfilter hob, presste sie den Topflappen fest um den Henkel, damit er ihr vor Aufregung nicht entglitt.

»Vorsicht, Fjodor.« Maunzend strich ihr der Kater um die Beine. Wasser schwappte aus der Kanne und platschte auf den Boden. Um ein Haar hätte sie den Kater verbrüht. Normalerweise erhielt er morgens als Erstes sein Fressen, doch heute hatte sie ihn vergessen. Sie gab ihm rasch ein Stück Butter und etwas von der Leberwurst, bevor sie den Rest auf einem Teller anrichtete.

In den Duft eines neuen Rasierwassers gehüllt, setzte sich

Ernst an den Tisch und fädelte sich die Manschettenknöpfe in das von Frau Koller geplättete und gewaschene Hemd. »Du hast dich aber fein gemacht«, sagte er, als sie noch die Marmelade holen wollte. »Das Kleid hattest du an, als wir uns kennenlernten.«

»Wirklich?« Daran hatte Milena gar nicht gedacht. Sie wandte sich ihm zu. Kaum war Mitzi aus dem Haus, duzte er sie wieder, das mit dem »Sie« war anscheinend nur ein Teil seines wichtigtuerischen Pascha-Gehabes gewesen.

»Im Ständetheater damals, weißt du nicht mehr? Ich jedenfalls werde es nie vergessen. Du warst so umwerfend schön mit der Blume im Haar.« Warum kam er ihr nun wieder so, ausgerechnet heute? Noch immer vor dem Schrank stehend, wusste sie nicht mehr, was sie dort gewollt hatte.

Er lachte und hob eine Gabel. »Soll ich etwa damit das Brot schmieren?«

»Oh, tut mir leid.« Mit Schwung zog sie an der Besteckschublade, riss sie fast heraus. Es schepperte laut. Fjodor, der sich auf dem Fensterbrett zwischen den Kräutertöpfen putzte, fauchte und stob aus der Küche. Der Arme musste zurzeit einiges aushalten. »Hier.« Sie reichte Ernst ein Messer. Er ergriff ihre Hand. Sie wich zurück, als hätte sie sich an ihm verbrannt.

»Was ist los? Du wirkst so zerstreut.«

»Nichts, ich …« War es mit Mitzi etwa vorbei oder warum bemerkte er sie auf einmal wieder? Normalerweise tat er morgens kaum den Mund auf, auch bei seiner Geliebten nicht. Milena hörte meist nur eine Frauenstimme aus der Küche wie ein Summton ohne Atempause, bis er ins Bureau aufbrach.

»Ach, ich mache mir Gedanken um einen meiner Schüler«, erwiderte sie und versuchte, es so aufrichtig wie möglich klingen zu lassen. »Es ist nicht ganz einfach mit ihm.« Ernst wusste noch nicht, dass sie ihre Stelle als Lehrerin verloren hatte, und sie würde es ihm auch nicht verraten.

»Wie alt ist er denn, der Herr Schüler, dass du dich so ausgehfein für ihn zurechtmachst?«

»Er ist …« Sie merkte, wie ihre Wangen zu glühen begannen. Auch das noch. »Es ist besser gesagt ein Ehepaar, auch mit ihr ist es nicht ganz leicht. Aber das wird schon, ich bin zuversichtlich.« Hastig goss sie sich Kaffee ein, trank und zuckte zurück, als sie sich die Zunge verbrannte. Sie hatte die Milch vergessen. Seelenruhig strich sich Ernst ein Brot und musterte sie weiter. Sie mied seinen Blick, drehte sich zum Fensterbrett, überprüfte die Erde in den Töpfen und Tiegeln, ob ihre Pflanzen Wasser brauchten, damit auch sie diesen aufregenden Tag gesund überstanden. Dann fiel ihr ein, dass sie gestern Abend noch alles gegossen hatte, kurz bevor sie zu Bett gegangen war, weil sie es am Morgen vielleicht vergaß. Sie wusste noch nicht, wann sie wiederkäme. Sie wusste sogar noch nicht einmal, ob sie überhaupt wieder zurückkehrte und nicht mit Kafka zusammen durchbrennen würde? Womöglich nach Amerika, wie die Figur in seiner Geschichte. Die Vorstellung, Hand in Hand mit Franz quer durch Wien zu rennen, auf einen unbekannten Horizont zu, der ein Paradies versprach, entlockte ihr ein Schmunzeln.

»Was erheitert dich so, komm, verrat's mir?« Heute entging Ernst aber auch gar nichts. Sonst verschanzte er sich hinter der Zeitung und murrte nur, wenn man ihn störte.

»Ach, jetzt habe ich die Zeitung vergessen«, fiel ihr ein. »Warte, ich hole sie schnell.« Sie erhob sich.

»Nicht nötig, bleib hier.« Er wollte sie wieder berühren, doch sie wich ihm erneut aus, schob ihre Hände unter dem Tisch.

»Musst du nicht in die Arbeit?«, fragte sie mit Blick auf die Wanduhr, die kurz vor acht zeigte. Normalerweise machte er sich spätestens um Viertel nach sieben auf den Weg.

»Ich habe frei, ist doch Feiertag. Darum gibt es auch keine Zeitung. Aber du unterrichtest trotzdem?«

Milena nickte und schwieg.

»Fleißig, ich hoffe, du verlangst einen Sonntagszuschlag. Ich gehe gleich in den Herrenhof. Heute kommt Franz mit seiner neuen Liebe.«

Sie horchte auf. »Welcher Franz?« Hatte sich Kafka ohne ihr Wissen bereits in der Kaffeehausrunde angekündigt, samt ihr?

»Franz Werfel natürlich, wer sonst? Er ist doch jetzt mit Alma zusammen, der Frau des verstorbenen Komponisten Gustav Mahler.«

»Ich dachte, sie ist mit Walter Gropius verheiratet.«

Er zuckte mit den Schultern. »Das war einmal. Jedenfalls scheint diese Beziehung Werfel zu beflügeln, er ist einfallsreich wie nie und schreibt und schreibt. Alma bewacht ihn streng, damit er täglich ein bestimmtes Seitenpensum schafft, erst dann darf er ausgehen. Vielleicht solltest du das auch mit mir tun, Milka?« Er grinste sie an, und ihr ging das Gesäusel langsam auf die Nerven. Sie strich sich nun doch ein Brot.

»Haben Alma und Walter Gropius nicht auch Kinder?«

So viel hatte sie bei den wenigen Kaffeehausbesuchen mitbekommen.

»Eine Tochter, glaube ich, der Sohn war ein Frühchen und ist letztes Jahr gestorben. Werfel glaubt, dass es seiner war, hat er mir anvertraut. Wir haben erst neulich darüber gesprochen, weil uns doch auch etwas Ähnliches passiert ist.«

»Uns?« Milena glaubte, sich verhört zu haben, und verschluckte sich fast.

Ernst stellte die Tasse ab. »Du weißt, was ich meine. Dass wir auch fast einen Sohn zusammen gehabt hätten.« Er hatte noch nie davon gesprochen, ihr gemeinsames Kind in all den Jahren niemals erwähnt. Wie konnte er nur jetzt damit anfangen, ausgerechnet an diesem Morgen?

»Dann unterhaltet euch weiter, von Mann zu Mann«, sagte sie und stand auf. In ihr pulsierte es, als würde sie gleich platzen, doch sie würde sich nicht unterkriegen lassen. Dafür hatte sie schon zu viel ertragen.

»Wo willst du hin? Setz dich, ich muss mit dir reden.«

»Was ist los?« Milena blieb in der Tür stehen und verschränkte die Arme, die Uhr im Blick, um rechtzeitig am Bahnhof zu sein. Was wollte Ernst loswerden, wusste er etwa von ihr und Kafka? Oder wollte er sich scheiden lassen, um Mitzi zu heiraten?

Er brauchte eine Weile, bis er antwortete, rang sichtlich mit sich. »Ich habe mir überlegt, die Matura nachzuholen. Ich will studieren, so wie du und fast all meine Freunde es getan haben. Mir fehlt noch so viel Wissen, um richtig zu schreiben.«

»Ist das dein Ernst?«

»Mein vollster. Nicht umsonst heiße ich so.«

»Mit fast vierunddreißig willst du noch mal die Schulbank drücken?« Damit hatte sie nicht gerechnet. »Wie soll das gehen, nachmittags anstelle des Herrenhofs?« Zeit hatte er, wenn sie es sich recht überlegte. Sollte er ruhig den Müßiggang gegen ein bisschen Pauken tauschen, wenn ihm danach war. »Und was sagt das Fräulein Beer dazu?« Sofort biss sie sich auf die Lippen, sie hatte sich geschworen, ihn nie nach der Meinung seiner Geliebten zu fragen.

»Mitzi versteht nichts davon. Sie hat andere Qualitäten, ist lieb und nett, aber von Kultur hat sie keine Ahnung.«

»Tut mir leid.« Milena gab sich alle Mühe, den Spott in ihrer Stimme zu unterdrücken. »Aber was nicht ist, kann ja noch werden. So, ich muss gehen.«

»Ich dachte, du begleitest mich ins Café, wäre doch nett.«

Sie wusste nicht, was sie auf einmal von diesen Vertraulichkeiten halten sollte. »Ich habe Unterricht, das habe ich dir doch gesagt.« Zugleich kam sie sich schäbig vor, ihre Lüge zu wiederholen. Aber manchmal ging es nicht anders und rettete Leben, und ihr Leben gehörte dringend gerettet.

Voller Freude sah sie eine halbe Stunde später der Lok entgegen, die dampfend in den Westbahnhof rollte. Dann, als der Zug endlich hielt, schritt sie die Kurswagen ab. Reisende strömten an ihr vorbei. Milena drehte sich in alle Richtungen, spähte in die Gesichter unter den Hüten. Nicht, dass sie Franz verpasste oder übersah. Plötzlich war sie sich gar nicht mehr sicher, wie er ausgesehen hatte. Zwei Jahre konnten einen Menschen verändern, auch sie war älter und magerer geworden, ihre Wangenknochen traten stärker hervor, wenn sie sich im Spiegel betrachtete. Außerdem hatte sie kurze Haare, vielleicht erkannte er sie auch nicht mehr. Bisher nahm niemand Notiz von ihr, und keiner ähnelte auch nur im Entferntesten Kafka. Doch dort drüben, der Herr, der seinen Koffer aus dem Abteil wuchtete und ihr den Rücken kehrte, das könnte er sein.

Sie lief hinüber und berührte ihn am Arm. »Verzeihung, Franz?«

»Habe die Ehre, mein Fräulein, mit was kann ich dienen?« Ein Fremder mit einem roten Spitzbart wandte sich um und lupfte bei ihrem Anblick den Hut.

»Entschuldigen Sie, ich habe Sie verwechselt.« Sie rannte weiter, entdeckte einen gebeugten Mann mit Brille, der sich beim Aussteigen an die Waggonwand klammerte. Vielleicht hatte die Lungenschwäche Kafkas Statur und seine Augen beeinträchtigt? Beim besten Willen nicht, dieser Herr musste über siebzig sein. Oder verbarg er sich dort drüben unter dem weißen Sommerhut? Sie eilte nach vorne, rempelte einen Dienstmann an und entschuldigte sich. Erneut Fehlanzeige. Hatte Franz den Zug verpasst? Sie stellte sich am Fahrkartenschalter an. Als sie an der Reihe war, fragte sie, wann der nächste aus Meran einträfe.

»Um neun vor fünf«, sagte der Beamte.

»So spät erst?«

Er nickte. »Heute am Feiertag fällt ein Zug aus.« Richtig, der Peter-und-Paul-Tag, schon wieder hatte sie nicht drangedacht! Doch was sollte sie bis zum späten Nachmittag tun? Zurück in die Wohnung gehen und an einem Artikel schreiben? Die Konzentration würde ihr bestimmt schwerfallen. Da fiel ihr etwas ein, sie wunderte sich, warum sie nicht als Erstes daran gedacht hatte. »Verzeihung, noch eine Frage.«

Sie wandte sich erneut an den Bahnangestellten, drängte sich vor eine ältere Frau, die sich kaum wegschieben ließ. »Wissen Sie, ob die Post heute geschlossen hat?«

»Ich glaube nicht, alle staatlichen Einrichtungen haben geöffnet, so wie wir.« Seinem Gesichtsausdruck nach und der langen Schlange, die sich vor seiner Sichtscheibe staute, hätte er das lieber geändert.

Vielleicht hatte Franz ihr telegraphiert? Also fuhr sie mit der Tramway zur Bennogasse. Die Sonne lachte in die Wiener Gassen, die warme Sommerluft umhüllte Milena. Sie begann zu schwitzen, zupfte an ihrer Bluse, damit keine Flecken unter den Armen entstanden. Die meisten Menschen hasteten nicht wie sonst durch die Stadt, sondern schlenderten in ihren Sonntagskleidern auf den Gehwegen und schienen wie sie guter Laune zu sein. Tatsächlich lag im Fach unter »K« eine Rohrpostkarte, kein Telegramm, für Frau Kramer bereit. Sie überflog die Zeilen. *Ankommen wird der Brief bis zwölf Uhr wohl nicht oder vielmehr ganz gewiss nicht, es ist schon zehn …* Kafka war also bereits in Wien. Milena sah auf die Briefmarken und den Rohrpoststempel, er war von heute. Rasch blickte sie sich um, hatte auf einmal das Gefühl, er stünde ganz in ihrer Nähe und beobachtete sie. Was war das für ein merkwürdiges Spiel? Sie las weiter. Er saß in einem Kaffeehaus am Südbahnhof, nicht Westbahnhof, wie er ursprünglich geschrieben hatte, trank wässrigen Kakao und aß schlechtes Gebäck. Aber er erwartete sie erst morgen, also Mittwoch, vor dem Hotel Riva, heute sei er zu erschöpft, da er in den vergangenen zwei Nächten kaum geschlafen habe. Einstweilen wollte er sich die Sehenswürdigkeiten von Wien anschauen, und dann zählte er die Orte aus ihrem Umfeld auf, das Postamt, die Lerchenfelder Straße, in der sie wohnte, und die Kohlenhändlerin. Meinte er damit Frau Koller, ihre Hauswirtin? Wenn er nach seiner Ankunft schon zu müde war, um sie zu treffen, warum konnte er aber dennoch in der Stadt herumspazieren? Offensichtlich scheute er sich, sie zu sehen. Milena wusste nicht, was sie davon halten sollte. Er hatte nicht übertrieben, als er die Geduld der Welt auf die Probe stellte, ihre wurde gerade bis zum Anschlag gedehnt. Zuletzt bat er sie noch, ihn morgen nicht zu überraschen.

Nicht durch Von-der-Seite oder Von-Rückwärts-Herankommen, ich will es auch nicht tun. Sie hatte geahnt, dass es mit Kafka schwierig werden würde, aber mit solchen Extravaganzen hatte sie nicht gerechnet. Waren alle Schriftsteller so? Übertrugen sie ihre verzwickten Phantasien ins wahre Leben? Was sollte sie mit diesem verlorenen Tag anfangen? In der Stadt herumschlendern, die Kaffeehäuser abklappern, auf der Suche nach Franz? Würden sie sich so bis morgen gegenseitig versuchen aufzuspüren und sich dann wie zufällig begegnen oder auch nicht? Milena holte Luft und atmete aus. Sie würde nichts dergleichen tun, beschloss sie. Sie tanzte zwar gerne, aber wie und wann, wollte sie selbst bestimmen. Sie hatte genug von Männern, die ihr den Takt vorgaben. Also machte sie sich auf den Heimweg, um den Tag allein zu genießen. Sie würde ihre Notizen sortieren und schreiben. Ihr schwebte ein neuer Artikel vor, etwas über Künstler, über solche, die es werden wollten, und welche, die es waren.

Dabei würde sie diese seltsamen Anwandlungen aufzeigen. Was für den einen selbstverständlich ist, ist für den anderen der größte Schatz. Sie würde von einem Schriftsteller erzählen, der seine Helden in den Kampf schickt und sie leiden lässt, jedoch selbst wagt er sich kaum vor die Tür. Im wahren Leben ist er ängstlicher als eine Mimose. Bis ihn sein Mäzen in seine Villa lockt. Der Mäzen umgibt sich gerne mit Künstlern, weil er hofft, dass so auch etwas vom Glanz des Schöpferischen auf ihn rieselt und ihn endlich beflügelt, ein eigenes Werk zu schaffen. Leider vergebens, so sehr er es auch versucht, Phantasie lässt sich nicht kaufen.

14. Kapitel
KASTANIE

Obwohl sie am Mittwoch überpünktlich beim Riva ankam, stand Kafka bereits vor dem Hotel. Er sah noch so aus wie damals, wirkte größer, vielleicht etwas schlanker, seine dunklen Augen schienen sie anzuspringen. Auf einmal war er nicht mehr der Herr ohne Unterleib, als der er hinter dem Tisch im Arco gesessen hatte. Wie vor zwei Jahren war er auch heute sehr elegant gekleidet, mit Anzugweste und Jackett. Dazu eine Kreissäge, wie der sommerlich fesche Strohhut mit dem schwarzem Ripsband genannt wurde. Milena trug jetzt doch das neue fliederfarbene Kleid, das ihr Frau Koller gestern noch geplättet hatte. Es war nicht nur der Wärme angemessen herrlich luftig und leicht, in ihm fühlte sie sich am wohlsten. Nur für sich wollte sie schön sein, das stärkte sie und wappnete sie gegen alles, was an ihr rüttelte. Außerdem steckte Geschichte in diesem Kleid, sie hatte es sich mit der Jesenská-Jesenský-Ehre erkämpft.

Sie begrüßten sich, blickten sich an, sahen aneinander vorbei, wie damals im Arco. Milena wusste nicht gleich weiter und auch Kafka stand da und rührte sich nicht. Nur anders als damals erfüllte sie Freude und pures Glück. Hier war er, ihr liebster Briefschreiber, der ihr mit Worten die Welt zu Füßen gelegt hatte, aber anscheinend fiel ihm das Sprechen schwer.

Ein Hoteljunge mit Kappe und Uniform bat sie, zur Seite zu treten, um Gäste vorbeizulassen. Passanten eilten an ihnen vorbei, Automobile hupten. Jemand stellte seinen Handkarren unter einem der Alleebäume ab und fragte Kafka, ob er etwas zu rauchen hätte. Er verneinte, räusperte sich und klopfte sich auf die Brust, als sei das der Grund.

»Wie ist das Zimmer?«, fragte Milena auf Tschechisch. Auch wenn sie sich schriftlich schon geduzt hatten, war sie auf einmal unsicher, ob das auch in der Wirklichkeit galt.

»Wunderbar. Wenn ich still liege, kommen die Wanzen und fallen über mich her«, antwortete Kafka auf Deutsch. »Mit Licht kann ich jedoch nicht einschlafen. Aber danke der Nachfrage, ich genieße den Luxus von Wien.« Sie lachten sich an, und Milena spürte, wie ihr das Herz aufging. Tschechisch-Deutsch, wie in ihren Briefen, so würden sie sich unterhalten. Doch auch er wich offenbar einer direkten Anrede, ob Du, ob Sie, aus.

»Komm«, entschied sie. Genug der Etikette, auch wenn sie seine Zurückhaltung respektierte, sie hatten sich doch schon längst ihre Liebe gestanden, und was schriftlich festgehalten war, galt. Sie nahm seine Hand in ihre. »Ich zeig dir ein bisschen die Stadt, wenn du einverstanden bist. Warst du schon mal in Wien?« Haut an Haut, sie berührten sich zum ersten Mal. Wohlig warm und weich fühlte sich seine Hand an, die Finger sehr lebendig.

»Schon sieben Mal.«

»Oh, dann kennst du dich besser aus als ich. Erzähl!«

»Nun ja, als Schüler und später als Student war ich oft mit meinem Onkel hier. Er hat mir die Hofburg gezeigt, den Stephansdom, die ganzen Prachtbauten, und wir sind auch im Prater spaziert. Onkel Löwy ist Landarzt in Mähren. Mit ihm habe ich auch sonst einige Reisen unternommen, wenn ich Ferien hatte.«

»Dann ist er dein Vorbild für dein neues Buch?«, fragte Milena. Kafka hatte mehrmals von seinen Erzählungen »Der Landarzt« geschrieben, die als Buch erschienen waren, und auch den Verleger gebeten, ihr ein Exemplar zukommen zu lassen, bisher war es aber nicht eingetroffen.

Er nickte. »Als ich mit dem Schreiben begann, habe ich schon an Onkel Löwy gedacht, sein Beruf fasziniert mich. Diese Hingabe zu seinen Patienten ist sehr ehrenvoll, aber dann ist nur ein Satz von ihm in der Geschichte übriggeblieben. Er sagte einmal, Rezepte schreiben ist leicht, aber sich mit den Leuten verständigen ist schwer. Alles andere ist eine ganz andere Geschichte, aber du nimmst mir die Überraschung vorweg.« Er ließ ihre Hand los und zog aus der Innentasche seines Jacketts ein Buch mit leuchtend orangefarbenem Rücken und reichte es ihr. »Wenn es das überhaupt noch ist, eine Überraschung, nach so viel Ankündigung. Es war eine schwere Geburt, sollte eigentlich schon vor drei Jahren herauskommen, ich dachte, es erscheint nie.«

Milena strich über die geprägten Buchstaben auf dem Umschlag: »Franz Kafka, Ein Landarzt« stand dort. »Und woran lag die Verzögerung?«

Kafka zuckte mit den Schultern. »Angeblich gab es erst kein geeignetes Papier für den Druck, kriegsbedingt, schrieb mir der Geschäftsführer des Kurt Wolff Verlags. Dann wurde die Reihenfolge der Erzählungen und meine Titeländerung missachtet. Und das alles, wo ich doch schwer ein Ende finde, aber so blieb mir bis fast zum Schluss die Möglichkeit zu überarbeiten.«

Sie schlug das Buch auf. *Für Frau Milena*, stand auf unter dem Innentitel in seiner groß geschwungenen Handschrift, *damit sie alles hat, was es von mir gibt. FranzK, Juni 1920.* Anstelle eines Dankeschöns drückte sie ihm rasch einen Kuss auf die Wange. »Los, lass uns ein bisschen gehen, bis wir uns über das Ziel einig sind.« Sie steckte das Buch in ihre Umhängetasche und ergriff wieder seine Hand, um ihm über die Verlegenheit hinwegzuhelfen. »Unterwegs redet es sich leichter.« Sie war froh, seinem erstaunten Blick ausweichen zu können. Sein Gesicht hatte sich genauso rot verfärbt wie ihres. Sie glühte schon, seit sie ihn erblickt hatte, wie ein Plätteisen. Beim Gehen konnte sie ihn unbefangener betrachten. Das war also wirklich ihr Franz, er war es und er blieb es ein Weilchen, dachte sie mit jedem Schritt. Sie spürte den Druck seiner Hand, er hielt sie und war endlich wirklich. »Welch herrlicher Tag«, ergänzte sie. »Sieh mal, die Kastanien blühen endlich.« Sie zeigte auf die alten großen Alleebäume, aus deren langen Blättern sich die weißen Dolden schoben.

»In Meran sind die Kastanien schon verblüht«, sagte er.

»Weil du fortgegangen bist«, erklärte sie. »Jetzt bist du hier, und sie blühen hier.«

»Wie schön.« Er lächelte. »Bitte, zeig mir deine Stadt, ich will Wien durch deine Augen sehen.«

»Gern. Wo ich wohne, weißt du ja bereits, doch ich möchte dir zeigen, wo ich die Briefe an dich schreibe, und dann meinen Blick aus dem Fenster.« Dass er gestern wirklich vor ihrem Haus gestanden, zu ihrem Fenster hochgeschaut, sie womöglich beobachtet hatte, wie sie Teewasser kochte oder in Gedanken den Himmel betrachtete, wollte ihr noch nicht recht eingehen. Sie hätten schon ein paar Stunden zusammen sein können.

Kafka löste sich von ihrer Hand und blieb stehen. »Deine, oder besser gesagt eure Wohnung anzuschauen wäre großartig, aber was ist mit Herrn Pollak?«

»Keine Sorge.« Sie hakte ihn unter und zog ihn weiter.

»Mein Mann arbeitet, und später sitzt er im Herrenhof und schwingt große Reden.«

»Darum dachte ich auch, es ist besser, wir warten bis heute mit unserem Treffen. Es war doch Feiertag, und dein Mann hatte dienstfrei, wie hättest du weggekonnt, um mich zu treffen, ohne dass er etwas merkt?«

»Du denkst mehr für mich, als ich es tue«, sagte sie, verschwieg, dass sie ihn sehr wohl am Bahnsteig abgeholt hätte. »Schade um die verlorene Zeit. Es wäre auch gestern gegangen. Ernst interessiert sich nicht für meinen Tagesablauf. Wenn überhaupt glaubt er, dass ich Koffer trage oder unterrichte. Oder möchtest du ihn begrüßen?«

Kafka schüttelte den Kopf. »Falls es sich vermeiden lässt, bitte nicht.« Seine Angst schien groß zu sein.

»Und falls wir ihn doch treffen, dann ist es nichts weiter als ein Arbeitsgespräch zwischen einem Autor und seiner Übersetzerin. Und eigentlich ist es das doch auch, oder etwa nicht?«

»Wenn du mir weiterhin so schön übersetzt, was ich fühle, dann ist es genau das.«

Milena gab sich ungezwungen, dennoch hoffte auch sie insgeheim, dass Ernst nicht aus irgendeinem Grund doch zu Hause war. Genauso wollte sie Frau Koller nicht begegnen, sperrte die Haustür so leise wie möglich auf und stieg mit Kafka die Treppe hinauf. Sie glaubte schon an ein Déjà-vu, wieder schleuste sie einen Liebsten heimlich ins Haus. Aber diesmal ging Franz neben ihr hoch, musste sich nicht wie Ernst damals in Prag hinter ihr und der Haushälterin hinaufschleichen. Aus Frau Kollers Wohnung hörten sie eine lautstarke Männerstimme, gefolgt von einem Poltern. Seit Kurzem hatte sie einen Verehrer, der sie zum Tanz ausführte, hatte sie ihr gestern gestanden, als Milena das Kleid abholte, aber anscheinend hatte sich der Herr Kavalier schon bei ihr einquartiert und spielte sich auf.

»Oh, was für ein Palast. Ja, so habe ich mir das für dich erhofft.« Kaum hatte Milena die Tür zu ihrer Wohnung aufgeschlossen, brach Franz in Begeisterung aus. »Wie geschmackvoll es eingerichtet ist, du hast einen Blick für Farben und Formen.« Er lobte jeden Fleck, jeden Winkel, dabei war es stickig warm in den Zimmern. Der Sommer hielt sich mehr drinnen als draußen auf. Und Milena kam ihr Heim trotz seiner Lobeshymnen auf einmal viel karger vor. Der schäbige Teppich, der sich an den Stellen auflöste, wo sie ständig die Stühle rückten. Die Türklinken, die ihren Glanz verloren hatten, die Wände, an denen die Farbe abblätterte, und besonders der klotzige Schrank, der ihr halbes Schlafzimmer ausfüllte, obwohl fast nichts drin war. Nur die Blumen belebten die Räume nach wie vor. Mittlerweile rankten sich die Petunien in Gelb, Rot und Lila die Gardinen hinauf, sodass es noch schwieriger geworden war, ordentlich zu lüften, ohne die zarten Stängel abzureißen. Fjodor konnte sich kaum hereinquetschen, wenn sie einen Fensterflügel einen Spalt öffnete.

»Nimm Platz.« Sie hängte ihre Tasche an die Lehne, nahm das Samtkleid fort und bot Kafka einen Stuhl an. »Leider kann ich dir meinen russischen Mitbewohner nicht vorstellen. Er ist auf der Jagd.«

»Du hast einen Untermieter?«, fragte Kafka mit Blick auf das schmale Bett.

»Mit Untermieter gibt er sich, glaube ich, nicht zufrieden. Er ist eher mein Zimmerherr. Sein Name ist Fjodor, aber eigentlich ist er ein Wiener, rot-weiß gestreift und über ein Jahr alt. Bisher hat er sich auf den Dächern herumgetrieben, doch dort ist es ihm tagsüber zu heiß. Als ich vorhin das Haus verließ, ist er mit mir nach unten gelaufen und weiter in den Keller, wo es kühler ist als hier oben.«

»Mäuse gibt's dort bestimmt mehr als hier«, ergänzte Kafka mit einem Lächeln. »Und ich hoffe, er merzt sie alle aus. Mäuse sind die einzigen Lebewesen, die ich nicht schätze.« Dieser große Mann fürchtet sich vor Mäusen, dachte Milena.

Er trat ans Fenster und zeigte hinaus. »Gestern bin ich dort unten in dem Park ein Weilchen gesessen. Aber ich habe es nicht gewagt, zu dir hinaufzuschauen, habe mich unter meinem Hut versteckt und bin mit eingezogenem Kopf schnell weitergegangen. Ich wollte nicht, dass du oder dein Mann mich entdeckt.«

»Ich habe dich trotzdem gesehen«, sagte Milena.

»Wirklich?«

Sie nickte. »Du warst mal hier, mal dort, in jedem, der unten auf der Straße lief, glaubte ich dich zu finden. Also warst du auch der, der am frühen Nachmittag auf der Parkbank saß.«

»Ist das nicht kindisch?« Kafka drehte sich zu ihr.

»Kindischer, als Kinder es je sind.« Sie nickte. »Aber wir könnten den Fluch aufheben.«

»Wie?«

»Indem wir uns küssen.« Sie trat zu ihm.

»Das könnten wir versuchen, aber …« Sie stahl ihm das nächste Wort und küsste ihn einfach auf den Mund. Als sie sich wieder voneinander lösten, hatte er noch immer die Augen geschlossen und die Lippen gespitzt, als schmeckte er dem Kuss hinterher. Sie küsste ihn wieder. Franz stand vorm Fenster, eingerahmt von ihren blühenden Pflanzen. Jetzt hatte sie sich ein ganz persönliches Erinnerungsbild gemalt.

Auf einmal ließ er sie nicht mehr los, seine Arme umfassten sie, hielten sie und umklammerten sie zugleich. Er küsste sie auf den Hals, zog ihr Kleid zur Seite und berührte ihr Schlüsselbein mit seinen Lippen, drängte sie zum Bett. Sie schlüpften aus den Schuhen, was bei Milenas Stiefeln länger dauerte, legten sich dicht zusammen, küssten sich weiter, öffneten langsam ihre Münder und streichelten sich mit den Zungen. Kafka tastete Milenas Zähne ab, als wollte er sie sich genauso einprägen wie ihr Zuhause. Sie setzte sich auf ihn und fing an, ihn auszuziehen. Plötzlich schob er sie von sich herunter und drehte sich zur Seite, als hätte er sich verletzt. »Was ist, war ich zu schwer?«, fragte sie wie betäubt, noch ganz vom Geschehen überrascht. Sie hatte nicht an seine kranke Lunge gedacht.

Er schwieg, zog die Beine an und kauerte sich zusammen, als wollte er seine Erregung verbergen, die sie längst gespürt hatte. »Mir geht's gut, zu gut. Das ist es ja«, sagte er endlich. »Lass uns hierbleiben.«

»Hier in diesem Zimmer?« Sie rutschte wieder näher an

ihn heran, presste ihren Körper an seinen Rücken und legte den Arm um ihn, damit er nicht aus dem Bett fiel. »Aber das sind wir doch.«

»Nein, ich will in dieser Welt bleiben, nicht in die Nacht, verstehst du? Ich fürchte mich vor dem Zauber, dem wir verfallen, wenn wir auf diese Art weitermachen. Ich will frei mit dir sein.«

»Du meinst, frei von körperlicher Liebe und jeglicher Berührung, ist es das?« Wieder schwieg er. Die Sonne strahlte durch das Sprossenfenster und beleuchtete Kafkas akkurat geplätteten Hosenbeine; wo seine Socken endeten, wurden seine knochigen Waden sichtbar. Was war diesem mageren und doch wunderschönen Mann geschehen, dass er solche Angst vor körperlicher Nähe hatte? Im Geist spielte er den ritterlichen Helden mit tausend Versprechen, der sie mit seiner Kraft vor allen Gefahren rettete, aber in der Wirklichkeit entpuppte er sich als Vogeljunges, das sich mit nassem Flaum aus den Eierschalen befreite. Er brauchte ihren Schutz mehr als umgekehrt. Was sollte sie tun? »Schau mich an«, forderte sie ihn auf, als er keuchte und nach Luft rang. »Bitte.« Sie harrte aus, bis er sich beruhigte und langsam umdrehte. Er schaffte es aber noch nicht, sie anzublicken. Sie gab nicht auf, wartete. Endlich hob er die Augen und tauchte in ihre ein. Ruhig und ohne zu blinzeln, verweilten sie ineinander. Ein Gang tat sich in seinen Pupillen auf, ein Weg mit vielen Abzweigungen und Verästelungen, als betrete sie ein höhlenartiges Labyrinth. Wurzeln hingen von den Wänden herab. Es musste irgendwo tief unter der Erde sein und trotzdem war es nicht völlig finster. Licht flackerte wie von einem Kerzenschein in den Gängen. Wo bist du da drinnen, fragte sie ihn in Gedanken, bleib stehen und komm zu mir. Und da war er, erst konturlos, dann wie ein Schatten. Das Dunkel seiner Augen löste sich in ihrem Blick auf. Sie hörte ihn atmen, ruhig und leise, er wirkte entspannter.

»Wie wäre es wieder mit frischer Luft? Lass uns rausgehen«, schlug sie vor. »Ich zeig dir, wo Frau Kramer ihre Post abholt.«

Das schien ihn aus seinem Kummer zu erlösen. »Fein, dann kann ich Ottla telegraphieren. Sie sorgt sich bestimmt schon, wo ich abgeblieben bin.«

»Ist das deine Verlobte?« Bisher hatte er sie mit keiner Silbe erwähnt. Aber es gab sie wohl noch, in einem Aprilbrief stand eine Andeutung von ihr, was ihr, so sehr sie auch versuchte, sie aus ihren Gedanken zu tilgen, zu schaffen machte.

»Ottla ist die jüngste von meinen drei Schwestern, trotzdem ist sie noch vier Jahre älter als du. Sie ähnelt dir, in ihrer Eigenwilligkeit, damit bringt sie unseren Vater ständig gegen sie auf.« Kafka hatte die Gabe, über vieles hinwegzusehen, und ließ das mit der Verlobten in der Schwebe.

»Wieso, was macht deine Schwester?«

»Ottla will Landwirtin werden, hat eine Ausbildung begonnen und davor auch eine Zeitlang einen verwaisten Hof in Zürau übernommen, bis der Besitzer aus dem Krieg heimkehrte. Doch Vater hatte sich etwas anderes für sie erhofft. Von der Stadt zurück aufs Land ist für ihn ein Abstieg. Er stammt selbst aus einem Dorf, sein Vater war Fleischhauer. Mir dagegen gefällt diese Arbeit mit den Händen. Wenn ich Ottla besucht habe, haben wir zusammen gesät, gepflanzt, geerntet. Sich um die Ziegen kümmern, melken und Heu machen, das erdet. Und abends haben wir angefangen, Hebräisch zu lernen. Sie möchte nach Palästina gehen, und dort braucht man gute Kenntnisse in Landwirtschaft.«

»Willst du auch auswandern?«

Er zuckte mit den Schultern. »Ich weiß nicht, ob ich aus Europa wegkann. Aber ihre Zielstrebigkeit gefällt mir, ich unterstütze sie, wo ich kann.«

»Versuchst du zwischen deinen Eltern und ihr zu vermitteln?«

Er nickte. »Viel ist es nicht, die Fronten sind verhärtet. Mein Vater will nicht einmal mehr, dass man in seiner Gegenwart Ottlas Namen nennt.«

»Väter.« Milena seufzte. »Ich habe gehofft, dass es dir anders ergeht als mir.«

»Mein Vater ist ein Riese gegen mich. Als Junge musste er seinem Vater seine Stärke beweisen, indem er Kornsäcke mit den Zähnen schleppte. Dagegen bin ich machtlos. Und jetzt heiratet Ottla in ein paar Tagen.«

»Einen Bauern?«

»Nein, Josef David ist Jurist wie ich.«

»Herzlichen Glückwunsch. Ein Kollege als Schwager.«

»Danke, ich hoffe bloß, dass das trotz allem eine fröhliche Hochzeit wird. Josef ist katholisch und Tscheche, spricht also kein Deutsch, was besonders meiner Mutter zu schaffen macht. Außerdem wird Ottla konvertieren, damit sie kirchlich heiraten können.«

»Ein Katholik und eine Jüdin, umgekehrt wie bei mir.«

»Und genauso bliebe es, wenn wir …, wenn du und ich …, falls wir daran dächten, dass …« Er brach kurz ab.

»Denn die Verlobung mit Julie ist so gut wie aufgelöst.« Jetzt sprach er doch von ihr.

Julie, das klang schon im Namen wie ein süßes Glücksversprechen, dachte Milena, bestimmt sah seine Verlobte genauso aus, zart und anmutig. So sehr sie sich auch bemühte, ihre Statur konnte sie nicht verändern. Obwohl sie es hatte wissen wollen, quälte es sie nun. Es gab sie noch, die andere. »Heißt deine Mutter nicht auch Julie?«, versuchte sie, ihren Schmerz zu überspielen. Julie und Hermann Kafka hießen seine Eltern, sie hatte ihre Adresse in den Unterlagen ihres Mannes gelesen.

»Ja, ein merkwürdiger Zufall, und sie ist Jüdin. Das würde meinen Eltern natürlich gefallen, aber sie wissen nichts von ihr und das wird auch so bleiben. Ich habe sie lange genug mit meinen Eheversprechen geplagt. Wir sind uns bei einer Kur begegnet, bei ihr wurde ebenfalls Lungenspitzenkatarrh diagnostiziert wie bei mir.«

»In Meran?« Schrieb er Milena heimlich Liebesbriefe und machte er gleichzeitig mit dieser Julie eine Liege- und Schwitzkur?

»Nein, wir kennen uns seit letztem Jahr, du weißt ja nicht, wie viele Anwendungen ich bereits hinter mir habe. Wenn doch nur endlich etwas davon die Heilung brächte. Doch reden wir nicht weiter darüber, ich kläre das mit dem Mädchen, wenn ich in Prag bin. Versprochen, doch du musst mir etwas Zeit geben.«

In Milena nagte die Eifersucht. Ein Mädchen also, dann war Julie jünger als sie. Bestimmt war das der Fall, wo er Milena doch schon einmal scherzhaft als »Mutter Milena« bezeichnet hatte? Wie lebte dieses schöne junge Mädchen? Aus welchem Hause kam sie? War sie betucht oder arbeitete sie? Wahrscheinlich nicht, wie konnte sie sich sonst Kuren leisten? Zu gern wollte sie mehr, wollte alles über diese Person wissen, die noch zwischen ihnen stand, doch wozu? Um sich, wenn Kafka wieder abgereist war, selbst weiter zu quälen? Genügte es nicht, dass sie bereits einen Mann hatte, dem sie weiterhin ihre Liebe schenkte, auch wenn er sie ständig betrog? Ach, warum suchte sie sich immer solch schwierige Männer aus? Es musste doch irgendwo auf der Welt einen geben, der sie um ihrer selbst willen begehrte, sie umwarb und sie dann liebte, einfach so. Der kein Spiel mit ihr trieb und ihr auf Augenhöhe begegnete.

»Und was ist mit deinem Vater?«, fragte Kafka. »Hat er sich seit der Sache mit der Kette bei dir gemeldet?«

»Das erzähle ich dir unterwegs.« Wenigstens konnte sie ihn jetzt dazu bewegen, aufzustehen.

Wie üblich drängten auch andere Leute ins Postamt in der Bennogasse. Es dauerte, bis sich Kafka für einen Schalter entschied. Er wanderte von einem zum nächsten, ohne dass er zu verstehen gab, warum dieser oder jener nicht gut genug war. Überall standen in etwa gleich viele Leute an und ständig drängten neue herein. Franz wechselte von der ersten zur dritten Schlange, ging dann zum zweiten Schalter und dann doch zurück zum ersten. Milena setzte sich auf eine Bank beim Eingang, blätterte in dem »Landarzt«-Buch, war aber viel zu aufgewühlt, um mit dem Lesen zu beginnen. Sie wartete, bis Franz sein Telegramm aufgegeben hatte und mit dem Wechselgeld in der Hand zurückkehrte.

»Moment, da stimmt etwas nicht, der Beamte hat mir

eine Krone zu viel herausgegeben«, sagte er, stellte sich erneut an. Wieder dauerte es, bis es seine Ordnung hatte, glaubte sie zumindest und stand auf, als er zurückkehrte. Doch auf der Treppe nach draußen blieb Franz stehen, zählte sein Geld erneut nach. »Ich glaube, nicht er, sondern ich habe mich vertan.«

»Lass es doch einfach gut sein«, sagte sie.

Verwundert riss er die Augen auf. »Wie kann man das sein lassen? Versteh mich bitte nicht falsch. Es geht mir nicht um die Krone, aber die Dinge müssen doch stimmen.«

»Also dann, stell dich noch mal an.« Sie seufzte. »Ich warte draußen, sonst ist der Sommer vorbei, bis du das geklärt hast.« Das schien ihn umzustimmen. Immer noch die Stirn runzelnd, folgte er ihr. Ein paar Straßen weiter blieb er bei einer Bettlerin stehen, einer alten Frau mit eingefallenem Kinn, die im Schatten einer Hausecke saß und eine rostige Emailtasse nach oben streckte. Kafka schaffte es nicht, einfach an ihr vorbeizugehen, suchte in seiner Geldbörse und warf schließlich einen Zwei-Kronenschein in ihre Tasse.

»Vergelt'sch Gott«, nuschelte sie aus zahnlosem Mund. Mit flinkem Handgriff packte sie den Schein und schob ihn unter ihr Schultertuch.

»Verzeihung, könnte ich bitte eine Krone zurückhaben? Ich wollte Ihnen nur die Hälfte geben.«

Ohne aufzusehen, erwiderte die Alte etwas Unverständliches. Kafka ging in die Knie und beugte sich zu ihr.

»Geh weida, i hob nix«, zischte sie lauter. Dann beachtete sie Kafka nicht mehr, wandte sich anderen Passanten zu und streckte an ihm vorbei die Tasse in die Luft. »Erbarmen mit a'ra Armen.«

Kafka erhob sich wieder, schüttelte den Kopf. »Dann soll es halt so sein.« Er ging langsam weiter, sah sich noch mal um, als wäre sein Körper anderer Meinung. Erst an der nächsten Straßenecke hielt er mit Milena Schritt. »Ich werde es nie lernen«, erklärte er. »Mein Vater hat recht, ich kann einfach nicht mit Geld umgehen.«

»Ach, es gibt Schlimmeres«, erwiderte sie, froh, ihn von dort wegbekommen zu haben. Sie war auch ständig knapp bei Kasse, wollte jedoch die gemeinsame Zeit nicht mit Geldsorgen oder Debatten darüber verbringen. Ob Frau, Amt oder Geld, Kafka engte sich bloß selbst ein. Dagegen wusste sie ein Mittel, das ihr schon oft geholfen hatte. Der Mensch wuchs im Gehen, nicht im Stehen, hatte Jan Jesenský stets gepredigt, am besten in der Natur. »Jetzt aber nichts wie raus aus der Stadt«, sagte sie, »und dabei erzähle ich dir, was ich im Gefängnis erlebt habe. Hast du schon von den Hahnenschwänzlern gehört?«

»Du warst eingesperrt?«, fragte er erstaunt.

Nicht nur einmal, dachte sie, wenn sie Weleslawin dazuzählte. Sie hatte Kafka von dem Vorfall mit der Kette geschrieben und vorhin auch erzählt, wie ihr Vater das Missverständnis aufgeklärt hatte, aber nichts von ihrem Versuch, es über die Polizei selbst zu regeln. »Du warst doch auch dabei, weißt du nicht mehr? Jedenfalls habe ich dich ganz nah bei mir gespürt.«

15. Kapitel
WALDMEISTER

Sie liefen hinter die Hügel von Wien, hinauf und hinunter, schwitzten, lachten und keuchten. Kafka wirkte freier, jedenfalls merkte Milena nichts von seinen Sorgen. Und wenn er lachte, sah er noch wie ein Jüngling aus, der Schelm im Gesicht. Sie jagten sich wie Eichhörnchen durch den Wienerwald. Milena voraus und Kafka folgte in großen Schritten. Das weiße Hemd rutschte ihm aus dem Gürtel. Dann zog er das Jackett aus, trug es an ein paar Fingern über der Schulter und lockerte seine Krawatte. Ab und zu lupfte er grüßend den Hut, wenn ihnen jemand entgegenkam, und danach setzte er ihn sich in den Nacken geschoben wieder auf.

Sein Gesicht verlor die Blässe und auch sein Hals, der aus dem gelockerten Kragen lugte, färbte sich unter der Mittagssonne rosig. Wenn man es nicht wüsste, könnte man ihn glatt für einen Franzosen halten, dachte Milena, einen jener Autoren, für die Ernst so schwärmte.

»Geht's dir gut?«, fragte sie, nachdem sie eine weitere Anhöhe erklommen hatten und auf einem morschen Bänkchen unter einem Ahornbaum rasteten und die Aussicht genossen. Ihr Blick schweifte zu den wie in die Landschaft getupften Häuschen zwischen den blühenden Wiesen.

Franz strahlte sie an. »Hunger habe ich. Oder besser gesagt, wenn ich nicht gleich etwas zu essen bekomme, muss ich ein Stück von dir abbeißen.« Diesmal küsste er sie zuerst.

»Dann nichts wie hinunter.« Sie lachte. »Dort drüben, das sieht nach einem Lokal aus, meinst du nicht?« Sie zeigte auf eine Terrasse, die mit Lampions umhängt war. »Sind wir vorhin nicht auch an einem Hinweisschild für ein Restaurant vorbeigegangen?«

Und tatsächlich, wenig später empfing sie ein Gartenlokal mit bunten Sonnenschirmen und karierten Decken auf den Biertischen. Allerdings hatte die warme Küche schon geschlossen, doch als Kafka höflich bat, erhielten sie noch einen Kaiserschmarrn mit Apfelkompott.

»Ist das noch eine angemessene Bezeichnung für dieses Gericht?«, fragte er den Kellner, der die dampfenden Teller brachte.

»Wie meinen der Herr?«

»Müsste es nicht in roten Schmarrn umbenannt werden?«

Die Miene des Kellners blieb ausdruckslos.

»Ein Scherz, nichts weiter. Danke, wir kommen zurecht«, mischte sich Milena ein. »Die Lieblingsmehlspeise von deinem Namenspatron, dem Kaiser, wird deiner doch würdig sein?«, sagte sie zu Kafka, als der Kellner fort war.

»Natürlich, ich wollte ihn nur auf die Probe stellen. Guten Appetit!«

»Ebenfalls.« Sie war sehr hungrig und fing sofort zu essen an. Der Schmarrn war angebrannt, schmeckte aber trotzdem. Erst nach einer Weile bemerkte sie das komische Geräusch, eine Art Nagen. Es kam von Franz, der seine Teigstücke in winzige Stückchen zerkaute, als würde er immer noch Eichhörnchen spielen.

»Was tust du?«, fragte sie, erleichtert, dass sie weitgehend allein auf der Terrasse saßen. Nur an der Hauswand hockte ein älterer Herr vor seiner Zeitung und einem Mokkatässchen.

»Wieh-ho?« Franz hielt inne, aber sie verstand ihn kaum. Er erzeugte beim Sprechen ein Gurgeln, behielt offenbar den Brei noch im Mund, ohne zu schlucken.

»Schmeckt es dir nicht?«

Er mümmelte noch einige Male, schluckte dann endlich und atmete auf. »Ich fletche.«

»Ja, das sehe ich, du fletschst die Zähne.«

»Nein, ich flet-che, ohne S. Das habe ich in der Kur gelernt. Diese Technik hat Horace Fletcher erfunden, ein Däne, glaube ich. So kommen die Speisen schon halb verdaut im Magen an und sind leichter verträglich. Willst du es ausprobieren?«

Was blieb ihr anderes übrig? Entweder Kafkas Mahl- und Quietschwerk weiter mitanzusehen und zu hören oder mitzumachen. Also stimmte sie zu.

»Nimm ein paar Stückchen in den Mund, nicht zu viel. Ja, so genau«, leitete er sie an. »Und jetzt einspeicheln und bevor du schluckst, kaust du vierzig bis fünfzig Mal, bis das Essen flüssig ist. – Nein, warte, nicht schon den nächsten Bissen auf die Gabel nehmen, leg das Besteck weg, konzentriere dich vollständig auf das Zählen und Kauen. Stell dir einfach vor, wir sind Weinverkoster, die den Rebensaft richtig durchschmecken.« Milena gehorchte, kaute und kaute, die Zählerei wollte kein Ende nehmen. Der Mann an der Hauswand hatte sich bereits zu ihnen gedreht, als säße er im Publikum und sie auf einer Bühne, und auch der Kellner schaute aus der Stube zu ihnen heraus.

Nach einigen Zähleinheiten legte sie erschöpft eine Pause ein, der halbe Teller stand vor ihr, und dennoch war sie satt. »Wenn man diese Methode schon im Krieg gekannt hätte, hätte sich die Nahrung besser auf die Bevölkerung verteilt und alle gesättigt. Irgendwann schmeckt man auch nicht mehr, was man eigentlich im Mund hat, ob Mehlteig oder Sägespäne.« Sie versuchte das Ganze mit Humor zu nehmen.

Kafka, noch ins Fletchen vertieft, nickte, schluckte endlich. »Das ist es, Fletcher rettet die Welt vor dem Hunger.« Auch er lehnte sich zurück. »Puh, wir hätten uns eine Portion teilen können.« Er rieb sich den Bauch. »Da fällt mir eine unserer Erfindungen ein. Max, also Max Brod – du kennst ihn doch auch, wir sind seit dem Studium Freunde –, er und ich hatten vor einigen Jahren einen Einfall und glaubten schon, dass wir davon reich würden.«

»Erzähl.« Milena war gespannt, in Franz steckte so viel, was sie noch erfahren wollte.

»Billig.«

»Was, das Essen?«

»Nein, so sollten die Reiseführer heißen, die Max und ich erfanden. Billig. Wir steigerten uns regelrecht hinein, entwarfen Listen, nachdem wir über Italien nach Paris gereist waren und festgestellt hatten, dass man mit den richtigen Hinweisen vorab wirklich günstiger und schneller reisen konnte. Billig nach Frankreich, billig nach Rom und so weiter. In unseren Büchern würde es Vorschläge für eine Route geben, preiswerte Unterkünfte, wo man im Notfall einen Arzt findet und vieles mehr. Oder auch was man an Regentagen unternehmen könnte, denn von zu Hause aus, bei der Reiseplanung, scheint im Urlaub immer die Sonne.«

»Stimmt.« Milena lachte.

»Mit unseren ›Billig-Ratgebern‹ für jede Gegend würde man nicht nur Geld sparen«, erklärte er weiter. »Man würde auch nicht so leicht Betrügern in die Hände fallen, die schlecht orientierte Reisende überall abpassen und übers Ohr hauen. Wir konnten sogar schon einen Verlag dafür begeistern.«

»Und was wurde daraus?«

»Nun ja, wir wollten einen Vorschuss für unser geniales Projekt, wie wir fanden, hatten aber zugleich Angst, dass es uns weggeschnappt würde, bevor wir das Geld erhielten. Also gaben wir nichts preis. Du weißt mehr, Milena, als der Verleger, den wir anschrieben.«

»Ich verstehe«, sie hob die Hand. »Hiermit verspreche ich feierlich, dass ich euer Geheimnis für mich behalte, damit Herr Brod und du vielleicht doch eines Tages solche Reiseführer schreiben könnt.«

»Sag mal, wollen wir zahlen und noch woanders hingehen?« Er winkte dem Kellner und zog seine Geldbörse aus der Hosentasche. »Womit wir zum Trinkgeld kommen. Dieses Problem würde auch in ›Billig‹ gelöst werden, wie viel gibt man, wann und wo? Doch wie genau, weiß ich noch nicht.« Auch hier führte er ein ähnliches Szenario wie auf der Post und mit der Bettlerin auf. Kafka zahlte für sie beide, wusste aber dann nicht, wie er die Rechnung angemessen begleichen sollte, ohne dem Kellner und sich selbst gegenüber ungerecht zu sein.

Später lagen sie abseits eines Trampelpfades im Laub vom Vorjahr auf Kafkas Mantel und schauten in die Baumkronen. Ringsum roch es nach Waldmeister, der seinen starken Geruch erst beim Welken entfaltete. Unter ihnen raschelte und knirschte es. Eine Ameise krabbelte über Milenas Arm, kletterte auf Kafkas haarigen Unterarm weiter, als durchquere sie erst eine blonde und dann eine schwarze Steppe mit dichten Wollhaarstämmen. Franz hatte den Arm um sie gelegt und die Augen geschlossen. Vielleicht schlief er auch. Sie begann ihn wieder zu streicheln und zu küssen. Seine langgliedrigen Finger, seine Hände, die nackten Arme im hochgekrempelten Hemd hinauf. Seinen Hals. Sie wollte ihn spüren, auf sich und in sich.

»Nicht«, er wehrte sie ab. Sie streichelte sein Haar, küsste seine Stirn, die Augen, die Nase, den Mund, fuhr mit der Hand über seine Hose.

»Bitte nicht«, sagte er wieder.

»Soll ich aufhören?«, fragte sie.

»Nein, das heißt ja. Ich kann diese Männersache nicht.«

»Du musst gar nichts tun, das geht von allein.« Sie würde diese Mauer aus Furcht und Scham durchbrechen. Und auch wenn Kafka sein Begehren nicht zuließ, so konnte er es nicht unterdrücken. Sein Körper machte das, was das Geschlecht eines Mannes immer tat, wenn es eine Frau reizte. Egal, wie sehr Franz seinen Willen dagegenstellte. »Lust gehört nicht nur den Männern allein, auch wenn ihr das glaubt, und Angst habt zu explodieren. Nur weil der Körper einer Frau sich nicht aufdrängt und eher im Verborgenen blüht, heißt das nicht, dass unser Begehren nicht existiert.« Wenn man genau hinsah, leuchteten die weiblichen Reize wie Raketen, ergänzte sie im Stillen. Doch welcher Mann, und selbst so ein feinfühlender wie Kafka, achtete schon darauf.

»Ich kann dir und niemandem begreiflich machen, wie mir ist oder warum. Ich – , ich will dich nicht besitzen«, stammelte er, stoppte ihre streichelnde Hand, die sich unermüdlich unter seine Kleider tastete. »Oder doch«, lenkte er kurz darauf ein und ließ es zu, dass sie zwei weitere Hemdenknöpfe öffnete. Er seufzte. »Sag mir, was ich tun soll, damit ich nichts Falsches mache.«

Sie fragte sich, ob es jemals mit einer seiner drei Verlobten zu irgendeiner Form von körperlicher Nähe gekommen war. »Warst du, und du bist doch verlobt, schon einmal mit einer Frau zusammen?«

Er nickte mit geschlossenen Augen. »Ich sag dir jetzt aber nicht, wann und wo, dann müsste ich auf der Stelle im Erdboden versinken.«

»Wieso, was ist so schlimm daran? Vertrau mir.« Sie schob seine Finger in ihren Ausschnitt. Er zuckte zurück, als er ihre Brust berührte, und drehte sich zur Seite. Sie beugte sich über ihn, kitzelte ihn mit ihren Haaren im Gesicht. »Mein Lieber, mein süßer, süßer Franz, lass uns eine Erinnerung schaffen, die für uns beide jede Finsternis erhellt.« Die Vorstellung, in wenigen Stunden zurück in die Kälte und Einsamkeit ihrer Ehe zu gehen, verlieh ihr Kraft für weitere Versuche. Er rang weiter mit sich, nahm die Liebe nicht hin, wollte sie nicht akzeptieren als Wunder, das einfach so geschah. »Merkst du eigentlich, dass du bis jetzt noch kein einziges Mal gehustet hast? Wie geht es dir, ich meine gesundheitlich, hat dir die Meraner Luft geholfen?«

»Wohl eher du, dass ich bei dir und mit dir zusammen bin.«

»Aber deine Krankheit, was macht sie? Ist sie verschwunden?«

»Nein, sie ist nach wie vor da. Aber sie rettet mich«, erklärte er.

»Wie kann Tuberkulose dich retten?«

»In mir war einiges los, als es begann. Mein Herz und mein Hirn kämpften ständig gegeneinander, zwei Ebenbürtige in einer Schlacht ohne Sieger. Irgendwann hielt es meine Lunge nicht mehr aus und griff ein. Nun übernehme ich, sagte sie und schlug sich in die Brust.«

»Eine Lunge, die eine Brust hat, und Herz und Hirn, die wie Ritter kämpfen, du bist ein Märchenerzähler. Ich wette, du kannst aus jedem Ding eine Geschichte machen.«

»Vielleicht. Aber ob es gute sind, sei dahingestellt. Denkt nicht jeder Mensch in Geschichten und biegt sich alles so zurecht, dass das Leben erträglich ist?«

»Oh, da würde mein Ehemann aufhorchen, er sucht schon lange nach dem Ursprung der Schöpferkraft.«

»Die trägt er längst in sich, wie jeder, er muss sich nur trauen und sie freilassen. Dann kann er sie wieder zähmen wie ein wildes Tier. Dafür verlässt sie ihn danach nie mehr.«

»Wirklich nie mehr?«

Er nickte. »Oder wie ist das bei dir mit dem Schreiben?«

Das gefiel Milena und bestärkte sie auch in ihrer Arbeit. Ja, es gab überall Einfälle, man musste sie bloß erkennen und dann mit ihnen arbeiten. »Ich schreibe einfach, mache mir nicht groß Gedanken, warum ich es tue, sondern eher, über was ich schreibe, dass es stimmig ist.«

»Du Glückliche, so leicht hätte ich es auch gerne, kann ich etwas davon abhaben?«

»Nimm dir ein Stück von mir weg.« Sie schmiegte sich wieder an ihn. Und tatsächlich, endlich berührte er sie ohne Aufforderung und wie selbstverständlich.

16. Kapitel

VEILCHEN

Mitten im Grünen, zwischen Laub und Moos, wachte Milena auf. Dichte Fichtenzweige schirmten sie wie ein Zelt vom Weg ab, auf dem sie manchmal Füße, flatternde Kleidung oder Hüte von Spaziergängern erblickte. Trotzdem glaubte sie sich in einem Traum, weil sie Kafka immer noch dicht an ihrer Haut spürte, er lächelte mit geschlossenen Augen, als sie ihm über das Profil, Stirn, Nase, Mund und Kinn strich. »Dort drüben zwischen den Wurzeln blüht noch ein Veilchen«, sagte sie. Kafka rührte sich nicht. »Es ist zwischen den vielen Blättern ringsum kaum zu erkennen, es erinnert mich an den ersten Strauß, den ich meinem Skilehrer geschenkt habe. Ich war fünfzehn, vielleicht auch jünger, und er mehr als doppelt so alt. Er hatte einen Unfall und lag im Krankenhaus. Als ich davon hörte, wollte ich ihm unbedingt eine Freude machen. Ich lief in den Wald und pflückte mit Hingabe einen Veilchenstrauß, aber als ich dann an seinem Bett stand, kam ich mir sehr dumm vor.«

»Wieso, was kann an einem Strauß Dummes sein?« Kafka stützte sich auf seinen Ellbogen, sah sie aufmerksam an.

»Nicht die Blumen, ich war es! Ich hätte es merken sollen, gleich als ich das Krankenzimmer betrat, es war abgedunkelt, über der Lampe hing ein Tuch. Der Mann war erblindet, ich weiß nicht mehr, ob das nur vorübergehend war oder für immer. Jedenfalls schämte ich mich so, dass ich ihm Blumen gebracht habe, die er gar nicht sehen konnte.«

»Aber gerochen hat er dein Geschenk ganz bestimmt.«

Milena zuckte mit den Schultern. »Wie hier der Waldmeister, hat dort der Geruch nach Medizin alles überdeckt. Also stand ich da, ohne Geschenk, und wusste nicht, was ich sagen sollte. Dann habe ich mich über ihn gebeugt und ihn auf den Mund geküsst, genauso, wie ich es im Kino gesehen habe, mit der ganzen Leidenschaft einer Asta Nielsen.«

»Und wie hat er reagiert?«

»Du schmeckst nach Veilchenpastillen, meine Kleine, hat er gesagt und gelacht. Ich bin weggelaufen und auch den ganzen langen Weg nach Hause gerannt, ich kam mir so dämlich vor. Zu Hause erwartete mich dann eine Schachtel Pralinen mit einem Kärtchen: Für mein liebes Fräulein Jesenská und vielen Dank für das süßeste Geschenk der Welt.«

»Bitte, kann ich auch solch ein süßes Geschenk kriegen?«

»Wann?«, fragte sie mit einem Grinsen im Gesicht.

»Auf der Stelle.« Franz zog sie zu sich her und küsste sie, lange und zärtlich. »Dein Geschenk war überhaupt nicht dämlich. Ich habe einen blinden Freund, der als Schüler bei einer Prügelei sein Augenlicht verloren hat«, sagte er, als sie sich wieder voneinander lösten. »Oskar Baum, ein Vetter von Max, kennst du ihn?«

»Gehört habe ich von ihm.« Sie drückte sich an ihn, betrachtete jede Pore seiner Haut, die langen Wimpern und kleinen Fältchen unter seinen Augen, den Schwung seiner Nase. »Felix Weltsch hat mir einmal von ihm erzählt, damals bei den Arconauten.«

»Oskar, Felix, Max und ich treffen uns ab und zu, um unsere Texte zu besprechen. Manchmal gehe ich auch mit Oskar allein spazieren. Dabei lehrt er mich zu sehen.«

»Ein Blinder?«

Kafka nickte. »Oskar sieht mehr als wir, die wir unsere Augen benutzen können. Er ist nicht nur Schriftsteller, sondern auch Musiker. Wenn ich ihm meine Erzählungen vorlese, kann ich erproben, ob sie etwas taugen. Beim Hören und Zuhören geht das besser als beim stillen Lesen. Nicht nur der Inhalt ist entscheidend, auch der Rhythmus der Sätze, die Sprachmelodie, dabei kommt es auf die Aufteilung an, wo man das Komma setzt oder wie ein Abschnitt beginnt.

»Kannst du mir bitte auch etwas vorlesen?«, fragte sie.

»Etwa hier und jetzt?«

Sie nickte.

»Ich habe gar nichts dabei, außer einem neuen Heft, in dem noch nicht viel drinsteht, was klingen kann. Ich muss es erst reifen lassen, bevor ich es deinen kritischen Ohren anvertraue.«

»Dann lies mir aus ›Ein Landarzt‹ vor.« Sie holte das Buch aus ihrer Tasche, und er begann:

»Ich war in großer Verlegenheit: eine dringende Reise stand mir bevor; ein Schwerkranker wartete auf mich in einem zehn Meilen entfernten Dorfe; starkes Schneegestöber füllte den weiten Raum zwischen mir und ihm; einen Wagen hatte ich, leicht, großräderig, ganz wie er für unsere Landstraßen taugt; in den Pelz gepackt, die Instrumententasche in der Hand, stand ich reisefertig schon auf dem Hofe; aber das Pferd fehlte, das Pferd …«

Sie lauschte, haftete an seiner ruhigen, tiefen Stimme, die die Worte atmen ließ und Bilder erzeugte. Bald folgte sie dem Landarzt, der in die Ereignisse gezogen wird, ohne, dass er eingreifen kann. Andere handeln für ihn, er wirkt wehrlos, fast wie ein Kind, das kämpft und sich sträubt und erkennt, dass es noch zu schwach ist. Die Pferde beschrieb Kafka wie Mutter und Vater, zwei starke Kräfte, die den Arzt unterstützen und ihm immerfort beistehen wollen. Seine Stärken, seine Pferdestärken sind in ihm. Milena verstand, was er mit Vorlesen gemeint hatte. Kafkas Geschichten duldeten kein flüchtiges Drüberhinweglesen. Sie verlangten Hingabe, genaues Erfassen und Zuhören, Wort für Wort. Wer es wagte, den belohnte er mit verblüffenden Einsichten.

Sie umarmten sich wieder, streichelten sich, wälzten sich auf dem Waldboden, bis die Sonne hinter den Hügeln verschwand und es schlagartig kühler wurde. Plötzlich knackten Zweige, ein Hecheln drang an Milenas Ohr. Sie schreckte hoch, als sich ihnen ein Hund näherte. Er kläffte sie an, stob Gott sei Dank davon, als ein Pfiff ertönte. »Wie spät ist es eigentlich?«, fragte sie und knöpfte sich ihre Bluse zu.

Kafka suchte nach seiner Weste, in der er seine Taschenuhr verwahrte. »Kurz vor sieben.«

»Dann muss ich nach Hause. Bis ich da bin, ist es dunkel, und ich weiß nicht, wie ich Ernst erklären kann, dass mein Unterricht bis in die Nacht gedauert hat. Sehen wir uns morgen? Ich meine, bleibst du noch in Wien?«

»Unbedingt. Ich will bis Samstag bleiben, wenn es dir recht ist?«

»Samstag?« Das waren immerhin vier ganze Tage, wenn sie den heutigen abzog, lagen noch drei vor ihnen. Sie strahlte. »Den dritten Juli willst du mit mir verbringen? Das ist ja dein …?«

»Psst.« Er legte ihr die Finger auf den Mund. »Erinnere mich nicht daran, es ist nur ein ganz normaler Tag, abgesehen davon, dass ich mit dir zusammen sein kann.«

Es waren Stunden voller Licht und Wärme, als würde sich Wien nur für Kafka und Milena von seiner sonnigsten Seite zeigen. Sie strotzte vor Gesundheit, der Rest Bronchitis schien verflogen und auch Kafka hustete nicht. Gelegentlich räusperte er sich oder keuchte, aber nicht, weil er krank war. Die Lust beherrschte ihn, auch wenn er sich mit Worten dagegen wehrte, Milena vorher lang und breit erklärte, dass ein Mann ab und zu Druck ablassen musste, schon allein aus hygienischen Gründen. Als ob sie das nicht wüsste. Im Gegensatz zu Ernst, der seinem Trieb bei jeder Gelegenheit nachging, wehrte sich Kafka dagegen, wollte zu gern das Körperliche von der reinen, unbefleckten Liebe, wie er sie verstand, trennen. Nicht so Milena, für sie war die Liebe die Verschmelzung von Körper und Geist, ein Miteinanderfühlen und Einssein.

»Vertrau mir«, unterbrach sie ihn, wenn er wie ein Staatsanwalt gegen den Geschlechtstrieb wetterte und glaubte, ein Abgrund tue sich auf und verschlinge ihn, wenn er weitermachte. Dann führte sie ihn, er schwieg, sträubte sich nicht mehr, sondern ließ sich fallen und genoss.

Am nächsten Tag trafen sie sich im Prater. Kafka frischte seine Jugenderinnerung auf, als sie sich in die Zuschauer reihten und eine Weile die Waghalsigen auf der fünfundzwanzig Meter hohen »Teufelsrutsch« beobachteten, mitlachten, wenn die Leute auf dem Förderband nach oben stolperten. »Als Junge wollte ich unbedingt auch auf den Toboggan und habe Onkel Löwy um Geld angebettelt, aber als ich mich angestellt habe, hörte ich, wie jemand erzählte, dass einmal eine Frau beim Rutschen von einem Holzsplitter aufgespießt worden wäre. Da habe ich einen Rückzieher gemacht und das Geld lieber in einer Wurfbude verschossen.«

»Komm, lass es uns nachholen, diesmal lade ich dich ein.« Milena zog ihn zum Kassenhäuschen.

»Ich glaube, das ist mir zu anstrengend.« Der Toboggan-turm lag von hier aus gesehen wirklich sehr hoch oben, das musste selbst Milena zugeben.

»Ach was, wir fahren doch den halben Weg hinauf und die paar Stufen schaffst du locker nach unserer Wanderung gestern«, ermutigte sie ihn und lotste ihn an der Hand wie ein Kind. Mit nackter, schwarz verschmierter Brust schürte ein Mann die große Dampfmaschine, die das Förderband und auch die Orgel betrieb. »Schau mal, das ist der Heizer aus deiner Geschichte«, rief Milena gegen den Lärm an. Die Tasten der Orgel bewegten sich wie von Geisterhand und spielten ein schaurig dröhnendes Tanzlied.

»Stimmt, das könnte er sein. Und hörst du das? Das ist unser Totengesang!«, hauchte Kafka Milena ins Ohr. Kaum waren ihre Karten abgeknipst, schubste ihn ein Wärter auf das Band, erst glaubte sie, Franz würde stolpern, doch er fing sich, die Beine breit aufgestellt und in Schräglage, erstaunlich geschickt ab. Er hatte also nicht nur die fallenden Leute studiert, die das Publikum vor dem Toboggan erheiterten, sondern auch, wie es die Wärter anstellten, unbeschadet, sogar rückwärts, hinaufzufahren. Die männlichen Fahrgäste mussten es alleine schaffen, den Damen, so auch Milena, half man mit ausgestreckten Armen hinauf. Weiter stiegen sie die steilen

Holztreppen nach oben, an denen außen die spiralförmige Rutsche vorbeilief. Oben erwartete sie eine herrliche Aussicht über das ganze Pratergelände. Nebenan die Hochschaubahn mit ihrem künstlichen Berg, weiter vorne das Karussell mit beweglichen Pferden, das von den Kindern bestürmt wurde. Außerdem waren sie fast auf Augenhöhe mit dem Riesenrad.

»Wir müssen unbedingt noch schaukeln, dort drüben, sieh mal, in der Schiffschaukel überschlägt sich einer. Und da hinten ist die Schießhalle oder möchtest du in die Klimt-Ausstellung?« Milena beugte sich über die Brüstung und zeigte auf die Buden und Fahrgeschäfte.

»Das ist doch der Maler der erotischen Frauenporträts?« Kafka umfasste sie und zog sie vom Geländer weg. »Ich weiß nicht, ob ich mich mit dir an der Seite dort hineintraue. Komm, lass uns zuerst wieder heil hinabkommen.« In seinen Beinen gehalten, rutschten sie die engen Kurven hinunter, das war ein Spaß und viel zu schnell vorbei.

»Noch mal«, rief sie unten. Doch leider ließ sich Kafka dazu nicht überreden. Aber in die Ausstellung zog sie ihn. Schweigend, sich ab und zu angrinsend, gingen sie von Gemälde zu Gemälde. Milena staunte über die freizügigen Darstellungen und tauchte in die schillernden Farben ein. Gustav Klimt zeigte die weibliche Lust, auch wenn er sie auf antike Frauengestalten übertrug. Der Maler war nicht verheiratet gewesen, hatte sie in einer Zeitschrift gelesen, er studierte das weibliche Geschlecht auf vielerlei Art. Kafkas Ohren glühten, als sie den Saal wieder verließen. Draußen atmete er auf und drückte sich den Strohhut fest auf den Kopf, als könnte das seine Verlegenheit dämpfen.

Beim Essensstand fand er seine Sprache wieder und spendierte Milena, was ihr Herz begehrte und ihr Magen forderte. Pappsatt, voller Schnittlauchbrote und glasierter Äpfel, spazierten sie zurück in die innere Stadt und erzählten sich dabei all das, was sie glaubten, in ihren Briefen versäumt zu haben. Sie zeigte ihm das Haus in der Florianigasse, wo sie im zweiten Stock das erste halbe Jahr gewohnt hatten. »In nur einem Zimmer, nicht mal eine Kochnische gab es dort. Und Ernst hatte die Angewohnheit, nach der Sperrstunde, die kurz vor Kriegsende noch früher als heute angesetzt war, seine betrunkenen Freunde und Freundinnen mit nach Hause zu bringen. Einmal blieb Franz Werfel über Nacht, in seinem Zustand traute er sich vermutlich nicht nach Hause, und ich fiel über ihn in der Früh, als ich aus dem Bett stieg. Er hatte sich zum Schlafen im Teppich eingerollt. Wenigstens habe ich jetzt in der Lerchenfelder Straße ein Zimmer für mich allein.« Sie machten einen Bogen um die Kaffeehäuser, nicht dass ihnen doch noch ein bekanntes Gesicht begegnete. Das Central und der Herrenhof lagen dicht nebeneinander, aber auch das neueröffnete Sans Souci, das eher ein Tanzcafé war und in das ihr Mann gelegentlich auswich, auf der Suche nach literarischem Nachwuchs, wie er Mitzi gegenüber einmal betont hatte. Doch Milena wusste, dass man sich bei der Lautstärke kaum unterhalten konnte, und wenn doch, dann vermutlich nicht über Bücher.

»Es wäre wunderbar, wenn es einen Ort gäbe«, sagte Kafka, »an den man jederzeit hingehen könnte, ohne eingeladen zu sein. Man sieht sich, spricht miteinander, hat aber keinerlei Verpflichtungen oder Höflichkeiten einzuhalten. Man kennt sich nicht, sitzt zusammen, erscheint oder verschwindet, wie es einem beliebt, und bestellt sich, wonach einem gelüstet.«

»Nicht nur etwas zu essen, oder?« Milena erweiterte sein Rätsel, sobald sie es durchschaute. »Ja, der eine bringt seine Frau mit, ist ihrer aber bald überdrüssig. So wandert sie, weil sie die Tür nicht finden kann oder will, von Tisch zu Tisch zu neuen Liebhabern und driftet dabei aber auch mal wieder ganz aus Versehen zu ihrem Ehemann, der längst eine andere sein Eigen nennt.«

»Man spricht oder schweigt stundenlang.«

»Versinkt im Reden über das Elend der Welt und schafft es nicht hinaus, verwandelt sich in Romanfiguren mit lauter Eigenheiten, die in der richtigen Welt kaum zu finden sind. So vergisst man nach und nach, dass man Familie hat, die irgendwo da draußen lebt und hungert und wartet.«

»Das ist gut.« Kafka nickte eifrig. »Aber am seltsamsten sind die Leute, die von diesen seltsamen Gästen leben. Der Besitzer, der Ober, die Garderobiere und die Kassiererin.«

»Nicht zu vergessen, die Toilettenfrau.«

»Verzeihung, wie konnte ich nur.« Mit einem Grinsen lupfte er den Hut. Milena prägte sich alles Gesagte ein und formte in Gedanken schon einen neuen Artikel über die Kaffeehauskultur, die Prag mit Wien verband.

17. Kapitel
COFFEA

Im Volksgarten blühte alles noch üppiger als bei Milenas letztem Besuch. Auch Kafka hatte von der Verunstaltung des Grillparzer-Denkmals letztes Jahr gelesen. »Aber jetzt scheint es wieder wie neu zu sein.«

»Du musst genauer hinsehen, ganz ist es nicht geglückt. Man sieht noch den Knebelbart.« Milena zeigte ihm die Farbspuren auf Grillparzers Marmorgesicht. Dabei fiel ihr noch mal das Ehepaar Pichler ein. »Manche schmücken sich gerne mit dem Dichter, doch sie lesen ihn nicht.«

»Nur der Name zählt. In vielen Privathäusern hängt Grillparzers Büste, und wenn ich dort nachfrage, weiß man gar nicht genau, welche Art Künstler er war, ein Schauspieler oder Grillparzer wie Grille, etwa ein Sänger? Dabei ist er großartig, seine Werke begleiten mich schon ein Leben lang. Hast du ›Der arme Spielmann‹ gelesen?« Milena schüttelte den Kopf. »Oh, dann schicke ich ihn dir, sobald ich in Prag bin. Ich habe eine besondere Ausgabe mit farbigen Aquarellen.«

Milena wollte gar nicht daran denken, dass ihre gemeinsame Zeit schon übermorgen zu Ende war, sie allein zurückblieb und über dem Abgrund balancierte. »Sag mal …« Sie lenkte ihn auf etwas, das ihr schon lange auf dem Herzen lag. »Kannst du mir einen Gefallen tun, wenn du wieder in Prag bist?«

»Gerne, was?«

»Könntest du ein paar Blumen auf das Grab meines Bruders legen? Er starb noch als Kleinkind, ich denke in letzter Zeit so oft an ihn.«

»An meine Brüder denke ich auch manchmal, wie es wohl wäre, nicht der einzige Sohn in der Familie zu sein, auf dem die ganze Erwartung des Vaters lastet. Sie starben vor meiner Geburt.« Und sie erzählten sich gegenseitig von ihren Familien, den Toten und den Lebenden. Am Schluss landete Milena wieder bei ihrem Vater und wie schwierig es mit ihm gewesen war.

»Wir könnten fast im Kanon singen, was unsere Väter und das Leid mit ihnen betrifft«, sagte Kafka.

»Dann lass es uns probieren.« Milena stimmte das nächstbeste deutsche Lied an, das sie schon oft in den Wiener Gassen gehört hatte. »C-A-F-F-E-E, trinkt nicht zu vi-iiel Kaffee.« Kafka lachte und fiel mit brummigem Ton ein. »Nicht für Kinder ist der Tüüür-kentrank, schwächt die Nerven, macht dich blaa-ass und krank …« Sie reichten sich die Hände und hüpften singend das Trottoir entlang, ungeachtet der Leute, die sich auf der Straße nach dem kindischen Paar umwandten.

Am nächsten Tag inspizierten sie einen der vielen Wiener Trödelläden, die es fast in jeder Straße gab. Vollgestopft bis in den kleinsten Winkel boten sie einen Querschnitt durch die Gesellschaft, ganze Hausstände schienen hier versetzt worden zu sein. Alles, was man entbehren konnte, wurde verkauft. »Sind das nicht die Bettgestelle einer ganzen Familie?« Milena zeigte an die Wand, an der bunt bemalte Holzteile mit gedrechselten Pfosten lehnten, mehrere Ausgaben in verschiedenen Größen. »Wie lebt diese Familie nun, in ihren leeren Räumen? Schlafen sie auf dem Boden und decken sich mit Zeitungen zu?«

»Dann haben sie hoffentlich ausländische Zeitungen ergattert«, sagte Kafka. »Die sind größer als die Wiener Blätter. Aber wenn es mit der Inflation so weitergeht, kann man sich bald mit den Geldscheinen zudecken.«

Am besten gefiel ihnen beiden eine Papierwarenhandlung, die sie in einer Seitengasse hinter dem Stephansdom entdeckten. Darin gab es Dinge, die man nicht unbedingt brauchte, um zu schreiben, die sich aber wunderbar anfühlten, wenn man sie in die Hand nahm, oder in der Wohnung aufgestellt, wunderschön anzusehen waren. Sie inspizierten alles Stück für Stück.

»Eines Tages werden wir ein gemeinsames Schreibbureau haben.« Kafka wog einen Briefbeschwerer aus Bernstein in der Hand, in dem eine Libelle eingeschlossen war. »Dann bin ich weg von der Arbeiter- und Unfallversicherungsanstalt, und du und ich schreiben und leben den ganzen Tag lang.«

»Und wir lieben uns«, ergänzte Milena.

»Das sowieso. Das machen wir manchmal noch vor dem Frühstück anstelle meiner Turnübungen.«

»Oder danach.«

»Puh, oder danach.« Er wischte sich den Schweiß von der Stirn.

Ein gemeinsames Zimmer war eine herrliche Phantasie, fand sie. »Stellen wir dann unsere Schreibtische aneinander, sodass wir uns ansehen können, oder nebeneinander, damit wir beide zum Fenster hinausschauen können?« Die Vorstellung gefiel ihr, sie würden sich gegenseitig inspirieren und in ihrer Arbeit bestärken. Jeder würde die Gewitterwolken des Zweifels im anderen vertreiben, sobald sie auftauchten, und so immer für schönes Wetter sorgen.

»Wenn ich dich ständig anschaue, bringe ich nichts zu Papier, also stellen wir die Tische besser nebeneinander, glaube ich. Oder so über's Eck, dann berühren sich unsere Stühle fast, aber wir sind in der Sicht frei.«

»Am besten, wir bitten einfach einen Schreiner, uns Rollen an die Schreibtischbeine zu montieren«, schlug Milena vor. »Dann können wir die Tische umstellen, so oft wir wollen.«

»Oder uns auch umkreisen wie Planeten, und wir müssen nie mehr aufstehen, fahren mit dem Tisch durch die Wohnung und rollen ins Bett.«

»Wir werden noch die reinsten Tischtänzer.« Sie lachten.

»Die neueste Attraktion auf dem Prater«, Kafka hielt sich eine Hand wie einen Trichter vor den Mund, »es treten auf, die MilenaFranzens mit ihrer grandiosen Tischtänzernummer, zücken Sie Ihre Federkiele und Tintenfässer, meine Damen und Herren, und versuchen Sie dem Traumpaar zu folgen, es wird Ihnen nicht gelingen.«

»Kann ich Ihnen behilflich sein?« Der Verkäufer hatte sich zwischen den überfüllten Gestellen zu ihnen durchgeschlängelt.

»Danke, wir schauen und staunen bloß«, sagte Milena und strich über eine Auslage mit farbigen Notizbüchern, die ihre Einbände wie Buchumschläge anpriesen. Das mit dem grünblauen grafischen Muster gefiel ihr besonders. Als der Verkäufer wieder auf Abstand ging, hob sie es auf, hielt es erst an ihre Nase und dann Kafkas und fuhr mit dem Daumen im Schnelldurchlauf durch die Seiten. »Riechst du das?«

»Mmh, ja.« Er sog den Geruch von frischem Papier ein. »Ich finde, das duftet nach einem Ruhekissen für Einfälle. Darf ich es dir schenken?«

»Aber nur, wenn du auch etwas von mir annimmst. Was möchtest du?«

Er zuckte mit den Schultern. »Wähl du aus, dann erinnert es mich immer an dich.« Die Entscheidung war schwer, ein Brieföffner aus verziertem Bakelit oder ein Set rosafarbener Radiergummis mit abgerundeten Ecken, die »Pink Pearl« hießen? Schließlich zogen sie doch den Verkäufer zurate, der ihnen sowieso die ganze Zeit wie ein Schatten folgte.

Er empfahl ihnen den neuesten Import aus Übersee, einen mechanischen Bleistift. »Sehen Sie, das Gerät ist stets einsatzbereit und muss nie mehr gespitzt werden.« Er drückte auf den schlanken Metallstift. Es klickte. »Die Mine schiebt sich wie von selbst weiter, mit der Klemmvorrichtung können Sie ihn am Schreibblock festmachen, müssen nicht lange suchen und haben ihn immer griffbereit.«

»Das Klicken gefällt mir«, sagte Kafka und probierte es aus. Klick-klack. »Das wird mich wachhalten, wenn ich nachts schreibe.« Zusammen mit einer Schachtel Ersatzminen überreichten sich die legendären MilenaFranzens draußen auf der Gasse gegenseitig ihre Geschenke.

Zum Essen gingen sie in den Weißen Hahn, ein pompöses Restaurant ganz in der Nähe ihrer Wohnung. Viele Male war Milena schon vor den großen Bogenfenstern stehengeblieben und hatte hineingelugt, sich ausgemalt, einmal auch an den aufwendig gedeckten Tischen zu speisen. Und nun saßen sie tatsächlich unter dem kunstvoll ausgemalten Gewölbe mit den Kreuzbögen, von dem große Lüster herabhingen, vor einer Menge Besteck und Gläsern und wurden bedient, als seien sie von Adel. Das Essen bestand aus mehreren Gängen und war ein Hochgenuss. Milena bestand darauf, diesmal die Zeche zu zahlen, obwohl die fleischlosen Speisen außerhalb der Tagesgerichte zubereitet werden mussten. Dafür schmeckte das panierte Kohlrabi-Schnitzel, das auch sie probierte, vorzüglich.

»Bist du aus Tierliebe Vegetarier?«, fragte sie. »Dein Großvater war doch Fleischhauer?« Zum Glück hielt Kafka sich in dieser vornehmen Umgebung mit dem Fletchen zurück.

»Die Vorstellung, wie Fleisch erzeugt wird, verdränge ich lieber. Ich schätze gutes Essen und kann einfach toter Nahrung wenig abgewinnen. Fleisch schmeckt doch erst durch seine Gewürze, aber ein Apfel schmeckt einfach so aus sich heraus. Und du hast recht, abgesehen von Mäusen, die ich fürchte, mag ich Tiere am liebsten lebendig und nicht in Teilen serviert.«

Gesättigt vom »Mohr im Hemd«, den sie als Nachspeise vertilgten, und dazu Erdbeerblättertee tranken, wankten sie froh an die Donau, setzten sich auf eine Bank und beobachteten eine Entenmutter, die gleich sieben Kükchen zu bewachen hatte, was sie mit lautem Geschnatter tat. Dabei sprachen sie noch mal übers Schreiben. »Denkst du, dass es wirklich möglich ist, als Paar miteinander zu arbeiten?«, fragte Milena.

»Das ist der Knackpunkt. Ich muss dir gestehen, dass daran meine bisherigen Beziehungen gescheitert sind.«

»Wie, ich verstehe nicht, schreiben deine Verlobten auch?«

Er lächelte sie an. »Verlobten in der Mehrzahl, daran siehst du schon mein Versagen. Nein, keine von beiden, soviel ich weiß, also abgesehen von geschäftlichen Dingen. Felice ist Prokuristin und Julie …« Er zögerte und dann schmunzelte er. »Sie wird wahrscheinlich den gleichen Beruf ergreifen, macht gerade eine Ausbildung im Handel. Aus Sicht meines Vaters wären das die besten Schwiegertöchter, jüdisch und geschäftstüchtig, so wie er. Meine Eltern betreiben ein Geschäft für Galanteriewaren in Prag.«

»Oh, wie schön. Galanterie, in solchen Dingen war ich früher Expertin.«

»Das bist du noch, mit und ohne Schnickschnack auf der Haut.« Er küsste ihr die Hand und sie küsste ihn auf den Mund. Dass seine Eltern ein Geschäft für modische Ausstattung, Puderdosen, Knöpfe und Krawatten unterhielten, erklärte, warum auch Kafka so viel Wert auf sein Äußeres legte.

»Ich weiß, was du jetzt denkst«, sagte er.

»So, was denn?«

»Wie kann der Sohn solcher Eltern nur so ein Stümper in Geldangelegenheiten sein? Und zugleich sucht er sich Mädchen, die geschäftstüchtig sind. Die Lösung schien mir damals, bei einer Versicherung zu arbeiten, dort hoffte ich, den Umgang mit Geld zu lernen und armen, geschädigten Menschen zu ihrem Recht zu verhelfen. Doch mittlerweile zermürbt mich mein Beruf, auch wenn sich manchmal Betrüger an uns wenden, muss ich als Vertreter der Versicherung eher verhindern, dass es zur Auszahlung kommt, als dass ich sie bewillige. Und genau darum bist du so besonders für mich.«

»Ich?« Sah er in ihr etwa doch eine Betrügerin, sie fühlte sich auf einmal unangenehm berührt.

»Mit niemandem sonst, außer vielleicht mit Max, aber das hat eher etwas Kumpelhaftes, nicht so etwas Feines, Innigliches wie mit dir, konnte ich bisher so offen über das Schreiben, Literatur und Bücher reden. Auch in Bezug auf das Leben. Und wirklich, Milena, ich sehne mich nach einer Familie, und ich fürchte mich zugleich davor. Nicht, weil ich bald zu alt bin, oder doch, das auch. Die Sorgen, die eine Familie mit sich bringt, dass Frau und Kind immer gut behütet und beschützt sein mögen, werden mich vom Schreiben abhalten. Viel verdient man als Schriftsteller sowieso nicht, eine Familie werde ich mit meinen Büchern vielleicht nie ernähren können.«

»Wie fallen denn die Kritiken zu deinen Erzählungen aus?«

Er zuckte mit den Schultern. »Ehrlich gesagt, weiß ich es nicht genau. Max sagt mir Bescheid, wenn sich jemand in der Zeitung dazu geäußert hat. Tucholsky in Berlin oder Berthold Viertel im ›Prager Tagblatt‹.«

Milena hielt es nicht mehr auf der Bank, als sie das hörte. Sie sprang auf und stellte sich vor ihn. »Die besten Kritiker äußern sich zu deinem Werk und du liest sie nicht?« Sie hatte wirklich mit einem Adeligen gespeist, dachte sie, einem Literaturkönig, der über den weltlichen Dingen thronte. »Ist es dir echt egal, was sie schreiben?«

»Egal ist es mir nicht. Ich vergesse nur, die Sachen zu lesen. Max bringt sie mir vorbei oder schwärmt mir vor. Vielleicht schont er mich auch und erzählt nur von den Lobesworten.«

»Deine Gelassenheit möchte ich haben. Was gäbe ich für solch eine Anerkennung. Ich bin immer viel zu aufbrausend in allem.«

»Erfrischend aufbrausend, finde ich.« Er nahm ihre Hände in seine. »Mir geht es um ganz etwas anderes beim Schreiben.« Milena rückte wieder nah zu ihm, jetzt wurde es spannend. »Max muss mich oft erinnern, dass ich doch meinem Verleger antworten soll. Mein treuer Freund, der sich so in meiner Angelegenheit bemüht. Aber was von mir gedruckt wird, hake ich ab, sonst würde ich es nicht aushalten, dass da etwas in der Welt existiert, das ich noch hätte besser machen können, wenn ich mir nur mehr Mühe gegeben hätte.«

»Besser machen?«

Er nickte. »Da ein Wort oder ein Satz oder ganzer Absatz, dort ein Ausdruck, eine Beschreibung. Oder insgesamt, manchmal gibt es gar nicht wieder, was ich eigentlich sagen wollte. Es würde mich nur aufwühlen, von einem Kritiker etwas zu lesen, was ich gar nicht so beabsichtigt habe.«

»Und was beabsichtigst du?« Hier war sie wieder bei der Grundsatzfrage über Literatur, von der auch ihr Mann ständig redete. Sie selbst feilte daran, schickte es ab und hoffte, dass es veröffentlicht würde. Mehr nicht, aber auch nicht weniger. Die Entenfamilie war aus dem Wasser geklettert, nur das siebte Entlein schwamm noch selig in der Donau, als hörte es die quakende Mutter nicht.

»Mmh, gute Frage. Absicht ist das falsche Wort. Es ist mehr ein Spiel, ja, so wie die Kinder spielen, so verwende ich Dinge, die ich beobachtet, erlebt oder auch geträumt habe. Ich schöpfe mein Unbewusstes wie die neumodischen Seelenzerfledderer ab. Sigmund Freud und Konsorten. Das ist doch das eigentlich Faszinierende beim Schreiben. Es findet alles im Kopf statt, sammelt sich dort an, formt sich dort schon ein bisschen, aber erst wenn es draußen ist, auf dem Papier, wird es zu einer Geschichte. Und ich möchte, dass meine Geschichten wahr sind, auch wenn ich sie eigentlich erfunden habe.« Er lachte. »Das klingt verrückt, oder?«

»Nein, gar nicht.« Milena nickte. »Auch ich versuche aus allem Erlebten den wahren Kern aufzuschreiben, die Essenz sozusagen.«

»Sehr gut. Und der Leser, so hoffen wir, macht aus dieser Essenz wieder eine Geschichte, indem er seine Erfahrungen wie Wasser hinzufügt.« Kafka strahlte sie an. »Das Schreiben ist mir das Wichtigste im Leben, und seit ich krank geworden bin, umso mehr.«

»Aber du wirst wieder gesund und dann ist alles leichter.« Milena hielt diese Endgültigkeit kaum aus. »Es gibt doch Heilmethoden?«

»Die gibt es womöglich, doch wie du zur Genüge weißt, bin ich nicht der geduldigste Mensch. Mir graut es schon vor der Untersuchung in Prag, ob die Kur angeschlagen hat.«

»Fühlst du dich besser? Ich weiß ja nicht, wie es dir vorher ging, aber bis jetzt hast du noch kein einziges Mal gehustet, seit du bei mir bist, ist dir das bewusst?«

»Dafür danke ich dir sehr. Nachts schaut es leider anders aus, da bräuchte ich dich auch an meiner Seite, denn da huste ich mir die Seele aus dem Leib.«

»Du weißt, dass das nicht geht.«

Er schwieg und sah sie aus seinen durchdringenden Rabenaugen an. Als verheiratete Frau durfte sie nicht über Nacht in einem Hotel bei ihm sein, sonst zerriss sich hinterher die ganze Stadt das Maul über Frau Pollak. Nur in der Öffentlichkeit, und das natürlich ganz sittsam, konnte sie bei ihm und mit ihm sein.

Egal, ob sie viel oder wenig redeten, etwas unternahmen oder stundenlang nebeneinandersaßen oder -lagen, die Zeit verrann. Ehe sie sich versahen, war der Nachmittag vorbei und ihr letzter gemeinsamer Tag brach an. Lange hatte sich Milena überlegt, wie sie Kafkas siebenunddreißigsten Geburtstag feiern könnten. Und dann war ihr eingefallen, dass es doch am schönsten wäre, noch ein letztes Mal gemeinsam zu lachen und die Welt mit ihren Sorgen und Nöten um eine gemeinsame Zukunft zu vergessen. Sie würden an einen Ort gehen, wo das Licht ausging und Magie anfing. Nachdem Kafka in dem kleinen Garten neben dem Schottenring auf sie gewartet hatte, tauschte er sein italienisches Reisegeld in der Devisenzentrale der Börse in Kronen um. Anschließend gab er ein paar Telegramme auf, um seine Familie über seine morgige Ankunft in Prag zu unterrichten. Milena versuchte über seine Umständlichkeit in der Telegraphenanstalt, die er ähnlich wie am ersten Tag im Postamt beibehielt, hinwegzusehen. Sie tat so, als säße sie einfach einen weiteren Tag in einer Theateraufführung, in der dasselbe Stück in einer ähnlichen Kulisse dargeboten wurde, vor allem mit dem gleichen Hauptdarsteller. Nur das Publikum, das bloß aus ihr bestand, brach schon allein beim Zuschauen in Schwitzen aus. Als das überstanden war, führte sie Kafka zu Fuß zu seiner Geburtstagsüberraschung in den siebten Bezirk, was kaum mehr als eine halbe Stunde zu gehen war. Aber alle paar Meter blieb er stehen und fragte: »Ist es hier, oder hier?« An der Universität, beim Beethovenhaus, an der Hofburg und der Nationalbibliothek. Und jedes Mal verneinte Milena und zog ihn lachend weiter.

Als sie am Ziel waren, bemerkte er es zuerst nicht und sah sich um. »Du wolltest mich Herrn Goethe vorstellen, der dort oben so protzig breit thront?« Er zeigte auf das Denkmal schräg gegenüber.

»Auch, aber du kennst ihn bestimmt besser als ich, wir lassen ihn auf seinem Thron und gehen hier hinein.« Sie lenkte ihn ins Burgkino.

»Wie schön, woher wusstest du, dass ich Filme liebe, seit diese Kunst erfunden wurde? Immerfort lockt sie mich in ihre Fänge.« Er freute sich sichtlich.

»Ich habe es nicht gewusst, aber gehofft, dass wir auch diese Leidenschaft teilen.«

»Und wie, ich bin süchtig nach dem Kino und habe es in Meran vermisst.« Volltreffer, Milenas Herz schlug höher, weil ihr die Geburtstagsüberraschung gelungen war.

Doch dann verlief das Weitere anders als geplant. Die Vorstellung war komplett ausverkauft, erfuhren sie an der Kasse, nachdem sie sich lange angestellt hatten.

»Alle dreihundertsiebzig Karten?«, fragte Milena, denn mit so vielen Plätzen warb das Haus auf dem Eingangsschild.

Die Kassiererin nickte. »Sie hätten reservieren müssen, der neue Chaplin-Film ist heiß begehrt. Aber warten's halt noch einen Moment, manchmal werden welche nicht abgeholt.« Und tatsächlich, sie hatten Glück, es blieben genau zwei Karten übrig. Ein freundlicher Herr führte sie mit seiner Karbidlampe, die er wie ein Grubenarbeiter vor sich hertrug, in die vorletzte Reihe des bereits verdunkelten Saals. Sie sprengten die Leute auf, um zu ihren Sitzen zu gelangen. Sobald sie saßen, stellte sich Milena ganz auf Kafka ein und freute sich, neben ihrem Geliebten zu sitzen und mit ihm gleich in eine fremde, aber lustige Geschichte einzutauchen. Aber als das Klavierspiel einsetzte, der Vorhang aufgezogen wurde, das Licht erlosch und der Film anfing, erfuhren sie im Vorspann, dass der Komiker Chaplin in dem Film gar nicht mitspielte. Um Missverständnisse zu vermeiden, wandte er sich direkt an die Kinogänger und wies in einer Schrifttafel darauf hin, dass es sich hierbei um sein erstes ernstes Werk handle, das er geschrieben und selbst inszeniert habe.

Ein Murren ging durch den Saal. »Schikane! Wir verlangen unser Geld zurück.« In der vorderen Reihe standen Leute auf und verließen mit erhobener Faust das Kino. Die übrigen beruhigten sich wieder, als die Handlung einsetzte. Eine düstere Schwarz-Weiß-Kulisse in einem Dorf irgendwo in Frankreich zeigte ein Haus. Man sah eine Straße, eine Hausfront, ein Fenster, ein Fensterrahmen und dahinter ein Gesicht. Schon nach wenigen Minuten war Milena ergriffen. Und das wollte etwas heißen nach den vielen Kinobesuchen, die sie in ihrer Jugend allein oder zusammen mit ihren Freundinnen gemacht hatte. Sie hatten jeden neuen Streifen angeschaut, der geboten wurde, manche sogar mehrmals. Bald glaubte sie, dass kein Film, und wäre es auch der schönste, sie mehr richtig überraschen könnte. Jedes Mal wünschte sie sich, einmal etwas ganz anderes zu sehen, etwas, mit dem sie nicht rechnete und dass sie verblüffte. Sei es die Handlung, die Auswahl der Szenen, die Erzählweise oder die Art der Darstellung. »Eine Frau in Paris« traf sie auf diese Weise und zwar doppelt. Erzählt wurde ein verwickeltes Drama mit ungewöhnlichen Wendungen und vielen humoristischen Einlagen aus dem Pariser Nachtleben. Eine junge Frau wird von ihrem Vater in ihrem Zimmer eingesperrt, da er ihre Liebschaft nicht duldet. Sie flieht nach Paris. Gerade als sie sich dort ein eigenes Leben aufgebaut hat, trifft sie ihren Geliebten wieder, ihre Liebe zueinander entflammt erneut, und er macht ihr einen Heiratsantrag. Doch gegenüber seiner Mutter verleugnet er sie, die junge Frau erfährt davon, und das Ganze nimmt ein tragisches Ende. Dabei erkannte Milena sich in vielem wieder, Charlie Chaplin verstand sie, stellte sie fest. Die Szene mit der Perlenkette erinnerte an ihr Erlebnis, für das sie sich noch immer schämte. Im Film warf die Hauptdarstellerin aus Wut und Enttäuschung mit einer theatralischen Geste die Kette aus dem Fenster, so als wollte sie sich von dem Geschenk ihres Geliebten für immer trennen. Aber als ein Passant den Schmuck aufhebt, rennt sie ihm ganz undamenhaft hinterher und versucht, die Kette zurückzuholen. Es gab weitere lustige Momente, wie den, als ein Mann eine Frau in einen Salon voller Leute trägt, auf ein Podest stellt und sie aus ihrem Kleid wickelt. Dabei dreht er sich selbst im Stoff ein und fällt wie eine Mumie in die Menge. Doch am meisten ergriff Milena die Szene am Bahnhof, obwohl man nichts als eine kahle Wand sieht, wusste man, dass an diesem trostlosen und traurigen Platz Menschen mit gebrochenem Herzen fortreisen. Keine Eisenbahn ist erkennbar, nur ein Lichtschein in einem Fenster und die Silhouette eines Mannes. Milena ahnte trotzdem, dass er sich in einer Ecke des Zugabteils vergraben hat und seinem Schmerz hingibt.

Voll und ganz von Chaplins Kunst gefangen genommen, bemerkte sie auf einmal ein Zittern neben sich, das von Kafkas Ellbogen ausging. Sie erschrak, dachte schon, er ringe nach Atem. Doch als sie ihn flüsternd fragte, was los sei, hörte sie ihn schluchzen. Im Schutz der Dunkelheit weinte er hemmungslos.

Als sie nach dem knisternden »The End« und dem Öffnen der Türen in die Wirklichkeit zurückgeholt wurde, taumelte Milena wie aus einem Traum in die Nacht hinaus. Und auch Kafka folgte ihr, wischte sich mit dem Ärmel übers Gesicht. Anschließend schlenderten sie lange still nebeneinanderher. Die Straßenbahn, Kutschen und Automobile fuhren an ihnen vorbei, Passanten überholten sie, die Stadt lebte, als sei nichts geschehen. Im Straßenpflaster spiegelten sich die Reklametafeln, es musste geregnet haben, doch jetzt war die Nachtluft wieder trocken und lau.

»Ist dir aufgefallen, dass bei Chaplin sogar die Gegenstände Gesichter haben?«, fing Kafka nach einer Weile an und legte den Arm um sie.

»Ja, das Verrückte in seinen Filmen ist nur scheinbar verrückt«, sagte Milena, dankbar, dass er aus seiner Traurigkeit aufgetaucht war und ein Gespräch anfing. »In Wahrheit betrachtet Chaplin die Welt ganz genau, und fällt ihm ein Steinchen um, dann fällt eben das nächste wie beim Domino.«

»Auch die Widersprüche der Figuren, bei ihm ist keiner völlig gut oder nur ein Bösewicht, sondern alle haben Charakter. Sie wollen meistens Gutes tun und machen Schlechtes. Dabei wirken sie edel und großmütig, sind aber eigentlich niederträchtig.« Kafka blieb stehen und sah sie an. »Sie lieben sich ein bisschen und sie hassen sich zugleich auch ein bisschen.«

»Wie echte Menschen eben, sie widersprechen sich hundert Mal am Tag. Aber was willst du mir damit sagen? Hasst und liebst du mich zugleich auch ein bisschen?« Als Antwort küsste er sie, und sie ließ sich in seine Umarmung fallen, froh, ihn noch ein paar Rabenaugenblicke bei sich zu haben.

DRITTER TEIL

Wien, Gmünd, Dresden und Prag, 1920 - 1926

»Es ist so wie wenn Eva den Apfel (manchmal glaube ich, ich verstehe den Sündenfall wie kein Mensch sonst) zwar abgerissen hätte, aber nur um ihn Adam zu zeigen, weil er ihr gefallen hat. Das Hineinbeißen war das Entscheidende, das Mit-ihm-spielen war zwar nicht erlaubt, aber auch nicht verboten.«

FRANZ KAFKA AN MILENA JESENSKÁ

1. Kapitel
DAHLIE

Das Leben war voller Wunder und eines davon hieß Franz Kafka. Sie trennten sich mit tausend Versprechen und Träumen. Vielleicht war auch ein wirklicher Plan für ein gemeinsames Leben darunter. Am Sonntag stand Milena früh auf, um Kafka zum Bahnhof zu begleiten. Zum Abschied hatte sie extra für ihn ihr Isadora-Duncan-Kleid an, in dem sie sich zum ersten Mal begegnet waren. Dafür bestand sie darauf, seinen Koffer zu tragen, sie war doch schließlich ehemalige K.-u.-k.-Gepäckträgerin, hatte noch unter dem Kaiser mit der Schufterei begonnen. Kafka ging kopfschüttelnd neben ihr her, als würde sie gleich unter der Last zusammenbrechen. Als sie den Bahnsteig erreichten und der Zug einfuhr, konnte er gar nicht mehr von ihr lassen, drückte und küsste sie viele Male. Wie von selbst glitten seine Finger unter den wallenden Stoff und berührte ihre nackte Haut, und er scherte sich nicht um die Zuschauer auf dem Bahnsteig oder tausend Vorsätze und Ängste. Beschwingt und voller Zuversicht kehrte Milena in die Lerchenfelder Straße zurück.

»Wo warst du?« Ernst saß im Schlafanzug am Küchentisch, vor ihm eine Kanne Kaffee und in der Hand seine Pfeife. Sie mochte es gar nicht, wenn er in der Küche rauchte, ihre armen Pflanzen! Doch sie antwortete nicht, zog die Schuhe aus und wollte in ihr Zimmer gehen, dazu musste sie durch die Küche an Ernst vorbei. Sie hielt Ausschau nach Fjodor, entdeckte ihn draußen auf dem Fenstersims und schlängelte sich an Ernst vorbei, um den Kater hereinzulassen.

»Sag nicht, dass du auch noch sonntags in aller Herrgottsfrühe unterrichtest. Den Schüler möchte ich sehen.« Ernst klopfte mit dem Pfeifenstiel auf den Tassenrand. Klack-klack, klack-klack, Milena dachte bei dem Geräusch an Kafkas Metallstift, den sie ihm geschenkt hatte, noch immer lachte ihr Herz. Sie räumte die Blumentöpfe zur Seite und entdeckte, dass die Dahlien dank des sonnigen Platzes erste Knospen bildeten.

»Aber was rede ich, natürlich, wenn die Lehrerin so etwas anhat oder besser gesagt, nichts trägt. Zeig her, trägst du überhaupt Unterwäsche?« Er fuhr ihr unter das Kleid.

Sie schlug seine Hand weg. »Fass mich nicht an.«

»Ich mach, was ich will, ich bin schließlich dein Ehemann.«

»Ach ja, auf einmal? Davon habe ich in letzter Zeit aber nichts gemerkt«, zischte sie, obgleich sie sich eigentlich auf nichts mit ihm einlassen wollte, doch sie konnte nicht anders.

»Dann holen wir das nach, komm, jetzt gleich.« Er legte die Pfeife weg und griff wieder nach ihr. Sie wehrte ihn ab, schubste ihn zurück auf den Stuhl.

»Hast wohl schon genug gekriegt heute Morgen.« Endlich ließ er sie los. »Aber warte, was Herr Kafka kann, kann ich auch.«

»Was soll das heißen?« Sie starrte ihn an.

»Ich weiß, dass du dich mit Kafka triffst.«

Sie drehte sich wieder zum Fenster, ließ Fjodor herein und bereute es, überhaupt ein Gespräch angefangen zu haben. In Gedanken hatte sie sich unzählige Male vorgesagt, wie sie Ernst das mit Kafka erklären oder besser noch lässig überspielen würde. Ein Autorenübersetzertreffen, nichts weiter. Ihre wirklichen Gefühle wollte sie auf keinen Fall offenbaren. Zumindest so lange nicht, bis sie beide, Franz und sie, einen Weg gefunden hatten, um zusammenzuleben. Erst musste er das mit seiner Kurbekanntschaft regeln und dann wollten sie sich weiter besprechen. Sie nahm Fjodor auf den Arm und drückte ihn an sich.

»Verstehst du nicht, man hat euch gesehen, eng umschlungen, überall in der Stadt.«

Sofort rief sich Milena die Orte der letzten vier Tage in Erinnerung, wo sie mit Kafka gewesen war und ob ihnen dort jemand Bekanntes begegnet war. Etwas in Ernsts Worten irritierte sie, als hätte sie etwas Ähnliches schon einmal gehört.

Weil sie nicht reagierte, wurde er lauter. »Aber von mir aus, treib es mit jedem, sogar im Park und am Bahnhof oder wo noch alles. Wichtiger für mich ist, was das Ganze soll? Was bezweckst du damit? Ausgerechnet Franz Kafka, ich dachte, der Kerl kann kein Wässerchen trüben, dessen Abenteuer spielen sich nur auf dem Papier ab.« Ernst beugte sich nach hinten, wippte mit dem Stuhl und versperrte ihr, der Kater auf ihrem Arm, den Rückweg.

»Lass mich vorbei«, sagte sie, so ruhig sie konnte, doch ihre Stimme zitterte. Fjodor entwand sich ihr und sprang auf den Tisch, als er das Milchkännchen entdeckte.

»Runter mit dir, verdammt noch mal.« Grob schubste Ernst ihn weg, stieß dabei an das Kännchen. Es kippte um, der Inhalt floss über den Tisch und tropfte auf den Boden, wo Fjodor ihn dankbar aufleckte. »Der kriegt doch immer, was er will.« Er trat nach ihm, Milena ging dazwischen.

»Lass deine Wut gefälligst im Kaffeehaus oder sonst wo aus, aber nicht an Fjodor. Das dulde ich nicht.«

»So so, du duldest es nicht. Ha, weißt du, was ich nicht dulde?« Sie ignorierte ihn, schnappte sich einen Teller aus dem Regal und wischte mit der Handkante die restliche Milch vom Tisch. Dann trug sie Teller und Kater in ihr Zimmer und wollte sich einsperren, bevor die Situation weiter eskalierte und Ernst noch ganz ausrastete.

Doch kaum hatte sie den Kater abgesetzt, stand Ernst in der Tür. »Schlaft ihr etwa miteinander? Aber warum frage ich eigentlich, Kafka wird kaum extra nach Wien anreisen, um nur zu poussieren und mit dir durch die Stadt zu flanieren. Kein Wunder, dass du dich aufführst und mich abblitzen lässt. Aber das eine sage ich dir, wir sind immer noch verheiratet, VERHEIRATET …«, das brüllte er, »weißt du noch, was das heißt?«

Jetzt konnte sich Milena nicht mehr beherrschen und brach in schallendes Gelächter aus. »Du sprichst von der Ehe, ausgerechnet du? Ich glaube, ich höre nicht richtig. Nur weil Mitzi dir eine Abfuhr erteilt hat, fällt dir plötzlich wieder ein, dass es mich auch noch gibt? Aber darauf verzichte ich. Ich brauche dich nicht mehr.«

»So? Und du glaubst, du kannst über dich selbst bestimmen? Wie willst du leben, ganz ohne mich?«

»Das mache ich doch schon lange. Ich kann für mich selbst sorgen.«

»Ach ja? Vom Trinkgeld als Kofferträgerin? Oder bezahlt dich Kafka für den Tschechischunterricht?«

»Wenn du mir einmal zugehört hättest, wüsstest du es. Aber ich sag es dir noch mal. Ich schreibe Artikel fürs Feuilleton.«

»Oho, ein Schriftstellerpaar seid ihr zwei, soso. Das wird ja immer besser. Aber nun Schluss mit den Hirngespinsten. Dein Vater weiß auch davon.«

Milena stockte der Atem. »Du hast mit Vater gesprochen? Wann?«

Er schwieg auf einmal. Hatte er etwa mit ihrem Vater telefoniert? Aber Ernst trug doch noch seinen Schlafanzug, und sie hatten keinen Apparat. Nur Frau Koller besaß einen, zu ihr ging das ganze Haus, und auch er führte dort seine Ferngespräche mit Autoren. Und dann fiel ihr ein, was sie vorhin irritiert hatte. Genauso, wie er nun von ihr und Kafka sprach, hatte ihr Vater damals von Ernst und ihr geredet, fast mit denselben Worten.

»Es gibt Mittel und Wege, dich zur Vernunft zu bringen, da bin ich mir mit deinem Vater einig.«

»Du bist dir mit Vater einig? Das ist ja mal etwas ganz Neues. Willst du mich auch in eine Irrenanstalt sperren, nur weil ich dir nicht gehorche?«

»Das werden wir sehen. Jedenfalls brauchst du nicht glauben, dass du als meine Ehefrau einfach mit Kafka durchbrennen kannst, in Prag wird dich keiner mit offenen Armen empfangen. Und dieser Kafka, was willst du mit einem fast Vierzigjährigen, der noch bei seinen Eltern wohnt? Und wie man hört, wechselt er die Frauen wie seine Taschentücher. Liegt das an den Büchern, die er schreibt, ist es das? Sag Milka, was reizt dich an ihm, was ich nicht habe?«

»Geh aus der Tür.« Weitere Gemeinheiten musste sie sich nicht anhören. Sie trat ihm entgegen und drängte ihn zur Seite. Da sie gleich groß waren, wich er zurück. Dann schlug sie die Tür zu und sperrte ab. Wie konnte nur in wenigen Minuten all das Schöne der letzten Tage zerbrechen? Das durfte nicht sein, und das wollte sie auch nicht zulassen. Sie warf sich aufs Bett, legte sich zu Fjodor, der das Wortgefecht hinter ihrem Kopfkissen mit aufgeplustertem Fell in Hab-Acht-Stellung verfolgt hatte. »Wer weiß, ob das stimmt, was Ernst erzählt«, flüsterte sie dem Kater ins Ohr und streichelte ihn. Wenigstens erfuhr ihr Mann nun, wie es war, so behandelt zu werden. Auch wenn er dennoch freier war, als es eine Frau jemals sein würde. Sie konnte sich kaum vorstellen, dass er wirklich mit ihrem Vater gesprochen hatte. Aber was, wenn doch? Würde er sie zusammen mit ihrem Ehemann womöglich entmündigen lassen?

2. Kapitel
SOMMERSCHNEE

Wie üblich brach sie am Montagmorgen zum Bahnhof auf, um nach Arbeit als Gepäckträgerin Ausschau zu halten, danach wollte sie bei einigen Schulen fragen, ob dort eine Tschechischlehrerin gebraucht würde. Ernst war schon aus dem Haus. Auf dem Küchentisch stand ein kleiner Strauß Sommerschnee. Woher kam der denn, fragte sich Milena und roch an den zartweißen Blüten, die sich über die ausgeblichene Tischdecke ergossen wie ein blühender Obstbaum. Darunter lag ein Zettel:

Verzeih mir, ich brauche dich, bitte verlass mich nicht. Ernst

Was sollte sie davon halten? Ihr Mann hatte ihr noch nie Blumen geschenkt, obwohl er wusste, wie sehr sie sich darüber freute. Vielleicht hatte er sie sich genau für diesen Moment aufgespart, um sie weichzuklopfen. Doch dafür war es zu spät. Er konnte noch so viel behaupten, sie vertraute ihm nicht und brauchte ihn auch nicht mehr.

Als sie durchs Treppenhaus lief, grüßte sie Herrn Mistelbauer, den Briefträger, der die Post auf die verschiedenen Kästen der Mietparteien verteilte.

»Schön' guten Morgen, Frau Pollak.« Er lupfte die Dienstkappe und grüßte sie ebenfalls unter seinem langen Schnauzbart hervor, der seinen Mund verdeckte und beim Sprechen zappelte, als hielte er ein kleines Pelztier unter seiner Nase gefangen. »Soll ich's Erna gleich geben?« Er suchte in seiner Tasche die Briefe zusammen.

Inzwischen fühlte sich auch Milena mit Erna angesprochen. »Ist etwas für mich dabei?«, fragte sie, obwohl sie sich die Antwort denken konnte. Wahrscheinlich war die gesamte Post für Ernst, und jetzt, wo sie sie entgegennahm, musste sie sie auch nach oben tragen.

»Ja, jede Menge«, sagte Herr Mistelbauer, »dieser hier ist für Ihren werten Herrn Gatten.« Also ein Brief für Ernst und der Rest für sie, kaum zu glauben. Sie nahm den Stapel entgegen. Ihr Herz klopfte schneller, als sie tatsächlich ihren Namen und die Adresse auf den obersten Umschlägen in Maschinenschrift las. Hatte Kafka es gewagt, hierher zu schreiben, und es wie einen Amtsbrief getarnt? Hastig rannte sie in die Wohnung zurück, legte den Brief für Ernst auf seinen Zettel in der Küche und öffnete ihre Post in ihrem Zimmer auf dem Bett. Wie gut, dass sie schon dort war, denn sie musste sich zurücklegen und noch mal und noch mal lesen. Dann brach sie in ein Jubeln aus. Die Zeit des Koffertragens war vorbei. Neben der »Tribuna«, die Belege ihrer letzten Artikel schickte, fragten weitere tschechische Redaktionen an, ob sie für sie schreiben oder auch übersetzen wollte. Und wie sie wollte! Eine Prager Zeitschrift bot ihr sogar einen wöchentlichen Beitrag für das Moderessort an. Man sei an dem weltoffenen Blick einer Tschechin interessiert. Was trägt frau im ehemaligen Kaiserreich Wien, wie orientiert frau sich an den anderen Ländern, Deutschland, Frankreich, England? Diese Wertschätzung von Milenas noch dünnem Werk verdankte sie Staša, die sich in Prag unermüdlich für sie einsetzte. Sie hatte sie weiterempfohlen, wusste vom Trauerspiel ihrer Ehe und auch, dass es einen gewissen Herrn gab, mit dem sie sich seit einem guten halben Jahr schrieb. Von ihr lag ebenfalls ein Brief in der Post. In ihrer unverblümt witzigen Art schlug sie Milena vor, dass sie, wenn sie sich vom »Pollakschen« befreit habe, mit ihr in Prag ein eigenes Redaktionsbureau eröffnen könnte. Oder am besten sie drei, es würde wie früher werden, denn Jarmila habe sie auch angeschrieben, ob sie mitmachen wollte. Frau Jarmila Haasová würde den Blick aus der sündigen Stadt mitbringen, wie Berlin genannt wurde, dort sei die Mode stark von der Kunst beeinflusst und die wage Revolutionäres, schrieb Staša. Frau trüge dort sogar Herrenhosen und sehe damit eleganter denn je aus. Auch was die Emanzipation beträfe, könnte frau von den Berlinerinnen noch einiges lernen, und den Rest der Welt würden sie drei zusammen erobern. Das hörte sich vielversprechend an. Und zu guter Letzt lag auch ein Brief von Alice dabei, einer ehemaligen Mitschülerin aus dem »Minerva«, was sie besonders freute. Auch sie hatte Milenas Artikel gelesen und lud sie ein, sie in Dresden zu besuchen, wo sie zusammen mit ihrem Mann einen Verlag gegründet hatte. Sie suchte noch eine freie Mitarbeiterin. Aber obwohl sich Milena inzwischen freier fühlte, so war sie noch an Wien durch ihre Ehe gebunden. Erst mit einem Visum konnte sie reisen, doch dafür brauchte sie die Zustimmung ihres Mannes, und außerdem war ihr Pass für die Tschechoslowakei ungültig und musste neu beantragt werden. Zu gern würde Milena all ihre Freundinnen wiedersehen und von ihnen hören, was sie erlebt hatten. Sie setzte sich an den Schreibtisch und begann Antworten zu verfassen. Und auch ihren Einfall für den Artikel über die

Kaffeehäuser tippte sie, beschwingt von so viel Anerkennung, direkt in die Maschine. Ihr Traum war wahr geworden, sie würde ein selbstbestimmtes und freies Leben führen. Eigentlich hatte sie gegen Abend zur Post gehen wollen, aber dann, ganz vertieft in ihre Arbeit, verschob sie es auf den nächsten Tag. Sie wollte ihre Texte am nächsten Tag noch mal durchgehen, bevor sie sie abschickte. Aufgedreht und zugleich todmüde, aber glücklich, fiel sie gegen Mitternacht ins Bett, den Kopf voller Satzfetzen und Sprachbilder. Sie bemerkte nicht einmal mehr, wann und ob Ernst nach Hause kam. Und als sie am Dienstag erwachte, war er bereits ohne neue Nachricht wieder fort, was sie am schmutzigen Geschirr erkannte, dass sich seit gestern in der Spüle häufte. Als sie ihre Post in der Bennogasse aufgab, erhielt sie gleich einen ganzen Pack »Kramer«-Briefe von Kafka. Kurz nach seiner Ankunft, am Sonntag, hatte er sofort drei Briefe an sie verfasst und gestern sogar fünf Briefe. Er fing an, sie zu nummerieren, damit Milena sie in der richtigen Reihenfolge las. Außerdem lag noch das versprochene Grillparzer-Buch vom »Armen Spielmann« und ein Telegramm dabei, das sie als Erstes las:

MAEDCHEN SCHREIBT DIR ANTWORTE FREUNDLICH UND STRENG VERLASS MICH NICHT

Offenbar nahm »das Mädchen« die Entlobung doch nicht so leichtfertig hin, wie Kafka gehofft hatte. Aber was erwartete Julie von ihr? Sollte sich Milena entschuldigen und ihr Kafka wieder überlassen, als würde sie ein geborgtes Spielzeug zurückgeben? Dass sie da hineingezogen wurde, trübte ihre Stimmung. Doch sie beschloss, die vielen Briefe zu

Hause in Ruhe und der Reihe nach zu lesen und sich dann zu überlegen, wie sie vorgehen würde. Schon komisch, ganz erfüllt von den neuen Ereignissen hatte sie zwar weiterhin viel an Kafka gedacht und sich immer noch über die gemeinsame Zeit mit ihm gefreut, doch im Gegensatz zu ihm hatte sie nicht sofort das Verlangen gehabt, ihm zu schreiben. Das erste Mal nach Wochen tagtäglicher Briefe gab sie anderen Dingen den Vorrang.

Kafkas Rückreise war nicht ohne Komplikationen verlaufen, erfuhr sie beim Lesen, seine Schmelzstimme in ihrem Ohr. Fast wäre er umgekehrt, als ihn der Zoll an der Grenze bei Gmünd festhielt, weil sein Visum abgelaufen war. Er hatte sich schon vorgestellt, Milena zu überraschen und einfach vor ihrer Tür zu stehen. Doch dann wurde er nach einigem Hin und Her doch durchgelassen. Gleich nach seiner Ankunft in Prag traf er sich mit Max Brod und erzählte seinem besten Freund von ihr. Herr Brod wusste von den Liebesbriefen, die Kafka seit seiner Kur an eine Frau schrieb, aber er hätte dahinter niemals Milena Pollak, die einstige Jesenská, erraten.

Wenn man durch Glück umkommen kann, dann muß es mir geschehn. Und kann ein zum Sterben Bestimmter durch Glück am Leben bleiben, dann werde ich am Leben bleiben, schrieb er und das rührte sie zu Tränen. Ach, Franz, dachte sie. Hoffentlich reichte ihre Liebe, um ihn zu heilen. Und bevor sie weiterlas, stellte sie sich das Schreibzimmer vor, ihre beiden Tanztische und wie sie vertieft, aber nah beisammen dort eines Tages sitzen würden.

Und dann erklärte er endlich, was es mit dem Telegramm auf sich hatte. Wie Milena vermutet hatte, wollte sich Julie nicht einfach fortschicken lassen, und verlangte mehr von der Neuen zu erfahren, die ihren Platz in Kafkas Sinnen und Herzen einnähme. Und Franz, der nicht lügen konnte und ständig seine Seele verkaufte, erzählte ihr alles. Was sie von Milena erfuhr, machte Julie noch wütender. Ihr war es unbegreiflich, dass er die Verlobung mit ihr für eine andere lösen wollte, die verheiratet sei und sich mit ihm nur in aller Heimlichkeit verabreden konnte, wo doch sie bereit sei, alles für ihn zu tun und zu geben. Und noch dazu hatte er mit dieser Frau seit Monaten korrespondiert. Seit Monaten? Also auch während er mit ihr über die gemeinsame Zukunft gesprochen habe? Das bedeutete, dass alles, was zwischen ihnen geschehen wäre, nichts als Täuschung gewesen war. Am besten, Julie würde sich sofort das Leben nehmen und ihren Platz endgültig freigeben. Und als Kafka versuchte sie zu beruhigen, verlangte sie, auf der Stelle diese Briefe zu sehen. Nur seine Erlaubnis, Milena schreiben zu dürfen, brachte sie davon ab. Er hoffte, dass Julie in ihrer Not nichts Hinterlistiges vorhabe und Milena gegen ihn beeinflussten könnte. Überdies entschuldigte er sich schon vorab. Er wüsste, wie verletzend das alles für sie wäre. Er würde am nächsten Tag versuchen, noch mal mit »dem Mädchen« zu sprechen und sie vielleicht von dem Entschluss abzubringen. Das misslang, aber zumindest konnte er Julie überreden, noch mal zur Hauptpost zu laufen und den Brief an Milena abzufangen.

So hatte sich ohne ihr Wissen und Zutun die heikle Angelegenheit von selbst geregelt, wie gut, dass sie die Briefe nicht früher erhalten hatte. Für Kafka war der Gedankenstrom keinesfalls abgerissen. Er ließ die gemeinsame Zeit Revue passieren, stellte sich jede Einzelheit genau vor. Er hatte die Klinke ihrer Tür so nah vor Augen wie sein Tintenfass und war sogar auf ihren Schrank eifersüchtig, der ihr wahrscheinlich gerade in diesem Moment näher war als er. *Warum bin ich nicht z.B. der glückliche Schrank in Deinem Zimmer, der Dich voll anschaut, wenn Du im Lehnstuhl sitzt oder beim Schreibtisch oder Dich niederlegst oder schläfst (aller Segen über deinen Schlaf!).*

Also stellte er sich vor, der klobige Schrank zu sein, schließlich reimt sich Schrank auch auf FranK, wie er manchmal unterschrieb und das kleine Z dabei zerquetschte. Und der Schrank-Frank weigerte sich, ihr sein Lieblingskleid, das Hypatia-Kleid, herauszugeben. Es würde sich sonst nur recht abnützen vom vielen Tragen, tagaus, tagein. Milena lachte sich die Tränen fort beim Lesen, und ihr wurde wieder leichter ums Herz. Wegen solcher Einfälle liebte sie ihn umso mehr. Beim wiederholten Lesen seiner Briefe gelang es ihr, erneut ganz mit ihm zu sein, und die Feinheiten zwischen den Zeilen wahrzunehmen, die sie außer dem Dilemma mit Julie enthielten. Am liebsten würde er sich nicht mit unnützen Dingen abgeben, sondern alle Zeit, die es gab, für sie verwenden, für das Denken an sie, das Atmen in ihr. Verwundert war Milena nur, als sie erfuhr, dass er anlässlich der Hochzeit seiner Schwester für zwei Wochen aus seinem Elternhaus ausquartiert wurde, um Verwandten Platz zu machen. Erst da begriff sie, dass er wieder bei seinen Eltern eingezogen war. Was bedeutete das für sie beide, würden sie sich eine eigene Wohnung suchen, um zusammenzuleben, oder sollte sie mit in sein Zimmer ziehen, um mit seinen Eltern unter einem Dach zu wohnen? Darüber hatten sie noch gar nicht gesprochen, bisher war sie davon ausgegangen, dass Kafka alleine lebte. Doch nichts von diesen Gedanken schrieb sie ihm. Zuerst wollte sie wissen, wie es ihm gesundheitlich ging, davon stand nichts in den vielen Briefen. Sie berichtete ihm, was bei ihr in den wenigen Tagen passiert war, seit sie sich getrennt hatten, von den Anfragen der Prager Zeitungen und dass Ernst von ihnen beiden wusste. Auch wenn sie die Folgen noch nicht einschätzen konnte, so war ihre Verbindung wenigstens kein Geheimnis mehr, ergänzte sie.

3. Kapitel
NELKE

Aus Kafkas nächstem Brief erfuhr sie, dass er die Angelegenheit nicht so gelassen aufnahm. Er sorgte sich um sie, wusste aber momentan auch keinen besseren Rat, als abzuwarten. Er könnte ihr Geld schicken, obwohl er selbst haushalten musste. Die vielen Sanatoriumsaufenthalte seien kostspielig. Leider hatte sein Arzt keinerlei Besserung seiner Lunge festgestellt, er wäre immer noch viel zu dünn für seine Statur. Wie sollte es mit ihnen beiden weitergehen? Würden sie sich schreiben und schreiben, bis einem von beiden die Feder aus der Hand fiel?

An manchen Tagen ernährte sich Milena immer noch nur von Äpfeln und Tee, da die Überweisungen für die Artikel auf sich warten ließen, aber sie hatte nun ein regelmäßiges Auskommen, das sie erfüllte, und brauchte sich nicht mehr um ein Zubrot zu kümmern. Manchmal machte ihr der Zeitdruck zu schaffen, die Abgabetermine für die verschiedenen Redaktionen waren eng gesteckt und überschnitten sich gelegentlich, sodass es ihr vorkam, als schriebe sie schneller, als sie denken konnte. Zugleich übersetzte sie weitere Autoren ins Tschechische. Gustav Meyrink, Alfred Döblin, Gustav Landauer und andere Deutsche, all ihre Lieblinge oder Autoren, die sie in der Buchhandlung oder Bibliothek entdeckte. Auch Franzosen wie Paul Claudel und Arthur

Rimbaud waren dabei. Sie wagte sich sogar an den Amerikaner Upton Sinclair. Aber ihr wichtigster Autor blieb Kafka. Eine Zeitung fragte an, ob sie eine weitere Erzählung von ihm, »Bericht für eine Akademie«, übersetzen wollte. Sie würden sie auch in voller Länge abdrucken, ohne zu kürzen. Franz gratulierte ihr in einem Brief zu dem neuen Auftrag, sie sei doch seine Haus- und Hofübersetzerin, wenn sich jemand anderes um seine Texte bemühte, würde er sofort eingreifen und ablehnen. *Niemand dürfte sich in unsere Angelegenheiten einmischen, Milena, in unsere!*

Sie schrieben sich weiterhin über alles, was sie bewegte. Milena bat Kafka um einige Botengänge in Prag, und er unternahm sie gerne für sie. In größter Sommerhitze, sechsunddreißig Grad im Schatten und ausgerechnet an einem Tag, an dem die Elektrische streikte, suchte er zu Fuß den Olschaner Friedhof im Stadtteil Zizkow auf. Er sollte das Grab ihres kleinen Bruders aufspüren. Stundenlang wanderte er herum, konnte es nicht finden. Die Auskunftskanzlei war gesperrt, auch kein Diener oder Passant wusste Bescheid. Erst zwei Wochen später, bei seinem dritten Friedhofsbesuch, entdeckte er das Familiengrab der Verwandten ihrer Mutter. Das hatte Milena nicht gewusst, sie hatte gedacht, ihr Bruder läge im Jesenský-Familiengrab. Die Goldschrift sei fast abgesprungen. Er konnte die Inschrift nur erkennen, als er sich nah zum Grabstein beugte. Jenisék stand da als Name, kaum noch erkennbar. In Milenas Auftrag legte er bunte Nelken ganz an den Rand. Und er traf sich auch mit Staša, in der Hoffnung, dass ihre Freundin ihnen einen Ausweg aus Milenas vertrackter Lage weisen könnte. Wie sie einer Ehe entfliehen könnte, die nur noch auf dem Papier existierte, um neu und selbstbestimmt, endlich frei anzufangen. Dabei gewann Kafka den denkbar schlechtesten Eindruck von Staša, sodass sie gar nicht auf Milenas Angelegenheit zu sprechen kamen. Ihre Freundin wirkte erschöpft und war wenig gesprächig. Franz, selbst abgezehrt, bemühte sich dennoch zu vermitteln. Seine Krankheit verharmloste er, Lungenkrankheiten seien meistens die liebenswürdigsten von allen und besonders im Sommer gut zu ertragen. Zum Dank für die Strapazen, die er auf sich genommen hatte, schickte Milena ihm ein Porträt von sich, das sie spontan in der Stadt bei einem Fotografen hatte machen lassen. Das sei sein Ewigkeitsbrief, schrieb Kafka zurück, das Bild könne er nur mit Tränen und Herzklopfen ansehen. Diese Überraschung war wenigstens geglückt.

Als sie eine Forderung nach Frieden von Rosa Luxemburg ins Tschechische übertrug, schickte sie Tante Mařena eine Karte und teilte ihr mit, wann diese Rede in der Zeitung erscheinen würde. Und die Tante reagierte freundlich, wirkte zu Milenas Freude ihr noch immer wohlgesinnt und hoffte, dass sie sich jetzt, in der neuen Republik, bald wiedersahen. Als sie das las, hätte sie am liebsten auf der Stelle ihre Koffer gepackt, doch wie sollte sie das ohne die notwendigen Papiere schaffen? Dass Ernst ihr mit ihrem Vater gedroht hatte, tat seine Wirkung. Womöglich wurde sie an der Grenze oder spätestens dann in Prag als entlaufene Ehefrau von der Polizei aufgegriffen und in Handschellen zurückgeschickt.

»Trotz allem harren wir besser noch ein Weilchen hier aus, was, Fjodor?«, sagte sie an einem Juliabend zum Kater, als sie ihre neuen Notizen durchging und einen weiteren Artikel vorbereitete. Gerade hatte ein Gewitter die stickige Wiener Luft gereinigt. Fjodor war vor dem Donner unters Bett geflüchtet, kroch mit angelegten Ohren heraus und sprang Milena auf den Schoß. Sie strich ihm übers Fell. »Dir gefällt es auch, dass ich zu Hause arbeite, was?« Als Antwort fing er zu schnurren an, lag bald schwer auf ihren Beinen, halb unterm Tisch. Auf die Bitte von Ernst, dass sie ihn nicht verlassen sollte, war sie nicht eingegangen, und er fragte nicht nach. Bald glaubte sie, er hätte den Zettel nur aus einer Laune heraus geschrieben, wie so oft. Kurz bevor der Sommerschnee verblüht war, trocknete Milena den Strauß und stellte ihn auf den Küchenschrank. Ansonsten blieb alles beim Alten. Wenn sie sich in der Küche oder im Bad begegneten, sprachen sie nur das Notwendigste miteinander.

Dass Milenas Vater über ihr Verhältnis zu Kafka Bescheid wusste, genügte Ernst. Das zwang sie, in Wien zu bleiben. Kafka erwähnte er mit keiner Silbe mehr. Zuvor hatte er ihn als den größten lebenden Dichter deutscher Sprache angepriesen und einen absoluten Kafka-Kult mit seinen Kaffeehausjüngern betrieben. Jede seiner Neuerscheinungen war genauestens analysiert worden. Von Milena verlangte Ernst ihre Pflichten als Hausfrau und sie gehorchte, berührt hatten sie sich schon lange nicht mehr. Nach den durchzechten Nächten lüftete sie seine Anzüge und bürstete sie aus. Sie putzte seine Schuhe, trug die Schmutzwäsche, die er vor seine Zimmertür warf, bevor er seinen Teil der Wohnung zusperrte, zu Frau Koller. Und wenn er ihr Geld daließ, kaufte sie für ihn mit ein. Bald brachte er das nächste Liebchen mit oder debattierte die ganze Nacht mit seinen Freunden in der

Küche, ohne Rücksicht, dass sie nebenan schlafen wollte. Und auch Kafka erschwerte Milena die Entscheidung, einen Weg zu finden, fortzugehen. Einer Auseinandersetzung mit ihrem Mann wollte er sich nicht stellen, betonte er in seinen Briefen und umschrieb es wie üblich sehr bildhaft: Er sähe sich als Maus im Pollak-Haushalt – ausgerechnet das Tier, dass er verabscheute –, der man höchstens einmal im Jahr erlauben konnte, offen quer über den Teppich zu laufen. Vorerst blieb Milena nichts anderes übrig, als sich auf ihre Arbeit zu konzentrieren, und das tat sie mit ganzer Seele und all ihrer Kraft. Auch wenn Kafka ihr als Mann nicht zur Seite stand, so hatte ihr seine Liebe offenbart, was in ihr steckte. Er glaubte an sie, und sie tat es nun auch endlich wieder. Daran klammerte sie sich und das beflügelte sie, weiter zu hoffen.

Pünktlich zur Monatsmitte legte Ernst seinen Teil der Miete auf dem Tisch, und Milena brachte das Geld zusammen mit ihrer Hälfte zu Paní Koller hinunter.

»Ach, Frau Pollak, ich wollte gerade zu Ihnen hochsteigen«, sagte die Hauswirtin an der Tür. »Vorhin kam eine Postanweisung aus Prag für Sie, zusammen mit einem Telegramm.«

»Etwas für mich wurde an Sie geschickt?«

Frau Koller nickte. »Ich habe mich auch gewundert.« Sie trug die Julimiete in die Küche, holte einen Umschlag und gab ihn Milena. Schickte ihr Kafka etwa doch Geld? Sie bedankte sich und wollte wieder in ihre Wohnung gehen.

»Bei der Gelegenheit, Frau Pollak, möchte ich Ihnen gleich sagen, dass ich nicht mehr für Sie waschen und plätten kann. Heinz, also mein Verlobter, verdient ausreichend, und er sagt, ich brauche nicht mehr für andere Leute arbeiten. Ich hoffe, Sie verstehen das?«

»Selbstverständlich.« Milena war zwar überrascht, dass sie ihren Dienst noch vor der Eheschließung quittierte, nicht zum ersten Mal war bei Frau Koller eine Verlobung geplatzt. Für sie bedeutete die Wäsche eine Menge Mehrarbeit, Ernst brauchte für die Bank jeden Tag ein frisches geplättetes Hemd. Das war ihr zu viel, doch sie musste es billigen, obendrein sparte sie etwas, wenn sie fortan die Wäsche selbst übernahm. Sie bedankte sich bei der Hauswirtin für die langjährige Treue.

»Schon recht, jetzt hören Sie auf«, Frau Koller winkte ab, »ich habe das gerne gemacht. Und unter uns …« Sie beugte sich vor und flüsterte plötzlich. »Ich weiß gar nicht, was ich dann tun soll, Müßiggang liegt mir nicht. Ich habe schon immer gearbeitet, von klein auf. Ich kann doch nicht bloß noch zu Hause herumsitzen oder mich in einem Kaffeehaus herumtreiben. Das ist einmal schön, aber nicht die ganze Woche lang.«

»Gehen Sie spazieren«, schlug Milena vor, »und nehmen Sie sich jeden Tag ein neues Stadtviertel vor, bestimmt kennen Sie noch gar nicht alle Winkel Wiens.«

Frau Koller rümpfte die Nase. »An manche Orte will man doch auch nicht. Aber Sie haben recht, das ist ein brauchbarer Einfall. Die Frau Dorner aus dem Nachbarhaus ist gestorben und jetzt hätte deren Tochter ihren alten Malteser zu verschenken. Dann wäre ich sogar gezwungen, spazieren zu gehen.« Milena nahm an, dass es sich dabei um einen Hund handelte, fragte aber nicht nach, denn sie wollte möglichst schnell allein sein und wissen, wer ihr Geld geschickt hatte.

Doch bevor sie sich entfernte, hielt Frau Koller sie am Arm fest. »Also mein Heinz …« Sie dämpfte ihre Stimme, trat noch einen Schritt näher, ihr Atem roch nach Alkohol. »Ich will ihn nicht wecken, er schläft gerade. Gestern ist er spät heimgekommen, und wir haben trotzdem noch mit Schaumwein auf seinen neuen Auftrag angestoßen. Schaumwein, Frau Pollak. Warten Sie, soll ich nachsehen, ob noch ein Schluck da ist, zum Probieren für Sie?«

»Nein, vielen Dank, ich muss …«

Doch Frau Koller hielt sie weiter fest. »Sie verpassen etwas. Heinz ist so tüchtig in seinem Metier.«

»Und was ist Ihr Verlobter von Beruf?«

»Ach, wie heißt das doch gleich?« Endlich ließ sie sie los und rieb sich die Stirn. »Ich vergesse es immer, er hat es mir schon mehrmals vorgesagt, irgendetwas mit Einkauf-Verkauf. Er kann praktisch alles besorgen, also wenn Sie oder Ihr werter Gatte etwas bräuchten, dann geben Sie Bescheid. Egal, was es ist.«

Könnte er sie auch unsichtbar über die Grenze nach Prag schmuggeln, dachte Milena, wäre sie sofort dabei. »Gut zu wissen«, sagte sie stattdessen, hörte sich noch eine Weile die Schwärmerei über den Neuen an, bis von drinnen eine raue Männerstimme nach Frau Koller rief:

»Paní, wo bist du? Das Bier ist alle, und wann gibt's endlich Essen?«

Auf dem ersten Treppenabsatz riss Milena den Umschlag auf. Hundert Kronen lagen darin, der Absender war aber nicht Kafka, sondern Jan Jesenský. Hastig überflog sie das Telegramm.

MELDE DICH NOTFALL VATER, war alles, was er

schrieb. Hoffentlich war nichts mit Tante Mařena? Kurzentschlossen rannte sie erneut nach unten und läutete an Frau Kollers Tür. Es dauerte, bis sie noch mal öffnete. Eine Sauerkrautwolke strömte aus der Tür. Das war das einzige Gericht, das Milena hasste, weil es in jedem Wiener Hausflur festhing wie ein Pilz. Und nun also auch bei der ungarischen Frau Koller.

»Kann ich bitte bei Ihnen telefonieren?«, fragte sie und versuchte den Gestank zu ignorieren.

»Jetzt?«

»Wenn es keine Umstände macht.«

»Das tut es. Das Essen brennt mir an, Heinz wartet auf seine Würstel, er wird so unleidig, wenn er warten muss.«

»Ich störe Sie auch nicht beim Kochen, versprochen. Lassen Sie mich bitte nur kurz an den Apparat. Wir haben einen Notfall in der Familie.«

»Aber nur, wenn's kein Ferngespräch ist«, tönte es wieder aus dem Wohnzimmer. Milena erblickte durch die angelehnte Stubentür zwei Männerfüße in löchrigen Stricksocken, die über das Sofa ragten.

»Heinz meint, ich wäre zu großzügig mit unserem Telefon, was die Parteien im Haus betrifft«, sagte Frau Koller wie zur Entschuldigung.

»Ich melde ein R-Gespräch an, aber ich muss dringend mit Prag sprechen.« Milena überlegte schon, wo sie sonst fragen könnte.

»Die Bereitstellung kostet aber auch«, rief der Verlobte, der offensichtlich Ohren wie eine Fledermaus hatte.

»Ich bezahle«, erwiderte Milena und gab Frau Koller zwei Kronen. Endlich ließ sie die Hauswirtin ein und führte sie zum Apparat, der in der Garderobe vor einem Spiegel stand. Milena holte Luft, versuchte den geballten Krautgeruch zu verdrängen und wartete auf das Fräulein vom Amt, dann nannte sie eine Nummer und bat um Rückruf auf Frau Kollers Nummer. Sie legte auf, wartete, kurz darauf klingelte das Telefon. Milena hob ab. »Vater? Ich bin's«, sagte sie auf Tschechisch, das sie zuletzt bei Kafkas Besuch gesprochen hatte.

»Das wird auch Zeit. Ich dachte schon, du meldest dich erst, wenn ich dich wieder aus dem Gefängnis herausboxen muss.« Ihr Vater hielt nichts von Begrüßungsfloskeln.

Das Herz schlug ihr bis zum Gaumen, aber sie versuchte, zu sich selbst zu stehen. Niemand, auch nicht ihr Vater, sollte sie mehr demütigen. »Sie haben mir telegraphiert, was ist passiert?«, fragte sie und versuchte genauso abgeklärt zu klingen wie er.

»Wieso, was soll passiert sein? Willst du etwa wissen, wie es mir geht nach all den Jahren?«

»Sie haben doch geschrieben, dass es einen Notfall gibt. Ist etwas mit Tante Mařena? Oder mit Ihnen?«

Er lachte. »Nein, ihr geht's gut, soviel ich weiß. Und mir, na ja, wie es halt einem alten Mann so geht.« Jetzt kam er ihr wieder so. Sie konnte sich kaum vorstellen, dass er, trotz seiner fünfzig Jahre, in der Zwischenzeit gebrechlich geworden war. »Jedenfalls wusste ich nicht, wie ich dich sonst dazu bringen könnte, endlich mit mir zu reden. Und hör mit dem Siezen auf.«

Wie großzügig! Sie schwieg, spürte sie da einen Hauch von Reue bei ihm? Vermisste er sie tatsächlich? Sie ließ ihn zappeln. Es verging teure Sprechzeit.

»Bist du noch dran?«, fragte er. »Ahoj, Milka?«

Sie dachte an Kafka und die Aussicht, dass sie sich bald wiedersahen. Es musste doch einen Weg geben, nur einen, irgendwie, und wenn es über ihren Vater wäre. Doch er war wohl kaum der Richtige, den sie dabei um Hilfe bitten konnte. Aber sie wollte wenigstens hören, was er zu sagen hatte. Und wenn es nicht mehr auszuhalten war, würde sie einfach auflegen. »Ich bin noch dran«, sagte sie.

»Dein Mann hat mich vor ein paar Wochen angerufen, wie du vielleicht weißt. Er behauptet …, warte, wie hat er sich ausgedrückt? Ihre Tochter, Herr Professor, flaniert mit einem anderen Kerl in der Stadt herum. Der Herr Möchtegernschriftsteller, ha, *flanieren*, in welchem Roman hat er das denn gelesen?«

»Ja, und?« Sie konnte seinen Spott kaum ertragen.

»Ob es mehr war als nur flanieren, ob er euch in flagranti erwischt hat, eng umschlungen irgendwo in der Stadt, habe ich ihn gefragt …« Also doch, Milenas Gespür hatte sie nicht getäuscht. Genauso hatte ihr Vater damals von Ernst und ihr gesprochen und diese Worte hatte ihr Mann nun gegen sie verwendet. Sie machte sich auf eine Standpauke gefasst und fragte sich zugleich, warum sie sich das antat. Aber dann merkte sie, dass es in der Koller-Wohnung mucksmäuschenstill war, Heinz und Paní lauschten aus Küche und Wohnzimmer auf jedes Wort von ihr, zählten wahrscheinlich die Minuten und hörten die Kasse klingeln. Dann fiel ihr ein, dass Vater dieses Gespräch selbst bezahlte, also sei's drum, sie hörte weiter zu. Auch wenn sie nach langer Zeit zum ersten Mal miteinander sprachen, und er nichts Besseres wusste, als ihr Vorhaltungen zu machen.

»Mach dir keine Gedanken wegen Kafka«, sagte Vater.

Nun war sie verblüfft. »Wie meinst du das?«

»Na, wegen deinem Ehemann. Was willst du mit einem, der seinen Schwiegervater anruft, um seine Frau schlechtzumachen? Ich bereue heute noch, dass ich seine Aufforderung zum Duell nicht angenommen habe. Aber du kannst es tun, schieß ihn in den Wind, Milka, und komm endlich nach Hause. Hier ist immer ein Platz für dich, ach, was sage ich, eine Wohnung. Das ganze Haus gehört dir sowieso eines Tages. Und das Geld, das ich an die Hausverwaltung geschickt habe, damit es Pollak nicht abfängt, müsste für eine Fahrkarte reichen.«

4. Kapitel

MYRTE

Vater stellte sich das so einfach vor. Pass, Visum und Fahrkarte kosteten bestimmt mehr als die hundert Kronen, abgesehen davon, dass Ernst nie seine Zustimmung dazu geben würde. Milena telegraphierte an Kafka. Sie musste ihn dringend sehen. Am besten, er käme noch mal nach Wien, um sich mit ihr zu beratschlagen. Gemeinsam fiele ihnen vielleicht etwas ein. Doch das war alles andere als leicht für ihn, wie er im Antwortbrief und einigen weiteren in den nächsten Tagen erklärte. Er konnte nicht mehr freinehmen oder sich krankmelden, sein Chef wäre ohnehin sehr großzügig gewesen, was seine monatelangen Kuraufenthalte in den letzten Jahren betraf. Auch um Urlaub bitten ging nicht. Noch dazu war die ganze Verwandtschaft wegen Ottlas Vermählung anwesend. Von der Trauung selbst schrieb er wenig, außer, dass er eine Myrte im Knopfloch getragen hatte. Milena fühlte sich wieder an die Zeit vor dem ersten Treffen erinnert, Kafka wirkte genauso unentschlossen, zugleich hatte er Sehnsucht nach ihr. *Was für ein leichtes Leben wird es sein, wenn wir beisammen sind*, beteuerte er einerseits, er werde niemals Angst um sie haben, und im nächsten Brief schwemmte ihn genau diese Angst weg. Umso mehr beharrte Milena auf einem Wiedersehen. Schließlich willigte Kafka ein. Es gäbe da diese Grenzstation. Eine kleine Stadt, die er von der Verzögerung bei seiner Rückreise zur Genüge kannte. Dort könnten sie sich am kommenden Sonntag für ein paar Stunden treffen. Es würde niemand Verdacht schöpfen, und sie hätten die Möglichkeit, das Wichtigste zu besprechen oder auch einfach nur beisammen zu sein. Und welch herrliche Aussicht, schrieb er, diese Vereinbarung könnten sie jede Woche haben. Das klang in der Tat verlockend, doch besser abwarten, dachte Milena, so wie sie Kafka kannte. Falls Ernst von ihrem Ausflug erfuhr, würde sie sagen, dass sie für einen Artikel auf dem Land recherchierte. Solange sie ohne Murren den Haushalt weiterführte, fragte er ohnehin nicht mehr nach, was sie tat. Dass sie sich inzwischen ganz um die Wäsche kümmerte und nicht mehr Frau Koller, bemerkte er erst, als sie eines seiner Hemden versengte, und er sich bei der Hauswirtin beschweren wollte. Da erzählte sie es ihm.

»Ach so? Na, das erklärt einiges. Aber kümmere dich nicht weiter darum, fortan übernehme ich das.« Er reagierte ungewohnt milde und rieb über den dreieckigen Brandfleck auf seinem Ärmel.

»Du willst plätten?« Milena konnte ihr Erstaunen nicht verbergen.

»Ich habe nicht gesagt, dass ich das mache, ich finde jemanden, der das kann. Du hast Wichtigeres und scheinbar Einträglicheres zu tun mit deiner Schreiberei, du brauchst dich nicht mit meinen Hemden aufzuhalten.« Schreiberei, so nannte er das also. Aber immerhin duldete er endlich, dass auch sie einen Beruf ausübte, der genauso viel Zeit in Anspruch nahm wie seine Tätigkeiten.

Das Wiedersehen mit Franz verschob sich noch mal um eine weitere Woche. Milena plagten Kopfschmerzen, sie hatte das Gefühl, ihr platze der Schädel vor Anspannung. Es gab ein Hin und Her mit den Abfahrtszeiten, weil Kafka ausrechnete, wie sie trotz unterschiedlichen Eintreffens am meisten gemeinsame Stunden herausschlagen konnten. Und dann, kurz nach ihrem vierundzwanzigsten Geburtstag, legten sie per Telegramm endlich einen genauen Zeitpunkt fest. Am vierzehnten August, einem Sonntag, sechs Wochen nach ihrem ersten Treffen, fuhr sie frühmorgens mit dem Zug nach Gmünd. Dicke, sich immer grauer färbende Wolken ballten sich vor der Sonne. Im Abteil war es trotz geöffneter Fenster drückend schwülwarm. Bald klebte ihr der Rock an den Beinen. Sie hatte den »armen Spielmann« von Grillparzer zum Lesen dabei, versuchte sich auf die Erzählung zu konzentrieren, aber das Geplapper der anderen Fahrgäste riss sie dauernd heraus. Erst schimpften die Leute über das Wetter, der Sommer sei viel zu heiß und trocken, dann die Wiener Regierung, wobei es aber mit der in Großbritannien nicht viel besser stand, die sich noch immer im Krieg mit Nordirland befand, wie ein Mann mit englischem Akzent erklärte. Man verstummte eine Weile, über den Krieg gab es offenbar nichts beizutragen, ob der vergangene im eigenen Land oder der herrschende woanders. Milena vertiefte sich wieder in ihr Buch. Der Herr gegenüber ergriff erneut das Wort und beschwerte sich über die Zugverspätungen, was ringsum reichlich und fast erleichtert über den Wechsel zu einem weniger tragischen Thema kommentiert wurde.

»Welche Gelegenheiten man versäumt, nicht auszumalen«, echauffierte sich ein Herr mit Fliege.

»Für mich war eine Verspätung der Schlüssel zum Glück«, meldete sich eine Dame mit sanfter Stimme zu Wort. »Dadurch habe ich den Mann fürs Leben gefunden.« Milena klappte das Buch zu und notierte sich das Gehörte. Somit hatte sie Ernst gar nicht angelogen, sie recherchierte wirklich. Allerdings hatte er sie gar nicht gefragt, was sie heute vorhatte, als sie das Haus verließ.

Mit nur sieben Minuten Verspätung traf sie schließlich in Gmünd ein. Kafka erwartete sie schon. Wie ein großer eleganter Rabe in Menschengewand stand er mit Hut, Aktentasche und Mantel über dem Arm auf dem Bahnsteig und hielt nach ihr Ausschau. Sie winkte ihm aus dem vorletzten Waggon, er entdeckte sie und setzte sich in Bewegung. Als sie voreinander standen, reichten sie sich die Hand wie zwei Fremde, die sich geschäftlich trafen. Sie verließen das Bahngelände über ein Abstellgleis und gingen auf einem Schotterweg zu einer Allee, bis sie sich unbeobachtet glaubten. Dann umarmte sie ihn und wollte ihn küssen. Er wich zurück, holte ein Taschentuch aus der Hose und hielt es sich vor den Mund.

»Co se děje?« Was ist los?, fragte sie ihn auf Tschechisch.

Er räusperte sich. »Ich will dich nicht anstecken.«

»Geht es dir schlechter?«

»Das nicht. Aber besser auch nicht.«

»Dann hätten wir uns niemals küssen dürfen, aber das haben wir schon.« Sie schob das Tuch beiseite und küsste ihn. Zart und kurz. Franz erwiderte den Kuss kaum, er wirkte magerer, als sie ihn in Erinnerung hatte, sie meinte jede Rippe durch seine Weste hindurch zu spüren. Seine Wangenknochen traten deutlicher hervor und seine Augen, die im Schatten unter der Hutkrempe lagen, wirkten riesig in seinem schmalen Gesicht. Am liebsten hätte sie ihn gar nicht mehr losgelassen, wollte ihn halten, beschützen, auf dass er wieder gesund würde. Doch er löste sich und trat einen Schritt zurück, als stellte er sie wie eine Puppe zur Seite, um sie besser betrachten zu können.

Müde lächelte er sie an und seine Miene hellte sich etwas auf. »Da bist du endlich, lebendig und wahrhaftig.«

»Lass uns essen gehen«, schlug sie vor, »oder willst du dich erst ausruhen? Wie lange musstest du warten? Es ist doch schon gleich Mittag. Wir könnten uns ein Zimmer nehmen und uns das Essen bringen lassen, wie wäre das?« Sie war voller Tatendrang, schließlich hatten sie wenig Zeit, noch dazu fing es zu regnen an. Dicke Tropfen fielen auf ihre staubigen Schuhspitzen und brachten sie zum Glänzen. Sie nahm seine Hände in ihre.

»Da ist eine Sache, Milena, die ich dir schon lange sagen wollte.«

»Dann sag es, dazu sind wir hier. Wie weit ist es bis in die Stadt, du kennst dich doch aus in Gmünd, hast du geschrieben.«

»Auskennen ist zu viel gesagt. Ich bin auch nur bis zur Passkontrolle und zur Zollrevision gelangt.« Er zeigte mit dem Kopf auf eines der großen Häuser gegenüber.

»Ein Speiselokal wird es hier bestimmt geben oder auch ein Hotel?«

»Ein Hotel für die paar Stunden? Meinst du, das ist eine gute Idee?«

»Warum nicht? Oder möchtest du nicht mit mir ungestört sein?«

»Doch schon, aber …«

»Nichts aber.« Sie unterbrach sein Zögern. Nicht schon wieder diese Tour, gleich zu Beginn. »Lass uns fahren, bevor es noch stärker regnet. Ich habe keine Wechselkleidung dabei.« Sie hatte nur ihre Umhängetasche mit Geld, Buch und Schreibzeug mitgenommen, trug die hüftlange Bluse mit dem grafischen Muster, die noch aus Prager Zeiten stammte, zu ihrem wadenlangen Plisseerock. »Komm.« Sie zog ihn zur Straße, wo die Kraftdroschken parkten. Auf Deutsch bat sie den Fahrer, der gerade das Dach vom Rücksitz nach vorne auffaltete, ob er sie zu einem Hotel bringen könnte. Kafka folgte ihr, schlüpfte in seinen Mantel, als es stärker zu regnen anfing, und hustete, bellte regelrecht, bevor er einsteigen konnte.

»Geht's wieder?«, fragte sie, nachdem er sich endlich beruhigt hatte. Er blinzelte, presste sich wieder das Taschentuch vor den Mund, schlüpfte durch die Tür und setzte sich neben sie.

»Haben Sie sich verschluckt?«, fragte der Fahrer, ein älterer Herr mit einem Marionettenkinn.

»Sozusagen.« Kafka keuchte, sein Atem rasselte, kurz darauf übertönte das der Motorenlärm, als der Fahrer die Kraftdroschke anwarf.

»Sind Sie auch von drüben?«, fragte er, zeigte über die Bahnschienen in Richtung Grenze und lenkte den Wagen auf die Allee.

Milena und Kafka sahen sich an. Eigentlich wollten sie einem Wildfremdem keinerlei Auskunft geben. Der Fahrer wartete keine Antwort ab. »Ich dachte mir nur, weil Sie, Fräulein, mit tschechischem Akzent gesprochen haben.«

»Frau, bitte.« Darauf bestand Milena.

»Verzeihung, Gnädigste. Dann ist das glückliche Paar vielleicht hier, um Verwandte zu besuchen?« Jetzt nahm er an, dass sie verheiratet waren. »Wir haben zweihunderttausend Böhmen seit dem Ende des Krieges bei uns beherbergt. Bestimmt wollen Sie Ihren Landsleuten einen Besuch abstatten?«

»Nein, wir möchten nur einen Tag in der Sommerfrische verbringen, weiter nichts.« Kafka schluckte fast nach jedem Wort, seine Stimme war noch immer belegt.

»Oh, dafür haben Sie sich aber ein ungünstiges Wochenende für unser Städtchen ausgesucht. Wer weiß, ob der Regen heute noch aufhört.« Er nahm die Hand vom Lenkrad und fuchtelte ins Freie. Milenas linke Seite wurde nass, sie begann zu frösteln. Der Fahrer redete unbeirrt weiter. »Was sage ich, von wegen Städtchen, bald sind wir eine Stadt, die Böhmen scheinen hier im Waldviertel bleiben zu wollen. Verständlicherweise, so modern, wie es bei uns ist, wir haben Strom, Elektrizität und Telefon, und dies nahezu in jedem Haushalt.«

Kafka schlüpfte aus den Ärmeln und bot Milena den Mantel an. »Nimm ihn, sonst erkältest du dich noch.«

»Du brauchst ihn mehr«, sagte sie, doch er hatte ihn ihr schon umgelegt, schlug den Kragen hoch. Beide kauerten sie sich in der Mitte der Rückbank darunter, um dem hereinspritzenden Wasser durch die scheibenlosen Fenster zu entkommen. Der Fahrer war mit Lederjacke und Kappe regenresistent und pries weiter die Vorzüge seiner Heimat an. »Vergessen Sie nicht, sich unser Schloss anzuschauen, und auch im Malerwinkel lässt es sich wunderbar spazieren.« Abrupt bremste er nach wenigen Minuten, setzte sie im strömenden Regen vor einem Hoteleingang ab und verlangte seinen Lohn. »Im Stern verleihen sie bestimmt einen Schirm, die Schlossbesichtigung lohnt sich, denken Sie dran«, riet er ihnen noch, bevor er davonbrauste.

5. Kapitel
ROSE

»Ein Zimmer nur für gewisse Stunden gibt es bei uns nicht.« Der Portier rümpfte die Nase. »Wir sind ein seriöses Etablissement.«

»Dann bitte ein Zimmer für eine ganze Nacht«, sagte Kafka.

»Wir haben aber nur noch die Zwei, sonst ist alles ausgebucht.«

»Die Zwei ist perfekt für uns.«

»In Ordnung, mein Herr.« Er hakte den Schlüssel von der Wand. »Bad und Wasserklosett im Gang, Dusche ein Stockwerk tiefer, Frühstück ab sechs Uhr dreißig im Speisesaal, Hunde sind nicht erlaubt. Der Name?«

»Von unserem Hund?« Kafka war auf einmal zum Scherzen aufgelegt. Milena unterdrückte ein Grinsen.

»Haben Sie denn einen?« Der Portier riss die Augen auf, beugte sich über die Theke und blickte auf ihre Beine, als würden sie dahinter einen Malteser oder etwas in der Art verbergen.

»Möchten Sie wissen, ob wir einen Hund besitzen, oder ob wir einen Hund dabeihaben?«, fragte Kafka.

»Hunde sind nicht erlaubt«, wiederholte er. »Also wollen Sie jetzt das letzte Zimmer, das wir noch freihaben?«

»Gern.« Kafka nickte. »Ich bezahle im Voraus.«

Die Miene des Portiers hellte sich auf, als er die Scheine entgegennahm, dann drehte er das Gästebuch in ihre Richtung und bat ihn, die werte Gemahlin und sich hier einzutragen. Kurz tauschten Milena und Kafka einen verstohlenen Blick aus, dann schrieb er sie als Herr und Frau Kramer ein. Sie folgten ihm gleich hinter die Rezeption, wo die Diensträume lagen.

»Bestimmt müssen wir nun für dein vorlautes Mundwerk zur Strafe Teller waschen und dann vor dem Kamin übernachten«, flüsterte Milena.

»Ein Abenteuer wäre es«, erwiderte Kafka.

»Hier, bitte schön.« Der Portier sperrte eine Tür in einem dunklen Winkel auf, auf der eine verkratzte Ziffer Zwei wackelte. Fast geblendet traten sie ein. Mit den buntgemusterten Vorhängen, dem blaugrünen Teppich, den farblich passenden Tapeten und dem kleinen Kachelofen war das Zimmer alles andere als die Abstellkammer, die Milena erwartet hatte. Von hier hatte man sogar einen Blick in den Garten, in dem die Blumen dem Regen widerstanden. Sie dachte an die herrlichen Rosen, die Kafka ihr zum Geburtstag zukommen hatte lassen. Hellrote und dunkelrote, gelbe und weiße, ein dicker Strauß aus vierundzwanzig Stück. Ein Wiener Gärtnerbursche hatte bei ihr geklingelt und sie ihr überreicht. Und sie hatte sofort an Franz telegraphiert, um ihm mitzuteilen, welch große Freude er ihr gemacht hatte.

»Gelegentlich benutzen wir Bediensteten das Zimmer privat. Aber wenn wir ausgebucht sind, vermieten wir es. Ich wünsche Ihnen einen angenehmen Aufenthalt.« Er überreichte Kafka den Schlüssel und zog die Tür hinter sich zu. Auch bei geschlossener Tür hörte man die Geräusche der

Küche von nebenan, die Stimmen des Personals und der Gäste.

Milena ging sofort zum Fenster, um die stickige Luft zu vertreiben, die sich hier angestaut hatte, aber dann hielt sie inne.

»Mach ruhig auf.« Kafka schien ihre Gedanken zu erraten. »Kränker werde ich nicht mehr.« Er hängte seinen Mantel über einen Stuhl, setzte den Hut ab und fuhr sich durchs Haar.

»Aber dein starker Husten vorhin. So schlecht ging es dir letztes Mal noch nicht. Wie krank bist du denn? Sag es mir, ich will es genau wissen.«

»Keine Sorge, es geht schon wieder. Schenk uns erst mal frische Luft bitte, bevor wir ersticken.«

Der Regen prasselte sofort herein, Milena wedelte mehrmals mit den Fensterflügeln und schloss sie dann wieder, als sie glaubte, dass es reichte. Sie nahm sich ein Handtuch vom Waschtisch und trocknete sich die Haare ab. »Wenigstens sind wir nun für uns.« Kafka stand noch immer im Raum, als wüsste er nicht, wohin mit sich. Der einzige Stuhl war mit seiner Kleidung belegt, blieb nur das Bett. Milena setzte sich auf die Kante. »Komm her zu mir und erzähl mir alles.« Sie streckte die Arme aus, bis er ihre Hände ergriff, und zog ihn neben sich. »Fangen wir mit der Hochzeit deiner Schwester an, wie war sie?«

Er setzte sich neben sie, beide sanken sie in die weiche Matratze, ihre Füße schnellten hoch. Sie lachten und legten sich dann quer aufs Bett. »Es war schön«, sagte er und strich über Milenas Hand, an der sie noch immer ihren Ehering trug. »Ottla und Josef haben sich das Ja-Wort gegeben, anschließend fand eine kleine Feier statt. Suppe, Kuchen und ein Akkordeonspieler. Wider Erwarten benahmen sich alle gesittet, selbst mein Vater beherrschte sich und fing gegen Abend sogar an, die alten Lieder mitzusummen. Wir hatten geglaubt, er käme gar nicht, oder zumindest, dass er alle und jeden beschimpfen würde oder bei der kleinsten Unbequemlichkeit in Zorn ausbreche, aber er benahm sich friedlich.«

»Trotzdem sind das ja nicht gerade glückliche Umstände einer Hochzeit. Dabei soll es doch um das Brautpaar gehen und nicht um die Angehörigen. Wie hat es Ottla aufgefasst?«

»Sie ist stark, sie erinnert mich an dich, in ihrem Widerstand und ihrer Suche nach Freiheit. Ich hoffe, als Frau Davidová an der Seite von Josef bleibt ihr das Erreichte. Gerade sind sie in den Flitterwochen in Eisenstein. Habe ich dir erzählt, dass ich vor vier Jahren ein Häuschen in der Alchimistengasse nachmittags als Schreibwohnung nutzen durfte, das Ottla heimlich gemietet hatte? Sie war viel früher selbstständig als ich. Wo ich noch Abbitte bei meinem Vater leistete, hat sie sich längst abgelöst. Darum lasse ich mich oft an der Hand meiner neun Jahre jüngeren Schwester führen.«

Was täten die Männer ohne uns Frauen, dachte Milena und schmiegte ihr Gesicht an sein regennasses, wischte mit der Nase die Tropfen fort. Er hustete wieder, presste sein Taschentuch auf den Mund, bis es nachließ. »Besser, du kommst mir nicht so nahe.« Er wollte sich aufsetzen.

»Bleib«, sagte sie, »und sieh mich an«, und er blickte ihr in die Augen, schob das Tuch zurück in die Hose. »Küss mich.«

Er schüttelte den Kopf. »Ich bin ansteckend.«

»Ansteckender als vor sechs Wochen?«

»Wahrscheinlich nicht.« Endlich küsste er sie. Sie glaubte

sich umhüllt von ihm, obwohl er sie kaum berührte. Was war nur los? Hatte ihm die Lungenschwäche alle Lust genommen? »Was ist mit dir? Was hat der Arzt gesagt?«

»Das habe ich dir auch schon geschrieben, keine Besserung, aber auch keine Verschlimmerung. Meine Lunge hält sich wacker, nur bei einem Wetterumschwung meldet sie sich zu Wort, das bin ich gewohnt.« Er rieb sich die Kehle und räusperte sich.

»Du fühlst dich heiß an.« Seine Haut glühte.

»Du auch.«

»Ich meine es ernst, hast du Fieber?«

»Wer hätte das nicht, so nah bei dir?«

»Dann lass mich die Krankheit vertreiben.« Sie half ihm aus den Schuhen. »Willst du deine Weste nicht ablegen?« Er tat es, knöpfte sie auf. »Und die Hose, sie soll doch nicht zerknittern?«

»Du hast recht«, sagte er. »Aber schone du deine Bluse bitte auch und den schönen Rock, es wäre schade darum.« So zogen sie sich nach und nach aus, schlüpften in der Unterkleidung schnell ins Bett, rollten in der Mitte des viel zu weichen Gestells aufeinander, umhüllt von Kissen und Decke. Milena lauschte seinem Atem, dem Regen und den Geräuschen des Hotels. Doch Kafka tat nichts weiter.

»Wir könnten miteinander fortgehen, weit weg«, sagte sie. »Wir könnten auswandern, nach Frankreich oder England, notfalls auch nach Amerika, da kennst du dich doch aus.« Sie spielte auf seine Erzählung »Der Heizer« an. »Lass uns beide irgendwo ganz neu anfangen.«

»Das geht nicht, meine Liebe.« Er strich ihr die Locke aus der Stirn.

»Aber hast du nicht neulich vom Auswandern gesprochen?« Nach Palästina wollte sie nicht, das war ihr zu weit und zu fremd. Aber ein Land, dessen Sprache sie schon beherrschte, deren Dichter sie liebte, mit dem könnte sie sich anfreunden.

»Das hat sich zerschlagen. Ich bleibe hier. Und du, was ist mit Ernst? Wird er dir nicht fehlen?«

»Niemals. Du bist der, der mir fehlt, jeden Tag, jede Minute, in der wir uns nicht sehen. Ich will bei dir sein, ohne Unterbrechung und ohne Ende.«

»Auch im Traum?« Er drehte sich zu ihr, sah ihr in die Augen.

Erneut versank sie darin. »Gerade im Traum.«

»Und was, wenn ich sterbe?«

War es das, was er ihr sagen wollte? Dass ihn Todesangst plagte? »Dann will ich auch bei dir sein«, sagte sie dann. »Wenn ich mein Gesicht in dir verberge und du deines in mir, dann wird uns niemand mehr sehen, auch der Tod nicht. Wir werden ihm ein Schnippchen schlagen.« Sie dachte an *Maminka*, und wie sie gestorben war. Milena war erst dreizehn gewesen und hatte nicht gewollt, dass der Arzt ihre todkranke Mutter wieder aus dem Dämmerschlaf zurückholte, der sie endlich erlöste. »Du brauchst keine Angst zu haben. Sterben ist nichts anderes, als in einen langen Traum einzutauchen, aus dem man nie mehr erwacht.«

»Eine schöne Vorstellung. Und auch, dass wir unsere Gesichter ineinander verbergen, warte, das muss ich festhalten.« Er stand auf, holte ein kleines Heft aus seiner Aktentasche, setzte sich wieder neben sie und machte sich Notizen. Nun sah sie zum ersten Mal, wie diese steilen Buchstaben aus seiner Bleistifthand schlüpften und sich auf dem Papier ausbreiteten. Die großen Unterlängen, die er beim kleinen G oder F machte, die langen Linien, mit denen er das kleine T durchstrich. Nur sechsundzwanzig Buchstaben, die unendlich viel ausdrücken konnten und die sie in so vielen Briefen miteinander geteilt hatten.

Er blickte von seinem Eintrag auf. »Aber was, wenn einer aus diesem Todestraum aufwacht und zurückkehrt und allen erzählt, wie es dort drüben war, oder oben oder wo auch immer er gewesen ist? Wird man ihm glauben?«

»Das ist dir das Wichtigste, dass man dir glaubt?«

Er nickte. »Dir doch auch, oder nicht?«

»Doch, sogar sehr. Die Wahrheit, egal wie bunt sie auch ausfällt, ist mir sehr wichtig. Genauso wie Gerechtigkeit. Aber zurück zu deiner Frage, damit du das zu Ende schreiben kannst. Es wird keiner umkehren, um darüber zu berichten.«

»Und warum nicht? Kann es nicht diesen einen Zweifler oder diesen einen am Leben hängenden geben oder diesen einen Wahrheitsverkünder, der sich noch mal zu uns bemüht, um uns von der anderen Seite zu berichten?«

»Ein Schriftsteller meinst du?«

»Eher eine Journalistin.« Er grinste sie an.

»Nein«, sagte sie bestimmt. »Denn dieser letzte lange Traum ist wunschlos, man treibt dahin, von Erlebnis zu Erlebnis, wie in deiner Geschichte vom Landarzt, aber man fordert selbst nichts mehr, löst sich ohne Verlangen im Licht auf und ist nicht mehr.«

»Das klingt, als hättest du das Sterben schon erlebt?«

»Ich war nahe dran.« Milena dachte an ihren toten Sohn,

wie er ihr entrissen wurde, und dass sie dabei auch fast gestorben wäre. Kafka legte das Schreibzeug weg, drehte sich zu ihr, umschlang sie und bedeckte ihren Hals und ihre Brust mit Küssen, streifte ihr das Unterkleid ab und zog sich selbst auch aus. Sie liebten sich, sachte und rau, wild und lange, waren endlich eins. Auch wenn Kafka viele Male innehielt, so als wollte er einen Rückzieher machen, streichelte er sie weiter. Erschöpft und glücklich lagen sie schließlich beisammen, die Beine noch ineinander verschlungen. »Das war nicht dein erstes Mal, oder?«, fragte sie. »Oder kannst du das von selbst, so wie du schreiben kannst?«

Er lachte. »Du meinst, ich habe es mir in der Phantasie ausgemalt und nun an dir ausprobiert? Nein, ich bin geübt, wenn auch nicht an dir. Ich hoffe, ich enttäusche dich nicht.« Weiter sprachen sie nicht darüber, aber Milena war froh, dass auch das geklärt war.

»Und jetzt essen wir was«, schlug sie vor. »Bevor die Küche schließt. Und danach schauen wir uns dieses verflixte Schloss an, das der Fahrer so angepriesen hat, und dann legen wir uns wieder ins Bett oder auf eine Wiese und überlegen, wie es mit uns weitergeht.« Und das taten sie, auch wenn Kafka kaum etwas zu sich nahm und viele Male vom Husten unterbrochen wurde. Nachmittags, als der Regen etwas nachließ, schlenderten sie mit einem geliehenen Schirm am Bach entlang, der durch das Städtchen lief, bis zu riesigen übereinandergestapelten Felsen und den vielarmigen Stromschnellen. Als es wieder heftiger zu regnen anfing, suchten sie nach dem Schloss, fanden es aber nicht, selbst als sie sich auf dem Postamt nach dem Weg erkundigten. Dafür schrieben sie Ottla diesmal gemeinsam eine Ansichtskarte und warfen sie ein. »Vielleicht existiert dieses Schloss gar nicht«, sagte Kafka, als sie sich draußen noch mal umschauten. Es regnete wieder, dichte Schleier fielen hernieder und erschwerten die Sicht.

»Oder wir sind schon mittendrin«, sagte Milena. »Der Ort und seine Bewohner bilden das Schloss.«

»So wird es sein.« Kafka nickte. »Ein Haus aus lauter Häusern, aber wir bleiben außen vor, weil wir Fremde sind, nur Besucher, die den Zugang nicht finden.« Er wirkte so, als befände er sich schon mitten in einem Einfall zu einer neuen Geschichte. Sie fabulierten noch eine Weile, und Milena beließ es dabei, denn sobald sie versuchte, zu den Plänen über ihre gemeinsame Zukunft zu lenken, wich Kafka aus. Er war ein Mann des Augenblicks, das erkannte sie jetzt. Für ihn gab es kein Morgen. Also liebte sie ihn im Heute und dennoch fühlte sie sich mit jeder Berührung dem Abschied näher.

6. Kapitel
GÄNSEBLÜMCHEN

Obgleich noch so viel Unausgesprochenes in ihren Blicken und Gesten lag, trennten sie sich ohne Versprechen und redeten nicht über ein Wiedersehen. Eine Weile schrieben sie sich noch, dann hörten auch die Briefe auf. Sie würden niemals zusammenleben, keine gemeinsame Wohnung haben, nicht mehr Körper an Körper sein, das zeichnete sich mit jedem Tag ab, der brieflos blieb. Ihre Forderungen seien zu quälend für Kafka, hatte er ihr zuletzt mitgeteilt. *Sollte es nicht gut sein, dass wir einander zu schreiben jetzt aufhören, müsste ich mich entsetzlich irren. Ich irre mich aber nicht, Milena. Das was Du mir bist Milena mir hinter aller Welt bist in der wir leben, das steht auf den täglichen Fetzen Papier, die ich Dir geschrieben habe, nicht. Diese Briefe, so wie sie sind, helfen zu nichts, als zu quälen und quälen sie nicht, ist es noch schlimmer.*

Tagelang schleppte sie diesen Schmerz mit sich herum, dann beschloss sie, seine Bitte zu ignorieren, und schrieb ihm weiter. Eine Zeitlang ging es gut. Er antwortete noch, mit immer größeren Abständen dazwischen. Lange lief Milena täglich zum Postamt, sie konnte es sich nicht abgewöhnen. Der Beamte schüttelte schon von Weitem den Kopf, wenn er sie zum Schalter kommen sah. Kurz nach Weihnachten traf doch noch ein Brief ein. Kafka befand sich in Kur und forderte sie noch mal eindrücklich auf, ihm nicht mehr zu schreiben.

Nicht schreiben und verhindern, dass wir zusammenkommen, nur diese Bitte erfülle mir im Stillen, sie allein kann mir irgendein Weiterleben ermöglichen, alles andere zerstört weiter. Obwohl sie damit gerechnet hatte, traf sie diese endgültige Entscheidung tief in ihrem Inneren. Durch ihn war sie sich ihrer Stärke bewusst geworden, durch ihn hatte sie wieder zu sich selbst gefunden. Und vor allem hatte sie zu schreiben angefangen. Vor Kafka war sie viele Umwege gegangen, hatte sich fast verloren, bei der Abtreibung und in der Irrenanstalt und schließlich auch in ihrer Ehe. Kafka hatte sie sehen gelehrt, so wie er es von seinem blinden Freund gelernt hatte. Mithilfe seiner Geschichten, durch seine Augen hatte sie ihre Wahrnehmung geschärft. Als Briefschreiber waren sie sich auf gleicher Ebene begegnet, im wirklichen Leben fehlte ihnen die Gelassenheit füreinander. Franz war kleinlich, wo sie großzügig war, verschlossen, wo es ihr um Direktheit ging. Trotzdem hätte es klappen können. Ein Schriftstellerpaar, das sich gerade durch seine Gegensätze unterstützte und inspirierte. Auch wenn er glaubte, dass sie sich zwischen ihm oder Ernst endlich entscheiden müsste, so verkannte er, dass sie längst ohne Mann auskam. Und falls sie Lust auf einen hätte, würde sie ihn sich nehmen. Warum sollten Frauen das nicht auch dürfen? Sie hatte genug von Rettern, ob aus Prag oder Wien oder anderswo, die ihre Hilfe an Bedingungen knüpften. Und sie beschloss, sich auch nie mehr für einen Mann schön zu machen; wenn sie sich ein neues Kleid gönnte, dann für sich selbst. Und genau das würde sie auch in ihren Modebeiträgen schreiben. Erst hatte sie überlegt, ob sie Frau Kollers Verlobten bitten sollte, ihr ein Visum und einen gültigen Pass zu besorgen, oder die Unterschrift ihres Mannes zu fälschen. Doch dann ging sie lieber den aufrechten Weg. Am nächsten Morgen saß Ernst beim Frühstück und schrieb ganz vertieft, anstatt Zeitung zu lesen. Hatte er endlich den Zugang zum ersten Roman gefunden?

»Wie findest du das?« Er drehte ihr den Block zu, als sie sich zu ihm setzte, und sie erkannte, dass er nichts weiter als seine eigene Unterschrift Zeile für Zeile ausprobiert hatte.

Sollte sie ihn wie eine Lehrerin für die Schönschrift loben oder was erwartete er von ihr? Doch dann fiel ihr der Schreibfehler auf. »Schreibst du Polak jetzt nur noch mit einem L?«

»Pollak ist ein beliebiger Name, wie im Deutschen Wagner, Schuster oder Müller. Davon gibt es zu viele. Ich dachte mir, Polak mit einem L klingt elitärer. Fast so wie Gidé oder Claudel.« Er hing also immer noch an den Franzosen.

»Spricht man das dann auch anders aus? Poo-la-g?« Sie spitzte die Lippen und brachte ihn zum Lächeln. »Weil du gerade dabei bist, deine Unterschrift zu üben, ich brauche deine Vollmacht.« Sie holte das vorbereitete Blatt, das sie schon lange getippt hatte.

»Und wozu?«

»Gib sie mir einfach. Und wenn du unsicher bist, kannst du auch gerne noch mal meinen Vater anrufen und ihn um Rat fragen.« Das tat seine Wirkung.

Ihr Mann starrte sie an, er hatte wohl nicht damit gerechnet, dass sie jemals wieder mit ihrem Vater sprach, nach allem, was er ihr angetan hatte. »Was hast du vor? Ziehst du zu diesem Versicherungsmenschen?« Er nannte Kafka nicht einmal mehr beim Namen, und er war für ihn scheinbar auch kein Schriftsteller mehr.

»Was ich mache, geht dich nichts mehr an. Du wirst es kaum merken, dass ich fort bin, musst nur jemanden finden, der die Wohnung sauber hält, aber Mitzis und Sissis gibt es genug in Wien, oder wie heißt deine Neue? Vorausgesetzt, sie ist sich nicht zu fein zum Schuheputzen oder im Dampf der Waschküche zu stehen.«

»Kommst du zurück?« Einen Moment verunsicherte er sie mit seinem flehenden Blick. Diese schweren Augenlider, die sie bei ihrer ersten Begegnung im Theater in ihren Bann gezogen hatten.

Doch nun widerstand sie ihnen, redete einfach weiter, das half, auch wenn das alte Gefühl für ihn trotz allem einen Moment aufgeflackert war. »Für die Pflanzen finde ich einen Platz. Meine Möbel überlasse ich dir, du kannst sie schwarz streichen und aus meinem Zimmer ein Studierzimmer machen, falls das mit der Matura noch gilt. Nur eine große Bitte habe ich, kannst du dich eine Zeitlang um Fjodor kümmern? So schnell wie möglich hole ich ihn nach. Sei doch so nett, die Kosten für sein Futter bezahle mit dem hier.« Sie zog den Ehering ab und legte ihn auf seinen Teller.

»Du bist eine Jesenský durch und durch.« Aus seinen kleinen Pupillen funkelte er sie an. »Auf was habe ich mich da bloß eingelassen?«

»Auf eine Jesenská!«, sagte sie mit Stolz in der Stimme, als hätte ihr Kafka Mut zugesprochen. »Und jetzt unterschreib.«

Durch seine Vollmacht bekam sie alle Papiere, die sie zum Reisen brauchte. Ihre Pflanzen schenkte sie Frau Koller und auch dem Schuhmacher Hirsch brachte sie ein paar für sein Kellerfenster zur Auflockerung. Erst fuhr sie eine Zeitlang nach Dresden und besuchte Alice, die sich in ihrem Verlag und überhaupt in ihrer Arbeit besonders für die Rechte der Kinder einsetzte. Danach glaubte sie sich genügend gewappnet, ihrer Heimat wieder zu begegnen, und wagte sich nach Prag. Das Gefühl, als sie am Bahnhof ankam, die ersten Schritte auf dem Pflaster waren unbeschreiblich. Jeglicher Zweifel fiel von Milena ab. Sie war wieder zu Hause, dachte sie, mit Heimaterde unter ihren Füßen und die vertrauten Ecken, Gassen und Stadtviertel vor Augen. Sie besuchte Staša, wo sie zu ihrer großen Überraschung auch Jarmila traf, die sich von Willy Haas getrennt hatte und wie Milena nach Prag zurückkehren wollte. Nachdem sie sich stundenlang alles Mögliche erzählt hatten, rauschten ihre Ohren. Und doch gäbe es noch so viel mehr zu sagen. Dank Stašas Kinderfrau, die sich um die Zwillinge kümmerte, zogen sie endlich wieder vereint durch die Dancings, wie die vielen neueröffneten Nachtlokale hießen, tanzten bis zum Morgengrauen oder besser, swingten nach den neuen Melodien aus Amerika. An einem Nachmittag fuhren sie auf den Laurenziberg, wo es unterhalb des kleinen Eiffelturms Petřín einen Kinderspielplatz gab, damit sich Klein-Staša und Olga nicht langweilten, während sie sich weitererzählten, wie es ihnen in den letzten Jahren ergangen war. Von Staša wusste Milena das meiste, da ihr Kontakt nie abgebrochen war, aber auch Jarmila taute nach und nach auf. Glück und Trauer hatten sich bei ihr ebenfalls abgewechselt und spiegelten sich in ihrem markanten Gesicht wider. Sie war immer noch diese dunkle Schönheit, doch nun enthielt ihre geheimnisvolle Art echte Lebenserfahrung. Josef Reiner, jener Dichter, der sie einst umschwärmte, hatte sich umgebracht, als er erfuhr, dass sich Jarmila mit Willy Haas verlobt hatte, das wusste Milena bereits aus Kafkas Briefen. Franz hatte sogleich einen Bezug zu ihrem Verhältnis hergestellt, glaubte, auch Ernst Pollak würde sich etwas antun, wenn sie und er zusammenkämen. Doch diese Gefahr bestand nie. Milena fasste die Angelegenheit nicht so tragisch auf und brachte es auch wenig mit Jarmila in Zusammenhang. Gründe für einen Selbstmord waren vielschichtiger, schrieb sie Kafka zurück, es musste nicht nur Eifersucht gewesen sein. Zu dieser Zeit lebte Jarmila schon in Berlin und gab Milena keine Gelegenheit, ihr beizustehen, oder sie überhaupt zu fragen, was in ihr vorging.

»Ich habe einfach nicht die Kraft gefunden, dir alles in einem Brief zu erklären«, sagte Jarmila. »Ich dachte, du bist so glücklich mit deinem Ernst, da wollte ich dir mit meinen Sorgen nicht hineinfunken.«

»Etwas Ähnliches habe ich von dir gedacht«, erwiderte Milena.

Staša verdrehte die Augen. »Leute, ihr müsst miteinander reden, vom Denken allein passiert nichts.« Sie hob Klein-Staša, die zwölf Minuten vor ihrer Zwillingsschwester auf die Welt gekommen war, auf die Schaukel und schubste sie an. Milena saß bei Olga im Sandkasten und spielte Bäckerei mit ihr. Mithilfe einer Blechtasse formten sie kleine Kuchen und stellten sie auf der Umrandung wie auf einer Theke aus.

»Aber vom Reden allein geschieht auch nichts«, sagte Milena. Ihr fiel es schwer, der jüngeren Staša, die auf einmal mit

Mann, Kindern und Beruf so viel älter und reifer wirkte, recht zu geben. Besonders die Lücke, neben dem Schneidezahn, die durch die Schwangerschaft aufgrund einer Zahnfleischentzündung entstanden war, verlieh ihr etwas Verwegenes.

»Stimmt, dann lasst uns anfangen.« Staša holte eine Mappe mit ihren Notizen aus dem Kinderwagen und setzte sich auf die zweite Schaukel. »Der Chef der Nationalzeitung wartet auf unsere Vorschläge für die Frauenseite. Wir könnten sie ganz neu gestalten und auch die Kinderseiten über nehmen.«

»Was ist mit der Politik und der Nachrichtenseite?« Jarmila lag in Männerhosen mit übereinandergeschlagenen Beinen auf der Wiese und rauchte.

»Fangen wir erst mal hinten an, krempeln dort alles um, preschen dann nach vorne und übernehmen die Schlagzeilen.« Sie lachten.

»Ein grandioser Plan. Die Revolution der Frauen. Stellt euch das Mal konkret vor. Eines Tages verfassen wir Frauen wie selbstverständlich und gleichberechtigt Reportagen für den Titel«, sagte Jarmila.

»Das wird, wenn überhaupt, nur unter Pseudonym gehen, welcher Mann nimmt uns ernst, wenn wir über Politik schreiben?«, erwiderte Milena.

»Also befassen wir uns vorerst lieber mit der Chance, die wir gerade kriegen«, ergänzte Staša. »Habt ihr Vorschläge, wen wir noch dazuholen könnten? Wenn wir pünktlich liefern wollen, brauchen wir Verstärkung.«

»Ich kann Alice fragen, sie wäre perfekt für die Kinderseite. Und dann die anderen ›Minervistinnen‹ natürlich«, schlug Milena vor. Sie pflückte ein paar Gänseblümchen und verzierte die Sandkuchen.

»Gute Idee, aber die meisten leben im Ausland«, sagte Staša. »Hana in London und Sonja in Madrid.«

»Post und Telefon funktionieren ja wieder«, erwiderte Milena. »Uns hast du doch auch erreicht, und schwupp, waren wir hier.«

»Schwupp«, rief Klein-Staša von der Schaukel und jauchzte mit ausgestreckten Beinchen in den Himmel.

»Schwupp«, wiederholte Olga und stülpte noch einen Kuchen aus ihrem Förmchen.

»Schwupp, schwupp, schwupp«, riefen alle fünf. Sie waren sich einig. Nur Olga fing plötzlich zu weinen an, die Kleine wollte einfach nicht verstehen, warum sie diese perfekten Sandkuchen nicht in echt essen durfte und bloß so tun sollte, als ob.

Ein paar Monate später hatte sich Milena in Prag eingerichtet und beendete das Pendeln nach Wien und zurück. Oft dachte sie an Kafka und fragte sich, ob sie ihn aufsuchen sollte, aber dann wagte sie es nicht, wollte erst sehen, wie sie selbst zurechtkam. Das Angebot, bei ihrem Vater zu wohnen, lehnte sie ab. Auch wenn sie sich wieder freundlich begegneten, so fehlte das Vertrauen zu ihm. Außerdem wollte sie ihre neugewonnene Unabhängigkeit nicht mehr aufgeben. Sie mietete sich ein Zimmer im Erdgeschoss in der Zborovská Straße an der Moldau und holte endlich Fjodor zu sich. Dem Kater widerstrebte es, für den Umzug in ein Körbchen gepfercht zu werden. Er spreizte sich mit sämtlichen Krallen dagegen. Ernst bot an, ihn zu behalten, die Strapazen wären viel zu groß. Doch Milena wollte das einzig Wunderbare nicht in Wien zurücklassen, zog sich Handschuhe an, band Fjodor eine Leine um Bauch und Hals, damit sie ihn während der Zugfahrt herausnehmen konnte. Der Kater knurrte und fauchte weiterhin, sobald jemand dem Korb zu nahekam. Kaum ließ sie ihn nach der langen Reise auf der Flussseite der Wohnung hinaus, stob er über die Mauer davon. Sie glaubte schon, ihn nie wieder zu sehen, suchte und lockte ihn auf Deutsch und auf Tschechisch und bereute es tausendmal, ihn verpflanzt zu haben. Eines Morgens lag ein Stück toter Fisch auf dem Fußabstreifer wie ein Geschenk, und am Abend, als Milena am Schreibtisch saß und in Gedanken aufs Wasser starrte, sprang der Kater aufs Fenstersims. Abgemagert, strubbelig und den Kragen voller Zecken, aber unverletzt, miaute er sie an. Er war angekommen, genauso wie sie.

Ernst Polak, der fortan wirklich ein L aus seinem Nachnamen strich, hatte offenbar auch genug von Österreich. Wieder tauschte er sein Wiener Kaffeehaus gegen die Pariser Cafés am Montparnasse und leitete endlich die Scheidung in die Wege. Milena nahm es erleichtert zur Kenntnis und stürzte sich in Arbeit, als wollte sie die verlorene Zeit nachholen. Mittlerweile leitete sie einen ganzen Mitarbeiterinnenstab. Zusammen mit Journalistinnen, Übersetzerinnen und einem Zeichner belieferte sie aus einem Bureau auf der Prager Kleinseite mehrere Zeitungen und Zeitschriften mit ihren Artikeln. Sie führte endlich das Leben, das sie sich erträumt hatte. Auch wenn ihr Kafka fehlte. Schon absurd, dass sie sich räumlich nun näher waren als jemals sonst, sich aber trotzdem aus dem Weg gingen. »Auch wenn wir vordergründig über Hüte, Schuhe und den neuesten Wintermantel schreiben«, schloss sie eines Montagmorgens nach langen Beratungen die Redaktionsbesprechung, »so vergesst den Menschen nicht, besser gesagt, die Frau, die das Kleidungsstück anziehen soll. Was sie trägt, verrät, wie es ihr geht, wie sie ihr Leben gestaltet, was sie erlebt hat und wie sie zu der wurde, die sie ist. Leute machen Kleider, nicht umgekehrt wie in dem Spruch. Zeigt die Persönlichkeiten dahinter. Das heißt nicht, dass das Äußere unwichtig wäre, schließlich ist unser Schwerpunkt die Mode, und dafür bezahlt man uns.« Die Frauen lachten und auch Brunner, der Zeichner, sah von seinem Zeichenbrett auf. Eine Zigarette im Mundwinkel, hatte er Staša mit herabhängenden Haaren über ihre Notizen gebeugt skizziert und Milena als herumfuchtelnde Chefin mit Strubbelkopf festgehalten. »Das Äußere ist ein Spiegel des Inneren. Wir wollen unsere Leserinnen bei ihrer Selbstfindung unterstützen, wenn sie ihre Persönlichkeit mit besonderer Kleidung hervorheben. Freiheit ist Eleganz, meine Damen und werter Herr. Also legt los.« Milena schlug ihren Notizstapel zusammen und ringsum klopften alle auf die Tische im Takt des »Minerva«-Applauses. Eins-zwei, eins-zwei-eins.

Als die Sitzung beendet und alle aus dem Gemeinschaftsraum gegangen waren, stellte sich Milena ans Fenster und blickte über die Stadt. Ein Schwarm Tauben flog über die Dächer. Hier gab es sie wieder, dachte sie und rieb sich das Kreuz. Seit ein paar Tagen schlief sie schlecht, wälzte sich die halbe Nacht im Bett, bis sie dann doch aufstand, um zu schreiben und ihr Pensum zu erledigen. Tagsüber bewegte sie sich kaum noch, abgesehen von dem Stück Weg mit dem

Fahrrad zwischen Redaktion und Wohnung. Zum Tanzen war sie zurzeit zu müde und sonst machte sie nichts, obwohl Staša sie ständig einlud, mit ihr und den Zwillingen etwas zu unternehmen. Es war ein herrlich warmer Maitag, überall blühten die Obstbäume und die Parks leuchteten grün. Sie sollte sich einfach den Nachmittag freinehmen, doch dann dachte sie an den Berg unbewältigter Papiere und beschloss, besser hierzubleiben. Gleich musste sie mit Brunner die Illustrationen besprechen und die Fahnen ihres ersten Buches durchgehen und später die Beiträge der anderen durchlesen und absegnen, bevor sie sie weiterschickte. Erneut streckte sie sich, dehnte den Rücken und gähnte. »Können Sie mir bitte noch mal Kaffee machen?«, fragte sie Ada, die Vorzimmerdame, die das Geschirr abräumte. Die wöchentlichen Sitzungen begannen sie immer mit einem gemeinsamen Frühstück.

»Sofort, Frau Jesenská. Draußen wartet jemand auf Sie, seit einer Stunde schon.« Adas zusammengewachsene dunkle Augenbrauen sahen stets aus, als trüge sie einen Vogel mit weit ausgebreiteten Schwingen auf der Stirn.

»Warum sagen Sie das erst jetzt?«

»Ich wollte die Sitzung nicht stören.«

»Wer ist es denn?«

»Eine Frau Davidová.«

7. Kapitel

GLÜCKSFEDER

Milena musste einen Moment überlegen, woher sie den Nachnamen kannte, dann fiel es ihr ein. Unzählige Male hatte sie sich in den vergangenen vier Jahren vorgenommen zu Kafkas Elternhaus am Altstädter Ring zu gehen und einfach zu läuten und sich bei seiner Familie vorzustellen, es aber dann doch gelassen. Wie sollten Franz und sie sich wiederbegegnen nach so langem Schweigen? Und wenn sie nicht ihn, sondern seine Eltern antraf, was sollte sie dann sagen? Dass sie eine Geliebte ihres Sohnes sei, eine ehemalige? Sie ging nach draußen und begrüßte ihren Gast. An der Gesichtsform, der langen schmalen Nase, aber vor allem an ihren Rabenaugen erkannte sie sofort die Ähnlichkeit. Es war Ottla, und sie war so schön wie ihr Bruder.

»Entschuldigen Sie, dass Sie warten mussten«, sagte sie auf Deutsch. Ottla Davidová hatte einen vollbepackten Kinderwagen dabei, sie musste vorher noch Einkäufe erledigt haben. Ein schlafendes Kleinkind lag darin, mit weißer Mütze und Strickjacke, die speckigen Fäustchen neben den rosigen Wangen. »Ist das Ihres?«

Ottla lächelte genauso wie ihr Bruder, leicht verschämt, als wäre Lachen nicht überall erlaubt. »Das ist Helene, sie ist zehn Wochen alt.«

»Herzlichen Glückwunsch. Ihr erstes Kind?«

»Nein, Helene hat noch eine ältere Schwester, Verá, sie ist zwei. Ich habe sie bei unserer Mutter gelassen. Ihr gelingt das Bravsein nicht mehr so leicht wie Helene.«

»Kommen Sie, gehen wir in mein Bureau.« Dort räumte Milena als Erstes die große Pflanze zur Seite, damit der Kinderwagen Platz hatte. Die Glücksfeder hatten ihr die Kolleginnen zu Weihnachten geschenkt. Seither streckte sie sich mit ihren hellgrünen Blättern nach allen Seiten aus und nahm bald das ganze Zimmer in Beschlag, wenn sie so weiter gedieh. Aber Glück konnte man nie genug haben, dachte Milena und bot ihrem Gast einen Stuhl an.

»Sie können ruhig Tschechisch mit mir sprechen, Frau Jesenská.« Bevor sich Ottla setzte, zupfte sie ihre Bluse über der Brust zurecht, auf der sich nasse Flecken gebildet hatten, sie stillte offenbar selbst. »Mein Mann mag das Vermischen der Sprachen nicht, aber ich bin in der geteilten Stadt aufgewachsen und in meiner Familie sprechen wir beides, oft ohne dass wir es merken. Aber das wissen Sie ja vermutlich.« Ada brachte ein Tablett mit Kaffee, stellte es auf dem Schreibtisch ab und ging wieder.

»Gewusst nicht, nur vermutet.« Milena wechselte in ihre Muttersprache. »Möchten Sie eine Tasse?«

»Das riecht wie echter Bohnenkaffee?« Ottla sprach weiter Deutsch.

»Ist es auch.« Sie unterhielten sich nach Kafka-Milena-Art auf Tschechisch-Deutsch.

»Dann sehr gerne, solange Helene noch schläft. Echter Kaffee ist ja immer noch schwer zu kriegen.«

»Wir bekommen ihn aus einer Rösterei in Letná.« Dafür schalteten sie kostenlos Anzeigen, ergänzte sie für sich. Sie schenkte Ottla ein, reichte ihr die Tasse zusammen mit dem Milchkännchen und dem Zucker und setzte sich hinter ihren Schreibtisch. »Ich freue mich, Sie endlich kennenzulernen«, sagte sie und merkte, wie förmlich das klang, auch wenn es stimmte. Sie schob den Papierstapel auseinander, damit sie ihre Besucherin besser sehen konnte.

»Ich freue mich genauso. Mmh, der ist gut.« Ottla genoss den Kaffee. Dann stellte sie die Tasse weg und atmete auf. »Danke für die Postkartengrüße aus Gmünd, das ist zwar lange her, aber seither lese ich alle Ihre Artikel, unter all Ihren Namen oder die, die ich ausfindig machen kann. Franz hat mir verraten, dass Sie sich auch hinter A.X. Nessey verbergen.«

»Wie geht es Ihrem Bruder?« Sie merkte, wie sich ihr Puls beschleunigte, schnell trank sie ebenfalls einen Schluck, gespannt auf die Antwort.

»Hervorragend. Er ist in Berlin, in der Nähe des Botanischen Gartens.«

»Macht er Urlaub?«

»Nein, er wohnt dort, so wie es aussieht, sogar für länger.«

»Ach, wirklich? Gibt es in Berlin auch eine Arbeiter- und Unfallversicherung?«

»Er ist in Frühpension gegangen und möchte nur noch schreiben.«

»Dann hat sich ja sein Traum erfüllt.« Zu erfahren, dass er ohne sie Prag verlassen hatte, es ihr nicht mitgeteilt hatte, versetzte ihr einen Stich. War sie hier, war er dort, dachte Milena, war sie dort, war er fort. Wie oft hatte sie ihn überall in der Stadt vermutet, sich mit klopfendem Herzen eine zufällige Wiederbegegnung vorgestellt? Dabei lebte er gar nicht mehr in seiner Heimat.

»Franz ist sehr produktiv, er arbeitet an neuen Erzählungen, und er hat auch einen Roman angefangen«, erzählte Ottla. »Berlin ist zwar kostspielig, schreibt er, aber …, ich hoffe, es schmerzt Sie nicht, wenn ich das sage«, sie zögerte, »er wohnt dort nicht allein.«

Darauf wusste Milena nichts zu erwidern. Er hatte also doch noch die Frau fürs Leben gefunden. Eine, die ihm geben konnte, was er bei ihr vermisste. Was immer das auch war. Vielleicht eine mit mehr Geduld und weniger fordernd. »Und seine Krankheit?« Sie versuchte sich nicht anmerken zu lassen, wie sehr es in ihr rumorte.

»Hält sich in Grenzen, Franz ist immer noch viel zu dünn, aber das wird sich wohl auch nicht ändern, es will einfach nichts an meinen Bruder hinwachsen, im Gegensatz zu mir.« Sie strich sich um die Taille.

»Und was ist mit Ihnen?«, lenkte Milena ab, als sie spürte, wie trotz aller Selbstbeherrschung eine Wunde in ihr aufriss, die schon fast verheilt war. Sie wollte nichts mehr von Franz hören, vor allem das nicht. Sie gönnte ihm zwar von ganzem Herzen, dass es ihm gut ging, doch war es ihr lieber, er blieb der, der er in ihrer Erinnerung gewesen war. Fehlte noch, dass sie erfuhr, dass er bald heiratete und Vater wurde. »Was macht Ihr Traum von der Landwirtschaft?«

»Der ist in die Ferne gerückt. Mein Mann arbeitet bei der Stadtsparkasse und ich helfe wieder im Laden meiner Eltern aus.« Helene fing zu quengeln an, Ottla strich über die Babydecke und rollte den Wagen hin und her. »Ich fürchte, lange werde ich sie nicht mehr beruhigen könnten, sie hat Hunger.«

»Sie können hier stillen, wenn Sie mögen. Wir haben

auch ein Zimmer am Ende des Flurs. Dort gestalten wir nachmittags zusammen mit unseren kleinen Lesern die Kinderwiese, wie unsere Beilage für die Jüngsten heißt. Meine Kollegin Alice Rühle-Gerstel und ich versuchen damit, deutsche und tschechische Kinder zusammenzubringen und nur über das zu schreiben, was Kinder wirklich interessiert.«

»Ich weiß, Frau Jesenská, ich lese die Kinderwiese Verá immer vor. Aber ich habe Sie lange genug aufgehalten.« Sie erhob sich. War Ottla tatsächlich nur gekommen, um ihr mitzuteilen, wie sehr sie sie als Journalistin schätzte und dass Franz eine andere hatte?

»Warten Sie, ich helfe Ihnen.« Milena hielt ihr die Tür auf und folgte ihr zur Treppe. »Wer hat Ihnen denn vorhin den Wagen heraufgetragen?«

»Niemand. Das schaffe ich schon.« Trotzdem packte Milena mit an, zu zweit trugen sie den sperrigen Wagen auf die Straße. Klein-Helene weinte immer lauter.

»Wollen Sie nicht doch noch mal mit Ihrer Tochter hochkommen? Den Wagen können Sie hier unten stehen lassen.«

»Danke, ich muss gehen.« Ottla bückte sich und zog eine große Holzkiste zwischen den Wagenrädern heraus, was eine Weile dauerte. »Das soll ich Ihnen geben, hat Franz gesagt, wenn Sie eines Tages zu uns in den Laden kommen, aber das taten Sie nie. Er wollte sie Ihnen nicht mit der Post schicken, damit nichts darin verloren geht.«

»Was ist das?« Gab er ihr etwa seine Briefe an sie zurück, damit sie völlig aus seinem Leben verschwand?

»Sehen Sie selbst nach. Sie sollen sie für ihn aufbewahren.« Ottla legte ihr die Kiste in die Arme und verabschiedete sich.

8. Kapitel
PAPIERBLUME

Milena rückte im Bureau die Pflanze an ihren Platz zurück und stellte Kafkas Kiste hinter den großen Blumentopf, damit sie sie nicht mehr sah. Dann setzte sie sich weit entfernt davon an ihren Schreibtisch. Am liebsten würde sie sie im Schrank oder hinter den Büchern verstauen und dort hoffentlich vergessen, was aber wahrscheinlich nie geschehen würde. Besser, sie öffnete sie gleich, brachte den traurigen Anblick hinter sich, und entschied dann, was mit ihren und seinen Briefen, die sie sorgsam gebündelt bei sich zu Hause verwahrte, geschehen sollte. Vielleicht würde sie sie eines Tages ihrer Tochter oder ihrem Sohn zu lesen geben, ihnen von der Liebe zu Kafka erzählen. Wenn sie denn jemals Kinder hätte.

»Frau Jesenská, Herr Musil aus der Druckerei wartet auf Ihren Rückruf, es geht um die Doppelseite im Prager Tagblatt, soll ich Sie verbinden?« Ada trat ein und riss sie aus ihren Gedanken.

»Ja, bitte, stellen Sie durch.« Vorerst widmete sich Milena wieder ihrer Arbeit. Mittags rief sie Staša an, fragte, ob sie und die Mädchen Lust hätten, schwimmen oder Eis essen zu gehen. Sie brauchte dringend Erholung. Doch die Zwillinge hatten Windpocken, sodass Milena entweder allein etwas unternehmen musste oder doch zum Weiterarbeiten gezwungen war. Kurzentschlossen klemmte sie die verdammte Kiste auf den Gepäckträger und fuhr mit dem Rad an der Moldau entlang, so lange, bis sie sich besser fühlte. Am Stadtrand hockte sie sich ans Ufer, holte Kafkas Klotz vom Gepäckträger und hakte den Verschluss auf. Zuoberst lag eine Rose darin, aus liniertem Papier sorgsam geschnitten und geklebt, darunter war ein Zettel mit Franz' vertrauter Handschrift:

Liebe Milena. Du wolltest wissen, wer ich bin, wenn ich nur mit mir selbst spreche. Dies sind meine Tagebücher bis zu dem Jahr, bevor wir uns kennenlernten, den Rest weißt du ohnehin. Aber du musst das nicht lesen. Auch habe ich dir das Manuskript der ersten Erzählung beigelegt, die du übersetzt hast. Zuletzt ist da noch ein Roman, ich halte ihn für misslungen und werde ihn nicht beenden. Falls du ihn dennoch lesen willst, sei also nicht zu kritisch. Vielleicht freust du dich aber auch an den Stellen, die aus unseren Gesprächen und gemeinsamen Erlebnissen stammen und wenn ja, dann freut es auch mich. F

Obwohl es sie große Überwindung kostete, so etwas Persönliches wie seine Tagebücher zu lesen, schlug sie das oberste Heft auf. Franz hatte ihr schließlich die Erlaubnis dazu gegeben.

Die Zuschauer erstarren, wenn der Zug vorbeifährt, lautete der erste Eintrag. Dann folgten weitere Beobachtungen ohne Datierung, und es waren sogar Zeichnungen darin. Mit flotter Feder hatte Kafka ein paar Gestalten, vielleicht Tänzer, festgehalten. Milena strich vorsichtig über die Seiten, sie war den Tränen nahe und erleichtert zugleich, dass es nicht ihre Briefe waren. Sie musste auch schmunzeln, als sie las, wie er nach

Monaten des Nichtschreibens auf den Einfall kam, sie endlich mal wieder anzusprechen. Als ob er ohne sich selbst wäre, wenn er nicht schrieb. Das war Kafka durch und durch. Beim Weiterlesen erklang seine vertraute Stimme in ihrem Ohr. Er beklagte sich über seine Unfähigkeit, überhaupt schreiben zu können, da ihm nie eine Geschichte von Anfang an einfiel – von der Wurzel, wie er es ausdrückte –, sondern ständig irgendwo in der Mitte, so als ob ein Grashalm erst ab der Mitte zu wachsen anfing. Man müsste ein Gaukler sein, um sich daran zu halten. Wenigstens jeden Tag eine Zeile *gegen* sich zu richten, nahm er sich vor, so wie man die Fernrohre gegen den Kometen stellt. Milena tauchte in seine Bilderwelt ein, folgte ihm in sein Universum, das auf den schwachblauen Linien in diesen Schulheften erstand. Wie alt mag Kafka gewesen sein, als er dies verfasst hatte? Sie blätterte weiter, bis sie ein Datum fand. *Sonntag, den 19. Juni 10 geschlafen, aufgewacht, geschlafen, aufgewacht, elendes Leben.* Sie rechnete nach, fast siebenundzwanzig war er 1910 gewesen, genauso alt wie sie jetzt. Sie vertiefte sich weiter in die Hefte, lachte und zweifelte mit ihm, staunte, was er erlebt hatte und wie genau er seine Eindrücke schilderte, erfuhr, was er für Musik mochte oder womit er sich beschäftigt hatte. Welche Bücher er damals las, welche Filme er gesehen hatte und welche Theaterstücke und wohin er gereist war. Ihr fielen die ›Billig‹-Reiseführer ein.

Erst als Wind aufkam, der ihr die Hefte davonblasen wollte, und sie sowieso fast nichts mehr entziffern konnte, beschloss sie heimzufahren, bevor es Nacht wurde. Fast bewegungslos hatte sie auf einem umgefallenen Baumstamm gesessen. Zu Hause wartete Fjodor maunzend auf dem Fußabstreifer. Sie versorgte ihn, schmierte sich Brote und kochte Kakao und begann das Roman-Manuskript zu lesen. Darin ging es um einen Landvermesser namens K., der sich Einlass in ein Schloss erhoffte, was ihm aber verwehrt wurde. Auch im Dorf, das unterhalb des geheimnisvollen Schlosses lag, schien er unerwünscht, egal, wie sehr er sich um die Einwohner bemühte. Vieles erinnerte Milena an ihre gemeinsame Zeit, an das, was sie erlebt hatten oder worüber sie gesprochen oder sich geschrieben hatten. Noch dazu hatte er ihre Liebesgeschichte mit hineingewoben, oder Anklänge davon. Frieda, das Schankmädchen, liebte K., sie fühlte sich ihm als Einzige zugehörig, obwohl sie mit Klamm, einem unerreichbar hohen Beamten, liiert war. »Klamm«, das war ein kafkaeskes Wortspiel von »Ernst«. Es gab auch einen »Herrenhof«, einen Gasthof unterhalb des Schlosses, in dem man durch ein Guckloch in der Tür Klamm während seines Beamtenschlafes beobachten konnte. Frieda wollte weg von allem und schlug dem Landvermesser vor, mit ihr auszuwandern. Und K. antwortete dem Mädchen fast genauso, wie Franz ihr damals geantwortet hatte. *»Ich bin hierhergekommen, um hier zu bleiben. Ich werde hierbleiben.«* Milena setzte beim Lesen immer wieder ab, weil ihre Gedanken zu den gemeinsamen Erinnerungen schweiften. Alles vermischte sich nun mit seiner Literatur. Sie fragte sich, was wahr davon war und was Geschichte.

Als sie einige Wochen später beim Bäcker anstand, hörte sie, wie zwei Frauen über ein Galanteriewarengeschäft sprachen, das vor zwei Jahren noch eine Familie Kafka betrieben hätte. Deren einzigem Sohn soll es sehr schlecht gehen. Milena lief zur Post und rief bei Max Brod an, erreichte ihn nicht. Dann versuchte sie es bei Ottla, bekam sie an den Apparat und erkundigte sich nach seinem Befinden.

»Es hat mit Schluckbeschwerden angefangen, dann wurde es schlimmer, sodass er kaum noch sprechen, essen und trinken konnte«, erklärte seine Schwester. »Als ihn unser Onkel in Berlin besuchte, Onkel Löwy ist Landarzt, hat er sofort veranlasst, dass Franz nach Wien zu einem Spezialisten gebracht wird. Eine Koryphäe, sagt Onkel Löwy. Er hat schon Sigmund Freud erfolgreich am Hals operiert, diesen Wiener Psychologen und Kettenraucher. Aber der Franz, der hat doch seit jeher auf seine Gesundheit geachtet.« Sie klang verzweifelt. »Allein die Strapazen der Fahrt, sieben Stunden mit dem Zug, dann noch vier Stunden im zugigen Wagen ohne Verdeck bis zur Klinik, waren eine Tortur für ihn.«

»Und wie lautet die Diagnose, wenn ich fragen darf?«

»Die Tuberkulose hat auch seinen Kehlkopf befallen.«

»Wird er operiert?«

»Dafür ist er zu schwach, man versucht die Schwellung oder Veränderung im Kehlkopf, entschuldigen Sie, ich drücke mich so laienhaft aus, mit Spritzen zu behandeln. Und auch das Fieber zu senken.«

Es hörte sich schrecklich an. »Das tut mir sehr leid. Kann ich etwas tun?«

»Danke, das ist nett, doch er ist in guten Händen, Frau Jesenská. Er wird sich schon wieder erholen, es ist ja nicht das erste Mal.« Ottla wirkte wieder zuversichtlicher. Sie legte eine Pause ein, Milena hörte sie atmen. »Franz schreibt uns viel und regelmäßig, aber ich kenne ihn und Sie ja auch.«

»Auf was wollen Sie hinaus?«

»Seine Worte klingen viel zu fröhlich für die Umstände, ich glaube, dass er uns nicht beunruhigen will. Meine Eltern wissen auch noch nichts von Franzens Kehlkopferkrankung, er hat mich gebeten, ihnen nichts davon zu erzählen, bis die Behandlung feststeht.«

»Ist er noch in Wien?«, fragte Milena. Sie musste zu ihm, auf der Stelle.

»Nein, er wurde verlegt, in ein ruhiges und auch etwas erschwinglicheres Sanatorium in Kierling, das ist ein Dorf bei Klosterneuburg. Ein guter Freund ist zu ihm gereist, ein angehender Arzt, der ihm helfen wird, all das Medizinische zu verstehen. Dort kann man selber kochen, was seine …, seine …« Sie hielt inne. Die Münzen klackerten durch den Telefonapparat, sie warf weitere ein.

»Frau Davidová, scheuen Sie sich nicht. Sie haben mir bereits erzählt, dass Ihr Bruder mit einer anderen Frau zusammenlebt.« Der Gedanken daran schmerzte Milena immer noch, auch wenn sie Kafka Glück wünschte, besonders in seiner Not.

»Ja, richtig«, Ottla holte Luft, »wir sind dem Fräulein Diamant sehr dankbar, dass sie auch jetzt nicht von seiner Seite weicht. Ich muss mich um die eigene Familie kümmern, ich könnte das gar nicht leisten. Sie scheint sehr geschickt und fürsorglich, hat als Kindergärtnerin gearbeitet, als sie sich an der Ostsee, wo Franz zur Kur war, kennenlernten. Sie päppelt ihn richtig auf, Milch, Eierspeisen, Kartoffeln und sogar Torte mit Schlagobers, hat sie kürzlich geschrieben.« Wieder stockte sie, anscheinend dämmerte es ihr, dass sie zu viel verraten hatte. »Aber was erzähle ich Ihnen da, bitte, Frau Jesenská, Sie haben doch nicht vor, zu ihm zu fahren? Davon rate ich Ihnen dringend ab. Das wäre der Familie gar nicht recht, niemand weiß von Ihnen. Ihr Auftauchen würde meinen Bruder nur unnötig aufregen, bitte verschonen Sie ihn und auch uns.«

»Ich danke Ihnen für die Offenheit, und ich weiß Ihren Rat zu schätzen, Frau Davidová. Auf Wiedersehen.« Damit hängte Milena ein, in Gedanken schon im Zug.

9. Kapitel
TROLLBLUME

Von außen wirkte das Sanatorium mehr wie ein großes Schulhaus, in dem nur wenige Patienten Platz hatten. Das Dorf war umgeben von Weinbergen, es roch nach Heu und Vieh und dem herbeieilenden Sommer. Außer dem Muhen einer Kuh und Vogelgezwitscher hörte man nichts. Das war der beste Ort für Franz, um gesund zu werden, da musste Milena Ottla recht geben. Doch dann fiel ihr ein, dass sie ihr Geschenk vergessen hatte. Eigentlich wollte sie ihm die neueste Ausgabe des »Prager Tagblattes« mitbringen. Heute war ihre Übersetzung seiner Erzählung »Eine kleine Frau« erschienen. So etwas Blödes, wie konnte sie nur. Nun stand sie gleich ohne etwas an seinem Krankenbett. Doch dann fiel ihr etwas anderes ein. Sie ging um das Gebäude herum und am Zaun entlang. Auf der Rückseite waren Balkone und eine große Terrasse, auf der zwei Patienten in Decken gewickelt wie Kokons ihre Liegekuren absolvierten. Sie hielt nach Kafka Ausschau, entdeckte ihn aber nicht, spazierte weiter, um die angrenzenden Bäume herum, bis sie zu einer herrlich blühenden Wiese voller Trollblumen kam. Aber auch Mittagsblumen, Kuckuckslichtnelken, Margeriten, Klee, Hahnenfuß und viele andere Schönheiten zeigten sich hier. Mit Hingabe pflückte sie einen Strauß, der die ganze Pracht einer Sommerwiese in sämtlichen Farben und Formen aufbot.

Das sollte sein süßes Geschenk werden, wie er es sich gewünscht hatte, nachdem sie ihm von ihrem ersten Kuss mit dem Skilehrer erzählte. Doch man ließ sie nicht ein. Nur Angehörige hätten Zutritt ins Sanatorium, sagte der Hausverwalter. Was sollte sie tun? Warten, bis Kafka auf einem der Balkone erschien? Das setzte voraus, dass er aufstehen konnte. Sie ging nach draußen, spazierte um das Gebäude. Eine Krankenschwester überholte sie und trat durch den Seiteneingang, auf dem »Nur für Personal« stand. Bevor die Tür ins Schloss fiel, folgte Milena ihr die Treppe hinauf. Sie schlich durch die Etagen, lugte in die Zimmer. Wenn eine Tür offen stand, nickte sie freundlich, so als wäre sie wie selbstverständlich auf dem Weg zu einem Verwandtenbesuch. Als ihr ein alter Mann in einem gestreiften Schlafanzug zulächelte, traute sie sich zu fragen, ob er wüsste, wo ein Herr Kafka liege.

»Meinen Sie den, der so viel Lärm gemacht hat, als er eintraf?« Er saß aufrecht im Bett und aß Kuchen.

Ein Grauen erfasste sie. »Hat er vor Schmerz so geschrien?«

»Nein, davon weiß ich nichts.« Er wedelte mit der Kuchengabel, verteilte Krümel auf der Decke. »Dieses Ungetüm, der Aufzug rumpelt jedes Mal mit einem Höllenlärm selbst für die Schwerhörigen hier, wenn ein neuer Patient eintrifft. Erst glaubt man, die Erde bebt, und dann fällt nicht nur hier im Haus, sondern auch im ganzen Dorf der Strom aus. Ist doch klar, dass jeder wissen will, wer da Prominentes eintrifft.« Schmatzend zeigte er nach oben. »Zweiter Stock, ganz hinten, das letzte Zimmer.«

»Was wollen Sie hier?« Eine Frau mit schwarzen Locken eilte ihr hinterher und stellte sich Milena in den Weg, als sie, oben angekommen, den gelb gestrichenen Flur entlangschritt.

»Ich möchte zu Franz Kafka.«

»Unmöglich, niemand darf zu ihm. Er ist sehr schwer krank, und noch dazu ist das, was er hat, ansteckend. Sie können ihn nicht besuchen.«

»Und wer sagt das?« Die Frau trug keine Schwesterntracht, sondern ein rotes, etwas zu eng und zu kurz geratenes Kostüm. Sie baute sich vor ihr auf, obwohl sie mindestens einen Kopf kleiner war. Das musste Fräulein Diamant sein, so wie sie funkelte.

»Ich sage das, ich als seine Verlobte.« Sie schien in ihrem Alter zu sein, wirkte sehr kräftig und war bestimmt schwer wegzudrängen. Außerdem sprach sie Deutsch mit Akzent, den sogar Milena heraushörte, kein tschechischer, es klang Jiddisch. Mit ihr hatte er wohl endlich die Frau gefunden, die auch seinen Eltern gefallen würde. Wieder eine Jüdin, fürsorglich und selbstlos, so wie sie das von Ottla gehört hatte, und nun kämpfte sie auch noch um Kafka wie eine Löwin.

Da half nur eines. Milena trat auf sie zu und streckte ihr die Hand entgegen. »Freut mich, Sie kennenzulernen. Ich nehme an, dass Sie Fräulein Diamant sind? Ich bin Milena.«

»Ich weiß, wer Sie sind, ich habe Sie auf einer Fotografie gesehen.« Die Frau blieb abweisend, schlug nicht ein. »Trotzdem, Sie müssen gehen, er will Sie nicht mehr sehen.«

»Aber er weiß doch gar nicht, dass ich hier bin.«

»Dann tun Sie mir den Gefallen. Und ich hoffe doch, dass Sie auch bei ihm jede Aufregung vermeiden wollen. Ich muss wieder zu ihm, er hat mich nur schnell auf die Post geschickt, um Briefmarken zu holen.« Sie ging davon.

»Bitte«, Milena lief ihr nach, »seien Sie so nett und geben Sie ihm die hier.« Sie reichte ihr den Strauß. »Mehr verlange ich nicht.«

Wortlos nahm Fräulein Diamant die Blumen und trat in ein Zimmer am Ende des Flurs. Als sie sich umwandte, um die Tür hinter sich zu schließen, ließ sie sie einen Spaltbreit offen stehen. Ob aus Nachlässigkeit oder Absicht, wusste Milena nicht. Es versetzte ihr einen Schock, als sie Kafka erblickte. Seinen Kopf im Kissen, sein hageres Profil, eingerahmt vom Türstock wie in ein Bild. Als er bei ihr in Wien zu Besuch gewesen war, hatte er ähnlich eingerahmt vor ihrem Fenster gestanden, und sie hatten sich zum ersten Mal geküsst. Erst da begriff sie, was sie hörte. Franz atmete so laut. Genauso hatte ihre Mutter in ihren letzten Stunden geröchelt. Es war ein grausames, ein alles durchdringendes Geräusch, das sie so lange in sich verdrängt hatte. Zwei Männer in weißen Kitteln beugten sich über ihn, auch Fräulein Diamant setzte sich an den Bettrand. Milena lehnte sich an die Wand, der Tür gegenüber. Sie musste sich stützen, um den Anblick Kafkas zu ertragen. Seine Wangen waren eingefallen, sein Mund stand auf und die Nase ragte spitz zur Decke. *Es ist aber noch keine Reise, nur ein Zappeln mit den gänzlich ungeeigneten Flügeln*, hatte er in einem seiner letzten Briefe geschrieben, als wieder einmal voller Hoffnung auf Heilung auf dem Weg zu einer Kur gewesen war. Mein geliebter Rabe, dachte Milena, nicht mehr lange und deine Flügel sind ausgewachsen, dann wirst du auf- und davonfliegen. Frei und ohne Atemnot kannst du endlich durch die Lüfte gleiten, und uns alle von oben betrachten, wie wir morgens, winzig wie Wanzen, aus unseren Betten kriechen und auf eine Verwandlung hoffen, die du schon hinter dir hast. Sie wischte sich über die Augen. Tränen versperrten ihr die Sicht. Hastig rieb sie sie fort, als sie sah, wie Fräulein Diamant ihm den Strauß zeigte und Kafka sich ein wenig erhob, um daran zu riechen. Er sog den Duft tief in sich ein, sank zurück und atmete ein letztes Mal aus. Dann war es still. Milenas Herz klopfte so stark, dass sie sich über die Brust rieb. Es schlägt für uns beide, dachte sie, für dich und mich, die MilenaFranzens. Für das, was wir zusammen waren und was aus uns geworden ist.

Die Anteilnahme im Bureau war groß, als sie nach Prag zurückkehrte, all ihre Kolleginnen bemühten sich um sie, sodass kaum Zeit zum Trauern blieb. Der Chef der Nationalzeitung rief Milena an und bat sie, einen Nachruf zu schreiben.

Sie lehnte ab, doch Herr Obul, dem sie viel verdankte, gab nicht so leicht auf. »Frau Jesenská, ich verstehe, wie schwer das für Sie ist. Aber wir dachten, Sie fänden vielleicht etwas persönlichere Worte, als jemand der Herrn Kafka nur aus seinen Texten kennt.« Milena schwieg. Ganz Prag wusste anscheinend von ihrer Beziehung. Sie wollte noch einmal widersprechen, aber dann dachte sie, dass sie Kafka diesen Dienst erweisen musste, in der Hoffnung, dass seine Werke nicht in Vergessenheit gerieten, und sagte zu. Hinterher saß sie lange am Schreibtisch, drehte den Bleistift in der Hand. Ihr Kopf fühlte sich leer an. Wie sollte sie anfangen oder was sollte sie überhaupt schreiben? Wie konnte man ein ganzes Leben, auch wenn es nur knapp einundvierzig Jahre gedauert hatte, auf wenigen Zeitungszeilen zusammenfassen und zugleich ausdrücken, was für ein besonderer Mensch und Schriftsteller Kafka gewesen war? Wieder überwältigte sie der Schmerz, der kaum auszuhalten war. Sie schloss die Augen, sah ihn noch einmal sterben. Schnell rief sie sich tröstlichere Bilder ins Gedächtnis. Wie sie im Wald beieinandergelegen hatten, wie sein Gesicht sich aufhellte, wenn er sie anlächelte. Ich liebte ihn, schrieb sie, und ich liebe ihn noch. Doch dann strich sie das wieder und begann nüchterner. *Vorgestern starb bei Wien Dr. Franz Kafka, ein deutscher Schriftsteller, der in Prag gelebt hat.* Er war mein Gegenstück, schrieb sie, wo ich laut war, war er still, wo ich freizügig war, war er gehemmt, wo ich mutig war, blieb er scheu, aber wenn ich redete, hörte er zu. Er war mein Lehrer, mein zärtlicher Geliebter, mein Freund. Bevor wir uns wirklich berührten, liebkosten wir uns schon auf dem Papier. *Jeder Mensch ist eine begrenzte Welt für sich.* Doch manchmal, wie durch ein Wunder, trifft man den einen, der diese Grenze überschreitet, ohne sie zu verletzen, weil er die Gesetze des anderen respektiert. So jemand war Kafka für sie gewesen. Zum Suchen brauchte man Glauben, und zum Glauben gehört vielleicht mehr Kraft als zum Leben. Diese Kraft besaß er, obwohl Kafka ein *vom Leben erschreckter Mensch war*, der jahrelang unter seiner Lungenkrankheit gelitten hatte. Und ihr fiel wieder ein, was er in einem seiner Briefe an sie über seine Organe geschrieben hatte, dass die Lunge den Streit zwischen Herz und Gehirn schlichtete, indem sie die ganze Last auf sich nahm. *Er war scheu, ängstlich, sanft und gut, aber schrieb grausame und schmerzhafte Bücher.* Erzählungen von Missverständnissen, von Willkür und Macht. Kafka verkörperte das, was er schrieb, er verstellte sich nicht und gab nicht vor, jemand anderes zu sein, nur um zu beeindrucken. Er war aufrichtig und ehrlich, *wie ein Nackter unter Angekleideten*. Durch seine Bücher würde sein Leben nicht enden, es würde weitergetragen, mit jedem neuen Leser, der sich in seinen Geschichten entdeckte.

Als der Kurier eintraf, um ihren Beitrag abzuholen, bat sie ihn zu warten, las ihren Text durch, strich alles Persönliche heraus, bis nur noch ein paar Zeilen übrig blieben, und gab ihn Ada zur Reinschrift.

10. Kapitel
TAUSEND BLUMEN

Noch zwei Jahre später ertappte sich Milena dabei, wie sie dachte, dies oder jenes müsste sie Franz schreiben, das sollte er wissen, und merkte erst dann, dass er für immer fort war. Doch das alles, das Stechen in ihrem Innern oder Wachrufen der gemeinsamen Erlebnisse, machte sie mit sich alleine aus. Sie erzählte niemandem, was in ihr vorging. Ansonsten ging es bei ihr weiter aufwärts, sie konnte schreiben, was sie wollte, bald langweilten sie die Artikel über Mode und äußere Befindlichkeiten, sie wurde kritischer, es war Zeit, den ganzen Schnickschnack zu hinterfragen. Wozu brauchte man so viel Tand, musste sich mit Schmuck behängen, als sei die Frau das ganze Jahr ein Weihnachtsbaum? Ein einfaches Kleid mit einem ausgefallenen Kragen genügte, dazu noch ein zeitloses Kostüm für besondere Anlässe und fertig war die Garderobe. Dazu Sport an der frischen Luft, Sommer wie Winter. Und wenn sie die wunderschön gestickte Seidenunterwäsche sah, musste sie an die zerstochenen Finger der Näherin denken, die sie für ein paar Kreuzer anfertigte, die dann der Händler für hundert Kronen weiterverkaufte. Milena hatte ein Buch mit ihren gesammelten Reportagen veröffentlicht und auch eines mit ihren Lieblingskochrezepten, über das Frau Koller bestimmt lachen würde. Milena und Kochen! Schreiben konnte sie, aber ein Mahl zubereiten, das einigermaßen bekömmlich und gut gewürzt war, war ihr bisher noch nicht gelungen. Aber das konnte noch werden, sie hatte ja nun ihre eigene Anleitung.

Auf einem Betriebsausflug kam sie mit einem Tschechen ins Gespräch, der behauptete, ihr Buch gelesen zu haben. »Welches?«, fragte sie und hoffte, dass er kein Koch war, der sich mit ihr als Gleichgesinnte austauschen wollte.

»Ihre Reportagen. Sie suchen, wie mir scheint, den Weg zum Einfachen, das strebt auch mir in meinen Entwürfen vor. Darf ich mich vorstellen, Jaromír Krejcar. Ich bin Architekt.« An der Reling des Moldaudampfers erzählte er ihr vom Dessauer Bauhaus und von seinen Plänen, als wüchsen unter seinen Händen am Ufer schachtelartige Häuser ohne Dächer empor.

»Und das alles möchten Sie bauen?«, fragte sie.

»Manches habe ich bereits umgesetzt. Das Olympic zum Beispiel.«

»Das stammt von Ihnen?« Das achtstöckige Bürogebäude hatte auch außerhalb Prags wegen seines neuartigen Stils für Aufsehen gesorgt. Milena beeindruckte mehr, dass dieser Herr Krejcar nicht nur voller Einfälle war, er setzte sie sogar in Taten um. Trotzdem widerstand sie seinem Werben, lehnte die Einladungen ab, wenn er anrief, obgleich viel Verlockendes dabei war. Er liebte die Natur und Wanderungen ebenso wie sie, lud sie zum Skifahren oder Bergsteigen ein. Außerdem führte seine Mutter ein Süßwarengeschäft, das nicht nur für die Prager Kinder ein Traumladen war, auch Milena hatte schon oft bei der herzlich netten Frau eingekauft. Bald nannten sie sich beim Vornamen, siezten sich aber noch. Und egal, wie sehr sich Jaromír um sie bemühte, Milena wollte keine neue Beziehung und betonte das jedes Mal, wenn sie sich doch auf einen Mokka mit ihm traf oder sich nach einem Kinofilm, über den sie berichten würde, von ihm nach Hause begleiten ließ.

Doch er blieb hartnäckig, lud sie am kommenden Sonntag zu einem Spaziergang ein. »Nur ein Spaziergang, da ist nichts dabei«, sagte er, bevor sie schon wieder ablehnen konnte. »Ich will Ihnen etwas zeigen, etwas Besonderes, das Ihnen hoffentlich gefällt.« Damit weckte er ihre Neugier.

Sie fuhren mit Fahrrädern weit aus der Stadt hinaus, vorbei an einer Mühle und einer Pferdekoppel. Die Sonne brannte Milena in den Nacken und der Fahrtwind wehte ihr um die nackten Fesseln in ihrer luftig kurzen Sommerhose. An einem Waldrand bat er sie anzuhalten und abzusteigen. Sie lehnten ihre Räder an einen Baum, und Jaromír wollte ihre Hand nehmen, um sie zu führen. Sie zögerte einen Moment, ergriff sie dann. Er zog sie von der Straße weg einen Hügel hinauf. Nur ein schmaler Trampelpfad deutete eine Richtung an. Dichte Fichten und Buchen erschwerten das Vorwärtskommen, Zweige brachen unter ihren Schritten.

»Geh du besser voraus.« Auf einmal duzte er sie, ließ sie los, bevor sie oben angelangt waren, als traute er sich nicht weiter.

»Warum, was ist dort oben?« War er es leid, sie hinter sich herzuziehen?

»Vertrau mir, schau einfach, was kommt.« War das nicht etwas zu hoch gegriffen? Sie kannten sich doch kaum. Doch sie wagte es, drückte sich an ihm vorbei und ging weiter.

Oben angekommen, lichteten sich die Bäume, zwei Weiden spannten ihre Äste zu einem geflochtenen Bogen. Milena trat durch ein natürlich gewachsenes Tor. Sie staunte. Dahinter hatte jemand Beete angelegt, Blumen und Kräuter gepflanzt, viele Stunden geharkt und geschuftet. Ein Garten, zart und keimend, noch im Werden entfaltete sich hier. Der Anblick rührte sie. »Hast du das gemacht?«

Er nickte, strahlte sie an.

»Es muss ja Wochen gedauert haben, so viel Arbeit und Liebe.« Beim Herumschauen entdeckte sie immer neue Pflanzen. Storchschnabel, Wiesenknabenkraut, Mohnblumen und Luzernen, aber auch Ringelblumen, Kornblumen und in der Mitte entfaltete sich sogar eine Pfingstrose und verbreitete einen betörenden Duft. »Wie hast du das nur geschafft?«

»Erst wollte ich dir ein Parfüm schenken«, erklärte er. »Es gibt eines, ein französisches, das alle Düfte vereint. Tausend Blumen oder so ähnlich heißt es, aber dann dachte ich mir, wir könnten gemeinsam einen Garten haben, um den wir uns kümmern und darin mehr als tausend Düfte entdecken, was hältst du davon?« Vielleicht war er endlich der, der sie um ihrer selbst willen begehrte, sie liebte, und kein Spiel mit ihr trieb. Als Antwort küsste sie ihn.

NACHWORT

Die geheimnisvolle Milena, an die Franz Kafka seine Liebesbriefe geschrieben hat, faszinierte mich schon lange. Viele Jahre stand Milena Jesenskás Buch mit Reportagen neben den Werken Kafkas in meinem Regal, bis ich anfing, mich zu fragen, wer sie eigentlich war, und was sie wohl Kafka geantwortet hat. Nur Kafkas Briefe an Milena existieren, Milenas Briefe an ihn sind bis heute verschollen. Je mehr ich recherchierte, desto mehr Verästelungen und Wege taten sich auf, ich stieß auf Widersprüche in den Biographien über sie und Kafka, und musste mich entscheiden, welche Aussagen zu diesem Roman passen. In ihrer Korrespondenz nannte sie ihn Frank, weil Kafka seine Briefe förmlich mit »FranzK« unterzeichnete, sodass man das kleine Z kaum lesen konnte.

Um Milenas Stimme lebendig werden zu lassen, habe ich versucht, mir ihre Beweggründe für ihre journalistischen Texte vorzustellen, ihren besonderen Blick auf Wien, wie sie über Armut schreibt und über die Bedeutung des Kaffeehauses, ihre Ansichten über Mode, die in ihrem Artikel »Leute machen Kleider« einfließen, oder wenn sie das Scheitern ihrer Ehe reflektiert, in »Der Teufel am Herd«.

Milena Jesenskás Glück währte noch eine Zeitlang. Sie heiratete Jaromír Krejcar und bekam mit ihm eine Tochter, Jana, die sie »Honka«, tschechisch für Hänschen, nannte. Leider hatte sich bei Milena in der Schwangerschaft ein Knie entzündet, sodass sie fortan hinkte und die andauernden Schmerzen mit Morphium dämpfte. Erst acht Jahre später schaffte sie es, sich in einer radikalen Entziehungskur von der Morphiumsucht zu befreien. Ihre Arbeit als Journalistin wurde zunehmend politischer, 1931 trat sie in die kommunistische Partei ein, aus der sie aber bald wieder ausgeschlossen wurde, nachdem sie Kritik an Stalin äußerte, der Andersdenkende foltern und ermorden ließ. Als Hitler die Macht ergriff und sich auch die Tschechoslowakei einverleiben wollte, arbeitete Milena bereits im aktiven Widerstand gegen die Nationalsozialisten. Sie gab eine Widerstandszeitung heraus und war Fluchthelferin, da Prag damals als eine der letzten Asyle für Verfolgte galt. Viele Male wurde sie von der Gestapo verhört, bis man sie ins KZ Ravensbrück schickte. Ihre eintätowierte Häftlingsnummer lautete 4714, doch bald nannten die Frauen sie 4711 wie das Kölnisch Wasser, als Codewort für Freiheit, Mut und Lebenswillen, die Milena verkörperte. Gesundheitlich stark geschwächt, arbeitete sie in der Schreibstube, wo sie die Häftlingskarteien verwaltete. Viele Frauen hatten Geschlechtskrankheiten, da sie als Sex-Sklavinnen in SS-Bordellen arbeiten mussten. Wenn sie sich infiziert hatten oder schwanger wurden, verlegte man sie zur Behandlung oder Abtreibung nach Ravensbrück zurück. Milena setzte sich ein, wo sie konnte, fälschte Berichte, um Todesurteile zu verhindern. Sie überlebte Kafka um zwanzig Jahre und starb mit siebenundvierzig im KZ Ravensbrück an den Folgen einer Nierenoperation.

Auch Kafkas drei Schwestern, Elli, Valli und Ottla, sowie weitere Verwandte von ihm wurden von den Nationalsozialisten ermordet. Ottla kümmerte sich bis zuletzt in Theresienstadt um eine Gruppe ausgewählter Kinder, die wahrscheinlich zum Austausch im Falle einer Kriegsniederlage an die Alliierten gedacht waren. Doch 1943 entschieden sich die Befehlshaber um. Ottla begleitete diese Kinder bis nach Auschwitz, wo sie mit ihnen in den Gaskammern starb. Ihre Töchter überlebten den Krieg, weil sich ihr tschechischer Vater Josef David 1940, vermutlich in Absprache, von Ottla scheiden hatte lassen, um die Mädchen vor der Judenverfolgung zu schützen.

Jana Černá (geb. 1928 als Jana Krejcar) erbte mit siebzehn Jahren das Vermögen ihres Großvaters Jan Jesenský, der 1945 starb, und verprasste es innerhalb eines Jahres. Als Beweis, dass ihre Mutter wirklich tot war, hatte sie nach dem Krieg einen Zahn von ihr erhalten. So beginnt Jana Černás sehr berührende Biographie über Milena Jesenská, ihre Mutter, in der sie auch viel selbst über sich erzählt. Als Elfjährige half sie mit, die Widerstandszeitung zu verbreiten und wurde ebenfalls von der Gestapo verhört. Sie heiratete vier Mal und bekam fünf Kinder. Eine große Unruhe und Haltlosigkeit prägte ihr Leben, immer wieder wurde ihr das Sorgerecht entzogen. Sie versuchte sich in mehreren Berufen und schrieb Kurzgeschichten über Kinderschicksale, die als Buch erschienen. 1981 starb sie mit dreiundfünfzig bei einem Autounfall.

Milena gab die Kiste mit Kafkas Tagebüchern und Manuskripten Max Brod. Er sollte entscheiden, was damit passierte. Kafka wollte, dass alles Ungedruckte von ihm verbrannt werden sollte und hatte auch schon vor seinem Tod mit Dora Diamant zusammen viele seiner Texte vernichtet.

Gott sei Dank hat sich sein bester Freund nicht an seinen letzten Willen gehalten. Was wäre die Weltliteratur ohne Franz Kafka? Seine Briefe an Milena gelangten an Willy Haas, der alle Passagen herausstrich, die sich auf ihn und noch lebende Personen (vor allem Jarmila) bezogen oder Kafkas kritische Äußerungen zum Judentum betrafen. Davon wollte in der Nachkriegszeit niemand etwas lesen. So verkürzt veröffentlichte er sie 1952 als Buch. Erst 2011 erschien »Briefe an Milena« als erweiterte Neufassung. Milenas Gegenbriefe an Kafka fehlen. Von ihr gibt es lediglich Briefe an andere wie Max Brod, dem sie nach Kafkas Tod von ihrem »Frank« erzählt, und in denen sie den allerletzten Brief von Kafka erwähnt, der ebenfalls verschollen ist.

Nach der Scheidung von Milena und seinem Parisaufenthalt zog Ernst Pollak 1928 zurück nach Wien und wohnte mit einer neuen Partnerin in der Lerchenfelder Straße, wo auch Paní Koller wieder den Haushalt für ihn übernahm. Mit zweiundvierzig Jahren legte er tatsächlich noch die Reifeprüfung an einem Gymnasium ab und studierte Philosophie und Germanistik. 1938, nach dem Anschluss Österreichs an Nazi-Deutschland, musste er als Jude aus Wien fliehen. In Prag verhalf ihm Milena noch kurz vor ihrer Verhaftung zu einem Korrespondenten-Visum für England, mit dem er es ins Exil schaffte, wo er 1947 starb.

Staša Jílovská (geb. 1898, verh. Procházková) arbeitete bis zu ihrem Tod, 1955, als Journalistin und Übersetzerin in Prag.

Alice Rühle-Gerstel (geb. 1894) setzte sich weiterhin für Kinder und die Kinderliteratur ein. Als Jüdin ging sie 1936 mit ihrem Mann ins Exil nach Mexiko, wo sie mit Frida Kahlo, Diego Rivera und Trotzki befreundet war. Als ihr Mann 1943 starb, nahm sie sich am selben Tag das Leben.

Jarmila Amrozová (geb. 1896, verh. Haasová-Nečasová) verliebte sich nach der Trennung in Egon Erwin Kisch, den rasenden Reporter. Vergleichbar mit Kafkas und Milenas Korrespondenz schrieben auch sie sich heimliche Liebesbriefe, die es ebenfalls als literarisches Zeugnis in Buchform gibt. Denn eigentlich war Jarmila nach der Scheidung von Willy Haas mit dem Journalisten Vincenc Nečas verheiratet. Sie erlebte als einzige der vier »Minervistinnen« den Zerfall der Sowjetunion und die »Samtene Revolution«, die am 17. November 1989 der Tschechoslowakei vom kommunistischen System zur Demokratie verhalf. Jarmila starb 1990 in einem Altersheim für Schriftsteller bei Prag.

1996 verlieh die tschechische Republik Milena Jesenská posthum den Tomáš-Garrigue-Masaryk-Orden, die höchste Auszeichnung des Landes für herausragende Leistungen um die Förderung der Demokratie, der Menschlichkeit und der Menschenrechte. Die Medaille ist nach dem ersten Staatspräsidenten der damaligen Tschechoslowakei benannt, der auch Schriftsteller und Philosoph war, und die Befreiung seiner Heimat von der K.-u.-k.-Monarchie aus dem Londoner Exil vorbereitete.

Zwei Jahre zuvor hatte der Staat Israel Milena Jesenská als Gerechte unter den Völkern geehrt.

DANKSAGUNG

Wie immer danke ich meiner ganzen Familie für ihre Geduld, Inspiration und Liebe jeden Tag. Meinem Mann Thomas danke ich von Herzen für seine großartige Hilfe aus jeder verzwickten Schreibsituation, außerdem für seine vielen tollen Einfälle, Anregungen und sein kritisches Lesen. Dies alles hat diesen Roman sehr bereichert. Meinen Töchtern Theresa und Veronika danke ich fürs Vorablesen und Zuhören und die vielen anregenden Gespräche rund um Milena und Kafka, meinem Sohn Jonas für seine Geduld mit meinem Computer und mir, meinem Vater für die Liebe zur Literatur und die Inspiration zu einigen besonderen Wörtern. Meiner Freundin und Schriftstellerkollegin Deana Zinßmeister danke ich sehr für die Unterstützung rund um die Uhr, ob am Telefon oder bei unseren erlesenen Treffen. Dem Team des Aufbau Verlags für das Engagement rund um das Buch, besonders meinen Lektorinnen Anne Sudmann und Christina Weiser für das einfühlsame Lektorat. Meiner Literaturagentin Sabine Langohr danke ich herzlich für den Anstoß zu diesem Roman genau zur richtigen Zeit.